AF288139

Greg Walters

Der Lehrling
des Feldschers III

DAS BUCH

Wir schreiben das Jahr 1645. Im Heiligen Römischen Reich tobt seit 28 Jahren ein mörderischer Krieg und er scheint kein Ende zu nehmen.

Nach dem Tod seines Meisters Martin steht Gustav vor dem Nichts. Einzig Anike tröstet ihn über den schweren Verlust hinweg. Als sie ihn bittet, ihrem besessenen Vater zu helfen, erkennt Gustav, dass der Schlüssel dazu – Martins Codex Daemonum – für ihn keinen Sinn ergibt. Er muss erst seine Lehre abschließen, um mit dem geheimnisvollen Buch zurechtzukommen. Torstensson besorgt ihm einen neuen Meister, aber der trachtet Gustav nach dem Leben. Ein waghalsiges Spiel beginnt, bei dem es für Gustav um alles geht.

»Passt auf euch auf! Die schöne Mela kann nicht immer rechtzeitig zur Stelle sein, um euch zu retten. Der eigentliche Krieg beginnt erst.«

DER AUTOR

Seit seinem Studium der Geschichts- und Politikwissenschaft vor 20 Jahren, beschäftigt sich Greg Walters als Geschichtslehrer fast täglich mit historischen Stoffen. Es war also nur eine Frage der Zeit, bis er diese Passion mit seiner Leidenschaft für Fantasy verband. Herausgekommen ist »Der Lehrling des Feldschers«. Ein tiefgreifend recherchierter Historienroman, mit einem ordentlichen Schuss Phantastik und Humor, so wie es die Leser von Greg Walters gewohnt sind.

Mit den Schriftstellern Mira Valentin und Sam Feuerbach bildet Greg Walters die populäre Autorenvereinigung Weltenbauer3.

Gemeinsam mit seiner Frau, seinen beiden kleinen Töchtern und einer frechen, rotblonden Labradorhündin, lebt Greg Walters in Braunschweig. Dort arbeitet er derzeit an weiteren Geschichten, die den Leser in spannende Abenteuer und fremde Welten voller Fantasy und Geschichte entführen.

Weiteres zum Autor: gregwalters.de

DIE ROMANE

Die Farbseher Saga

Die Geheimnisse der Âlaburg – Farbseher Saga 1

Die Legenden der Âlaburg – Farbseher Saga 2

Die Chroniken der Âlaburg – Farbseher Saga 3

Die Sagen der Âlaburg – Farbseher Saga 4

Der Orden der Âlaburg – Farbseher Saga 5

Das Vermächtnis der Âlaburg – Farbseher Saga 6

Die Erben der Âlaburg – Farbseher Saga 7

Die Bestien Chroniken

Bestias – Die Bestien Chroniken I

Magus – Die Bestien Chroniken II

Rebelles – Die Bestien Chroniken III

Die Feldscher Chroniken

Der Lehrling des Feldschers

Der Lehrling des Feldschers II

Der Lehrling des Feldschers III

Erhältlich als eBook, Taschenbuch und gebundene Ausgabe sowie als Hörbuch

FSC
www.fsc.org

MIX

Papier aus ver-
antwortungsvollen
Quellen
Paper from
responsible sources

FSC® C105338

GREG WALTERS

DER
LEHRLING
DES
FELDSCHERS
3

ISBN: 978-3-7597-7743-0

© 2024 Gregor Timme
Autor: Greg Walters
Umschlaggestaltung, Illustration:
Alexander Kopainski
Lektorat: Ursula Tanneberger
Buchsatz: Kathrin Wandres
Karte: Karlos Valero
Illustration: aliyev84 (stock.adobe.com)
Verlag: BoD • Books on Demand GmbH, In de Tarpen 42, 22848
Norderstedt
Druck: Libri Plureos GmbH, Friedensallee 273, 22763 Hamburg
info@gregwalters.de
www.gregwalters.de

Die Deutsche Nationalbibliothek verzeichnet diese Publikation in der Deutschen Nationalbibliografie; detaillierte bibliografische Daten sind im Internet über http://dnb.dnb.de abrufbar.

Alle Rechte vorbehalten. All rights reserved.
Das Werk darf – auch teilweise – nur mit Genehmigung des Autors wiedergegeben werden. Das Werk, einschließlich seiner Teile, ist urheberrechtlich geschützt. Jede Verwertung ist ohne Zustimmung des Autors unzulässig. Dies gilt insbesondere für die elektronische oder sonstige Vervielfältigung, Übersetzung, Verbreitung und öffentliche Zugänglichmachung.

»Der ungerechteste Friede
ist immer noch besser
als der gerechteste Krieg.«

MARCUS TULLIUS
CICERO

DIE SCHLACHTEN DES DREIßIGJÄHRIGEN KRIEGES UND

DAS HEILIGE RÖMISCHE REICH

© Greg Walters. All rights reserved.

POESIE DER
TRAUER

In der Nähe von Jankau, Königreich Böhmen, kaiserliche Erblande,
11. März 1645 – 28. Kriegsjahr

Mit Augen aus flüssigem Feuer und rot funkelnden
Schuppen,
besiegt sie im Alleingang ganze Heerscharen von
Truppen.
Mit Muskeln, stärker als die von zehn Stieren zusammen,
nimmt ihre Erscheinung jeden gefangen.
Die spitzen Hörner am Kopf beeindrucken sehr,
doch ihre Krallenpranken noch viel mehr …«
»Ich finde, dass du wirklich etwas zu tiefstapelst, Gustav.
Immerhin habe ich die Schlacht fast im Alleingang gewonnen«, unterbrach Mela die Darbietung und stocherte mit dem
Finger in der Glut des Lagerfeuers herum. Geschickt fischte
sie sich ein glühendes Stückchen Holz heraus, warf es in die
Luft und ließ es in ihren geöffneten Schlund segeln. Auf
Gustavs fragenden Blick hin erklärte sie: »Das hilft gegen
Sodbrennen. Die letzten Tage habe ich etwas über die
Stränge geschlagen, aber es wäre schade gewesen, das Essen
verderben zu lassen.«

Es gab so viele Tote am Ende der Schlacht. Mein Meister Martin war einer von ihnen. »Du hast recht, das Gedicht ist schrecklich.« Resigniert ließ er das Pergament sinken.

»Es ist wunderbar, Gustav.« Aufmunternd lächelte ihn Anike an. An Mela gewandt schimpfte sie: »Hör es dir wenigstens mal bis zum Ende an.«

Die Dämonin wedelte mit der Hand, um ihn zum Weitersprechen aufzufordern.

Worauf habe ich mich da eingelassen? Gustav hatte der Dämonin zum Dank für ihre Hilfe während der Schlacht bei Jankau versprochen, eine Ode auf sie zu verfassen. In den vergangenen Tagen war es ihm immerhin gelungen, ein paar halbwegs aussagekräftige Reime zu schreiben. Lustlos nuschelte er die letzten Zeilen herunter:

»Doch ihr Verstand ist und bleibt ihre schärfste Waffe,
mit Wissen ist ihr Schädel randvoll gefüllt wie eine Karaffe.«

»Gustav auf Gasthaus zu reimen, passte nicht rein, was?«, flüsterte Mela Anike vernehmlich zu.

Der Feldscherlehrling ließ sich davon nicht aufhalten und schloss sein Gedicht mit:

»Doch am wichtigsten ist,
und das kam mir zuvor nicht so in den Sinn,
sie ist meine allerbeste Freundin.«

Gustav ließ das Schriftstück sinken. Schulterzuckend schaute er zu Anike und Mela, die am Lagerfeuer vor dem Feldscherkarren vertraut zusammensaßen. Das Feuer war eigentlich unnötig, denn die Dämonin gab eine so starke Hitze ab, dass ihre menschlichen Freunde bereits Mütze und Mantel ausgezogen hatten. Das hatte irgendetwas mit ihrer komplizierten Verdauung zu tun. Keiner von ihnen hatte nachgefragt. Bei Mela drehte es sich etwas zu oft um das Thema Digestion. »Ich weiß, dass es nichts Besonderes ist. In den letzten Tagen war eine Menge los. Die vielen Verwundeten nach der Schlacht, unser Aufbruch und dazu noch …«

Er schaffte es nicht, den Satz zu beenden, weil ihn Melas blitzschnell nach vorn schießende Pranken erschreckt aufkeuchen ließen. Sanft zog die Dämonin ihn an sich.

»Mach dir keine Gedanken, Gustav. Wir alle wissen, dass so etwas Herausragendes wie ich mit Worten niemals in Vollendung beschrieben werden kann, aber du warst nahe dran. Ich fand es wunderbar.« Der Schädel der Dämonin sank auf Gustavs Kopfhöhe und sie flüsterte ihm ins Ohr: »Es ist mir eine Ehre, deine Freundin zu sein, Gustav Hansson.«

»Wenn ihr anfangt zu knutschen, werde ich mich übergeben und mit Jolande verschwinden!«, rief Anike und würgte übertrieben.

»Den ekligen Zungenwettkampf überlasse ich lieber dir, Menschenweibchen.« Einen Moment lang sah Mela intensiv in Gustavs Augen. »Nun gut, Kinder!« Die Dämonin klatschte in die Hände. »Ich muss in die Erde, dort kommen meine Magensäfte besser in Wallung und ich spüre doch, dass ihr euch endlich begatten wollt.« Sie grinste frivol.

»Ich dachte schon, dass du gar nicht gehen willst«, griff Anike den Spott auf und zwinkerte Gustav zu.

Der war gleichzeitig peinlich berührt und erregt.

Ein Rülpser entwich Melas Maul und ein penetranter Duft nach Zimt verteilte sich in der Luft. »Hopsala, seht ihr. Ich muss dringend los.«

Angewidert pustete Anike den Gestank weg. Nachdem Gustav ihr erklärt hatte, was Melas zimtige Ausdünstungen zu bedeuten hatten, hatte sie geschworen, niemals wieder die bei den Schweden so beliebten Kanelbullar zu essen.

»Passt auf euch auf! Die schöne Dämonin kann nicht immer rechtzeitig zur Stelle sein, um euch zu retten.«

»Ja, Mama«, gaben Gustav und Anike grinsend im Chor zurück.

»Das ist kein Spaß. Bleibt wachsam! Der eigentliche Krieg beginnt erst.« Im nächsten Moment löste sie sich in Nebel auf.

»Wie meint sie das?«, fragte Anike.

»Keine Ahnung, aber ich habe mir schon vor geraumer Zeit angewöhnt, nicht alles, was sie sagt, auf die Goldwaage zu legen. Denk nicht darüber nach.« Gustav setzte sich neben sie und liebkoste ihren Hals.

»Falls du glaubst, dass ich mich bei dieser Kälte ausziehen lasse, dann hast du dich geschnitten. Ich bin doch keine Dämonin.« Spielerisch imitierte sie Melas Schnappen, was in einem langen Kuss endete. »Ich würde mich aber im Wagen ausziehen lassen«, stöhnte Anike. Eng ineinander verschlungen torkelten sie auf den Karren zu.

»Ein weiteres Mal schaffe ich auf gar keinen Fall, Gustav. Die Sonne ist schon aufgegangen und wir haben die Nacht über kaum geschlafen. Außerdem bin ich mir sicher, dass das, was du gerade gemacht hast, verboten ist. Verboten sein muss, so gut, wie es war.« Anike seufzte wohlig. »Wir müssen wirklich los, du schlimmer Junge. Weißt du, wo mein Unterrock ist?«

Hilfsbereit hielt ihr Gustav das Kleidungsstück hin.

»Danke!«

Eilig zogen sie sich an und bereiteten sich auf den schweren Gang vor, der ihnen bevorstand. Heute würde Martin in allen Ehren bestattet werden.

»Bist du bereit?«, fragte Anike, nachdem sie aus dem Karren gesprungen waren.

»Nein«, antwortete Gustav wahrheitsgemäß und küsste sie auf die Nasenspitze. »Ich hole Jolande.«

»Willst du sie wirklich mitnehmen?«

Gustav band das Maultier von einem Bäumchen ab. Der Biss, den er dabei abbekam, fühlte sich fast schon mitleidig an. »Ja, sie trauert genauso um Martin wie wir. Jolande war unserem Meister wichtig. Die beiden kannten sich viele Jahre und haben eine Menge durchgemacht.«

Mit skeptisch hochgezogenen Augenbrauen nickte Anike.

Dass Gustavs Entscheidung ein gewisses Befremden auslöste, bewiesen die Blicke der anderen Trauergäste, die in vornehmen Gewändern bereits um das Grab herumstanden. Martin würde seine letzte Ruhe auf einem Hügel unter einer einzelnen Eiche finden. Gustav hatte den Platz ausgesucht. *Hier hätte es Martin gefallen.* Jolande brüllte ihre Trauer heraus, als sie sich der Grabstelle näherten. Gerade als Gustav entschied, das Tier wegzubringen, trat Beata de la Gardie, die Ehefrau des schwedischen Generals Torstensson, zu ihnen. In ihrem dunkelblauen eng anliegenden Kleid wirkte sie weiblich und herrschaftlich. Eine Kombination, die man nach Gustavs Erfahrung relativ selten bei Adligen vorfand.

»Schön, dass ihr da seid«, begrüßte sie sie.

Gustav und Anike deuteten eine Verbeugung an. Gustav war der Frau des Generals mehr als dankbar, dass sie sich angeboten hatte, die Trauerfeier zu organisieren. Er selbst war so überwältigt von seinen Gefühlen, dass ihn diese Aufgabe schlicht überfordert hätte.

Die Gräfin ließ es sich trotz des zwischen ihnen herrschenden Standesunterschieds nicht nehmen, sie lange und innig zu umarmen. »Jolande, meine Liebe«, hieß Beata zu

Gustavs Überraschung sogar das Maultier willkommen. »Ich habe dort drüben einen Korb mit Karotten und hartem Brot. Magst du dir das vielleicht einmal anschauen?« Sie streichelte Jolande hinter den grauen Ohren.

Neidisch beobachtete Gustav, dass Beata dabei nicht gebissen wurde.

Glücklicherweise ließ sich das Maultier bestechen und wurde abseits der Trauergemeinschaft festgebunden.

»Kommt!« Torstenssons Frau führte sie in die erste Reihe der Trauernden. Dort angekommen, umarmte sie Gustav erneut herzlich. »Ich wollte nur, dass Ihr wisst, dass Ihr nicht der Einzige seid, der ihn schrecklich vermissen wird.« Würdevoll tupfte sie sich mit einem Seidentuch die Tränen weg.

Es gelang Gustav nicht, ein Schluchzen zu unterdrücken, als er Martins blasses Gesicht sah. Er war vom Bestatter in seine beste Feldscherkluft gekleidet worden. Die Hände hatte man ihm wie zum Gebet auf der Brust gefaltet – ein Brauch, den sein Meister zu Lebzeiten vermutlich spöttisch kommentiert hätte. Darunter lag sein silberner Dolch, der ihm bei vielen Beschwörungen treue Dienste geleistet hatte.

Gemurmel brandete auf und Bewegung kam in die Gruppe der Wartenden. Der schwedische Heerführer Torstensson erschien. Vermutlich war er der Grund, warum die hochwohlgeborenen Gäste der Trauergemeinde, die sich allesamt in die erste Reihe gedrängt hatten, so zahlreich vertreten waren. Sie alle wussten, dass Martin hoch in der Gunst des Schweden gestanden hatte, und hofften nun, davon profitieren zu können, wenn sie sich auf seiner Bestattung sehen ließen. Das unterschied sie von denjenigen, die bewaffnete Wachen weiter hinten hielten. Immer mehr einfache

Trossreisende kamen hinzu, um von dem Heiler Abschied zu nehmen, dem bei der Auswahl seiner Patienten einzig ihr Wohl Richtschnur gewesen war und nicht die Größe ihres Vermögens oder die Länge ihrer Adelstitel.

Das hätte ihm gefallen, dachte Gustav bei dem Anblick. Arm und Reich vereint. Enge Freunde hatte Martin, soweit Gustav wusste, nur wenige gehabt. Der schwedische General selbst war ziemlich sicher einer von ihnen gewesen. Der Feldherr kam nicht allein. Ihm folgte eine gedrungene, in Schwarz gekleidete Person. Der glatzköpfige Mann trug – genauso wie einst Gustavs Meister – dunkle Lederhandschuhe.

»Ein Feldscher«, flüsterte Anike. »Kennst du ihn?«

Mit einem Kopfschütteln beantwortete Gustav die Frage.

Torstensson begann seine Grabrede vorzutragen. »Liebe Trauernde, in dieser an Opfern nicht armen Zeit gedenken wir heute eines besonderen Mannes, der mit seinen ungewöhnlichen Talenten mehr als einen von uns – mich eingeschlossen – vor dem Tode bewahrt hat. Deshalb ist der Schmerz besonders groß, weil mit Martin ein Mann des Lebens von uns gegangen ist.«

Die Worte klangen aufrichtig. Zwar hielt der Schwede die Maske des unerschütterlichen Befehlshabers aufrecht, aber mehr als einmal suchten seine Augen Gustavs. Es lag echte Anteilnahme in seinem Blick. Der viel beschäftigte General hielt eine lange Rede und lobte Martin in den höchsten Tönen. Gustavs Gedanken wanderten jedoch zu den zahlreichen Erinnerungen, die er an seinen väterlichen Lehrer besaß. Er dachte an den Tag, an dem Martin ihn vor dem Galgen gerettet hatte, und schweifte dann zu ihrer ersten gemeinsamen Nacht auf dem Schlachtfeld ab. *Mela kenne ich fast genauso lang wie meinen Meister.* Der Gedanke brachte Gustav trotz allem zum Schmunzeln. Ein Seitenblick auf Anike ließ die Erinnerungen an ihre gemeinsamen Monate als Diplomaten in Osnabrück aufkommen. Schließlich landeten seine Gedanken bei dem Tag, an dem dieser große Mann in seinen Armen gestorben war. *Er fehlt mir so sehr.* Sein Meister hinterließ menschlich und als schwarzer Feldscher eine Lücke, die niemand füllen konnte. Praktisch gedacht, war Gustavs Ausbildung mit Martins Tod unterbrochen worden. Er wusste nicht einmal, wem jetzt der gelbe Karren und Jolande gehörten. Eine ungewisse Zukunft wartete auf ihn. Ohne Anike hätte er wenig Sinn in seinem weiteren Dasein gesehen. *Vielleicht stelle ich sie Mutter und Anna vor. Wir könnten nach Breitenfeld reisen und …*

Als Anike ihn sanft mit dem Ellenbogen in die Seite stupste, bemerkte Gustav, dass die Rede geendet hatte und es an ihm war, mit einer kleinen Schaufel als Erster Erde in das Grab zu werfen. Mit zittrigen Knien trat er vor.

Mit einem auffordernden Nicken übergab ihm Torstensson die Schaufel.

Zögernd griff Gustav zu. Er verharrte einen Augenblick, bevor er ein wenig Erde auf den bewegungslosen Körper seines Meisters warf. Das Gefühl war furchtbar, es war, wie ihn zu beschmutzen. Schluchzend reichte er die Schaufel an den Schweden zurück, als wäre der ein Diener.

Der Feldherr schien es ihm nicht übel zu nehmen, sondern gab als Nächster ein wenig Erde in das Grab.

Hemmungslos weinend sank Gustav in Anikes Arme.

Nachdem die Trauergemeinschaft sich aufgelöst hatte, kam der fremde schwarze Feldscher auf Gustav zu. Er verschloss seinen Mantel am Kragen mit den Händen und schien zu frieren. Sein Blick verriet, dass er lieber an einem anderen Ort gewesen wäre. »Gustav Hansson?«

Als Gustav seine Stimme vernahm, war er wie paralysiert. Das war der Unbekannte, der in Hayos Wagen gewesen war, als der ihn in einem Dämonenkäfig gefoltert hatte. Der Mann, der ein erpresstes Geständnis von ihm benutzt hätte, um Martin zu schaden. Derjenige, der ihn zum Sterben in dem eisernen Sarkophag zurückgelassen hatte.

Weil er vor Schock nicht antwortete, übernahm das Anike für ihn: »Ja, das ist er.«

»Bursche, ich will für dich hoffen, dass du stumm bist und nicht einfach unerzogen«, brummte der glatzköpfige Feldscher erbost. »Ich hatte nach den Beschreibungen, die Martin mir von dir gesandt hatte, und vor allem den lobenden Worten General Torstenssons mit einem etwas aufgeweckteren jungen Mann gerechnet.«

»Seht Ihr nicht, dass er trauert?«, zischte Anike.

Der Feldscher belegte sie mit einem hochnäsigen Blick. »Wer seid Ihr, werte Dame, wenn ich fragen darf?«

Sie waren ohne Umstände auf dünnem Eis gelandet. Anike war für den Feldscher eine Betrügerin, die die Regeln der Zunft missbraucht hatte. Daher fuhr Gustav dazwischen: »Ja, das bin ich. Martins Lehrling.« Respektvoll verbeugte er sich. »Mit wem habe ich die Ehre?«

Das katzbucklige Verhalten schien den Feldscher zu besänftigen. »Ich bin Reinhold Zangerberg, Zunftmeister der schwarzen Feldschere.« Er baute eine Pause ein, um seinen Titel wirken zu lassen. Als die beiden jungen Leute lange genug beeindruckt geschaut hatten, sprach er weiter: »Aufrichtiges Beileid für deinen Verlust. Ich weiß aus persönlicher Erfahrung, dass das Verhältnis zwischen Meister und Lehrling eng ist.«

Wenn du wüsstest. Martin war für Gustav ein zweiter Vater gewesen, nachdem sein eigener von den Landsknechten getötet worden war.

»Der Tod deines Meisters stellt die Zunft vor große Probleme. Er war ein allseits geschätzter Feldscher, dessen Fähigkeiten uns fehlen werden.«

Warum wolltest du ihn dann gemeinsam mit Hayo aus dem Weg räumen? Es machte Gustav schier rasend, dass diese Verbrecher ihren Willen bekommen hatten. Dennoch verstand er, dass Zangerberg ein einflussreicher Mann war, mit dem er lieber keinen Streit anfing. *Ich werde dafür sorgen, dass ihr Halunken bestraft werdet.* Das war er Martin schuldig. Für den Moment würde er erst einmal mitspielen müssen.

»Vor allem sein enges Verhältnis zur schwedischen Heerführung war für die Zunft von immenser Bedeutung, wenn du begreifst, was ich meine.« Zangerberg zog konspirativ die Augenbrauen hoch.

»Ich verstehe. Wie kann ich Euch zu Diensten sein, Meister?«

»Ich will, dass du deine Lehre bei mir fortsetzt.«

EIN NEUER MEISTER

Gustavs neuer Meister verschwendete keine Zeit. Bereits am Nachmittag hatte Gustav sich bei ihm einzustellen. Nervös suchte er im wuseligen schwedischen Heerlager nach Zangerbergs Wagen. Der Tross strotzte nach der siegreichen Schlacht vor Leben. Es wurde gelacht, getanzt, geprasst und geliebt – warum auch nicht, schließlich hatte man den Kampf schadlos überstanden. Torstensson hatte einen Freischein für Plünderungen gegeben und die Landsknechte pressten gnadenlos alles aus Böhmen heraus. Die Bagage drohte im Überfluss zu ersticken, erkauft mit dem Blut Unschuldiger. Das war den meisten Menschen egal. Sie lebten den Augenblick – und mit der Gewissheit, dass all das bei einer Niederlage vorbei sein konnte. Beinahe wäre Gustav an Zangerbergs Lagerplatz vorbeigelaufen. Sein Fehler war, dass er nach einem Karren wie seinem eigenen gelben Wagen suchte. Als er zufällig einen Schwarzgekleideten mit Dämonenfibel am Umhang entdeckte, begriff er, dass sein neuer Meister weniger bescheiden auftrat. Zangerbergs Lager bestand aus zwei geschlossenen Kutschen, einem Transportwagen, etlichen Zugtieren und mindestens einem weiteren Lehrling, einem massigen Mann, dessen schwarze Kluft ihm um den Bauch herum zu eng saß und der gut und gern fünf Jahre älter als er selbst sein musste. Gustav sprach ihn höflich an: »Sei gegrüßt. Bin ich hier richtig? Ich suche Reinhold Zangerberg.«

Der Lehrling, der gerade dabei war, schmutzige Glasphiolen in einem Bottich auszuspülen, schaute ihn feindselig an. »Du bist der Neue, stimmt's?« Er spuckte aus. »Lass dir gleich gesagt sein, dass ich hier bestimme, was du zu tun hast. Solltest du mir dumm kommen, wird das Konsequenzen für dich haben.« Demonstrativ zog er die Hände aus dem Spülwasser. »Kannst gleich hier weitermachen!«

Entrüstet erwiderte Gustav: »Anweisungen nehme ich nur von einem Meister entgegen.« Er musterte den Mann von Kopf bis Fuß. »Wenn ich mich nicht täusche, bist du auch nur ein einfacher Lehrling, genauso wie ich.«

Das Gesicht des Lehrlings nahm einen feindseligen Ausdruck an. Eine Ader an seinem Hals pulsierte.

»Willst du mir jetzt sagen, wo er ist, oder muss ich nach ihm rufen?«, fragte Gustav ihn mit in die Hüften gestellten Armen.

»Wage es ja nicht!« Der Lehrling zeigte mit dem Daumen über die Schulter. »Er ist in dem gelben Karren dahinten.«

»Danke.« Gustav hielt ihm versöhnlich die Hand hin. »Ich bin übrigens Gustav.«

»Ist mir egal. Verschwinde endlich!«

Kopfschüttelnd ging Gustav zu dem gelb gestrichenen Wagen. Er zupfte seine Kleidung glatt, bevor er vorsichtig anklopfte.

Im Innern blieb es ruhig.

Er versuchte es erneut: »Ich bin es, Zunftmeister. Gustav Hansson.«

Wieder bat ihn niemand hinein oder öffnete die Tür.

Er nahm sich ein Herz und langte nach dem Türgriff. Bevor er ihn drücken konnte, rief eine jungenhafte Stimme: »Falls du nicht gleich an deinem ersten Tag hinausgeworfen werden möchtest, würde ich da unter keinen Umständen reingehen.«

»Warum nicht?« Gustav drehte sich um. Ein etwa vierzehnjähriger Bursche mit flachsblondem Haar grinste ihn an. Er trug ebenfalls schwarze Kleidung. *Ein weiterer Lehrling.* »Ich dachte, dass dort drinnen der Zunftmeister logiert.«

Der Junge gackerte wie ein betrunkenes Huhn. »Wie kommst du denn darauf? Der alte Zangerberg würde niemals in den gelben Wagen gehen. Er könnte ja dreckige Hände bekommen.«

Gustav nickte in Richtung des Phiolenspülers.

»Du hast Falk also bereits kennengelernt. Pech für dich. Er ist ein missgünstiger Miesepeter, der schon ewig bei Zangerberg in die Lehre geht. Weil er aber immer noch kein Meister ist, hasst er alles und jeden, von dem er glaubt, dass er ein Konkurrent wäre. Mithin sämtliche anderen Lehrlinge.«

»Dich auch?«

»Natürlich!« Der Blonde brach wieder in sein ansteckendes Lachen aus. »Seit ich vor einigen Wochen hergekommen bin, benutzt er mich als Schuhabtreter. Es hat ihm gar nicht gepasst, dass Zangerberg mich in Prag von der Straße aufgelesen hat. Ich bin froh, dass du jetzt meine Rolle übernimmst.« Er grinste Gustav frech an.

»Ähm …«

»War nur Spaß. Wenn du gut mit unserer Kundschaft kannst«, der Junge zwinkerte, »dann wird er dich schon irgendwann respektieren. War bei mir auch so. Komm, ich bringe dich zu Zangerberg. Obwohl du ihn so besser nicht anreden solltest. Er bevorzugt ›Meister‹. Vermutlich würde er auch auf ›Euer Gnaden‹ hören, wenn ihm das zustünde.«

Gustav stimmte in das Lachen ein, froh darüber, dass ihm nicht nur Feindseligkeit entgegenschlug. »Ich bin Gustav.«

»Benno.« Der junge Lehrling führte Gustav zu einer edlen Kutsche. Durch ihre milchigen Bleiglasscheiben sah man eine gebeugte Silhouette. »Er brütet schon wieder über irgendwelchen unglaublich wichtigen Dokumenten.« Sacht klopfte Benno an. »Meister? Der neue Lehrling ist hier. Gustav.«

Nach einer gefühlten Ewigkeit kam ein knappes »Soll reinkommen« aus dem Innern.

Benno nickte und flüsterte: »Viel Glück!«

Mit klopfendem Herzen trat Gustav ein. Der Wagen war so breit, dass sogar ein schmaler Schreibtisch hineinpasste, hinter dem sein neuer Meister saß. Darüber hinaus erblickte Gustav ein kleines, aber prall gefülltes Bücherregal und ein mit seidener Wäsche bezogenes Bett, dessen Decke so ausladend war, dass die Daunen einer ganzen Gänseschar dafür nötig gewesen sein mussten. Zusätzlich verströmte ein Kanonenöfchen mollige Wärme. Sein neuer Meister verstand es, bequem zu reisen. *Ob das für seine Lehrlinge ebenfalls gilt?*

»Da bist du also.« Zangerberg taxierte Gustav über seine Adlernase hinweg mit strengem Blick.

Witzbold, wo sollte ich denn sonst sein?

Ein schmerzvolles Stöhnen entfuhr dem Zunftmeister, als würde ihm die unerfüllbare Aufgabe des Sisyphos bevorstehen. »Also gut, wollen wir einmal herausfinden, was Martin dich gelehrt hat.«

Der Mann, gegen den du dich gemeinsam mit Hayo verschworen hast, hätte Gustav am liebsten herausgebrüllt, dennoch schaffte er es, ein demütiges Nicken zustande zu bringen.

Langsam blätterte Zangerberg in einem alten Buch herum. »Wie lange hast du ihm gedient?«

»Etwa drei Jahre, Herr.«

»Nenn mich Meister«, murmelte Zangerberg.

»Natürlich, Meister.« Gustav entschuldigte sich im Geiste bei Martin.

Zangerberg nickte zufrieden. »Ich weiß, dass dein ehemaliger Feldscher es mit den Regeln der Zunft nicht so ernst genommen hat, aber du musst wissen, dass bei mir ein strengeres Regiment herrscht. Wir sind hier nicht nur zu zweit, deswegen brauchen wir eine klare Aufgabenverteilung und Hierarchie.«

An deren Spitze du stehst.

»Ihr Lehrlinge fügt euch nach Ausbildungsjahren und – was noch wichtiger ist – Fähigkeiten in diese Rangordnung ein. Hast du das verstanden?«

»Ja …«

Zangerberg räusperte sich enerviert.

»… Meister«, ergänzte Gustav hastig.

»Schauen wir mal, welchen Platz du in unserer kleinen, aber feinen Truppe einnehmen wirst. Ich werde mit sehr einfachen Fragen anfangen und wir steigern uns dann so lange, bis du sie nicht mehr beantworten kannst.« Ein gehässiges Grinsen umspielte den faltigen Mund des glatzköpfigen Feldschers.

Trotz seiner Aufregung fühlte sich Gustav gut vorbereitet. Er hatte viel bei Martin gelernt, konnte die meisten menschlichen Krankheiten erkennen und behandeln, Dämonen beschwören und heilen. Außerdem wurde sein Latein mit jedem Tag besser, den er mit Anike verbrachte, die die Sprache der antiken Denker flüssig beherrschte und öfter mit ihm übte.

»Nenn mir drei Anwendungen von Dämonenblut!«

»Ähm …« Gustav war wie vor den Kopf gestoßen. Darüber hatte Martin ihm nichts beigebracht. Sie hatten zwar immer ein, zwei Fläschchen davon im Wagen aufbewahrt, aber benutzt hatten sie den dämonischen Lebenssaft außer zum Tauschen und Handeln nie.

Erwartungsvoll klopfte Zangerberg mit seinen langen Fingern auf der Tischplatte herum: »Nun?«, fragte er lauernd.

»Ich schätze, wenn du nicht einmal eine derartig simple Frage beantworten kannst, wird dein Platz der rangniederste in der Reihe meiner Lehrlinge sein.«

Martins Handschuhe. »Das Blut der Dämonen ist ätzend …«

»Weiter?«, bohrte Zangerberg ungeduldig nach.

»Ähm …«, stammelte Gustav.

Enttäuscht schüttelte der Zunftmeister den Kopf. »Merke dir, Junge, Dämonenblut hat drei Haupteigenschaften.« Er hob den Daumen. »Erstens kann man damit niemals erlöschende Dämonenlichter herstellen. Eine nette kleine Spielerei, die nachts und vor allem bei Regen überaus praktisch ist.« Er griff hinter sich und holte eine Karaffe hervor, in der eine bräunliche Flüssigkeit schwappte.

Nachts leuchtet das Blut. Das ist barbarisch.

»Zweitens«, jetzt hob er den Zeigefinger, »ist es möglich, mit dem Lebenssaft der Untiere unedle Metalle in edlere zu verwandeln.«

Gustavs ungläubiges Gesicht verleitete ihn wohl zu weiteren Erklärungen.

»Eisen in Silber. Silber in Gold. Gold in Platin. An sich ist das nicht nützlich, weil die Wirkung sich im Sonnenlicht verflüchtigt, also glaub bloß nicht, dass du damit reich werden könntest.« Er kicherte. »Aber um einen tumben Adligen zu beeindrucken, reicht es allemal.«

Jetzt verstand Gustav, warum sein Meister ihm das nicht beigebracht hatte: Reichtümer anzuhäufen und andere Leute zu beeindrucken, war ihm nie wichtig gewesen.

»Drittens«, Zangerberg hob den Mittelfinger, »ist es ein extrem starkes und wirkungsvolles Gift, das sich nicht nachweisen lässt.«

Bevor Gustav nachfragen konnte, wie man das herausgefunden hatte, stellte ihm sein neuer Meister die nächste Aufgabe.

»Wie würdest du eine Dämonenfalle bauen?«

Wer wäre denn so dumm, Dämonen zu fangen? Auch auf diese Frage hatte Gustav keine Antwort. Er riet ins Blaue. »Verdorbenes Fleisch mögen sie gern und damit …«

Zangerberg schlug mit der flachen Hand auf den Schreibtisch. Sein Tintenfässchen belohnte diesen Ausbruch mit einem wackligen Tanz, entschied sich aber, nicht umzufallen. »Willst du mich verhöhnen, Bengel? Lass dir eins gesagt sein: Ich bin ein Verfechter von körperlichen Strafen und mir nicht zu fein, deinen blanken Hintern vor versammelter Mannschaft mit einer Reitgerte durchzuwalken.«

Verwirrung machte sich in Gustav breit. »Entschuldigt, Meister. Niemals würde ich es wagen, Euch …«

Genervt massierte sich sein Gegenüber die Nasenwurzel. »Schon gut, du kannst ja im Grunde nichts dafür. Es ist Martin, der versäumt hat, dir Derartiges beizubringen. Vermutlich hat er erkannt, dass dies bei einem Bauerntölpel wenig Sinn hat. Nur weil man Dämonen sehen kann, heißt das nicht, dass man ein schwarzer Feldscher ist.«

Ähm …

»Ich versuche es dir in einfachen Worten zu erklären.«
Gustav mühte sich, einen intelligenten Ausdruck in sein
Gesicht zu bringen, hatte aber eher das Gefühl, dass er nur
ein dümmliches Grinsen zustande bekam.

Betont langsam erklärte Zangerberg: »Eine Dämonenfalle
ist nicht dafür gedacht, Dämonen zu fangen, sondern um
Menschen«, dabei zeigte er auf sich und Gustav, »daran zu
hindern, irgendwo einzubrechen oder etwas zu stehlen.«

Jetzt erinnerte sich Gustav, dass Walter, sein in Ungnade
gefallener Vorgänger bei Martin, ebenfalls von Fallen aus
Dämonenblut gefaselt hatte.

»Man stellt solche Fallen aus Dämonenknochen und einigen Spritzern Blut her.« Dabei hob Zangerberg die Karaffe
mit dem Blut an. »Ich will dich nicht mit Details überfordern,
aber du solltest immerhin wissen, dass die Falle bei Tages-
licht nicht sichtbar ist und dennoch augenblicklich zu-
schnappt, wenn ein Mensch sie berührt.« Er lächelte vielsagend.

Wo bin ich hier nur gelandet? Offenbar ging es Zangerberg
bei seinem Gewerbe nur darum, anderen zu schaden, anders
als Martin, der immer versucht hatte Gutes zu tun und sich
den Menschen und dem Frieden verpflichtet sah.

»Leider konntest du nicht eine Frage beantworten. Ich
will meine wertvolle Zeit nicht weiter damit verschwenden,
dir so lange welche zu stellen, bis wir eine gefunden haben,
die deinem beschränkten geistigen Horizont entspricht.«
Zangerberg nahm einen Federkiel und benetzte ihn mit der
Zunge. »Aus der Lehre entlassen kann ich dich leider nicht,
weil Feldherr Torstensson aus mir unerfindlichen Gründen
wünscht, dass du in meinen Diensten und damit in seiner
Nähe bleibst.« Er machte dabei ein Gesicht, als würde ihn
jemand zwingen, einen Dämonenhintern zu küssen. »Unter

meinen Lehrlingen wirst du den niedrigsten Rang einnehmen, auf Falk und Benno hören und ihre Aufträge ohne zu
klagen und nach bestem Wissen ausführen. Hast du das verstanden?«

Es hätte schlimmer kommen können. »Ja, Meister.«

Zangerberg tauchte die Feder in schwarze Tinte, klopfte
sie sacht ab und sah auf. »Ach ja, bevor ich es vergesse:
Meine Lehrlinge halten sich an Sitte und Anstand. Ihnen ist
ein Eheweib verboten und selbst wir Meister widmen uns oft
mit so viel Hingabe unserer wichtigen Aufgabe, dass die
meisten gar keine Zeit haben, sich mit der Bürde einer weiblichen Person zu belasten.«

Pochende Schmerzen breiteten sich vor Aufregung in
Gustavs Bauch aus.

»Daher brauche ich dir sicher nicht zu erklären, dass die
rothaarige Dirne, die dich über den Verlust deines Meisters
hinweggetröstet haben mag, zu verschwinden hat.«

Es ist schlimmer! Wie soll ich das Anike beibringen?

»Pack zusammen und kläre deine Angelegenheiten! Bring
bis spätestens morgen früh den gelben Wagen und Martins
restlichen Besitz her. Die Zunft hat mich zu seinem Nachlass-
verwalter erklärt.« Wieder stöhnte er, als würde das Gewicht
der Welt auf seinen Schultern lasten. »Obwohl ich befürchte,
dass dieses Erbe nur aus Müll und billigem Tand besteht.«

Wie versteinert blieb Gustav stehen. Mit wenigen Worten
hatte dieser Mann jegliche Hoffnung, die er nach Martins
Tod gehabt hatte, zerstört. Er konnte nicht mehr mit Anike
zusammen sein und das, was es hier zu lernen gab, wollte er
nicht erlernen.

»Du darfst jetzt gehen, Bursche! Ich muss dir doch hoffentlich nicht noch erklären, wie man einen Fuß vor den anderen setzt?!«

GETRENNT MARSCHIEREN, GEMEINSAM SCHLAGEN

W as soll ich tun, Anike?« Eine Woge der Unruhe überrollte Gustav. »Zangerberg ist ein Verräter, der meinen Meister und mich töten wollte, aber ohne einen Meister darf ich nicht als schwarzer Feldscher bei den Schweden bleiben, sondern muss den Tross verlassen.«

Anike, die sich gegen jede Wahrscheinlichkeit in ihn, den einfachen Feldscherlehrling, verliebt hatte, ließ sich Zeit, bevor sie etwas entgegnete. »Es gibt nur eine Antwort auf diese Frage: Lerne fleißig, gehorche Zangerberg und …«, sie sah ihn herausfordernd an, »… warte auf den richtigen Moment, um dich an ihm zu rächen.«

»Ich bin froh, dass du nicht mein Feind bist.« In Anike existierte eine Härte, die Gustav immer wieder überraschte. »Es war die richtige Entscheidung zu verheimlichen, dass du ebenfalls Martins Lehrling warst. Du hättest Falk und den anderen schon am ersten Tag den Hals umgedreht. Dann hätten wir richtige Probleme bekommen.« Er probierte sich an einem schiefen Lächeln.

Statt einer Entgegnung hielt sie ihm einen Kamm hin.

Während Gustav hingebungsvoll ihre wallenden Haare kämmte, sprach er weiter: »Und wenn er mich nur aufnimmt, um mich aus dem Weg zu räumen? Immerhin kann ich bezeugen, dass er in ein Komplott gegen einen anderen Meister verwickelt war. Die Zunft duldet derlei sicher nicht.«

»Das wird er nicht wagen. Torstenssons Frau hat mir erzählt, dass Zangerberg sich den schwedischen Truppen nur anschließen durfte, weil du sein neuer Lehrling wirst. Die Zunft der schwarzen Feldschere kann es nicht riskieren, keinen Beobachter in der Nähe des erfolgreichsten Heerführers zu haben. Sie wollen auf jeden Fall zu den Gewinnern gehören.«

»Ich bleibe nur, wenn du auch bleiben darfst.« Gustav setzte ein übertriebenes Schmollgesicht auf.

Anike strich ihm mit dem Zeigefinger über die vorgeschobenen Lippen. »Benutz mich nicht als Ausrede, um dich vor dieser Aufgabe zu drücken. Aber tatsächlich: Ich bleibe! Gräfin de la Gardie wird mich als Dienstmädchen aufnehmen.«

»Wie hast du das denn schon wieder hinbekommen?«, fragte Gustav ehrlich überrascht.

»Ich war charmant, so wie immer.« Sie lachte mädchenhaft. »Na ja, um bei der Wahrheit zu bleiben: Sie hat gefragt, ob ich bei ihr bleiben möchte.«

»Du hast Glück. Die Gräfin ist im Gegensatz zu Zangerberg nett.«

Anike kniff die Augen zusammen. »Nett oder gewieft. Das muss sich noch herausstellen. Ich war schon ein wenig überrascht, dass sie sich überhaupt noch an meinen Namen erinnert hat. Dass sie dazu noch so erpicht auf meine Dienste ist, hat sicher nichts mit reiner Nächstenliebe zu tun. Außerdem schien es ihr auch sehr gelegen zu kommen, dass

Zangerberg dich zu seinem Lehrling macht. Natürlich hatte sie ihre Finger mit im Spiel bei Torstenssons Entscheidung. Der Zunftmeister ist sicher nicht zufällig am Tag von Martins Beisetzung hier erschienen.«

»Glaubst du, dass sie uns Böses will?«

»Nein, nur dass sie ihre eigenen Pläne verfolgt, die ich noch nicht ganz durchschaue. Vermutlich will sie uns beide einfach in ihrer Nähe haben. Die Gräfin scheint ein Gespür für außergewöhnliche Talente zu haben, die sie zu ihrem Vorteil nutzen kann. Schauen wir mal, wohin das führt. Das Wichtigste ist, dass ich bei ihr und damit beim Tross bleiben kann – in deiner Nähe.«

»Dann liegt ein schwerer Weg vor mir. Zangerberg hält mich für einen Trottel und wird mich in nächster Zeit mit den niedrigsten Arbeiten quälen, die er zu vergeben hat.«

»Lehrjahre sind keine Herrenjahre, hast du das etwa schon wieder vergessen?«, neckte Anike ihn. Mit ernster Miene ergänzte sie: »Vielleicht hat das auch etwas Gutes. Er wird dich kaum beachten. Du kannst in Ruhe herumschnüffeln und nach Beweisen für seine Missetaten suchen.«

»Du hast leicht reden. Dafür hast du eine Strafe verdient.« Er begann sie zu kitzeln.

Lachend schob sie ihn von sich. »Wir müssen darüber reden, wie es weitergehen soll.«

Für einen Moment setzte Gustavs Herzschlag aus.

»Schau nicht so erschrocken. Ich wollte vorschlagen, dass wir uns in nächster Zeit nur heimlich treffen. Ich werde tagsüber der Gräfin de la Gardie eine getreue Dienerin sein und du Zangerbergs braver Lehrling, aber die Nächte«, sie zwinkerte ihm anzüglich zu, »die gehören weiter uns. Der Tross sollte groß genug sein, dass wir immer ein abgelegenes Plätzchen finden.«

»Das hört sich nach einem großartigen Plan an.« Glücklich lachte Gustav auf. »Ich hoffe nur, dass meine Dämonin nicht eifersüchtig wird. Bisher waren ihr die Nächte vorbehalten.«

»Sollte das so sein, dann werde ich ihr das schon austreiben.« Anike versuchte sich an einem grimmigen Dämonengesicht. Schnell wurde sie wieder ernst. »Eine Sache will ich dir aber endlich erzählen.«

Wieder hörte Gustav die innere Stimme, die ihm einflüsterte, dass er das große Glück mit Anike nicht verdient hätte und jederzeit etwas Furchtbares passieren könnte.

»Weil … was ich bisher nicht erwähnt habe, ist …«, begann sie und verstummte dann.

»Anike!« Gustav nahm ihre Hand. »Ich bin es. Ich würde dir mein Leben anvertrauen. Bitte vertrau du mir auch!«

Sie begann stumm zu weinen, und dann platzte es aus ihr heraus: »Mein Vater hat meine Mutter ermordet, aber ich glaube, dass er unschuldig ist. Er sitzt in einem Gefängnis in Wien und ich will ihn befreien. Das wollte ich die ganze Zeit. Deswegen habe ich mich darauf eingelassen, mich bei euch einzuschleichen, und aus demselben Grund bin ich zurückgekehrt. Ich glaube nämlich, dass nur du mir dabei helfen kannst, ihn zu retten.«

Gustav war wie vor den Kopf gestoßen. Er hatte mit vielem gerechnet, aber nicht damit. »Was sagst du da?«

Als hätte sie ihn nicht gehört, redete sie weiter. »Du musst wissen, dass mein Vater der Gehilfe eines berühmten Astronomen war, als meine Familie und ich in Amsterdam lebten. Ruben de Broink war als Wissenschaftler über die Grenzen der Vereinigten Niederlande hinaus bekannt. Ende des Jahres 1630, ich war noch ein Kind, hat er mit Vater das Bruchstück eines Kometen ausgegraben.«

31

Gustav reichte ihr ein Tuch, mit dem sie ihr tränennasses Gesicht trocknen konnte. Er verstand nicht, worauf Anike hinauswollte, aber auf keinen Fall hatte er vor, sie zu unterbrechen. *Das ist ein besonderer Moment.* Der Augenblick, in dem ihm Anike die gesamte Wahrheit über sich offenbarte.

Sie bedankte sich und sprach weiter. »Es war ein Teil eines berühmten Himmelskörpers, des sogenannten Winterkometen. Sein roter Schweif war Ende 1618 und Anfang 1619 weithin über Europa zu sehen.«

»Ja, ich erinnere mich an Geschichten darüber.« Gustav hatte einmal ein Bild gesehen, auf dem der Feuerschwanz des Kometen in grellem Rot dargestellt worden war. »Man hat die Erscheinung für allerlei Übles verantwortlich gemacht. Was ganz sicher Blödsinn ist.«

Anike sah ihn durchdringend an. »Sag das nicht! Der Gesteinsbrocken, den mein Vater für Ruben barg, übte auf ihn eine unheilvolle Anziehung aus. Er begann sich zu verändern. Beschäftigte sich nur noch mit dem Stein, bekam plötzlich Wutanfälle und vernachlässigte mich und meine Mutter.« Sie schluckte schwer. »Eines Abends hat er den Brocken aus dem Haus des Wissenschaftlers entwendet und mit zu uns genommen. In der gleichen Nacht hat er Mama ermordet«, flüsterte sie. »Ich bin fest davon überzeugt, dass in dem Stein ein Dämon saß, der in meinen Vater gefahren ist und ihn die grausame Tat hat ausführen lassen.«

»Anike, es tut mir so leid, aber ich glaube nicht …«

»Nein!« Ihre Augen sprühten vor Wut. »Überleg doch mal, bevor du mir einredest, dass das alles Humbug ist. Also: Ein Komet erscheint und mit ihm beginnt der schlimmste Krieg der Menschheitsgeschichte. Mein Vater, eine sanfte Seele, findet ein Stück von dem Kometen und wird immer brutaler. Er bringt nachts seine geliebte Frau um und am nächsten Morgen kann er sich daran nicht mehr erinnern. Du bist doch selbst durch einen unglaublichen Zufall mit einer Dämonin verbunden, nur dass du sie nie in deinen Körper gelassen hast. Was aber problemlos möglich ist, wie wir beide wissen. Was würde mit einem Menschen passieren, dessen Leib unwissentlich und ohne Kontrolle durch einen schwarzen Feldscher von einem Dämon übernommen wird? Von einem Dämon, der gleichzeitig keinen Weg heraus aus diesem Leib findet und all seine Bosheit und Macht daransetzt, diesen Körper zu verlassen?«

»Es würde diesen Menschen schier zerreißen«, entfuhr es Gustav.

»Ich wünschte, dass ich den Mut aufgebracht hätte, Martin davon zu erzählen.« Bedächtig zog sich Anike an. »In Osnabrück wäre ich fast so weit gewesen. Wir waren damals eine so enge Gemeinschaft.« Resigniert pustete sie aus.

Gustavs Gedanken wanderten zu jenem alkoholgeschwängerten Abend im Garten des schiefen Hauses. »Hat Martin damals nicht erzählt, dass die schwarzen Feldschere sich mit dem Beginn des Krieges gegründet haben und die Dämonen nahezu gleichzeitig aufgetaucht sind?«, fragte er eher sich selbst als Anike.

»Stimmt! Ich glaube sogar, dass du ihm etwas bemerkenswert Schlaues darauf geantwortet hast. Was war das bloß?« Sie tippte nachdenklich mit dem Finger gegen ihre Lippen.

»Das kann doch kein Zufall sein.«

Aufgeregt blickte Anike ihn an. »Genau das war es!«

»Du hast also nicht vergessen, dass ich an diesem Abend etwas Intelligentes von mir gegeben habe.« Neckisch zwinkerte Gustav ihr zu.

Sie hob spöttisch eine Augenbraue. »Ehrlich gesagt, erinnere ich mich eher an unser peinliches Aufeinandertreffen am nächsten Morgen. Außerdem fällt mir beim besten Willen Martins Antwort auf deine Bemerkung nicht mehr ein. Ich war zu meiner großen Schande zu betrunken.«

Nachsichtig lächelte Gustav sie an. An jenem Abend hatten sie sich das erste Mal geküsst und es wäre schon damals mehr zwischen ihnen passiert, wenn Anike sich nicht hätte übergeben müssen. »Martin hat in etwa gesagt: ›Die Verrücktesten unter den ach so Weisen behaupten sogar, dass die Dämonen mit dem roten Winterkometen 1618 gekommen wären.‹«

Anike schlug mit der flachen Hand auf den Karrenboden. »Siehst du! Es stimmt also, was ich vermute.«

»Nein.« Bedächtig schüttelte Gustav den Kopf. »Seine Meinung war, dass diese Theorie dummes Zeug sei.«

»Vielleicht wusste er es nicht besser.« In ihre Stimme schlich sich ein flehender Ton.

»Er war ein kluger Mann, hätte uns aber mit Sicherheit gescholten, wenn wir ihn für allwissend gehalten hätten. Aber warum lassen wir ihn nicht selbst zu Wort kommen?«

Anike sah ihn verwirrt an.

Triumphierend beförderte Gustav den Codex Daemonum seines alten Meisters aus einer verschlossenen Holzkiste hervor. Er blätterte darin herum, doch die zahllosen Aufzeichnungen, Zeichnungen und Formeln erschienen ihm weiterhin völlig zusammenhangslos. Es würde Ewigkeiten dauern, die Texte zu übersetzen, und dann weitere Monate, um darin nach einem Hinweis auf den Winterkometen zu suchen – falls es denn einen gab.

»Gib dir keine Mühe.« Anike winkte ab. »Mein Latein ist besser als deines und ich habe da drin nie auch nur den Hauch einer Spur zu diesem Thema gefunden.«

Gustav seufzte. »Ich verspreche dir, dass ich herauszufinden versuche, welche Gelehrten behauptet haben, dass mit dem Winterkometen das Dämonenproblem begonnen hat. Ich habe gesehen, dass mein neuer Meister eine ordentlich ausgestattete Bibliothek mit sich führt. Die zu durchforsten, wäre schon einmal ein guter Anfang.« Er nahm Anike in den Arm. »Danke.«

»Wofür?«, fragte sie ihn verblüfft. »Eigentlich müsste ich doch eher dir danken, dass du dich auf meine Verrücktheiten einlässt.«

»Dafür, dass du mir vertraust und ich jetzt endlich die ganze Anike kennenlernen durfte. Übrigens«, er schenkte ihr ein schiefes Grinsen und schlüpfte in seine Hose, »ich mag diese Anike gern.«

»Und ich danke dir, dass du mir helfen willst.« Sie küsste ihn. »Wir erobern also gemeinsam mit Torstensson Wien, rächen Martin und befreien Vater?«

Gustav sortierte seine Gedanken. »So machen wir's!«

LEHRJAHRE SIND SCHRECKENSJAHRE

So, Jolande, bist du bereit für ein Leben im Verborgenen?« Vorsichtig tätschelte Gustav dem alten Maultier den grauen Hals. Seit Martins Tod hatte sie ihn kaum mehr gebissen und er freute sich fast, dass sie es in diesem Moment versuchte. »Schön, dass es manche Dinge gibt, die sich nicht ändern.« Leichtfüßig kletterte er auf den Kutschbock und griff nach den Zügeln. »Ach, fast vergessen.« Er kramte in der Tasche herum, die er sich um die Brust geschnallt hatte. »Hoffen wir, dass ihr mir genauso gute Dienste leistet wie eurem vormaligen Besitzer.« Andächtig zog er das letzte Paar schwarzer Handschuhe über, das Martin im Leben getragen hatte. Erstaunlicherweise passten sie, wenn seine Finger auch etwas zu kurz waren. Es fühlte sich gut an, auf diese Weise immer ein Stückchen seines alten Meisters bei sich zu haben. Außerdem erinnerte ihn die nicht richtig sitzende Passform daran, dass er noch lange nicht dieselben Fähigkeiten wie Martin besaß. Darüber hinaus hoffte er, dass die Handschuhe ihn ein wenig vor dem beschützen würden, was ihn bei Zangerberg erwartete. Eine lederne Barriere gegen die Dinge, die er in seiner zukünftigen Rolle als unterwürfiger Lehrling würde tun müssen.

»Dann mal los, meine Liebe!« Gustav schnalzte mit der Zunge und Jolande setzte sich gemächlich in Bewegung. Langsam durchfuhren sie den um diese frühe Morgenstunde kaum erwachten Tross. Die Feuchtigkeit auf den Wagen und Zelten der Bagage gab ihnen in den ersten Sonnenstrahlen des anbrechenden Tages einen geheimnisvollen Glanz. Nach dem Regen der letzten Nacht schien es ein sonniger Frühlingstag zu werden. Die steigenden Temperaturen hatten den Boden schlammig werden lassen. Jolandes Hufe gaben bei jedem Schritt ein Schmatzen von sich. Spätestens zur Mittagsstunde würde der Grund unter den Tausenden Füßen und zahllosen Wagenrädern so aufgelöst sein, dass ein Durchkommen unmöglich war.

Gustavs Gedanken wanderten zur letzten Nacht. Er fühlte sich enger mit Anike verbunden, seitdem sie sich ihm anvertraut hatte. Es war, als hätte er sie erst gestern wirklich kennengelernt und verstanden. Er seufzte schwer. Es war ein ungutes Gefühl gewesen, allein in dem gelben Wagen aufzuwachen. Anike war im Schutz der Nacht zum Hofstaat ihrer neuen Herrin verschwunden.

Schneller, als es Gustav lieb war, kam Zangerbergs Wagenburg in den Blick. Bestürzt stellte er fest, dass er nicht unbemerkt in das Lager rollen konnte. Ihn erwartete ein hellwacher und gehässig grinsender Falk.

»Da bist du ja endlich, dritter Lehrling.«

Innerlich zuckte Gustav mit den Schultern. Sollte Falk keine bessere Beschimpfung für ihn einfallen als ›dritter Lehrling‹, würde die Zeit hier vielleicht doch nicht so furchtbar werden.

»Stell den rollenden Müllhaufen dahinten ab.« Falk zeigte auf eine riesige Pfütze, die sich am äußersten Rand des Feldscherlagers gebildet hatte.

Sich jedes Murren verkneifend, folgte Gustav der Anordnung. Geschickt sprang er vom Kutschbock, ohne nasse Füße zu bekommen.

Falks Gesichtsausdruck zeigte Enttäuschung.

Ein erster kleiner Sieg, freute sich Gustav.

»Unser Meister schickt mich, damit ich Martins Sachen in Augenschein nehme. Mach den Wagen auf!«

Dass Zangerberg nicht mal die kleine Mühe auf sich nahm, selbst nach Martins Erbe zu sehen, verbitterte Gustav, dennoch gehorchte er.

Mit neugierig vorgerecktem Kopf blickte Falk in das Innere des Wagens, der in den letzten Jahren Gustavs Zuhause gewesen war. »Schlimmer, als ich befürchtet hatte.«

»Was? Es ist doch sehr ordentlich.« Gustav hatte nach Anikes Abschied die halbe Nacht damit verbracht, den Karren aufzuräumen. Alte Kräuter aussortiert, Kisten abgestaubt, Gläser und Tiegel neu verkorkt …

»Das meine ich nicht. Wo sind denn eure Dämoneningredienzen? Blut, Hautschuppen, Schädel, Zähne, Knochen. So was halt.« Falk machte sich daran, in den Wagen zu klettern. Mit einem Mal hielt er inne, kam kurz aus dem Gleichgewicht und stolperte in die Pfütze. Seine Stiefel verfärbten sich dunkel vom Wasser. Er schien es nicht zu bemerken, sondern fragte aufgeregt: »Hier drinnen sind doch keine Fallen, oder?«

»Natürlich nicht, und auch keine Dämoneningredienzen.« Das sperrige Wort kam nur widerwillig aus Gustavs Mund.

Falk lachte gehässig. »Die hast du wohl noch schnell zu Geld gemacht, als dein alter Meister abgekratzt ist, was?«

»Nein!«, entfuhr es Gustav heftiger als beabsichtigt. »Wir hatten derlei nie.« Das einzige Mal, dass er außerhalb eines nächtlichen Schlachtfeldes dämonische Überreste bei seinem Meister gesehen hatte, war, als der damit einen Kontaktmann auf dem Leipziger Friedhof bezahlt hatte.

Falk entwich ein übertriebenes Stöhnen. »Es ist also wahr, was man sich über Martin erzählt.«

»Was erzählt man sich denn so?«, zischte Gustav.

Unschuldig zuckte Falk mit Achseln. »Na, du weißt schon«, druckste er herum. »Man soll ja nichts Böses über die Toten sagen, aber alle wussten, dass er ein schlechter Feldscher war. Jemand, der Angst vor den Dämonen hatte und eher mit niederen Badertätigkeiten sein Glück versuchte: Haare schneiden und irgendwelche Liebeselixiere an dralle Müllerstöchter verkaufen.« Er klopfte Gustav wuchtig auf die Schulter. »Gräm dich nicht, ist also nicht allein deine Schuld, dass du so beschränkt bist.«

»Wage es nicht, so über Martin zu reden«, knurrte Gustav.

Auf Falks Nussknackergesicht erschien ein Haifischgrinsen. »Sonst was?«

Unbewusst ballte Gustav die Fäuste. Schwach hörte er in seinem Hinterkopf Anikes mahnende Stimme, dass er den braven Lehrling mimen sollte.

Spöttisch nickte Falk in Richtung von Gustavs Fäusten. »Ist das dein Ernst, dritter Lehrling?« Er baute sich vor ihm auf. Zwar war er etwas kleiner als Gustav, dafür hatte er aber deutlich breitere Schultern. »Glaubst du, dass du mir gewachsen bist? Ich bin keiner der Bauernlümmel, die du und dein Meister in den letzten Jahren für dumm verkauft habt.« Er verpasste Gustav einen Stoß.

Der taumelte rückwärts und landete nun doch in der Pfütze. Wütend kam er hoch. »Niemand hat das Recht, so über Martin zu sprechen, du dreckiges Schandmaul!« Geifer schoss aus Gustavs Mund.

»Ich sage die Wahrheit, wann immer es mir passt. Martin war eine Schande für die schwarzen Feldschere, und das weiß jeder. Punkt!«

Zornig sprang Gustav auf Falk zu.

Der wich ihm lachend aus und drehte sich um. »Was soll'n das werden? Willst du mich zum Tanz auffordern?« Hart trat er Gustav in den Allerwertesten.

Schmerzen bohrten sich in Gustavs Hintern. Seine Hand wanderte zu dem silbernen Beschwörungsdolch, den er unter dem Wams trug.

Falks Gesicht nahm einen lauernden Ausdruck an. »Zieh ihn!«, flüsterte er ihm zu. Deutlich lauter ergänzte er: »Ich werde schon nicht um Hilfe rufen.«

Unerwartet hörte Gustav Jolandes Wiehern in seinem Rücken. Überrascht drehte er sich zu ihr um und wich knapp dem schnappenden Maul aus. Das war wie ein Weckruf der Vernunft. Gustavs Kopf begann wieder zu arbeiten und jetzt begriff er: Irgendetwas war hier im Gange und er spielte dabei die ihm zugedachte Rolle. Er schluckte schwer und zwang sich zu sagen: »Bitte entschuldige, erster Lehrling. Ich werde deine Meinung in Zukunft respektieren.«

Fast konnte er hören, wie es in Falks Dickschädel arbeitete. Sein Schnurrbart hob und senkte sich.

Im selben Moment kam Zangerberg hinter dem gelb gestrichenen Wagen hervor.

Natürlich. Gustav dachte daran, wie Falk ihn flüsternd aufgefordert hatte, das Messer zu ziehen, um dann lautstark zu beteuern, dass er nicht um ›Hilfe‹ rufen würde. Ein mit Zangerberg verabredetes Zeichen. »Ich werde selbstverständlich immer tun, was du verlangst«, rief Gustav, sodass es sein neuer Meister nicht überhören konnte. Darüber hinaus deutete er vor Falk sogar eine Verbeugung an.

»Was ist denn hier los?«, fragte der Feldscher erbost.

Gustav setzte seine beste Unschuldsmiene auf – die hatte er von Mela gelernt. »Was meint Ihr, Meister?«

Zangerberg sah irritiert von ihm zu Falk und wieder zurück. Enttäuschung und Ärger spiegelten sich auf seinen Zügen wider. »Nun, äh … ich glaubte, dass es hier Streit geben würde, der … nun … äh, wenn dem nicht so ist, dann ist es ja umso besser.« Er warf Falk einen giftigen Blick zu.

Sie wollen mich loswerden. Hätte ich Falk mit dem Messer angegriffen, hätte Torstensson nicht länger darauf bestehen können, dass ich weiter bei Zangerberg in die Lehre gehe. Höchstwahrscheinlich wäre ich bereits in Ketten gelegt und auf dem Weg in irgendeine feuchte Zelle – oder schlimmer. Gustav wurde heiß und kalt zugleich. In einem Moment der Unbeherrschtheit hätte er beinahe alles verloren. *Es tut mir leid, Anike,* entschuldigte er sich in Gedanken.

»Wenn ich schon einmal hier bin, kann ich ja gleich Martins Sachen inspizieren«, spielte Zangerberg die Posse weiter.

Gustav und Falk folgten ihm zur offenen Wagentür.

Falk, ganz der brave Lehrling, schnauzte Gustav an: »Hilf dem Meister rauf!«

Wie gewünscht, bildete Gustav mit den Händen eine Räuberleiter, über die Zangerberg mit seinem schlammigen Stiefel ins Innere kletterte.

Aufgeregt beobachtete Gustav, wie sein neuer Meister mit gerümpfter Nase die Regale inspizierte. »Was sonst hätte ich hier erwarten können«, murmelte er. Zielsicher fischten seine knorrigen Finger zwei Fläschchen aus einer mit Holzwolle gefüllten Kiste, die zu seiner Enttäuschung aber kein Dämonenblut enthielten, sondern nur angetrockneten

Grünspan. Übertrieben schüttelte er seinen kahlen Schädel. »Das hier ist ja nicht mal einem Wald-, Feld- und Wiesenheiler angemessen. Was hat Martin sich nur dabei gedacht?«

Gustav zwang sich, beschämt den Kopf zu senken.

»Falk«, wandte der schwarze Feldscher sich an seinen ersten Lehrling. »Die metallischen Instrumente gib dem Trossschmied. Und der Rest hier drin kann weg, am besten verbrennst du alles.«

Es kostete Gustav beinahe unmenschliche Kraft, nicht dagegen zu protestieren. Er versuchte, an Anikes bezauberndes Gesicht zu denken, aber es verschwamm immer wieder in einem roten Strudel aus Zorn.

»Natürlich, Meister«, äußerte Falk mit einem zufriedenen Grinsen.

Zangerberg klopfte prüfend gegen das halbrunde Dach des Wagens. »Dieser Schrotthaufen hält uns nur auf, so was will ich nicht in meinem Lager haben. Stell dir nur vor, was unsere Zunftkollegen denken, wenn sie so etwas bei uns entdecken.« Er lachte wie eine Ziege mit Verstopfung.

»Das alles hier ist eine Beleidigung fürs Auge«, versicherte Falk eifrig und stimmte in das Meckern mit ein. »Den Wagen können wir an einen Trödelhändler verkaufen.«

Gustav biss sich auf die Innenseiten seiner Wangen, um still zu bleiben.

Mithilfe von Falks demütig angebotener Hand sprang der Feldscher aus dem Wagen. »Gut, dann habt ihr ja reichlich Arbeit. Schmeiß Benno aus den Federn, Falk.« Zangerberg machte sich zum Gehen bereit. Mit einem Mal hielt er kurz inne und wandte sich an Gustav: »Du weißt nicht zufällig, wo Martins Codex Daemonum ist?«

Den habe ich meiner Freundin Anike zur Aufbewahrung gegeben, damit sich Eure dreckigen Finger nicht darum schließen. Höflich sagte er: »Während der Kämpfe ist das Buch leider verloren gegangen. Es war mir nicht möglich, es wiederzufinden, Meister. Bitte entschuldigt!«

»Schade, äußerst schade, aber vermutlich stand eh nichts von Wert darin.« Zangerberg wischte über seine Kleidung, als wollte er seine Hände von unsichtbarem Schmutz befreien. »Falk.«

»Ja, Meister.«

Fehlt nur noch, dass der erste Lehrling mit dem Schwanz wedelt.

»Ich habe nachgedacht. Den Wagen eines schwarzen Feldschers an Außenstehende zu verkaufen, ist gefährlich. Immerhin ist er mit Dämonenblut bestrichen worden. Ich denke, ihr solltet ihn zerhacken und ebenfalls den Flammen überantworten.«

Tränen verschleierten Gustavs Sicht.

»Was machen wir mit dem alten Maultier? Soll ich es zum Abdecker bringen?«, erkundigte Falk sich.

Bevor Gustav den Mund öffnen und sich um Kopf und Kragen reden konnte, erklang Bennos unbeschwerte Stimme. »Zum Abdecker? Dafür ist diese Schönheit doch viel zu schade.« Er kam mit einem breiten Grinsen zwischen den Wagen hervor. Seine blonden Haare standen vom Schlaf wild in alle Richtungen ab. »Ich könnte für den gelben Karren gut und gern ein weiteres Zugtier gebrauchen, Meister.«

»Doch nicht den alten Klepper«, mischte sich Falk augenblicklich ein. »Bei dem kann man ja die Rippen zählen.« Den ersten Lehrling dürstete es offensichtlich nach Blut. Weil er Gustavs nicht hatte bekommen können, wollte er seinen Hass an einem Geschöpf auslassen, das sich nicht wehren konnte.

Benno lief zu Jolande und streichelte sie zärtlich. »Lass dich mal anschauen, meine Süße.«

Das schlaue Tier machte keine Anstalten, ihn zu beißen. Gustav hatte sogar den Eindruck, dass sie sich ein wenig mehr aufrichtete und den Bauch einzog.

»Zähne und Fell sehen anständig aus. Sie ist nicht alt, sondern erfahren, und genau das brauche ich, wenn ich mit unserem Spezialwagen unterwegs bin. Ihr wisst, wie unzuverlässig Caruso nachts immer ist, Meister.« Benno streichelte Jolande übers Maul. »Du hast doch keine Angst vor der Dunkelheit?«

Gustavs Herz schlug bis zum Hals, während er Zangerberg beobachtete, wie der mit sich rang. »Bringt das Vieh zu den anderen Zugtieren. Es darf sich sicher bald beweisen. Danach entscheiden wir, wie es mit ihm weitergeht. Den stinkenden Wagen schafft mir aber schnellstmöglich aus den Augen! Er erinnert mich nur daran, welch bleischweres Erbe Martin mir hinterlassen hat.« Kurz ruhte sein Blick auf Gustav, dann verschwand er in Richtung seiner Kutsche.

Das war knapp. Bevor Gustav Benno ein leises Danke zuflüstern konnte, holte ihn ein Krachen aus seinen Gedanken.

»Nun macht schon! Ich will, dass der ganze Mist hier vor dem Mittag nur noch ein Haufen Asche ist«, knurrte Falk und warf achtlos eine weitere Kiste aus dem Wagen auf den matschigen Boden.

»Mach lieber, was er sagt«, wisperte Benno und reichte Gustav eine Axt.

Abwesend nahm er sie in die Hand und warf einen letzten Blick auf die gelbe Karrenwand, deren mäanderndes Bild eines Dämonenschädels und einer Rose ihm einst das Leben gerettet hatte. »Es tut mir leid, Meister«, murmelte er.

DIE
DIENSTMAGD

G uten Morgen.« Anike deutete einen Knicks an, als
sie an das Bett ihrer neuen Dienstherrin trat, um
ihr einen Becher warme Milch zu bringen. Magdalene, die erste Dienstmagd, hatte ihr aufgetragen, es genauso zu halten. »Ich hoffe, Ihr hattet eine geruhsame
Nacht.«

Die Frau des schwedischen Feldherrn gähnte und
streckte sich. »Ja, nur mein Liebster hat wieder einmal keine
Ruhe gefunden.« Sie klopfte traurig auf die leere Bettseite neben sich. »Na ja, vielleicht auch ganz gut, ich wäre froh, wenn
wir endlich aus dem kalten Drecksloch herauskommen.« Sie
schüttelte sich. »Nichts gegen böhmische Gasthäuser, aber
dieses ist eine Zumutung. Warum nur muss der Krieg immer
an so beklagenswerten Orten stattfinden?« Sie atmete durch.
»Eigentlich lohnt es nicht, sich darüber zu ärgern. Wahrscheinlich werden wir heute oder morgen zum nächsten
trostlosen Loch aufbrechen. Mein rastloser Gatte brütet sicher schon wieder über Plänen, wie er dem Kaiser noch
mehr Gram zufügen kann.«

Anike gestattete sich ein höfliches Grinsen. Die letzten Jahre hatten sie gelehrt, niemandem voreilig zu vertrauen.

»Was hast du da eigentlich an?«, fragte Beata und schwang die Beine aus dem Bett. »Und wo ist Magdalene?«

Vorsichtig stellte Anike die Milch auf dem Nachttisch ab und zog Beata die mit Schaffell ausgekleideten Pantoffeln über. »Wie meint Ihr das?«

»Genauso, wie ich es sage, Kind. Warum hast du eine Schürze um und diese komische Haube auf dem Kopf?«

Anike begann sich unwohl zu fühlen. Sie hatte sich fest vorgenommen, an ihrem ersten Tag alles richtig zu machen, und nun lief es schon schief, bevor sie überhaupt mit ihrem Dienst begonnen hatte. »Magdalene hat mir die Kleider gegeben. Es sind alte von ihr. Ich weiß, dass sie mir zu groß sind, aber wir hatten auf die Schnelle nichts anderes. Ich bin mir sicher, dass der Trossschneider bald …«

Die Gräfin warf ihr einen amüsierten Blick zu. »Ich schätze, du hast hier etwas gründlich missverstanden, Anike. Dienstmädchen, die meinen Nachttopf ausleeren und sich darum reißen, mir den Hintern abzuwischen, habe ich mehr als genug.«

Ein mulmiges Gefühl breitete sich in Anike aus. Erlaubte Beata sich einen Spaß mit ihr? Unter anderen Umständen hätte sie sich deswegen keine großen Sorgen gemacht, doch diesmal konnte sie nicht einfach ihre Sachen in einen Beutel werfen und das Weite suchen. Sie wollte Gustav nicht zurücklassen. Außerdem war Torstenssons Armee ihre einzige Möglichkeit, nach Wien zu gelangen.

»Jetzt schau nicht so bedröppelt, Mädchen. Ich würde niemals deine Talente damit verschwenden, dass du hier den Boden wischst und dicke Bohnen mit Speck kochst.« Die Gräfin brach in ein mädchenhaftes Lachen aus, das nicht so recht zu den Falten auf ihrer Stirn und den grauen Strähnen in dem braun gelockten Haar passen wollte.

Zorn brodelte in Anike auf. *Warum hat sie mich hierherbestellt? Um mich zu verhöhnen?*

Die Frau des Feldherrn stand auf und ließ sich von Anike ihren seidenen Morgenrock reichen. Sie studierte dabei ausführlich Anikes Gesicht. »Du bist wütend, nicht wahr?«

»Ich … ähm … nun«, stammelte Anike ertappt.

Wieder lachte die Gräfin. »Streite es nicht ab.« Sie legte ihr vertrauensvoll die Hände auf die Schultern. »Genau deswegen bist du hier! Ich brauche dich, Anike, ich brauche eine Frau, die sich nichts gefallen lässt in einer Gesellschaft, die von stupiden Männern beherrscht wird.« Sie schenkte ihr ein Lächeln voller Selbstsicherheit und Zuneigung.

»Ich verstehe nicht, ich dachte, dass ich Euch helfen soll, und …«

»Natürlich sollst du mir helfen!«, beharrte die Gräfin. »Aber als meine Beschützerin und nicht als Dienstmädchen!«

»Aber …«

Amüsiert verdrehte ihre neue Herrin die Augen. »Glaubst du etwa, ich hätte vergessen, wer mich aus den Fängen der kaiserlichen Marodeure gerettet hat? Ich will, dass so etwas nie wieder geschieht. Meine männlichen Bewacher sind einmal gescheitert und werden es erneut tun. Egal, wie viele Lennart an meine Seite stellt. Sie sind einfach zu weit weg – niemals dürfen sie ins Schlafzimmer, geschweige denn bei mir sein, wenn ich mich umziehe oder den Abort aufsuche. Nein, nein, richtig beschützen kann mich nur eine Frau. Bisher habe ich leider keine gefunden, die dazu in der Lage ist.« Sie machte eine kurze Pause und blickte Anike mit funkelnden Augen an. »Bis ich dich getroffen habe.«

»Es ist mir eine große Ehre, Gräfin, aber wie kommt Ihr darauf, dass gerade ich …«, begann Anike.

»Liebes Mädchen, bitte beleidige nicht meine Intelligenz. Hast du geglaubt, ich stelle irgendeine Göre von der Straße ein, ohne Erkundigungen über sie einzuholen?«

»Natürlich nicht! Entschuldigt bitte.«

»Du brauchst dich nicht zu entschuldigen, ich bin mehr als beeindruckt, wenn nur die Hälfte von dem stimmt, was meine Vögelchen mir zugezwitschert haben. Hast du dem Bischof von Köln wirklich die Schatzkammer geleert, während er sich in einem Hurenhaus vergnügt hat?«

Anike gestattete sich ein flüchtiges Lächeln.

»Du brauchst nicht zu antworten. Mir ist deine Vergangenheit egal. Wichtig ist nur, dass ich dir jetzt und in Zukunft vertrauen kann. Das kann ich doch, oder?« Der bisher so freundliche Blick der Adligen wurde prüfend.

»Ja, Gräfin, das könnt Ihr.« Anike meinte es ernst. Sie bewunderte die machtvolle Frau.

»Sehr gut! Jemanden wie dich brauche ich an meiner Seite. Lennart und ich, wir haben viele Feinde und Konkurrenten. Nicht nur auf dem Schlachtfeld.« Sie ging in Richtung Tür. »Kommst du?«

Vor Überwältigung bewegte sich Anike keinen Schritt.

»Oder willst du doch meinen Nachttopf ausleeren?«

»Nein, natürlich nicht.« Anike fiel wieder ein, mit wem sie sprach. »Also, natürlich, unter anderen Umständen schon, aber lieber bin ich Euer Schutzengel.«

»Dann zieh diese lächerliche Kleidung aus und besorg dir bei Louis an Ausrüstung und Waffen, was du brauchst. Er ist der persönliche Waffenmeister des Generals. Jemand Besseren als ihn wirst du in ganz Böhmen nicht finden.«

Ein aufregendes Kribbeln erfüllte Anike. Zwar war alles anders gekommen, als sie es geplant hatte, aber diese neue Aufgabe entsprach eher ihren Talenten. *Die Gräfin vertraut mir ihr Leben an.* Anike bekam Bauchschmerzen bei dem Gedanken, dass sie vermutlich auch diese großzügige Frau über kurz oder lang im Stich lassen würde, wie jeden Menschen bisher.

Nachdem sie der überraschten Magdalene die Dienstmädchenkleidung zurückgegeben hatte, begab Anike sich auf die Suche nach Louis, dem Waffenschmied. Sein Zelt lag in der Nähe des Gasthofs, den Torstensson zu seinem Hauptquartier erklärt hatte. Eine sich in den blassblauen Frühlingshimmel kräuselnde Rauchfahne zeigte die Wirkstätte des Waffenschmieds an.

Kurz vor dem Ziel trat ihr ein etwa Zehnjähriger mit rußgeschwärztem Gesicht in den Weg. »Moment mal, wo willst du denn hin? Der Meister lässt sich nie mit Trosshuren ein. Du kannst gleich wieder gehen!«

Als Anike den Versuch unternahm, das Kind zu ignorieren, zog der Junge einen edel aussehenden Dolch und bedrohte sie damit. »Hast du nicht verstanden, Dirne?«

»Nenn mich noch einmal so und ich schneide dir mit deinem Käsemesser die Zunge aus dem Hals, du unverschämter Bengel«, zischte Anike.

»Das wollen wir doch mal sehen.« Geschickt warf der Junge das Messer von einer Hand in die andere.

»Lass das billige Theater!«, knurrte Anike, blieb aber stehen. Der Bengel wirkte zu allem entschlossen.

»Dann verschwinde, *Dirne.*« Gehässig grinsend sprach er das Wort aus.

Du kleiner Drecksack.

Bevor Anike töricht handeln und ihr eigenes Messer ziehen konnte, unterbrach eine tiefe Stimme das Geplänkel. »Sieh an, wir haben eine Kundin. Warum hast du mich nicht gleich gerufen, Bert?«

Der verwandelte sich vor Anikes Augen von einem Wolfskind in ein friedliches Lämmchen. »Entschuldigt, Meister Louis, aber ich glaube, dass das keine Kundin ist, sondern eine …« Verschämt blickte er zu Boden.

»… Dame, und damit hast du recht.« Der gebeugt gehende Mann trug trotz der vorfrühlingshaften Kühle nur eine beige Leinenhose und eine Lederschürze über seinem muskulösen Oberkörper. Er trat auf Anike zu, nahm ihre Hand und hauchte galant einen Kuss darauf. »Comment puis-je vous servir, ma chère?«

Anike schaffte es, rechtzeitig den Mund zu schließen und ihn nicht anzustarren. Louis hätte ein anziehender Mann sein können, wenn sein Rücken nicht von einem Buckel entstellt gewesen wäre.

»Er fragt, was du willst«, übersetzte Bert barsch.

»Non, non, so habe ich das nicht formuliert. Wie darf ich Ihnen dienen, meine Liebe?«, übersetzte Louis selbst mit deutlich hörbarem Akzent.

Um nicht noch peinlicher dazustehen, zwang Anike sich zu einer knappen Antwort. »Ich brauche Waffen.«

»Na sicher doch«, murmelte Bert genervt.

Anike atmete durch und besann sich auf ihre neue Rolle. »Ich komme von Gräfin de la Gardie. Ihr sollt mich ausrüsten, damit ich für ihren Schutz sorgen kann.«

»Ihr seid das.« Der Schmied zog die Augenbrauen hoch. »Nur hereinspaziert!« Er führte sie in sein Schmiedezelt. Die Esse verströmte eine so große Hitze, dass Anike verstand, warum Louis derart knapp bekleidet war. In zahlreichen

Fässern neben der Esse standen Massen an Piken, Schwertern und Bogenpfeilen.

Der Schmied schien ihren aufmerksamen Blick bemerkt zu haben. »Da ist nichts für Euch dabei. Ihr seid doch kein Schlachtross.« Er lachte einnehmend, klappte mit seinem muskulösen Arm ein Stück Zeltplane zur Seite und führte Anike in einen abgetrennten Bereich. »Hier finden wir eher etwas für Euch.«

Anike rechnete mit weiteren Waffen, nur in besserer Ausführung, stattdessen erwartete sie ein leerer Tisch.

»Bert«, rief Louis über die Schulter. »Holst du bitte die Kiste, die ich nach dem Besuch der Gräfin vorbereitet habe?«

Von dem Jungen kam nur ein unverständliches Gemurmel. Am Tonfall war allerdings eindeutig herauszuhören, dass er über diesen Auftrag nicht begeistert war.

»Seid ihm nicht böse. Nach dem Tod seiner Eltern hat Bert es sich zu seiner Aufgabe auserkoren, mich zu beschützen. Merkwürdigerweise vor allem vor den Frauen des Lagers.« Louis schmunzelte. »Ich bin sein Mutterersatz. Bert ist ein guter Junge, der schlimme Dinge erlebt hat.«

Anike nickte. Die Kinder der Bagage wuchsen mit dem Krieg auf. Sie erlebten sein Grauen wehrlos und hautnah.

Schnaufend wuchtete Bert eine große Kiste auf den Tisch. »Soll ich sie aufhebeln, Meister?«

»Nein danke, mon petit. Deine Neugier in allen Ehren, aber der Inhalt geht nur Mademoiselle Anike, die Gräfin und mich etwas an.«

Beleidigt rümpfte der Junge die Nase und warf Anike einen feindseligen Blick zu.

Louis schien es zu bemerken. »Geh in den Gasthof zu Magdalene und sag ihr, dass ich dich schicke. Bitte sie um Honiggebäck.«

51

Bert leckte sich die Lippen und rannte wortlos aus dem Zelt.

»Wenigstens was Süßes angeht, ist er immer noch ein Kind.« Louis schaute ihm lächelnd hinterher. »Tja, aber Ihr seid sicher nicht hier, um etwas über meinen Gehilfen zu erfahren.« Schnell öffnete er die vernagelte Kiste mit einer abgeflachten Eisenstange. »Die Gräfin war so frei, Euch mir zu beschreiben und mir bei der Auswahl Eurer Waffen zu helfen. Ich hoffe, dass ich richtig gewählt habe.« Als er den Deckel abhob, offenbarte sich lediglich reichlich Holzwolle. Louis griff vorsichtig hinein und zog einen Dolch hervor, der dem des Jungen ähnelte, allerdings deutlich schlanker war. »Ein Stilett«, erklärte er. »Diese Waffenart stammt ursprünglich aus Italien. Sie wird bevorzugt von Attentätern benutzt.« Er schenkte Anike ein schiefes Grinsen. »Und daher eignet sie sich besonders gut, um mögliche Assassinen aufzuhalten.« Damit überreichte der Schmied ihr die beeindruckende Waffe. »Der Vorteil dieser Art von Dolchen ist, dass sie wenig sichtbaren Schaden anrichten. Attentäter nutzen sie, weil sie ihnen ein unbemerktes Entkommen ermöglichen. Die Klinge ist so schlank, dass das Opfer kaum blutet, aber die inneren Organe werden beträchtlich in Mitleidenschaft gezogen. Gebt also gut acht, dass niemand außer Euch mit einer derartigen Klinge in die Nähe der Gräfin kommt.«

Anike stach sich mit der nadelförmigen Spitze sacht in den Zeigefinger. »Aua!«, zischte sie. Augenblicklich quoll Blut daraus hervor.

»Vorsichtig, ma chère.« Der Schmied reichte ihr ein sauberes Tuch. »Das Stilett gilt als so heimtückisch, dass es in manchen Städten verboten ist.« Er lächelte. »Tragt es immer gut verborgen.«

Respektvoll betrachtete Anike die Waffe. Sie war so leicht, dass sie ihr Gewicht kaum spürte. *Der stille Tod,* verpasste sie der Klinge sogleich einen Namen.

»Das ist natürlich nicht alles. Die Gräfin hat mir anvertraut, dass Ihr eine passable Fechterin seid, daher ...« Er holte aus der Holzwolle einen Silberdegen hervor, auf dessen Blatt ein eingraviertes X sowie ein Mond und zwei Sterne prangten. Louis bemerkte Anikes fragenden Blick. »Das Wappen der Familie de la Gardie. Die herrschaftliche Klinge stammt aus dem persönlichen Besitz der Gräfin. Wenn ich mich recht entsinne, hat sie die Waffe einst von ihrem Vater als Geschenk erhalten und jetzt«, nur zögerlich konnte der Schmied seinen Blick von dem Degen lösen und auf Anike heften, »schenkt sie ihn Euch.«

Ehrfürchtig nahm sie die Waffe entgegen. *Ich bin ihre Kämpferin. Alle anderen unterstehen dem Befehl ihres Mannes, doch ich bin nur für sie da.* Stolz überkam Anike – und Angst, dass diese Aufgabe zu groß für sie sein könnte.

»Als ich die Gräfin im Hinblick auf Eure Waffenwahl beraten habe, war ich davon ausgegangen, dass Ihr ein wenig kleiner seid«, entschuldigte sich der Schmied, »daher bin ich mir nicht sicher, ob die Klinge genügend austariert ist.«

Anike ließ sie durch die Luft fahren. Die Waffe lag so ausgezeichnet in der Hand, dass sie sich wie die Verlängerung ihres Arms anfühlte. Es war wunderbar, wieder einen Degen zu besitzen. Die Silberklinge war ein kleines Vermögen wert – ein weiterer Vertrauensvorschuss ihrer neuen Herrin.

Louis schien nicht zufrieden zu sein. »Nein, nein, da muss ich etwas anpassen. Bitte gebt sie mir einmal.«

Widerwillig übergab Anike ihm ihre neue Waffe.

Kurz darauf war der Schmied verschwunden und das hohe Klirren von gehämmertem Metall erklang. Immer wieder kam Louis herein und ließ sie den Degen in die Hand nehmen. Mehrmals musste sie die Klinge auf ihrem Zeigefinger balancieren. »So, ich glaube, jetzt ist sie perfekt für Euch.«

Anike wagte nicht zu antworten, dass sie das von Anfang an gewesen war, sondern bedankte sich artig für die vielen Mühen des Handwerkers.

»Zum Schluss habe ich leider noch diese schnöde Waffe für Euch.« Louis hielt ihr eine Faustbüchse hin. »Der Feind aller Schmiede. Sie hat ein Steinschloss und schießt augenblicklich, wenn Ihr den Abzug betätigt.«

Mit einer solchen Waffe hat der schändliche Johannes Martin erschossen. Sie schüttelte den Kopf.

»Seid Ihr Euch sicher? Das ist die Zukunft.«

»Meine nicht.«

Zufrieden lächelnd verstaute Louis die Waffe wieder in der Kiste. »Ach ja, dieses verstärkte Lederwams ist ebenfalls für Euch. Soll ich beim Anlegen helfen?«

Es dauerte eine ganze Weile, bis all die Schnüre eingefädelt waren, die die leichte Rüstung über dem Kleid an ihren Körper pressten.

»Wartet, hier will ich noch etwas kürzen.« Louis holte eine winzige Schere und schnitt am Leder herum.

Hoffentlich geht es diesmal schneller als beim Degen. Doch es hatte sich gelohnt. Anike konnte sich fast genauso frei bewegen wie ohne den Schutzpanzer. Aus ihr war endgültig eine Kriegerin geworden.

Nachdem Anike sich bei Louis bedankt und von ihm verabschiedet hatte, lief sie zurück zum Gasthaus. Auf dem Weg begegnete sie Bert, dessen Gesicht von Zuckerkrümeln bedeckt war. Er knabberte versonnen an einer riesigen Zimtschnecke.

»Na, da haben wir wohl alle bekommen, was wir wollten.«
Er nickte grinsend in Richtung der Lederscheide, in der Anikes neuer Degen steckte. Das süße Gebäck hatte Berts Laune mächtig gebessert. »'tschuldige, dass ich vorhin so gemein zu dir war. Oft kommen Frauen hierher, die sich über Louis lustig machen oder ihn nur ausnutzen wollen. Ich konnte ja nicht ahnen, dass so eine schöne Frau wie du tatsächlich Waffen haben will.«

»Nicht so schlimm.« Anike zuckte mit den Schultern und zwinkerte dem Jungen zu. »Ich finde es gut, dass du auf ihn aufpasst. Hör nicht auf damit!«

Kaum hatte sie Bert fünf Schritte hinter sich gelassen, rief der ihr hinterher: »Ach, das hätte ich fast vergessen. Ich soll von Magdalene ausrichten, dass du zur Lagebesprechung in den alten Schankraum kommen sollst.«

Innerlich stöhnte Anike. »Wann?«

Bert nahm erst zwei große Bissen von seinem Backwerk, bevor er mit vollem Mund antwortete: »Sofort!«

Das sagt er erst jetzt.

Zügig hatte sie die Schenke erreicht. Vor der Eingangstür hielten zwei lange Soldaten von Torstenssons Leibgarde Wache. Selbstbewusst schritt Anike auf die beiden zu.

»Hej, wo willst du hin?« Der Soldat stellte sich ihr in den Weg.

»Wonach sieht es denn aus?«, zischte Anike. »Zur Besprechung.«

Er schaute seinen Kameraden an und verdrehte die Augen. Als wäre sie nicht da, raunte er laut hörbar und bewusst in Deutsch: »Da kann es einer der Offiziere wohl kaum aushalten, wenn er sich seine *Hora* sogar hierherbestellt.«

Anike ärgerte sich, dass man sie schon zum zweiten Mal an diesem Tag für ein leichtes Mädchen hielt.

»Du kannst da nicht rein. Warte dahinten!« Der Soldat zeigte auf die Stallungen des Gasthauses.

»Mann, die gefällt mir aber. Was du kosten?«, fragte sein Kamerad in gebrochenem Deutsch.

Bevor Anike die Dummheit begehen konnte, ihren neuen Degen zu ziehen, erschien plötzlich die Gräfin im Türrahmen. »Anike, wo bleibst du? Komm!«

Mit triumphierendem Blick lief sie zwischen den verdattert dreinblickenden Wächtern hindurch.

Beata wandte sich mit harter Stimme an die beiden: »Bestellt euren Kameraden, dass Anike zu mir gehört. Jeder, der seinen Posten behalten und in der nächsten Schlacht nicht in der ersten Reihe stehen will, wird sie mit dem gleichen Respekt behandeln wie mich. Haben wir uns verstanden?«

Sie standen stramm und riefen wie aus einem Mund: »Ja, grevinnan!«

Obwohl Anikes Gesicht eine Maske der Emotionslosigkeit blieb, grinste sie innerlich. *Ich bin kein Dienstmädchen und schon gar keine Hure. Ich bin und bleibe, was ich immer war: eine Kämpferin.*

TAKTIK DES
TAKTIKERS

B eeile dich, Junge! Du willst mich doch nicht gleich bei unserem ersten gemeinsamen Auftritt blamieren.« Zangerberg steigerte das Tempo. Sein Umhang blähte sich kurz dramatisch auf, nur um anschließend über den morastigen Boden zu wischen. Schnell bedeckte sich der Saum mit Schlamm und ein unansehnlicher Dreckrand entstand.

Gustav hätte dem betagten schwarzen Feldscher diese Geschwindigkeit nicht zugetraut. Er behielt sein gemütliches Tempo bei. Es war eine kleine und längst nicht ausreichende Rache dafür, wozu Zangerberg ihn gezwungen hatte: Mit den eigenen Händen hatte er sein Zuhause zerhacken und verbrennen müssen. Gustav war stolz darauf, dass er dabei nicht in Tränen ausgebrochen war. Gnadenlos hatte Falk jedes Andenken an Martin den Flammen übergeben und dazu pausenlos gelästert, wie unzulänglich alles sei, was der Feldscher hinterlassen hatte. *Die Erinnerungen in meinem Kopf können sie mir nicht nehmen*, machte sich Gustav grimmig Mut.

Von Zangerberg kam ein lauter werdendes Schnaufen. Er lief jetzt langsamer. Kurz glitt er sogar auf dem glitschigen

Boden aus. Zu Gustavs Enttäuschung fing er sich im letzten Moment ab und landete nicht mit der Nase im Dreck des mit Pferdeäpfeln übersäten Lagerhauptwegs. *Was wäre das für ein herrliches Bild gewesen. Der neue Feldscher des schwedischen Heeres wartet Generalissimus Torstensson schlammverziert auf.*

»Es ist demütigend genug, dass ich dich überhaupt mitschleppe«, machte Zangerberg seinem Ärger Luft. »Was sage ich …«< Er warf theatralisch die dürren Arme hoch. »Dich mitschleppen muss! Auf speziellen Wunsch des Feldherrn, wobei Wunsch bei Torstensson nur ein anderes Wort für Befehl ist. Vermutlich kennen die verfluchten Schweden in ihrer Sprache nicht mal einen Unterschied zwischen beidem.«< Zangerberg verstummte kurz und blickte sich verstohlen um.

Gustav wusste, dass Zangerberg zu weit gegangen war. Ihre schwedischen Gastgeber zu beleidigen, war gefährlich. Zumal Zangerberg längst nicht ihr Vertrauen genoss. *Ich aber,* dachte Gustav befriedigt. *Deswegen soll ich ebenfalls an der streng geheimen Lagebesprechung teilnehmen und nicht nur Zangerberg, geschweige denn der sogenannte erste Lehrling.*

Das Gasthaus, in dem Torstensson Hof hielt, kam in Sicht.

Gustavs Meister blieb stehen, holte tief Luft und wischte sich mit dem Ärmel den Schweiß von der Stirn. »Hör zu, Junge«, begann er. »Wage es nicht, mich da drin nur ansatzweise zu blamieren, sonst mache ich dir das Leben zur Hölle. Das schwöre ich! Egal, welchen Narren der Schwede an dir gefressen hat. Haben wir uns da verstanden?«

Wie viel schlimmer kann es werden? »Natürlich, Meister.«

»Gut.« Der Meister fuchtelte mit seinem dürren Finger vor Gustavs Nase herum. »Du wirst einfach still und leise sein. Am besten wäre es, wenn du es schaffst, dich unsichtbar zu machen.«

So ein Blödsinn. »Natürlich, Meister.«

»Dann wäre das ja geklärt.« Zangerberg zog seine schwarze Kleidung glatt – was den Dreck am Saum nicht kaschierte – und marschierte mit hoch erhobenem Kopf auf die von zwei großen Soldaten bewachte Tür zu.

Das Innere des verwinkelten und dunklen Gasthauses unterschied sich kaum von ähnlichen Schenken dieser Art, die Gustav im Laufe seines Lebens besucht hatte. Es roch nach kalter Asche, verschüttetem Bier und altem Fett. Nur das heisere Lachen der Gäste fehlte. Ein Ordonnanzoffizier führte sie in den Schankraum. Dort warteten bereits Militärs, Adlige und andere Menschen, die sich für wichtig genug hielten, die Nähe des berühmten Lennart Torstensson zu suchen. Zu Gustavs Überraschung begrüßte der Schwede sie persönlich.

»Ah, die Herren Feldschere sind hier, dann können wir ja endlich anfangen.« Torstensson ignorierte Zangerberg und wandte sich direkt an den Lehrling. »Gustav, tretet doch etwas näher heran! Ich will, dass Ihr die Karte seht.«

»Ähm …« Zangerberg lief rot an.

»Ihr dürft Euch gern dort hinten zu den anderen stellen«, wies ein Ordonnanzoffizier dem Feldscher einen Platz in der letzten Reihe zu.

Auweia, das wird er mich büßen lassen. Gustav war sich nicht sicher, was Torstensson mit diesem Verhalten bezweckte, aber ihm schien Zangerberg reichlich egal zu sein.

»Kommt hierher!«, befahl der Schwede und bugsierte Gustav direkt an die Tischkante. »Ihr sollt meinen Offizieren später etwas erklären.«

Verdattert tat Gustav wie ihm geheißen, nur um im folgenden Moment die nächste Überraschung zu erleben. Eine grinsende Anike zwinkerte ihm von der anderen Seite des Wirtshaustischs frech zu. *Was macht sie hier?*

Als könnte sie seine Gedanken lesen, nickte Anike unauffällig in Richtung einer vornehm gekleideten Frau, die sich leise mit einem herausgeputzten Adligen unterhielt. *Die Gräfin hat sie mitgenommen.* Erst jetzt fiel Gustav auf, dass Anike nicht wie ein Dienstmädchen aussah. Im Gegenteil, sie hatte sich in eine Kriegerin verwandelt. Wieder sah er fragend über den Tisch.

Diesmal zuckte sie nur mit den Achseln, als wäre es das Normalste der Welt, dass eine Magd Degen und Lederharnisch trug.

Ein Räuspern von Torstensson ließ augenblicklich sämtliche Gespräche im Raum verstummen. »Ich habe die Gräfin und ihre neue Leibwächterin zu uns gebeten …«

Leibwächterin. Gustav schenkte Anike ein anerkennendes Lächeln. Wie hatte er nur glauben können, dass seine talentierte Gefährtin sich als Dienstmädchen verdingen würde.

»… um Ihnen allen ein weiteres Mal vor Augen zu führen, wie knapp wir einer Niederlage entronnen sind. Selbst die Gräfin war bereits in die Hände des Feindes gefallen.«

Beata machte das entsprechend jammervolle Gesicht, das in diesem Moment von ihr erwartet wurde.

Der Blick des Feldherrn ruhte kurz auf seiner Frau. »Ein einziger Fehler kann über Sieg oder Niederlage entscheiden. Vergessen Sie dies niemals! Deshalb möchte ich etwas mit Nachdruck aussprechen: Aus Freude über unseren grandiosen Sieg innezuhalten oder gar großmütig zu werden, wäre fatal. Für jeden von uns.« Er ließ seinen strengen Blick über die Anwesenden streifen. »Seine Majestät Ferdinand III. kennt nur eine Sprache: die Sprache des Krieges. Er wird weiterhin alles versuchen, um uns zu schwächen. Ob auf den Schlachtfeldern, mit Hinterhalten, Komplotten oder anderen

Finten. Natürlich schickt er sicher bald wieder seine Unterhändler nach Osnabrück und Münster, aber auch dieses Mal wird er dort seine Ränke schmieden und den Frieden verhindern.« Wütend schlug der schwedische General mit der Faust auf den Tisch. »Außer wir zwingen ihn mit weiteren schmerzhaften Niederlagen zu ernsthaften Verhandlungen oder in die totale Niederlage.«

Zustimmendes Raunen brandete auf.

»Deswegen werde ich zwei Dinge nicht tun, die der Kaiser von mir erwartet.« Torstensson fuhr mit dem Finger über die Karte. »Erstens: Ich werde Prag nicht angreifen.«

Überraschtes Gemurmel erklang.

»Ich weiß«, versuchte Torstensson die Zweifler sofort zu beschwichtigen. »Die alte Hauptstadt ist ein Juwel und gefüllt mit wertvollen Gütern und Schätzen, aber«, er klopfte auf das Symbol, mit dem die Metropole in der Karte eingezeichnet war, »Ferdinand und sein neuer Stadtkommandant haben sämtliche vorhandenen kaiserlichen Truppen dorthin abkommandiert, um die Stadt zu schützen. Das bedeutet«, ein wölfisches Grinsen schlich sich auf seine Lippen, »dass der Rest des Landes schutzlos daliegt und nur darauf wartet, von uns erobert zu werden.«

Die Murmler waren endgültig verstummt.

»Natürlich wird das schnell auffallen, denn eine Armee unserer Größe ist nicht zu übersehen. Deswegen werden wir unseren Feinden erneut ein Schnippchen schlagen.« Wieder fuhr sein Finger die Karte entlang. »Wir ziehen nicht direkt nach Oberösterreich. Stattdessen werden wir über Mähren in Richtung Wien marschieren. Die Hauptstadt des Heiligen Römischen Reichs bleibt das Hauptziel. Erobern wir sie, ist der Kaiser endgültig besiegt.«

Jetzt nickten die Murmler ehrfurchtsvoll zustimmend.

Gustav bewunderte Torstenssons gewiefte Taktik. Immer wieder fand er neue Wege, seine Feinde zu überrumpeln.

»Auf dem Weg dorthin könnten uns einige unangenehme Überraschungen erwarten.« Sein Blick fiel auf Gustav.

Was habe ich damit zu tun? Er spürte seinen Kopf heiß werden. Das war doppelt peinlich: zum einen vor Torstensson und zum anderen vor Anike.

»Die niederen Ränge und die Ordonnanz verlassen den Raum!«, befahl der Schwede barsch.

Zügig leerte sich die ehemalige Schankstube. Es waren kaum noch zwei Handvoll Menschen anwesend. Auch Beata und Anike verschwanden. Sehnsüchtig blickte Gustav ihnen hinterher.

»Was Sie jetzt hören werden, fällt unter militärische Geheimhaltung und die Weitergabe dieses Wissens wird als Hochverrat bestraft«, begann Torstensson. »Ich rate Ihnen, gut zuzuhören. Gustav, berichtet von Kupferdorf!«

Gustavs Mund wurde trocken, als er in die neugierigen Gesichter der Anwesenden sah. In diesem Raum befand sich die militärische und adlige Elite der mächtigsten Armee Europas und jetzt warteten diese Leute darauf, dass ihnen der Sohn eines Köhlers etwas erklärte. »Also …«, begann Gustav. Seine Stimme war vor Aufregung lächerlich hoch. Er räusperte sich und fuhr fort. »Als die Armee im letzten Winter das Erzgebirge querte …«, *damals war Martin noch am Leben,* »… kamen wir inmitten eines Schneesturms zu einem kleinen Ort namens Kupferdorf. Es war eine Siedlung von Bergarbeitern, die uns eigentlich nichts entgegenzusetzen hatten.« Im Raum wurde es so still, dass Gustav sein aufgeregtes Schlucken unnatürlich laut vorkam. *Mutter und Anna werden mir das hier niemals glauben.* »Dennoch verschwanden kampferprobte Verbände, die der Generalissimus persönlich«, er nickte Torstensson zu, »dorthin ausgesandt hatte, spurlos.«

»Es waren einige unserer erfahrensten und besten Soldaten darunter«, ergänzte der Schwede. »Schnell war mir klar, dass wir es hier nicht mit einem normalen militärischen Problem zu tun hatten. Deswegen habe ich nach meinem schwarzen Feldscher geschickt.« Er hörte auf zu reden. Es war an Gustav, den Rest der Geschichte zu erzählen.

Er erwähnt nicht, dass nur der Lehrling zu Hilfe kam. Stolz überflutete Gustav. Er war sich sicher, dass Martin dieses Gefühl mit ihm geteilt hätte. »Ich bin nach Kupferdorf gegangen und habe festgestellt, dass der Ort von Dämonen befallen war.«

Gustav hörte, dass jemand überrascht die Luft einzog. Ansonsten blieb es still.

»Das sind Kreaturen, die mächtiger sind, als man es sich in den erfundenen Schauergeschichten erzählt. Unglaublich starke und verschlagene Geschöpfe, nur sichtbar für wenige Menschen. Aber sie existieren! Wir schwarzen Feldschere haben es uns zur Aufgabe gemacht, sie zu bändigen.« Das war zwar reichlich untertrieben, doch mehr ging die Fremden im Raum nicht an. »Man hatte die Wesen mit einem perfiden Trick nach Kupferdorf gebracht.« Gustav ließ seinen Blick über die Versammelten schweifen. Langsam fand er Gefallen daran, dass sie an seinen Lippen hingen und sich dafür interessierten, was er zu sagen hatte. »Und zwar, indem man menschlichen Wirten dämonische Larven eingesetzt hatte.«

Die meisten Gesichter zeigten Abscheu.

»Ich will hier niemanden mit Details belästigen, aber ich kann sagen, dass die davon Befallenen sterben. Allerdings erkranken sie vorher qualvoll bis hin zum Irrsinn. Nach ihrem

Tod schlüpfen die Dämonen und tauchen jede Nacht in dem Ort auf, an dem ihr Wirtskörper verstorben ist. Das endet erst, wenn sie von einem schwarzen Feldscher gebannt und in die Erde zurückgeschickt werden.«

»Was stellen diese Wesen in der Zwischenzeit an?«, fragte ein stämmiger Adliger.

»Sie töten jede menschliche Seele, die in die Nähe ihres Geburtsorts kommt. In diesem Fall haben zwei Dämonen innerhalb von etwa drei Wochen das gesamte Dorf getötet und …«, Gustav gönnte seinen Zuhörern eine winzige Verschnaufpause, bevor er zum endgültigen Schlag ausholte, »… gefressen.«

»Dämonen, die Menschen fressen«, gewannen die Murmler wieder die Oberhand.

»Das heißt«, ergriff Torstensson das Wort, »dass Sie alle in Ihren Regimentern oder bei Untergebenen nach auffälligem Verhalten Ausschau halten müssen. Gustav, was sind die Anzeichen für einen Dämonenbefall?«

»Ein verändertes Wesen. Befallene werden aufbrausend und aggressiv aus den nichtigsten Gründen. Im fortschreitenden Verlauf schlafen sie kaum noch. Beim Essen entwickeln sie eine Vorliebe für rohes Fleisch. Erhöhte Temperatur und ein vermindertes Schmerzempfinden sind ebenfalls Warnhinweise.« Er räusperte sich. »Oft kommt es im Umkreis von Befallenen auch zu Morden und Vergewaltigungen. Auch das kann ein Zeichen sein.«

»Großer Gott«, rief irgendjemand aus. Den Anwesenden stand der Schock ins Gesicht geschrieben.

Torstensson blieb äußerlich gelassen. »Seien Sie alle darauf vorbereitet, dass uns Derartiges in den eroberten Städten und Dörfern erwarten könnte. Haben Sie den Verdacht, dass es sich um dämonische Erscheinungen handelt, wenden

Sie sich sofort an die schwarzen Feldschere und informieren Sie das Hauptquartier. Verstanden?«

»Jawohl, Generalissimus.«

»Gut, das wäre für den Moment alles. Morgen brechen wir in Richtung Iglau auf.« Mit einem Winken löste der Schwede die Lagebesprechung auf.

Gustav bemerkte, dass Torstensson grau im Gesicht war und schwitzte. *Die Gicht quält ihn.* Dennoch schenkte er ihm ein anerkennendes Lächeln.

Von Gustavs neuem Herrn war derlei nicht zu erwarten. Sauertöpfisch funkelte er ihn aus seinen kleinen Augen an.

Jetzt bin ich nicht mehr nur ein Klotz am Bein, sondern eine Bedrohung. Ich werde mir angewöhnen müssen, mit offenen Augen zu schlafen.

GEHEIMNISSE
EINER STADT

Znaim an der Donau, Markgrafschaft Mähren, kaiserliche Erblande,
15. März 1645 – 28. Kriegsjahr

Hier, dritter Lehrling!« Falk reichte Gustav mit einem überheblichen Grinsen einen ausgefransten Reisigbesen. »Befrei den Platz von sämtlichen Pferdeäpfeln, unser Meister stört sich an ihrem Anblick und Geruch.«

Ganz in seiner Rolle als devoter Lehrling, nahm Gustav den Feger und machte sich an die Arbeit.

Lachend zog Falk von dannen und fand in Benno das nächste Opfer seiner Machtfantasien. Er motzte mit ihm, weil der die gelbe Kutsche ein wenig schief abgestellt hatte und ihre Dreiwagenburg somit keinen perfekten Halbkreis ergab.

Gustav rollte genervt mit den Augen. Schließlich aber fegte er die Hinterlassenschaften ihrer Zugtiere zusammen und merkte, dass er die stupide Arbeit genoss. Dabei hatte er Zeit, sich die Stadt anzuschauen. Die Schweden hatten Znaim am gestrigen Abend schnell eingenommen. Das auf einem Hügel gelegene Städtchen hatte schlicht das Pech gehabt, der schwedischen Armee im Weg zu sein. Die

Stadtväter hatten angesichts der Übermacht nach drei Tagen kapituliert. Dennoch waren bei den Auseinandersetzungen Menschen ums Leben gekommen und zahlreiche Gebäude zerstört oder beschädigt worden. *Alles nur, weil Torstensson entschieden hat, nicht direkt nach Oberösterreich zu ziehen.* Krieg war noch wankelmütiger als Glück – und dieses Glück ließ Gustav momentan auf der Seite der Gewinner stehen. Heute Morgen war er problemlos mit Zangerberg in den mährischen Ort eingezogen. Dem schwarzen Feldscher stand es zu, innerhalb der Stadtmauern zu lagern. Anders als der größte Teil des Trosses, der mit den davorliegenden Feldern vorliebnehmen musste. Trotzdem wusste Gustav, dass sich sein neuer Meister darüber ärgerte, dass er vor den Kämpfen nicht konsultiert worden war. Torstensson schien seinen Rat nicht zu benötigen oder – was wahrscheinlicher war – zu schätzen.

»Wie lange brauchst du denn für die paar Pferdeäpfel?«, zischte ihn Falk genervt an, der, das musste man ihm lassen, in der Zwischenzeit zahlreiche andere Aufgaben erledigt hatte.

»Nicht mehr lange«, lautete Gustavs wenig präzise Antwort. Konzentriert schob er einen ansehnlichen Haufen Pferdemist auf eine verbeulte Schaufel. Als er versuchte, sie mit nur einer Hand über dem Eimer zu balancieren, rollten die Hinterlassenschaften wieder zurück auf den Boden. »So ein Mist«, verfluchte er seine eigene Bequemlichkeit.

»Das kannst du laut sagen«, kommentierte der vorbeischlendernde Benno sein Missgeschick unbekümmert, packte aber augenblicklich mit an.

Gemeinsam hatten sie zügig alles in den Eimer bugsiert.

»Ohne die Pferdescheiße ist es ganz nett hier. Findest du nicht auch?«, fragte Benno nach getaner Arbeit, lehnte sich auf die Schaufel und nickte hinüber zu den ansehnlichen Stadthäusern, die um den Platz herum standen.

Gustav tat es ihm nach und stützte sich auf seinen Besen. »Man kann es aushalten, auch wenn wir nicht lange hierbleiben werden.«

»Wenn du es sagst, wird es wohl stimmen.« Der zweite Lehrling zwinkerte Gustav übertrieben zu. »Du bist ja der Schwedenliebling und kennst alle Geheimpläne des hochverehrten Generalissimus.«

»Da sagst du was, Benno.« Seit der Besprechung mit dem General waren erst wenige Tage vergangen, aber Zangerberg hatte bisher keinen Anlass gefunden, sich an Gustav für die erlittene Demütigung zu rächen. Er überließ es Falk, ihn mit der dreckigsten und unangenehmsten Arbeit einzudecken. Ansonsten war ihm der Feldscher die restliche Zeit ihrer Reise von Jankau in das pittoreske Znaim aus dem Weg gegangen, aber es war glasklar, dass Zangerberg ihm feindlich gesinnt war. Daher hielt Gustav die Augen offen und war beständig angespannt. Er seufzte. »Es ist kein Geheimnis, dass Znaim nicht jenes Kronjuwel ist, das unser Feldherr zu erobern gedenkt. Oder siehst du hier irgendwo die vier Türme der Wiener Hofburg, mein Lieber?«

Benno lachte unbesorgt. »Da hast du auch wieder recht. Aber ich kenne ein echtes Geheimnis.«

»Ach, tatsächlich? Doch nicht etwa, was für eine Scheußlichkeit Falk uns heute zum Abendessen kredenzt?« Der erste Lehrling war ein furchtbarer Koch und alles, was er ihnen vorsetzte, schmeckte wie dicke Hafergrütze. Leider schien es Zangerberg zu munden und daher mussten sie ebenfalls mit dem Fraß vorliebnehmen.

Benno machte eine wegwerfende Geste. »Um Himmels willen, das möchte ich gar nicht wissen. Nein, ich habe herausgefunden, warum wir in der Nähe der beiden Häuser dahinten lagern.« Er zeigte mit dem Finger auf zwei prächtige Gebäude am Ende des ovalen Platzes.

»Ha«, entfuhr es Gustav triumphierend, »das weiß ich ebenfalls. Dort logieren Torstensson und sein engster Stab persönlich. Unser Meister liebt es, stets nah bei den Mächtigen zu sein, auch wenn das nicht auf Gegenliebe zu stoßen scheint.«

Auf Bennos Gesicht zeichnete sich kurz Enttäuschung ab, aber er ließ sich nicht entmutigen. »Das meine ich nicht.«

Jetzt wurde Gustav neugierig. »Komm schon, raus damit! Wenn es gut ist, kriegst du nachher meine Portion Grütze.«

»Bäh … die darfst du schön selber essen. Ich sage es dir auch so. Znaim wurde gestern nicht das erste Mal vom Krieg heimgesucht. Im Jahr 1631 hat hier ein Abgesandter Kaiser Ferdinands II. mit dem entlassenen Feldherrn Albrecht von Wallenstein über seine Rückkehr in kaiserliche Dienste verhandelt. Die beiden schicken Häuser gehörten damals einem Geheimrat namens Graf Braida. Der großzügige Mann hat Wallenstein dort während seiner Zeit in Znaim beherbergt.« Angeberisch streckte er sein Kinn vor. »Das hast du nicht gewusst, was?«

»Nein, das habe ich nicht, das ist wirklich ein interessantes Geheimnis. Danke, dass du es mit mir geteilt hast, Benno.«

Der hörte nicht zu, sondern sah fasziniert zu den Häusern hinüber. »Wallenstein hat damals sein eigenes Todesurteil besiegelt. Wäre er nicht zurückgekehrt, würde er noch leben.«

Jedes Kind kannte die Geschichte Wallensteins. Der berühmte General hatte als Oberbefehlshaber des kaiserlichen Heeres zahlreiche Siege errungen. Irgendwann war er den Reichsfürsten und selbst dem Kaiser zu mächtig geworden, sodass dieser ihn entlassen hatte. Leider verlor die Katholische

Liga von diesem Tag an alle Schlachten, zumal nun auch der schwedische König Gustav Adolf in das Kriegsgeschehen eingriff. Daher bekniete der Kaiser seinen General, zu ihm zurückzukehren, worauf der sich törichterweise einließ. Wenige Jahre später fiel er wieder bei Ferdinand II. in Ungnade und wurde von kaisertreuen Offizieren im Schlaf ermordet.

»Habt ihr nichts zu tun?«, brüllte Falk über den Platz. »Versorgt die Pferde, holt Wasser vom Brunnen und macht es warm. Der Meister will baden. Ach ja, Feuerholz fehlt auch. Wird's bald?«

Gustav und Benno schauten einander amüsiert an und machten sich grinsend an die Arbeit.

Lange nachdem es dunkel geworden war, ließ sich Gustav ermattet neben Benno an dem kleinen Feuer nieder, das der zwischen den Wagen entzündet hatte. Es vertrieb nur unzulänglich die feuchte Kälte, die aus dem Boden kroch, aber es gab Licht und kündete von Geselligkeit. Mehr brauchte er nicht. Ihr Meister schlief längst in seiner luxuriösen und vor allem warmen Kutsche. Falk hatte sich in jenen den Lehrlingen vorbehaltenen Wagen zurückgezogen. Das war der Grund, warum Gustav und Benno die Gesellschaft des klaren Sternenhimmels vorzogen. Der erste Lehrling schnarchte fürchterlich.

»Falk nimmt dich ordentlich ran, was?«, stellte Benno fest und hielt Gustav einen Weinschlauch hin, den der dankend ablehnte.

»Könnte schlimmer sein. Wenigstens teile ich dieses Leid mit dir.« Er schenkte Benno ein schiefes Grinsen. »Wie bist du eigentlich bei Zangerberg gelandet? Ist dein Meister auch gestorben und er war zufällig in der Nähe und an deinen guten Kontakten interessiert?«

Benno gluckste. »Nein, ich hatte vorher nie einen Meister. Ich habe Zangerberg aus der Patsche geholfen.«

Gustav richtete sich neugierig auf. »Wie das?«

Benno nahm einen langen Schluck Wein und verzog das Gesicht. »Puhh, ist der sauer«, beschwerte er sich – und trank weiter. »So wie ich es sage. Zangerberg und Falk sind noch während der Schlacht von Jankau in Prag aufgetaucht …«

Dieser miese Feigling hat sich also aus dem Staub gemacht, nachdem Hayo mir trotz Folter nichts Belastendes gegen Martin hatte entlocken können.

»… und haben den Stadtkommandanten weisgemacht, dass sie ein bedeutsamer Teil der Verteidigung Prags sein könnten. Ich habe damals auf der Straße gelebt. Eines Nachts, ich hatte mich in den östlichen Schanzen zur Nachtruhe verkrochen, habe ich Schreie gehört, und da sah ich sie zum ersten Mal.«

Gustav brauchte nicht lange zu überlegen, was er meinte. »Dämonen?«

»Ja!« Hastig trank Benno einen weiteren Schluck. »Nicht nur einen. Zangerberg und Falk hatten gleich drei beschworen, doch irgendetwas musste schiefgegangen sein. Die Biester haben versucht sich auf Falk zu stürzen. In meiner grenzenlosen Dummheit habe ich den Untieren zugerufen, dass sie aufhören sollen.«

Ungläubig sah Gustav ihn an.

Benno zuckte mit den Schultern. »Und das haben sie tatsächlich getan. Zumindest für einen Moment. Den hat Zangerberg genutzt, um den beschädigten Aschering zu schließen. Bis zum Morgengrauen habe ich bei den

Feldscheren ausgeharrt und mit ihnen darum gebetet, dass es nicht regnet. Als sich die Dämonen bei Sonnenaufgang endlich in Luft auflösten, hat Zangerberg mir angeboten, sein Lehrling zu werden.«

»Dafür, dass du ihm und Falk das Leben gerettet hast, behandeln dich beide aber nicht besonders gut.«

Der junge Lehrling lachte. »Zangerberg ist mir für gar nichts dankbar. Er will nur meine Fähigkeiten nutzen. Ich bin sein Dämonenflüsterer. Quasi seine Lebensversicherung. Und Falk«, er vollführte eine wegwerfende Geste, »den erinnere ich jeden Tag an seine Unzulänglichkeit. Schließlich hatte er den Ring schludrig gezogen.«

Fassungslos schüttelte Gustav den Kopf.

»So furchtbar finde ich die beiden gar nicht. Die Zeit auf der Straße war schlimmer. Jetzt habe ich saubere Kleidung, jeden Tag etwas zu essen und so was wie ein Zuhause. Was will man mehr. Außerdem darf ich mich schwarzer Feldscher nennen.« Er warf sich übertrieben in die Brust, damit seine Lehrlingsfibel zur Geltung kam.

»Da sagst du was. Ich frage mich, wie bei all der Arbeit Zeit für unsere Ausbildung bleiben soll. Folgen wir Torstensson bis Wien, wird diese Schinderei jeden Tag so weitergehen. Gestern Iglau, heute Znaim und morgen sind wir schon wieder in dem nächsten bedauernswerten Ort.« Gustav massierte mit den Daumen seinen schmerzenden unteren Rücken.

»Das wäre auch nicht anders, wenn wir wochenlang an einem Ort blieben. Hast du dich noch nicht gefragt, warum Falk immer noch kein Meister ist?« Benno griff sich einen Ast und stocherte in den Flammen herum. Funken stoben auf. »Zangerberg nimmt sich selten Zeit für uns und falls doch, dann nur, wenn er Hilfe braucht, um irgendeine dämonische Schweinerei zu beseitigen, die er in den meisten Fällen selbst angerichtet hat. War das bei deinem alten Meister etwa anders?«

Unwillkürlich musste Gustav lächeln. »Aber ja. Er hat mir ständig etwas beigebracht. Vor allem über menschliche Heilung und das Leben im Allgemeinen. Natürlich habe ich auch gelernt, Dämonen zu beschwören und zu heilen, aber Martins Schwerpunkt war anderer Natur als der Zangerbergs. Schon merkwürdig, wie unterschiedlich schwarze Feldschere sein können.« Nachdenklich betrachtete Gustav die gelbe Kutsche, die er noch immer nicht betreten hatte. »Was ist da eigentlich drin? Fässer mit Dämonenblut und Berge an Knochen?« Er glucste freudlos.

»Ich will lieber nicht darüber …«, begann Benno, wurde aber von der gehetzten Frage eines schwedischen Offiziers unterbrochen.

»Ist das Lager von der schwarze Feldscher?«, fragte er in gebrochenem Deutsch.

Wir sind ja prima Wachen, dachte Gustav amüsiert. Der plötzlich auftauchende Mann hatte ihm einen gehörigen Schrecken eingejagt.

Benno schien sich schneller zu fangen, denn er antwortete ihm: »Ja, Herr, das ist es. Wir sind seine Lehrlinge. Wie können wir helfen?«

»Der General«, der Schwede schluckte schwer, bevor er weitersprach, »oder besser gesagt die Gräfin, brauchen Hilfe!«

Wie von der Tarantel gestochen schoss Gustav hoch. *Anike.* Wenn der Gräfin etwas zugestoßen war, dann musste auch sie betroffen sein. »Was ist passiert?«

»Bitte«, flehte der Soldat, »holt Meister!«

Glücklicherweise übernahm Benno die undankbare Aufgabe, Zangerberg aus dem Schlaf zu reißen. Gustav war die nicht bedeutend bessere zugefallen, Falk zu wecken. Leise schlich er in den Lehrlingswagen, in dem der erste Lehrling auf einer Pritsche schnarchte, und rüttelte ihn sanft an der Schulter. »Falk, du musst aufwachen, irgendetwas ist mit der Frau des Generalissimus.«

Voller Schreck riss Falk die Augen auf und schrie: »Nie wieder werdet ihr mich bekommen! Nie wieder!«

Ob er von der Nacht spricht, in der Benno ihn gerettet hat?

Nach einem Moment der Verwirrtheit verwandelte sich Falk zurück in jenen Widerling, den Gustav kannte. »Was soll das? Warum weckst du mich, Dritter? Brauchst du etwa mehr Arbeit?«

Gustav erklärte, worum es sich handelte, und schon sprangen sie aus dem Karren.

»Meister«, begrüßte Falk ehrfürchtig den mit einem grauen Nachthemd mit passender Zipfelmütze bekleideten Zangerberg, der ein wenig verloren vor seiner Kutsche stand.

»Falk, endlich jemand mit Verstand«, empfing der seinen ersten Lehrling dankbar. »Dieser Herr erbittet unsere Hilfe im Hauptquartier der Schweden. Selbstverständlich kann ich in diesem Aufzug nicht vor Torstensson und seinen Offizieren erscheinen. Bitte assistiere mir beim Anziehen und dem Zusammenpacken meiner Sachen.«

»Natürlich.«

Ohne den verdutzten Soldaten und die weiteren Lehrlinge zu beachten, verschwanden die Männer in der Kutsche des Feldschers.

Gustav hielt es nicht länger aus. Er musste wissen, was mit Anike passiert war. »Offizier«, wandte er sich an den Schweden, »ich kann helfen! Lasst uns sofort zum Haus der Gräfin gehen.«

Bennos Augen wurden bei diesen Worten größer als der hinter einer Wolke hervorlugende Vollmond.

Der Soldat schien hin- und hergerissen zwischen seinem Auftrag, den Meister der schwarzen Feldschere zu holen, und seiner Sorge um Beata de la Gardie. Schließlich überwog Letzteres: »Komm!«

»He, wartet! Ich will auch mit«, rief Benno und rannte ihnen hinterher.

»Gustav«, begrüßte sie ein sorgenvoll dreinblickender Torstensson im Treppenhaus, als sie außer Atem in seinem persönlichen Quartier angekommen waren. »Gut, dass Ihr so schnell gekommen seid.« Ihm schien nicht aufzufallen, dass Zangerberg nicht dabei war.

Gustav deutete eine Verbeugung an und drückte Benno unauffällig mit der Hand in den Rücken. *Ich werde langsam wie Martin.* »Was ist passiert, Generalissimus?«

»Folgt mir!«, antwortete der kurz angebunden und ging schnell durch die Eingangshalle. Er führte sie in ein herr-schaftlich eingerichtetes Schlafzimmer, das von zahlreichen Kerzen erleuchtet wurde. Die Decke des Himmelbetts war zurückgeworfen, ansonsten gab es auf den ersten Blick keine Anzeichen dafür, dass jemand das Zimmer benutzt hatte. Al-les war peinlich sauber und ein süßlicher Duft nach Rosen-holz erfüllte die Luft. »Hier drin habe ich sie das letzte Mal gesehen.«

»War sie allein?«, platzte es aus Gustav heraus, bevor er sich Sorgen um die Doppeldeutigkeit der Frage machen konnte.

»Nein, ihre neue Beschützerin, Anike, war bei ihr.«

Natürlich. »Warum seid Ihr besorgt und braucht die Hilfe der schwarzen Feldschere?«

»Weil ich das entdeckt habe.« Der Schwede führte Gustav um das Bett herum und zeigte auf den Boden.

Dort, auf dem edlen Teppich, lag Anikes silberner Degen. Die Waffe war verbogen, als hätte jemand versucht sie zu zerbrechen. Der Teppich sah aus, als wäre er geschmolzen. *Verätzt von Dämonenblut.* »Es war richtig, uns zu rufen, General«, bestätigte Gustav den Verdacht des Schweden, der das golden leuchtende Dämonenblut nicht sehen konnte. In Gustavs Kopf überschlugen sich die Gedanken. Er ging auf die Knie. Unter dem Bett entdeckte er eine rote Haarsträhne, an der ein wenig menschliches Blut klebte, sowie ein Stilett, dessen Ledergriff weggeätzt war. *So viel Blut. Anike muss den Dämon getötet haben. Aber warum liegt ihre Waffe am Boden? Und wo ist sie?*

»Der Entführer war sicher nicht allein. Wie hätte er sonst beide Frauen überrumpeln sollen«, bemerkte Torstensson und brachte Gustav damit auf die richtige Fährte.

Es muss noch einen zweiten Dämon gegeben haben, der sie von hinten überrascht hat, spuckte sein Kopf eine Erklärung aus, die ihm einen kalten Schauer über den Rücken trieb. Voller Furcht betrachtete er die rote Haarsträhne.

Während Gustav grübelte, rief Benno aufgeregt: »Seht nur, was ich gefunden habe!«

Erst glaubte Gustav, dass seine Augen ihm einen Streich spielen würden, denn in der Wand hinter dem Kopfende des Betts befand sich ein schrittbreites Loch. Benno hatte ein Gemälde mit der Stadtansicht Znaims zur Seite geschoben.

»Eine Geheimtür. Verflucht!«, zischte Torstensson. Dann brüllte er etwas auf Schwedisch.

Obwohl Gustav kein Wort verstand, war er sich sicher, dass derjenige, der dieses Zimmer für die Frau des Feldherrn ausgesucht hatte, mächtigen Ärger bekommen würde. Vorsichtig äugte er mit Benno in den Gang. Kühle, salpetergeschwängerte Luft waberte daraus hervor. »Er führt nach unten«, flüsterte er dem zweiten Lehrling zu – und kroch hinein.

»Was machst du?«, keuchte Benno.

Das Mädchen retten, das ich liebe. »Wonach sieht es aus? Willst du mitkommen oder auf den Meister warten?«

Wortlos kletterte Benno ebenfalls in den schmalen Durchgang.

»Bringt mir die Gräfin zurück und ihr steht für alle Zeiten in meiner Schuld«, gab ihnen Torstensson mit auf den Weg. Er reichte ihnen zwei Kerzenleuchter. »Ich schicke euch Männer hinterher, aber ihr wisst selbst, dass sie gegen Dämonen nur wenig ausrichten können.«

DAS LABYRINTH
VON ZNAIM

D ie ersten Ellen rutschten Gustav und Benno auf
dem Hosenboden durch den geheimnisvollen
Gang in die Tiefe.

»Was ist das hier?«, fragte Gustav erstaunt und sah sich
um. Sie standen in einer Art natürlichem Stollen, der an etlichen Stellen aufgemauert und ausgebaut worden war. Der
unterirdische Weg war dermaßen lang, dass sein Ende im
Dunkeln verschwand. Feuchtkühle Luft hüllte sie ein.

»Vielleicht ein zu groß geratener Bierkeller.« Benno
zuckte mit den Achseln. »Ich habe keine Ahnung, aber da,
sieh!« Er hob ein edles Seidentuch auf.

»Das gehört sicher der Gräfin. Schnell weiter!«

Zügig liefen sie den hallenden Gang entlang, den ihre
Leuchter nur unzureichend erhellten. Es ging beständig ab-
wärts, wie Gustavs Knie ihm bald mit einem Ziehen mitteil-
ten. Stille umgab sie und das machte Gustav nervös. Niemals
hätte sich Anike ohne lautstarken Protest wegschleppen lassen. *Außer sie ist schon tot.* Er gab sich Mühe, diesen Gedanken
zu verdrängen.

»Mist«, entfuhr es Benno so laut, dass Gustav zusammenschrak. »Eine Wegkreuzung.« Der zweite Lehrling leuchtete in die rechts und links abgehenden Stollen hinein. Beide sahen identisch aus: grob behauener Stein voller Salpeterblumen, ohne jeden Schmuck oder Wegzeichen. »Ich denke, wir sollten auf Verstärkung warten. Oder ganz umdrehen und jemanden finden, der sich hier unten auskennt.«

»Es gibt noch eine dritte Möglichkeit.«

»Welche?«

»Wir könnten uns trennen, um …«, begann Gustav.

»Nein!«, entfuhr es Benno schrill. Nach einem verlegenen Husten fuhr er fort: »Ich habe jetzt keine Angst oder so was, aber es wäre mir lieber, wenn wir zusammenblieben. Immerhin bin ich der zweite Lehrling und du nur der dritte, ich muss doch auf dich aufpassen.« Er versuchte sich an einem Grinsen.

»In Ordnung. Aber auf gut Glück irgendeinen Gang zu wählen, wäre töricht. Liegen wir falsch, ist dies das Ende der Gräfin und ihrer Begleiterin − und unseres.« *Welcher ist es?* Gustav zermarterte sich das Hirn. Nach einer gefühlten Ewigkeit kam ihm eine Eingebung. »Ich hab's!« Er pustete seine Kerzen aus.

»Was soll das?«, kreischte Benno. »Bist du verrückt? Ohne Licht finden wir hier nie wieder raus. Das ist eindeutig kein einfacher Braukeller und …«

»Beruhige dich!« Väterlich legte Gustav dem jungen Lehrling die Hand auf die Schulter. Die Geste wirkte selbstsicherer, als er sich in Wahrheit fühlte. Er hatte sie sich von Martin abgeschaut, der ihm damit einige Male die Angst genommen hatte. »Es gibt einen unverkennbaren Wegweiser, der uns sowohl hier raus als auch zu den beiden Frauen führt.« *Falls die Dämonen sie nicht getötet haben.* »Vertrau mir!«

»Dafür, dass wir uns erst seit wenigen Tagen kennen, ist das ziemlich viel verlangt. Wenn du falschliegst, könnte ich hier unten sterben.«

Gustav lächelte ihn einladend an.

»Schon gut, schon gut. Ich muss verrückt geworden sein.« Der zweite Lehrling pustete mannhaft die Kerzen aus und ließ seinen Leuchter fallen.

Es war nun stockdunkel.

Es kostete Gustav einiges an Kraft zu atmen. Für einen Moment fühlte es sich an, als würde er in der plötzlichen Schwärze ertrinken. Er spürte Bennos tastende Hand an seiner. Sie zitterte.

»Wie geht es jetzt weiter?«, flüsterte der Junge.

Zaghaft drehte Gustav sich einmal um die eigene Achse. »Verflixt, ich hätte schwören können, dass ...«

»Was?«, kreischte Benno. »Hast du uns hier etwa lebendig begraben?«

»Nein!«, rief Gustav erleichtert aus, als er es sah! Seine Augen hatten einen Moment gebraucht, um sich an die Finsternis zu gewöhnen. Dieser Gedanke schickte ihn kurz zurück in seine Zeit als Lehrling bei Martin. »Retina, Choroidea und Sklera. Ha! Ich habe es nicht vergessen«, stieß er triumphierend hervor.

Benno stöhnte auf. »Bist du jetzt verrückt geworden?«

»Ganz im Gegenteil, ich habe nur den Aufbau desjenigen Organs wiederholt, mit dessen Hilfe wir die beiden finden und gleichzeitig hier wieder herauskommen. Sieh!« Sinnloserweise zeigte Gustav mit dem Finger in die Dunkelheit.

Benno entdeckte es dennoch. »Dämonenblut«, hauchte er ungläubig. »Eine goldene Spur aus Dämonenblut. Du bist ein Genie, dritter Lehrling«, jubelte er und versuchte Gustavs Schulter freundschaftlich zu knuffen.

Zumindest glaubte Gustav, dass der Junge das vorgehabt hatte, denn der Schlag landete direkt an seinem Kinn. Er rollte ein paar Mal mit dem Kiefer, um die Schmerzen zu vertreiben, und rief: »Los, beeilen wir uns lieber. Selbst wenn der Dämon verletzt ist, bleibt er gefährlich.« *Und vielleicht ist er nicht allein.* Diesen Gedanken behielt er für sich, um Benno nicht noch mehr Angst einzujagen. Als er im Begriff war, in den linken Gang einzubiegen, durch den sich eine deutlich sichtbare Spur goldener Flecken zog, hielt ihn der Junge am Umhang fest. »Was ist? Fürchtest du dich etwa?«

»Natürlich«, erwiderte Benno. »Übrigens nicht so nett, dass du mich daran erinnerst, aber darum geht es gar nicht. Ich wollte dich was fragen.«

»Ja?«

»Hast du eine Waffe dabei? Idealerweise aus Silber und nicht nur so ein kleines Messer? Dämonen sind ja tendenziell eher groß, wenn du dich erinnerst.«

»Nur meinen Ritualdolch. Der ist zwar recht klein, aber immerhin, er ist aus Silber.« Alles andere, was ihnen hätte helfen können, lag gut verwahrt und damit nutzlos in Zangerbergs Kutsche.

»Prima, dann hoffen wir mal, dass der Dämon nicht größer als ein räudiger Kater ist, ich habe nämlich nur das hier dabei.«

Auch wenn Gustav nicht sehen konnte, was der zweite Lehrling meinte, wurde am hörbaren Gluckern und dem Geruch nach Wein deutlich, worum es sich handelte. »Du hast deinen Trinkschlauch mitgenommen?«, fragte er ungläubig.

»Ich hatte ihn in der Hand, als der Schwedenoffizier zu uns kam, und habe irgendwie vergessen, ihn loszulassen. Willst du jetzt einen Schluck? Viel ist aber nicht mehr drin.«

Kopfschüttelnd und ohne eine Antwort zog Gustav den Jungen mit sich in die Dunkelheit.

Die Zeit verschwamm in der Finsternis, doch Gustavs schmerzende Beine und brennende Lunge bewiesen ihm, dass sie ein langes Stück Weg hinter sich gebracht hatten. Ständig gab es Weggabelungen und Kreuzungen.

»Das hier muss so etwas wie ein unterirdisches Labyrinth sein«, keuchte Benno, als sie mit den Händen an den feuchten Wänden entlangtastend in einen weiteren Schacht einbogen.

»Ja, und es ist gigantisch. Die gesamte Stadt ist vermutlich unterkellert.«

Das steinerne Wegenetz erstreckte sich über etliche Ebenen. Immer wieder stiegen sie ausgewaschene Stufen nach unten und die Luft wurde immer kälter. Dennoch verloren sie ihr Ziel nicht aus den Augen und folgten den kleiner werdenden Blutstropfen des Dämons, tiefer und tiefer in das geheimnisvolle Labyrinth. Mittlerweile bereute Gustav, Benno mitgenommen zu haben. Ohne den freundlichen Jungen hätte er längst Mela rufen können. Dank ihrer Kräfte wäre die alles durchdringende Dunkelheit kein Problem mehr für ihn gewesen. Als er beinahe so weit war, sich Benno zu offenbaren, sagte der mit einem Mal: »Ich glaube, ich habe etwas gehört!«

Gustav spitzte die Ohren. Er vernahm nichts, außer dem Tropfen von Wasser irgendwo hinter ihnen.

»Hörst du es etwa nicht?«

Erneut versuchte Gustav etwas anderes als sein Keuchen und die Wassertropfen wahrzunehmen, aber es gelang ihm nicht.

»Komm!« Jetzt leitete Benno ihn. Zu Gustavs Überraschung bogen sie ruckartig in einen Nebengang ein, den er nicht bemerkt hatte, weil die Blutspur weiter geradeaus führte. Bevor er protestieren konnte, hörte er es. Ein trockenes Husten wie das Rascheln von Herbstlaub. »Nach einem Dämon klingt das aber nicht.«

»Nein«, bestätigte Benno.

Ein spitzer Schrei, eindeutig weiblich, bohrte sich in Gustavs Ohren. »Sie sind es!« Jede Achtsamkeit ignorierend, hastete er durch den schmalen Nebengang. An dessen Ende hielt ihn eine kalte Eisentür auf. Er legte ein Ohr daran und lauschte. Dumpfe Gesprächsfetzen drangen an sein Ohr.

»Mann«, schnaufte Benno, »was rennst du mit deinen langen Stelzen hier so drauflos? Ich dachte, wir sind vorsichtig.«

»Nein«, erklang eine volltönende Stimme hinter ihnen, »ihr seid genau da, wo ich euch haben wollte.«

Gustav drehte den Kopf so schnell, dass sein Nacken krachte. Eine leuchtende Gestalt näherte sich ihnen. Es war ein felliger Dämon mit drei langen Armen, der an einen überdimensionierten Hund erinnerte. Bei genauerer Betrachtung erkannte Gustav, dass er ursprünglich vier Arme gehabt haben musste, denn von einem war nur ein Stumpf vorhanden, aus dem das goldene Blut tropfte, dem sie gefolgt waren.

Der Dämon musste spüren, was er betrachtete. »Dafür wird die rothaarige Hexe büßen. Verfluchtes Silber!« Er ließ eine überlange Zunge hervorschnellen. Ein Geruch nach verbrannten Kräutern erfüllte den Gang. »Und jetzt rein mit euch!«

»Machen wir lieber, was er sagt«, flüsterte Benno.

Für die guten Ohren des Dämons nicht leise genug. »Brav, kleiner Feldscher«, lobte der den jungen Lehrling höhnisch.

Gustav hätte die Kreatur in die Erde zurückschicken können, aber dann wäre auch ihr Blut verschwunden, das ihre einzige Möglichkeit darstellte, einen Weg zurück an die Oberfläche zu finden. Außerdem hatte er zahlreiche Fragen an die Bestie. Die brennendste war: Wieso hast du zwei Frauen entführt? Kurz überlegte Gustav, Mela zu rufen, aber damit hätte er seine Freundin in Gefahr gebracht. Im Moment ihrer Materialisierung wäre sie dem feindlichen Dämon ungeschützt ausgeliefert. Daher öffnete er die verblüffend leichtgängige Tür. Dahinter bot sich ihm ein erstaunliches Bild: ein grauhaariger Mann, der in einem mit Fackeln erleuchteten Raum auf die sichtlich wütende Gräfin de la Gardie einredete, sowie eine bewegungslose Anike, die mit blutüberströmtem Gesicht auf dem Boden lag. »Anike«, rief er panisch und wollte zu ihr laufen, als sich blitzschnell zwei Dämonenpranken um seine Oberarme schlossen.

»Nicht so eilig, Feldscher«, raunte ihm der Dämon zu.

Der unbekannte Grauhaarige drehte sich zu den Neuankömmlingen um. »Wer seid ihr?«

»Wir sind schwarze Feldschere«, blaffte Gustav ihn an. »Gekommen, um die beiden Frauen zu retten und Euch für Euren Frevel zu bestrafen.«

Der Mann machte ein weinerliches Gesicht. »Ich wollte nicht, dass es so weit kommt. Er war es, der …«

»Gustav«, übertönte die Gräfin ihn, »gut, dass Ihr hier seid. Dieser Herr, ich kann es nicht anders sagen, ist geistig umnachtet. Er redet mit Personen, die nicht da sind, und hört auf ihren Rat.«

»Ich bin nicht verrückt«, keifte der Unbekannte. »Die Wesen existieren. Nicht nur in meinem Kopf!« Er klopfte stürmisch an seine Schläfe. »Schon oft haben sie mich besucht. Heute Nacht auch wieder. Diesmal, um mir zu helfen, die Herrschaft der barbarischen Schweden über mein schönes Znaim zu beenden.«

Er kann Dämonen sehen. »Herr …«, begann Gustav beschwichtigend. Jetzt sah er, dass der Mann eine klobige Kette um den Hals trug, an der eine ovale Plakette mit dem Wappen Znaims hing – ein stilisierter Adler mit einem geschwungenen Z in der Mitte. »Bürgermeister«, verbesserte er sich nach dieser Entdeckung.

Der Entführer wurde augenblicklich ein bisschen größer. Schmeicheleien und Respektbekundungen gingen an den wenigsten Menschen spurlos vorüber.

»Was macht Ihr hier, Bürgermeister? Die Bewohner über der Erde brauchen dringend Euren Beistand.«

Die Gräfin gab ein höhnisches Lachen von sich und antwortete an seiner statt. »Er glaubt, dass er mit meiner Entführung Lennart dazu zwingen kann, abzuziehen. Ich versuche ihm schon die ganze Zeit zu erklären, dass der General mich sehr liebt, den Sieg aber noch mehr.«

»Oh doch, das wird er!« Das Stadtoberhaupt schrie jetzt. Geifer schoss aus seinem Mund. »Er hat mir genau gesagt, was ich tun soll, und so wird es geschehen.« Er hantierte unter seiner Kleidung herum und beförderte ein schmales Messer hervor. Schnell richtete er es auf die Gräfin. »Euer Gatte ist schuld an der Zerstörung Znaims und …«, er schluchzte herzzerreißend, »… am Tod meiner geliebten Tereza.« Tränen liefen ihm über die faltigen Wangen.

»Hört auf!«, rief Gustav, der trotz allem Mitleid mit dem alten Bürgermeister hatte. »Die Gräfin kann nichts dafür, das wisst Ihr genauso gut wie ich.«

Beata sah mit vor Schreck geöffnetem Mund auf die Klinge.

»Unschuldige gibt es in diesem Konflikt nicht, junger Mann.« Er stach zu.

Keuchend ging die Gräfin in die Knie und fiel zu Boden.

»Er hat gesagt, dass ich einen Finger von Euch zu Torstensson schicken soll, aber Eure Leiche wird Eurem Gatten vor Augen führen, wie es sich anfühlt, wenn einem der geliebte Partner durch einen aufgezwungenen Krieg genommen wird.«

Gustav sah ein, dass er keine andere Wahl hatte. Er musste eingreifen, egal, was Benno über seine Kräfte erfahren würde. Dafür war es unumgänglich, sich von den Fesseln des Dämons zu befreien, daher befahl er barsch. »Zurück in die Erde mit dir!« Der Griff um seine Arme wurde augenblicklich schwächer. Die Krallenpranken verblassten. Im gleichen Moment geschah etwas Merkwürdiges.

Das Wesen lachte höhnisch. »Das funktioniert bei mir nicht, du Möchtegernfeldscher. Ich höre nur auf meinen Herrn.« Der Griff des Dämons wurde so fest wie zuvor.

Angst schlich sich in Gustavs Herz. *Wie kann das sein?* Er blickte zu den bewegungslosen Frauen und Benno. Der zweite Lehrling stierte die Kreatur mit offenem Mund an und schien ansonsten vor Furcht wie erstarrt.

»Glaub mir, Junge. Ich wünschte, es wäre anders gekommen.« Der Bürgermeister schüttelte traurig den Kopf und steckte sein Messer ein. »Hätte der verfluchte Krieg doch nur einen Bogen um meine Heimat gemacht.«

»Jetzt habt Ihr nur noch mehr Leid und Tod über Znaim gebracht.«

»Ich weiß, es ist eine Schande. Ich hätte nie auf ihn hören sollen.«

»Auf wen?«, fragte Gustav, um Zeit zu gewinnen, obwohl er verstanden hatte, dass die Antwort hinter ihm stand.

»Der Kleine wirkte am Anfang verängstigt und war immer gut zu mir, aber …«

»Schweigt, Bürgermeister!«, befahl der Hundedämon.

Der alte Mann lachte. »Ich höre nicht mehr auf dich und deinesgleichen. Ihr habt weder die Stadt beschützt noch meine geliebte Tereza.«

»Wie kannst du es wagen? Ohne uns wärst du nichts. Oder hast du vergessen, wer all die Intrigen gesponnen hat, damit du Schultheiß werden konntest?«, zischte der Dämon.

Der Zorn ließ die Kreatur nachlässig werden. Ihr Griff um Gustavs Arm lockerte sich. Blitzschnell zog der seinen Silberdolch und stach zu. Tief bohrte sich das Metall in die Pranke des Dämons.

»Ahhh! Verfluchtes Silber«, brüllte das Geschöpf und gab Gustav frei. Im Moment des Schreckens schnellten die drei verbliebenen Arme in die Luft, als hätte das Wesen sich an dem menschlichen Gefangenen verbrannt. Versehentlich traf es den neben Gustav stehenden Benno am Kopf.

Der Junge sackte zusammen.

Gustav wusste, dass er keinen besseren Augenblick bekommen würde. Er stach erneut zu. Direkt in die fellige Brust der Kreatur.

Der Dämon fauchte schrill und gab gleichzeitig ein tiefes Grollen von sich. Umständlich versuchte er die Klinge aus seinem Leib zu entfernen. Es gelang ihm nicht, weil er es nicht wagte, das Silber zu berühren. Das Glück war Gustav hold. Der Stich musste ausgesprochen gut platziert gewesen sein, denn einen Augenblick später begann der Dämon sich in Nebel aufzulösen. Klappernd landete das Silbermesser auf dem Steinboden.

Ich habe einen Dämon getötet. Gustav konnte sich nicht entscheiden, ob er stolz darauf war oder sich schämte. In jedem Fall hatte er wenig Zeit, darüber nachzudenken. Er schaute sich nach dem Bürgermeister um, doch der alte Mann war verschwunden. *Vermutlich hat er irgendeinen verborgenen Weg genutzt, um zu fliehen.* Gustav war es egal. Er hastete zu Anike und nahm ihr blutverkrustetes Gesicht in seine Hände. Zärtlich strich er ihr über die Wange. »Anike?«

Das Mädchen gab ein leises Seufzen von sich.

Sie lebt! Routiniert untersuchte er sie. Außer einer Platzwunde an der Stirn hatte sie keine weiteren Verletzungen. *Sie ist nur ohnmächtig.* Kopfschmerzen waren wahrscheinlich das Einzige, was sie von ihrem unfreiwilligen Ausflug in das unterirdische Labyrinth zurückbehalten würde.

»Gustav?« Anikes Blick wurde langsam klarer.

»Ja, bleib liegen, mein Schatz.« Er küsste sie zärtlich. »Ich bin gleich wieder bei dir!« Er kroch zur Gräfin hinüber. Zu seinem Erstaunen setzte die sich unvermittelt auf und scheuchte ihn zu Benno weiter. »Kümmert Euch um den Jungen. Es geht mir gut, auch wenn ich die nächsten Tage blaue Flecken am Bauch haben werde.« Mit einer Grimasse rieb sie über die Stelle, an der die Klinge des Bürgermeisters sie getroffen hatte.

»Wie ist das möglich?«

Beata versuchte sich an einem Grinsen. »Die Waffen einer Frau. Nach dem letzten Angriff habe ich aufgerüstet.« Sie öffnete das Einstichloch ein wenig und offenbarte ein verstecktes Mieder aus Leder. »Zum Glück hatte ich mich für die Bettruhe noch nicht entkleidet. Und eben bin ich lieber liegen geblieben, damit der irre Bürgermeister nicht auf die Idee kam, zu Ende zu bringen, was er begonnen hatte.«

Kopfschüttelnd hastete Gustav zu Benno. Der zweite Lehrling hatte weniger Glück gehabt. Die Schläfe, an der ihn der wuchtige Schlag getroffen hatte, verfärbte sich bereits dunkel, aber er schien nur ohnmächtig zu sein. Sein Atem ging ruhig und regelmäßig.

Mit einem Mal stand Beata neben Gustav. »Was ist mit ihm passiert?« Die Gräfin hatte den Dämon als Einzige nicht sehen können und daher nur beobachtet, dass Benno plötzlich umgefallen war.

»Er ist auf dem Weg hierher in der Dunkelheit mit dem Kopf gegen eine Stollenwand gelaufen. Es ist nicht ungewöhnlich, dass die Besinnungslosigkeit erst später einsetzt«, fiel Gustav sofort eine Lüge ein. »Er wird sich davon erholen.«

»Schön, aber was machen wir jetzt?«, fragte die Gräfin und sah sich nach ihrer Leibwächterin um.

»Ich denke, wir sollten hier schnellstmöglich weg, bevor der verrückte Bürgermeister«, Anike wischte sich mit dem Ärmel Blut von der Stirn und warf Gustav einen konspirativen Blick zu, »mit Hilfe zurückkommt.«

Sie hat recht. Gegen einen weiteren Dämon gelingt mir solch ein Glückstreffer sicher nicht noch einmal. Doch wie sollten sie den Weg zurückfinden? Das Blut des Hundedämons war mit ihm gemeinsam verschwunden und der Bürgermeister der Einzige, der sich in den gigantischen Katakomben auskannte. Es blieb nur eine Lösung. »Mela«, hustete Gustav in seine Faust.

Das brachte ihm einen mitleidigen Blick von Beata ein. »Ihr werdet Euch doch nicht verkühlt haben?«

»Hach, an welch herrlichen Orten ihr euch immer vergnügt«, rief Augenblicke später eine sichtlich gut gelaunte Mela und stolzierte vor ihnen hin und her. Ihre Schuppen glänzten in unterschiedlichsten Rottönen, als hätte sie sich für einen Ball am Hof zurechtgemacht. »Bäh, hier stinkt's nach nassem Hund. Mit was für Abschaum habt ihr euch denn diesmal eingelassen?«

Gustav wandte sich an Anike, um seine Antworten an Mela als Gespräch mit ihr zu tarnen. Beata durfte unter keinen Umständen davon erfahren, dass er eine Dämonin rufen konnte.

»Es freut mich, dich wohlauf zu sehen.«

»Hast du was an den Augen?«, fragte Mela beleidigt. »Ich stehe hier!« Sie stapfte mit ihrem breiten Krallenfuß so fest auf, dass der Boden bebte.

Beata zuckte verschreckt zusammen.

»Du verbringst doch wahrlich genug Zeit mit der Dürren. Da kannst du mich wenigstens zur Begrüßung ansehen, nachdem ich von dir aus meinem wohligen Schlummer gerissen wurde.«

»Ich hoffe, dass der Bürgermeister keine Geheimnisse von euch erfahren hat. Manche Dinge sind nicht für die Ohren Fremder bestimmt«, versuchte Gustav es auf einem anderen Weg.

»Ich verpasse dir gleich einen Satz heißer Ohren«, fauchte die Dämonin. »Da holst du mich extra aus den Tiefen der Erde, und dann werde ich ignoriert. Eine Frechheit.« Sie zeigte auf den bewusstlosen Benno und schob ihre wulstige Unterlippe beleidigt hervor. »Als Entschuldigung deinerseits würde ich es akzeptieren, wenn ich den Bengel da fressen darf. Der macht es eh nicht mehr lang.«

»Nein, die Gräfin und ich haben dem Mann nichts verraten. Er war ohnehin ein wenig schwer von Begriff«, probierte Anike die Dämonin auf die richtige Fährte zu führen.

»Jetzt reicht es mir aber! Wenn ihr weiter so frech seid, dann fresse ich nicht nur den kleinen Burschen, sondern auch noch die hochnäsige alte Schachtel!« Zum Schein schnappte Mela nach der Gräfin.

Anike stellte sich beschützend neben sie und legte der Frau des Generals den Arm um die Schultern. »Geht es Euch gut, Gräfin? Oder haben Euch die schändlichen Entführer, die uns gegen unseren Willen unter die Erde verschleppt haben, ein Leid angetan?«

Die Gräfin schaute Anike irritiert an, sagte dann aber mit einem Lächeln: »Danke, mein Kind, ich bin gesund und munter. Danke auch für deinen tapferen Versuch, mich zu verteidigen. Ich bin froh, dass du wohlauf bist. Der alte Mann verfügte über erstaunliche Kräfte, mit denen ich nicht gerechnet hatte.«

»Ja«, rief Gustav übertrieben laut und schielte aus dem Augenwinkel zu Mela, »manche bekommen seltsame Kräfte, wenn sie Böses im Schilde führen.«

»Aha«, machte die und tippte sich an die Stirn. »Jetzt habe ich verstanden. Ihr wolltet euch hier unten zu viert paaren und dann bist du eifersüchtig geworden, weil die Weibchen dir allein gehören sollen, und hast den Bengel umgehauen.« Sie zwinkerte mit ihren drei Augen. »Ich werde ihn fressen und niemandem ein Sterbenswörtchen sagen. Versprochen!«

Gustav setzte ein genervtes Gesicht auf. »Wir sollten gehen! Leise, damit wir uns nicht verraten und gesehen werden!«

Irritiert kratzte sich Mela am Hintern.

»Ja, wir sind schon viel zu lange hier unten.« Beata machte sich zum Aufbruch bereit. »Ich bin froh, dass Ihr den Weg kennt, Gustav. Der Bürgermeister hat uns so schnell von einem muffigen Gang in den nächsten getrieben, dass ich den Überblick verloren habe.«

»Ich werde den Weg mit ein wenig Hilfe schon finden«, antwortete Gustav betont langsam, was ihm einen verwunderten Blick der Gräfin einbrachte.

»Nun aber!« Mela klatschte vergnügt in die Hände. »Ich soll die anderen in die Irre führen, damit du die Rothaarige endlich los bist und wir unsere Ruhe haben.«

»Machen wir uns auf den Weg!«, zischte Anike und funkelte Mela böse an.

»Was hat sie denn?«, flüsterte die Dämonin Gustav vernehmbar zu.

»Euer aller Wunden müssen schnellstmöglich versorgt werden. Hoffen wir, dass wir uns nicht verlaufen«, antwortete Gustav Anike und Mela zugleich.

»Wieso verlaufen? Ich kann euch führen. Ist doch ganz einfach.« Die Dämonin zuckte mit den breiten Schultern. »Man riecht die menschlichen Ausdünstungen von über der Erde ja meilenweit. Wäre natürlich nett gewesen, wenn einer mal direkt fragt, aber ich mache das gern auch so. Schließlich bin ich ja deine Freundin.« Sie grinste Anike frech an.

Mela führte sie zielsicher auf die oberste Ebene zurück. Dank seiner dämonisch gesteigerten Körperkräfte schaffte Gustav es problemlos, Benno den gesamten Weg zu tragen. Bald vernahmen sie die Rufe der Soldaten, die Torstensson ausgeschickt hatte.

»Vi är här! – Wir sind hier!«, rief die Gräfin ihnen zu.

»Geschafft«, sagte Gustav. »Den Rest des Weges finden die Damen sicher ohne meine Hilfe.« Er zwinkerte Anike zu, obwohl die Nachricht für Mela gedacht war. Es wurde Zeit für sie, zu verschwinden.

»Jetzt lässt du hier das starke Männchen raushängen, nachdem ich die ganze Arbeit getan habe«, beschwerte sich die Dämonin prompt. »Gut, gut, wenn du meinst, Gustav, dann gehe ich eben. Mir ist es hier eh zu muffig.«

Unvermittelt drehte sich die Gräfin um und rief in die Dunkelheit: »Danke.«

Sie hat etwas bemerkt. Gustavs Herz schlug einige Takte schneller.

»Das ist aber eine nette alte Dame, an der kannst du dir mal ein Beispiel nehmen, du Sauertopf«, zischte Mela und pustete, nur um Gustav zu ärgern, Beatas Haare durcheinander, bevor sie sich in Nebel auflöste.

Die Gräfin griff sich lächelnd und mit verstehendem Blick an den Kopf.

DIE LETZTEN
DER SIEBEN

*Donnersberg, menschliches Königreich Böhmen,
28. Jahr nach Landnahme*

Obwohl im Tal bereits frühlingshafte Temperaturen herrschten, fegte über die Spitze des kegelförmigen Donnersbergs ein kräftiger Schneesturm hinweg. Die lebensfeindlichen Bedingungen störten den Anführer der verschworenen Gemeinschaft nicht, die sich im Schutz der Nacht dort versammelt hatte. Dämonen waren Kälte und Hitze gegenüber unempfänglich. »Berichte, was in Znaim geschehen ist, Quartus«, forderte der erste Dämon seinen Bruder auf.

Der feingliedrige Intellectus öffnete und schloss aufgeregt sein grünliches Zyklopenauge. Er unterschied sich im Aussehen von seinen sehr ähnlichen Artgenossen vor allem durch eine Sache: Eines seiner beiden Hörner war abgebrochen. Mit ruhiger Stimme, die problemlos über das Brüllen des Windes trug, antwortete Quartus: »Ich habe meinem alten Freund, dem Bürgermeister, seit langer Zeit wieder einen Besuch abgestattet und ihm zwei Wachhunde an die Seite gestellt.« Das kleine Wesen gönnte sich ein gehässiges

Grinsen. »Oft hat er in den letzten Jahren jammernd nach mir gerufen, aber ich brauchte seine lächerlichen Fähigkeiten nicht mehr, daher habe ich ihn ignoriert. Seine Ränke im Rat der Stadt und die beständige Gier nach dickeren Pfründen haben mich gelangweilt. Der Mann ist so kleingeistig. Für ihn gibt es nur Znaim. Ganz so, als wäre das unwichtige Kaff der Nabel der Welt.« Er wackelte ungläubig mit seinem konischen Schädel.

»Warum hast du überhaupt einen kleinen Bürgermeister angeworben, Quartus?«, fragte Primus, der Anführer. »Wir sind nur wenige und wollten uns auf die mächtigsten Menschen konzentrieren, um das Consilium Magnum – den großen Plan – zu verwirklichen. Wir Intellectus beraten Könige, Kaiser, Kurfürsten und die größten Generäle. Einzig bei den verfluchten schwarzen Feldscheren haben wir uns bisher Ausnahmen von dieser Regel gestattet. Sie kennen unsere Welt zu gut und müssen kontrolliert werden. Obwohl es grässlich ist, so zu tun, als könnten sie uns in diese primitiven Eisenkisten einsperren.«

Alle vier Dämonen glucksten vergnügt. Der Wind ebbte für einen Moment ab. Es schien, als würde selbst der Sturm vor ihrer Bösartigkeit innehalten.

Primus schüttelte trotzig den Kopf. »Trotzdem wüsste ich zu gern, warum Quintus beim Versuch, den verfluchten Hayo zu töten, ebenfalls gestorben ist. Ich habe den Mann immer für einen Aufschneider gehalten, und dann das.«

Eine drückende Stille legte sich über die verbliebenen Intellectus. Keiner von ihnen hatte eine Antwort auf diese Frage. Es hätte einem Menschen unmöglich sein sollen, einen der Ihren zu töten.

»Es war wegen Wallenstein«, durchbrach Quartus die Ruhe und nahm die ursprüngliche Frage wieder auf. »Ihr erinnert euch, wie störrisch er vor einigen Jahren gewesen ist, nachdem du, Tertius«, der Intellectus zeigte anklagend auf seinen bisher schweigsamen Bruder, »dem Berater des alten Kaisers eingeflüstert hattest, ihn zu entlassen.«

Die blassblaue Kreatur wand sich unter dem Vorwurf. »Die Katholische Liga war dank des eigensinnigen Feldherrn zu erfolgreich. Der Krieg war fast entschieden. Ich musste so handeln, damit die Kämpfe weitergehen. Niemand hätte mit dem plötzlichen Auftauchen des Schwedenkönigs rechnen können. Und schon gar nicht, dass der von Sieg zu Sieg eilen würde.«

Der Anführer schaltete sich ein. »Um diesen Fehler auszugleichen, habe ich Gustav Adolf ja schnell unter meine Fittiche genommen. Wie dankbar er doch seinem geliebten Isolo – solch dämliche Namen können sich nur Menschen ausdenken – war.« Er grinste gehässig. »Der große König. Held der Protestanten. Unerschrocken und mutig. Er verdankte nur mir diesen Ruf. Allein auf meinen Rat hin ist dieser Narr bei jeder Schlacht in der ersten Reihe geritten. Wie hat er es genossen, mit dem Pöbel gemeinsam zu kämpfen. Es war nur eine Frage der Zeit, bis er fiel.«

Alle vier lachten. Es hörte sich an wie das Kreischen eines Babys, dem man zu fest in die Wangen gekniffen hatte.

Sämtliche Vögel auf dem Berg wurden von diesem Geräusch aus dem Schlaf gerissen und flohen schreiend. »Der Bürgermeister war damals ein junges Bürschlein«, griff Quartus seine Geschichte wieder auf. »Einfach zur rechten Zeit am rechten Ort und mir damit nützlich, den alten Sturkopf von Wallenstein wieder in die Dienste des Kaisers zu bringen, um damit das Gleichgewicht erneut herzustellen.«

»Ich erinnere mich nur zu gut daran.« Primus reckte triumphierend sein langes Kinn. Er vergaß nie etwas. »Auch seiner haben wir uns anschließend recht bald entledigt, um das Pendel des Krieges nicht zu stark nach einer Seite ausschlagen zu lassen.« Der in zornigem Grün leuchtende Strahl seines Auges traf die beiden Brüder. »Jetzt besteht wieder die Gefahr einer Unwucht. Nie war sie größer. Torstensson hat den Kaiser in den Erblanden vernichtend geschlagen. Trotz all unserer Bemühungen, das zu verhindern.« Er lief aufgeregt hin und her. Das half ihm beim Denken. »Seine Siege könnten bedeuten, dass der Kaiser die Friedensverhandlungen fortführt, die wir mit Mühe sabotiert haben. Ihr wisst doch hoffentlich, was Frieden unter den Menschen für uns mit sich bringen würde?«

Die Dämonen senkten unglücklich die Köpfe.

»Niemand von unseren Brüdern und Schwestern würde mehr aus dem Boden gerufen werden, um in den Schlachten zu kämpfen. Kein einziger von ihnen bekäme Menschenfleisch.« Primus verfiel in ein Brüllen. »Es wäre das Ende unserer Art. Nach wenigen Dekaden wären alle verhungert und würden in der Erde verfaulen!« Er blickte in das stärker werdende Schneetreiben. »Also sag mir, Quartus, warum ist der Schwede noch immer auf dem Vormarsch? Und tisch mir keine weiteren Geschichten aus der Vergangenheit auf. Es geht um das Hier und Jetzt. Alles andere zählt nicht!«

Der Dämon verbeugte sich. »Ich habe den Bürgermeister dazu gebracht, das Weibchen des Generals zu entführen. Meine Köter haben ihm geholfen, damit ich persönlich nicht in Erscheinung treten musste. Ich wollte den großen Plan nicht gefährden. Sie sollte als Druckmittel dienen, um ihn zur Aufgabe der Stadt zu zwingen, leider …« Er gab eine Art Seufzen von sich, das wie das Klappern eines balzenden Storchs klang. »… hat das nicht funktioniert.«

»Warum?«, fragten seine Brüder.

»Jemand ist ihnen in die Quere gekommen und hat die Frau befreit.« Er pausierte, griff einen schneebedeckten Stein und warf ihn in die Nacht. Der Schmerzensschrei eines Lebewesens erklang und verstummte abrupt. »Martins alter Lehrling.«

»Ich kann diesen Namen nicht mehr hören. Sextus hatte diesen törichten Johannes doch dazu gebracht, den schwarzen Feldscher zu töten. Warum werden wir den jetzt einfach nicht los?«

»Sextus ist kurze Zeit später selbst gestorben«, ergänzte Tertius. »Vermutlich durch den unbotmäßigen Lehrling.«

»Das können wir nicht genau wissen ...«, begann Secundus.

»Es ist egal, wer ihm die Silberklinge in den Hals getrieben hat. Eines steht fest: Erst waren wir sieben, nun sind wir nur noch vier. Zwei von uns sind gestorben, als sie sich um Angelegenheiten kümmerten, die Martin und seinen schändlichen Lehrling betrafen. Der Meister war mir ein Dorn im Auge. Dass er es so viele Jahre geschafft hat, Torstensson vor unserem Einfluss zu beschützen, ist schon ein Fluch an sich. Dass dieser Mann vor unseren Augen einen derart mächtigen Lehrling ausbildet, der sein Werk so nahtlos fortführt, hätten wir früher erkennen müssen.«

Secundus, Tertius und Quartus nickten zögerlich.

»Ihr habt Angst vor ihm?« Primus lachte. »Feiglinge!«

»Er kann Dinge bewerkstelligen, die kein anderer Mensch kann«, sagten die anderen Dämonen wie aus einem Mund.

»Ihr habt recht. Wir können ihn nicht einfach töten! Es war ein Fehler von Sextus, das zu versuchen. Wir müssen uns den Jungen gefügig machen, ohne dass er es merkt. Er besitzt fürwahr beeindruckende Kräfte. Seine Macht könnte der Schlüssel zum endgültigen Gelingen des Consilium Magnum sein. Wir brauchen ihn. Durch den Verlust der drei anderen sind wir zu geschwächt. All die Energie, die sie im Laufe der vielen Kriegsjahre in sich aufgenommen hatten, ist mit ihnen vergangen. Ohne sie können wir die große Aufgabe nicht verwirklichen.«

Die drei anderen Dämonen sahen einander ängstlich an.

»Der Junge allein könnte sie ersetzen, wenn er uns dient.« Primus wedelte mit einem seiner überlangen Finger. »Mit seiner Kraft wird es gelingen, all unsere Brüder und Schwestern in der *Nacht des Übergangs* aus dem Boden zu rufen.« Er lachte meckernd. »Damit sie sich die Erde und ihre schwächlichen Bewohner einverleiben. Im wahrsten Sinne des Wortes.«

Seine Brüder stimmten in das Lachen mit ein.

»Ich habe bereits für alles gesorgt. Du weißt, was du zu tun hast, Secundus?«

Der schweigsamste der Dämonen nickte.

»Sehr gut! Der Junge gehört bereits fast uns, auch wenn er nichts davon ahnt. Die Zeit der Menschen neigt sich dem Ende entgegen. Die Ära der Dämonen zieht herauf!«

VERLIEBE DICH NIE
IN EINEN SCHWARZEN
FELDSCHER

Nahe der Stadt Krems an der Donau,
Erzherzogtum Österreich, kaiserliche Erblande,
22. März 1645 – 28. Kriegsjahr

Ich hatte eigentlich gehofft, dass wir das öfter machen würden.« Anike hob den Kopf von Gustavs verschwitzter Brust und küsste ihn auf die Nasenspitze.

»Frag mich mal.« Er grinste frech. »Nur leider sehen unsere Herrin und unser Herr das ein wenig anders.«

Anike seufzte. »Leider.« Sowohl Gräfin de la Gardie als auch Gustavs Meister spannten sie vollauf ein, sodass die von ihnen herbeigesehnten Treffen inzwischen Seltenheitswert besaßen. Heute Nachmittag hatten sie es endlich einmal geschafft, sich davonzuschleichen. Nach all den Eroberungen und Scharmützeln der letzten Tage ruhte die schwedische Armee im frühlingsschönen Donautal. Allerorten herrschte eine geschäftige Unruhe. Wagen wurden repariert, Kleidung geflickt, Waffen geölt, die Hufe der Pferde neu beschlagen … Außerdem putzte man die Kanonen und stapelte daneben Eisenkugeln zu kleinen Pyramiden auf. Es ging das Gerücht, dass man sich auf eine mehrtägige Kanonade vorbereitete. Das Tempo, das Armee und Tross in den letzten Wochen an den Tag gelegt hatten, war atemberaubend gewesen. Die Schweden eilten von Sieg zu Sieg, von Eroberung zu Eroberung. Es schien, als wollte sich der ohnehin rastlose Torstensson für die Entführung seiner Frau mit noch schnelleren und gewaltigeren Erfolgen am Kaiser rächen. Innerhalb weniger Tage hatte seine Armee im Handstreich die Städte Retz, Eggenburg und Ravelsbach erobert sowie zahllose kleinere Ortschaften.

Anike konnte sich bei Weitem nicht mehr all die Namen jener Siedlungen merken, die dem Feldherrn auf seinem Zug nach Wien im Weg gewesen waren. Ihr war sein hohes Tempo mehr als recht. So würde sie schneller bei ihrem Vater sein. Längst standen sie im innersten Teil des Kaiserreichs. Das Erzherzogtum Österreich hatte dem feindlichen Heer beinahe widerstandslos seine als unantastbar geltenden Grenzen geöffnet. Anike hatte bereits von einer Anhöhe die Donau glitzern sehen. *Der Fluss, der auch durch Wien fließt.*

Unruhe ergriff sie. Am liebsten hätte sie Gustav augenblicklich bei der Hand gepackt und wäre auf eigene Faust in Richtung der Hauptstadt losgezogen. Ein einzelner Reiter hätte Wien in nicht mal einem Tag erreichen können. Anike wusste, dass sie sich in Geduld üben musste. Hatten die Schweden Wien erst erobert, würde sie ihren Vater mit Beatas Hilfe problemlos aus dem Gefängnis freibekommen und Gustav konnte ihn anschließend hoffentlich von seinem Dämon befreien. Heimlich in die feindliche Stadt vorauszureisen, wäre töricht – zumal Trauttmansdorff sie nicht vergessen haben dürfte. Vermutlich wartete er nur darauf, dass sie so dumm war und den Karzer, in dem ihr Vater einsaß, aufsuchte. *Ob er um Johannes' Schicksal weiß?* Anike verdrängte den Gedanken. Sie war dem Ziel nah. *Halte durch, Papa!*

»An was denkst du?«, fragte Gustav mit Unschuldsmiene, begann aber gleichzeitig ihre Schulterbeuge mit Küssen zu liebkosen und die Außenseiten ihrer nackten Brüste zu streicheln.

»Woran du denkst, ist mir klar«, lenkte sie lachend von seiner Frage ab, um die seltene Zweisamkeit nicht mit ihren Problemen zu verdunkeln. Anike spürte, wie ihre Lust ein weiteres Mal entfacht wurde. Noch nie zuvor hatte das jemand bei ihr so vermocht, wie Gustav es tat. *Weil ich ihn liebe.* Ein warmes Gefühl breitete sich in ihr aus. Unwillkürlich beugte sie den Rücken, damit er ihre Brüste liebkoste.

Gustav labte sich augenblicklich daran und nahm ihre hart gewordenen Knospen begierig in den Mund.

Nach dem dritten Liebesakt dieses Spätnachmittags zog sich Anike schleunigst ihr Hemd an, um nicht erneut in Versuchung geführt zu werden. »Ich hätte nicht so lange bleiben dürfen. Beata ist seit ihrer Entführung ziemlich schreckhaft. Falls sie nach mir ruft und ihre Leibwächterin ist nicht auf dem Posten, wird das zu Fragen führen. Fragen, die für uns beide unangenehme Folgen haben werden, wie du weißt.« Beata und Zangerberg hatten sie in der Hand. Ihre heimlichen Treffen waren ein Spiel mit dem Feuer.

Mit einem nachdenklichen Gesicht setzte sich ihr Geliebter auf und zupfte sich ein wenig Stroh aus dem Haar. Der Wagen mit dem Futter der Offizierspferde war ihr bevorzugtes Liebesnest geworden. Auch wenn die Halme so manches Mal an den ungünstigsten Stellen pikten. »Wer kann der Gräfin diese Ängstlichkeit verdenken. Sie hat Schreckliches erlebt.« Er blickte Anike direkt in die Augen. »*Ihr* habt Schreckliches erlebt.«

Anike machte eine abwehrende Handbewegung. »Ich habe schon Schlimmeres erleiden müssen.« Sie schlüpfte in ihr Kleid und drehte ihm den Rücken zu, damit er es schloss. »Außerdem wusste ich ja, dass du und deine eifersüchtige Dämonin uns retten werden.« Zwar hatte sie, nachdem der Hundedämon und der alte Mann in Beatas Schlafzimmer aufgetaucht waren, Furcht empfunden, aber da das Untier sie ohnmächtig geschlagen hatte, hatte dieses Gefühl nicht lange angehalten. »Mein Retter in der Not.«

Er zog die letzten Schnüre fest und reichte ihr ihren Lederpanzer, den sie mittlerweile immer über der normalen Kleidung trug. »Hat sie eigentlich Verdacht geschöpft?«

Nur zu gut wusste Anike um Gustavs Sorge, dass die Gräfin herausgefunden haben könnte, dass er einen Dämon für eigene Zwecke beschwor. Eine Todsünde unter den schwarzen Feldscheren und für Zangerberg ein guter Anlass, um Gustav loszuwerden. Mit routinierten Griffen zog sie den ledernen Schutz über. Die Sonderanfertigung von Louis, dem Waffenschmied, passte sich geschmeidig ihrem Körper an. »Mach dir keine Sorgen. Am nächsten Morgen hat sie mir erzählt, dass sie dem Herrn dankbar ist, weil er ihr unsichtbare Engel zu Hilfe geschickt hat.«

Amüsiert zog Gustav eine Augenbraue nach oben und verknotete seinen Gürtel. »Für eine Protestantin recht merkwürdig, aber so ist es am besten.« Er zog sie in seine Arme. »Wir wollen das also jetzt öfter machen?« Er lächelte. Das Lächeln eines Verliebten.

Wie gern wäre Anike in seine Arme gesunken und hätte die Nacht mit ihm verbracht, aber sie hatten für heute schon zu viel riskiert. »Gustav, wir …« Ein Klopfen erstickte weitere Worte.

»Wer kann das sein?«, fragte Gustav flüsternd.

Ahnungslos zuckte Anike mit den Schultern und fasste gleichzeitig nach ihrem Degen.

»Gustav?«, hörten sie eine dumpfe Stimme.

Überrascht blickte Anike ihn an. »Hast du jemandem von unserem Treffen erzählt?«

Er schüttelte ratlos den Kopf. *Jemand ist uns gefolgt.*

Wieder klopfte es. Sacht. »Ich bin es, Benno. Komm raus, der Meister hat nach uns gerufen! Du weißt, was passiert, wenn er dich nicht findet.«

Unverzüglich öffnete Gustav die Klappe, durch die man das Stroh in den Wagen warf. Der verschwitzte Kopf seines jungen Lehrlingskameraden schob sich herein. »Endlich! Ich habe ewig nach dir gesucht. Der Alte ist früher zurück als erwartet.« Er sah über Gustavs Schulter und nickte Anike wortlos zu. Ansonsten tat er so, als wäre sie nicht da.

Vielleicht bin ich das für ihn nicht. So kann er nichts verraten. Anike hoffte inständig, dass dem so war. Sie hatte den Jungen bei ihrer Flucht aus dem Labyrinth gesehen. Gustav hatte ihn als liebenswürdig und anständig geschildert, aber sie war schon zu oft von Menschen enttäuscht worden, die sich diese Maske aufgesetzt hatten.

»Zangerberg war bei Torstensson und scheucht seit seiner Rückkehr die Hühner auf. Ich habe gesagt, dass du gerade zum Pinkeln weg bist und ich dich hole. Mach schnell!« Er zupfte an Gustavs Umhang. »Wenn wir uns beeilen, glaubt er dir vielleicht die Geschichte von einem besonders großen Geschäft. Du wärst nicht der Erste, dem Falks ekliger Brei den Darm durcheinanderbringt.«

Trotz allem schmunzelte Anike über die unappetitliche Lüge. »Geh!«, hauchte sie Gustav zu und ärgerte sich, dass sie es nicht schaffte, die Wehmut in ihrer Stimme zu unterdrücken. *Ich muss stark sein. Für meinen Vater.*

Einen Moment schien Gustav hin- und hergerissen, dann nickte er flüchtig zum Abschied und krabbelte eilig aus dem Wagen.

Traurig setzte sich Anike ins Stroh und wartete eine Weile, damit sie niemand gemeinsam aus ihrem Versteck hervorkommen sah. Als sie schließlich nach draußen kletterte, stellte sie mit Erschrecken fest, dass es dämmerte. Sie war zu lange fort gewesen. Beata hatte ihr einen freien Nachmittag geschenkt und extra betont, dass sie vor Sonnenuntergang zurück zu sein hatte. Wie ein Schatten stahl sie sich durch den Tross. Es war außergewöhnlich ruhig. Nur hier und da hörte sie Gemurmel durch Zeltplanen oder die Holzwände der Karren hindurch. Vereinzelt standen kleinere Gruppen an Feuern zusammen, die sie kaum eines Blicks würdigten. Von der euphorischen, ausgelassenen Stimmung nach dem Sieg bei Jankau war nichts mehr zu spüren. Nirgendwo grölten Betrunkene, kreischten Huren oder erklang das Klappern der Würfelbecher. Die ständigen Märsche und Gefechte zerrten an den Kräften der Menschen und das große Ziel Wien, dem sie sich endlich näherten, ließ die Anspannung aller anwachsen. Wenn es nach Torstenssons Plan lief, würde der Krieg in wenigen Wochen beendet sein. *Wahrscheinlich malen sich die Landsknechte und ihre Familien bereits aus, was es in der Residenzstadt des Kaisers für unglaubliche Reichtümer zu plündern gibt*, dachte Anike mit einem grimmigen Lächeln und übersprang leichtfüßig eine breite Pfütze.

Schnell erreichte sie die vier geräumigen Zelte, in denen Torstensson mit seinem engsten Gefolge lagerte. Einer der nächtlichen Wachposten, ein stämmiger Veteran namens Mika, ließ sie ohne Fragen mit einem väterlichen Grinsen passieren. Für ihn war es nichts Ungewöhnliches, dass die Leibwächterin seiner Gräfin durch das Lager schlich, um für ihre Herrin Aufträge zu erledigen. Flink umrundete sie das Zelt der Bediensteten und war gerade im Begriff, die hintere Plane anzuheben, um sich hineinzuschleichen, da hörte sie eine wohlbekannte Stimme.

»Schön, dass du wieder da bist. Und wie ich sehe, hast du auch keinen Kleiderstoff beim Marketender bekommen.«

Überrascht drehte sich Anike zu Beata de la Gardie um und brachte, trotz der unangenehmen Situation, einen recht manierlichen Knicks zustande.

Die Gräfin quittierte das mit einem vielsagenden Grinsen.

»Es war so, ich …«, versuchte Anike sich am Stricken einer Lüge, aber der strenge Blick ihrer Herrin ließ sie verstummen. »Bitte entschuldigt. Es wird nicht wieder vorkommen«, murmelte sie verlegen.

»Das bezweifle ich.«

»Bitte, Gräfin …«, begann Anike.

»Ich hatte dich doch gebeten, mich Beata zu nennen, wenn wir unter uns sind.« Sie lächelte gütig.

Anike konnte sich nicht entscheiden, ob das gute oder schlechte Zeichen waren.

»Ich weiß, dass du wieder zu ihm gehen wirst. Ja, vermutlich zu ihm gehen musst.«

»Beata …« *Was weiß sie?*

»Ist es Gustav?«

Es war sinnlos, es abzustreiten. Der Versuch würde die kluge Frau erzürnen und das wollte Anike um jeden Preis vermeiden. »Ja.« Sie blickte der Gräfin in die Augen. »Ich liebe ihn. Bitte sagt es nicht seinem Meister, das würde ihm schreckliche Probleme bereiten.«

»Ich verspreche, dass ich dem alten Furz nichts verraten werde.« Nach diesen wenig vornehmen Worten entwich dem

Mund der Adligen ein Lachen, in das Anike dankbar einstimmte. Ihr Herz schlug augenblicklich langsamer. »Woher wisst Ihr es?«

Mit einem beiläufigen Achselzucken erklärte die Gräfin: »Ich habe relativ schnell erkannt, dass der junge Mann sich nicht um meinetwillen so heldenhaft durch das verfluchte Labyrinth Znaims geschlagen hat. Du warst die Erste, um die er sich gekümmert hat, und der Kuss verriet mir dann den Rest.« Sie verschloss mit der Hand den Kragen ihres Mantels, um den schneidenden Wind auszusperren. »Wer kann es dem jungen Mann verdenken. Du bist eine Schönheit.« Freundschaftlich legte die Adlige Anike den Arm über die Schultern und führte sie in Richtung ihres eigenen Zelts. »Man muss sich nicht für die Liebe entschuldigen, mein Kind. Sie macht mit einem, was sie will, und ihr ist es egal, welche Probleme sie einem dabei manchmal bereitet.« Die Gräfin kicherte und schaute versonnen in die Nacht. »Und glaube nicht, dass ich es nicht verstehen würde. Auch ich war einmal in einen Feldscher verliebt.«

Das kam für Anike dermaßen überraschend, dass sie stehen blieb. »Ist das Euer Ernst?«

»Du willst deine Herrin doch wohl nicht der Lüge bezichtigen?«

Anike wusste, dass sie einen Fehler begangen hatte. Sollte ihr eine derartige Anmaßung vor anderen Adligen oder Würdenträgern herausrutschen, würde sie Beata in Verlegenheit bringen und ihren Mann dazu. »Natürlich nicht. Bitte entschuldigt!«, sagte sie daher, setzte aber mit gesenkter Stimme hinterher: »Wer war es?«

»Oh«, entfuhr es Beata versonnen. Sie lächelte glückselig. »Du kennst ihn sogar. Oder besser gesagt, kanntest ihn.«

Anike blieb kurz der Mund offen. »Meister Martin?«

Ein melancholischer Ausdruck legte sich auf die Miene der Adligen. »Genau der. Damals war er allerdings noch kein Meister.«

»Bitte erzählt mir mehr«, drängte Anike und zwinkerte Beata verschwörerisch zu.

Die Gräfin ließ sich die Geschichte gern entlocken. Vermutlich gab es nicht sehr viele Menschen, mit denen sie derartige private Erinnerungen teilen konnte. »Ich und meine Eltern sind 1629 gemeinsam mit Gustav Adolfs Gefolge in die deutschsprachigen Länder übergesetzt, um zu helfen, den wahren Glauben zu verteidigen.« Sie grunzte wenig damenhaft. »Und natürlich die Machtinteressen Schwedens. Martin war zu dieser Zeit noch ein Lehrling, der sich gegen den Willen seines Meisters dem Heer meines Königs anschloss. Schon damals war er äußerst talentiert und ihm ging ein Ruf voraus, auf den so mancher Feldscher neidisch gewesen sein muss, anders kann ich mir nicht erklären, warum ihm zu dieser Zeit nicht längst die Meisterwürde verliehen worden war. Wie dem auch sei …« Sie seufzte, schlug die Zeltplane zurück und führte Anike in das behaglich eingerichtete Innere. Eine Feuerschale verströmte angenehme Wärme. Der Boden war mit dicken Teppichen und Pelzen ausgelegt. Auf einer Anrichte standen Schüsseln mit Obst und Gebäck sowie eine Karaffe mit Wein. Die Gräfin schenkte sich einen Kelch ein. »Ich war gerade sechzehn. Ein dummes, junges Mädchen, das den schönen Heiler bewunderte, der es so schnell verstanden hatte, den König für sich einzunehmen. Oft habe ich ihn heimlich beobachtet, wenn er zu den Besprechungen des Militärrats kam oder ging. Eines Tages bin ich durch eine Unachtsamkeit vom Pferd gefallen und habe mir das Bein verdreht. Mein Vater ließ nach Martin rufen. Nur der beste Heiler durfte seiner kleinen Beata helfen.« Sie stieß ein freudloses Schnauben aus. »Martin half mir mein Bein zu richten, verdrehte mir aber gleichzeitig den Kopf.«

Anike half der Gräfin aus ihrem pelzbesetzten Umhang.

Beata setzte sich auf die Feldliege, auf der eine daunengefütterte Bettdecke lag. »Tja, und was soll ich sagen. Er erwiderte meine Gefühle. Genau wie Gustav und du begannen wir uns heimlich an den entlegensten Orten des Trosses zu treffen. Meistens redeten wir nur.« Sie wurde rot, was das Flackern der Kerzen nicht verbergen konnte. »Nun ja«, verfiel sie in ein Flüstern und grinste übers ganze Gesicht, »manchmal haben wir uns auch geküsst.«

Es kam Anike abwegig vor, in Martin einen verliebten jungen Mann zu sehen. Für sie würde er immer der väterlichfreundliche Feldscher bleiben, der sich ihrer anfänglich vorbehaltlos angenommen hatte. *Und den du verraten hast. Bis zu seinem Tod hat er dir nicht vergeben.* Sie versuchte, diese böse Stimme aus dem Kopf zu bekommen, indem sie eine weitere Frage stellte. »Warum ist nichts daraus geworden?« Die Worte hinterließen einen unangenehmen Geschmack in Anikes Mund.

Mit einem schweren Seufzer hielt die Gräfin ein Bein hoch, damit Anike ihr den kniehohen Stiefel auszog. »Es war von Anfang an zum Scheitern verurteilt. Die Tochter eines schwedischen Grafen und der namenlose Lehrling eines schwarzen Feldschers, das konnte nie etwas werden. Wir beide wussten es von Anfang an.« Sie schaute verträumt in die Glut der Feuerschale. »Trotzdem war es ein wunderschöner Sommer.« Wie um die Vergangenheit loszuwerden, begann die Gräfin mit den Schultern zu rollen. »Und wir sind all die Jahre Freunde geblieben. Natürlich weiß Lennart nichts von unserer kleinen Vorgeschichte.« Sie warf Anike einen warnenden Blick zu.

»Natürlich.« *Jetzt kennen wir jede ein Geheimnis der anderen.* Anike löste die fein gearbeiteten Silberspangen aus Beatas dunklen Locken.

»Dass die beiden sich so gut verstanden haben, kam mir immer seltsam vor. Aber Martins Pflichtbewusstsein hat dazu geführt, dass er sein Leben in den Diensten des Mannes verbrachte, der die Frau geheiratet hat, die er liebte.« Sie schüttelte traurig den Kopf. »Männer.«

Anike schlug die Bettdecke zurück und schüttelte das Kissen auf, während Beata sich auf dem Nachtgeschirr erleichterte.

Die Gräfin schlüpfte unter die wärmenden Daunen. »Lass dir diese Geschichte eine Warnung sein. Ein schwarzer Feldscher liebt zuallererst immer seine ach so geheimnisvolle Arbeit.«

Wissend nickte Anike. Sie musste Gustav darüber hinaus mit einer Dämonin teilen.

»Schau nicht so traurig, Mädchen. Das heißt nicht, dass es bei dir und Gustav genauso endet.« Beata klopfte die Bettdecke mit den Händen auf Höhe ihrer Brust zusammen. »Ihr beide seid von niederer Herkunft. Gesellschaftlich gibt es keine Gründe gegen eure Beziehung. Nun, von den dämlichen Regeln der schwarzen Feldschere einmal abgesehen. Ich frage mich bis heute, warum die so eine Geheimniskrämerei um sich und ihre Heilmethoden machen.«

Weil sie nicht nur Menschen heilen, dachte Anike amüsiert.

Beata ergriff ihre Hand. »Mach dir nicht so viele Gedanken, Kind. Genieße, was du kriegen kannst. Wir haben Krieg. Von mir hast du jedenfalls keine Schelte zu befürchten, solange du deine Pflichten nicht vernachlässigst.« Sie lächelte gütig. »Ich muss jetzt schlafen. Leg dich auch hin. Die nächsten Tage werden anstrengend. Mein Mann will schnellstmöglich in Krems einziehen.«

Ein weiterer Ort, den der Krieg beflecken wird.

»Hoffentlich schafft Meister Zangerberg es, den Stadtkommandanten davon zu überzeugen, dass er den Ort kampflos übergibt. Das würde uns viel Zeit sparen«, murmelte Beata im Halbschlaf.

Der Blitz durchfuhr Anike und ein Gefühl von Übelkeit kam in ihr hoch. »Was habt Ihr gesagt?«

Mit einem Gähnen antwortete die Adlige: »Dass der schwarze Feldscher eine friedliche Übergabe aushandeln soll. Er hat Lennart ewig um eine Audienz ersucht und als Lennart sie ihm nicht mehr länger verwehren konnte, ihm diesen Vorschlag gemacht. Lennart hat dem Ganzen, glaube ich, nur zugestimmt, um Ruhe vor Zangerberg zu haben. Ich halte ja nicht viel von dem Mann, aber vielleicht schafft er es tatsächlich. Obwohl die Zeit drängt. Bei Sonnenaufgang wird man das Feuer auf die Stadt eröffnen.« Sie drehte sich auf die Seite und begann rhythmischer und tiefer zu atmen.

Deswegen hat Gustavs Meister nach seinen Lehrlingen geschickt. Die schwarzen Feldschere gingen in eine Stadt voller Feinde, die im Angesicht der schwedischen Übermacht wenig zu verlieren hatten. Beata hatte recht, sie musste jeden Moment mit Gustav genießen, es war Krieg und der nahm einem geliebte Menschen. *Vielleicht schon heute Nacht.*

EIN UNDIPLOMATISCHER DIPLOMAT

W o seid ihr gewesen?«, zischte Zangerberg seine heraneilenden Lehrlinge an.

Benno stieß Gustav in die Seite.

»Ich … ähm … ich«, stotterte der herum.

»Kannst du nicht mal eine derart simple Frage beantworten?«, keifte sein Meister. »Herr im Himmel, was hat Martin mir da nur für eine Bürde aufgehalst.«

»Er musste sich erleichtern«, sprang Benno in die Bresche.

»Ach was?«, erwiderte Falk mit einem gerissenen Lächeln. Er schien zu wittern, dass etwas nicht stimmte. »So lange und so weit entfernt vom Lager, dass ihr beiden völlig außer Atem seid?«

Misstrauisch zog Zangerberg seine krumme Adlernase kraus.

Freundlicherweise übernahm Benno das Lügen: »Gustav geniert sich, es zu sagen, aber er hatte dünnen Stuhl, wahrscheinlich vom mittäglichen Brei, und wollte niemanden von euch belästigen. Auch mich quälen schon die ganze Zeit schlimme Darmwinde. Was hast du da nur reingemacht, Falk?« Der zweite Lehrling rieb übertrieben seinen Bauch.

»Das Übliche, und bisher hat sich nie jemand darüber beschwert. Meine eigene Losung war fest wie immer.«

Zwar wäre Gustav für eine appetitlichere Ausrede dankbarer gewesen, aber nun war sie in der Welt und er gab seinen Teil dazu. »Bitte entschuldigt, Meister. Meinen Gedärmen geht es bereits besser. Ich werde mir einen Sud aus Kamillenblüten machen und einen Tag fasten, dann sollte es wieder gehen.« Demut heuchelnd schaute er bei diesen Worten auf den Boden und knetete seine Hände.

Falk schien die Mär nicht geschluckt zu haben und war dabei, den Mund zu öffnen, als Zangerberg ihm dazwischenfuhr. »Na schön! Ich habe Besseres zu tun, als mir Geschichten über die Farbe und Beschaffenheit der Exkremente meiner Lehrlinge anzuhören«, zeterte er und wechselte abrupt das Thema. »Heute Nacht wartet eine besondere Arbeit auf uns: eine Order von Generalissimus Torstensson persönlich.« Er warf sich in die dürre Hühnerbrust.

Gustav fiel ein Stein vom Herzen. Sein Geheimnis blieb gewahrt und endlich würden sie sich ihrer eigentlichen Aufgabe als Feldschere widmen. »Ist jemand verletzt?«

Sein Meister guckte ihn an, als wäre er verrückt geworden, gab auf die Frage aber keine Antwort. »Die Stadt, die vor uns liegt, heißt Krems«, erklärte er stattdessen etwas, das jeder wusste. »Torstensson will sie auf meine Empfehlung hin erobern und als Brückenkopf über die Donau nutzen.« Er rollte mit den schmalen Schultern, als ob eine schwere Last auf ihnen läge, und seufzte. »Ihr könnt euch nicht vorstellen, wie oft der Feldherr mich um Rat angefleht hat, aber ihr wisst ja selbst, wie beschäftigt ich bin. Ich kann nicht ständig am Kartentisch stehen und ihn beraten.«

Beschäftigt?, dachte Gustav. Seitdem er bei Zangerberg gelandet war, hatten sie einen einzigen Kranken behandelt. Einen dicklichen Adligen, den Furunkel an seinem Allerwertesten quälten. Falk wäre vor Stolz beinahe vom Boden abgehoben, als ihm sein Meister die Aufgabe zugewiesen hatte, die Geschwüre aufzustechen, um den dickflüssigen Eiter abzulassen. Zangerberg verschwendete seine und ihre Zeit damit, von Dämonen Besessene zu suchen. Ständig stromerte er mit Falk durch das Lager, ließ willkürlich Leute einsperren und untersuchte sie dann. Außer einer Menge Aufruhr hatte er bisher nicht viel erreicht. Torstensson schien dieser Zinnober allerdings wichtig zu sein und so ließ er seinen neuen schwarzen Feldscher gewähren. Zu groß schien seine Angst, dass er und seine Armee in die gleiche Falle tappten wie in Kupferdorf.

»Heute Nachmittag konnte ich endlich etwas Zeit für den General erübrigen.« Der Feldscher reckte das Kinn.

Seltsam. Sonst ist es immer umgekehrt und Torstensson kann vielleicht etwas Zeit erübrigen. Es gelang Gustav aber, weiter ein interessiertes Gesicht aufzusetzen.

»Ich will euch hier nicht mit den militärischen und taktischen Details überfordern, die ich dem Heerführer an die Hand gegeben habe. Nur so viel: Die Donau ist das letzte große Hindernis für die Armee auf dem Weg Richtung Wien. Die Stadt Krems bewacht die einzige Brücke, die es im Abstand von hundert Meilen gibt. Die törichten Stadtväter weigern sich, uns die Flussquerung nutzen zu lassen. Daher werden die Schweden morgen nach Sonnenaufgang mit der Kanonade der Stadt beginnen. Schuld an dem dickköpfigen Verhalten der Kremser ist ein Obristleutnant namens Johann Christoph Ranfft. Er ist noch nicht lange in Krems, hat es aber trotzdem geschafft, die versprengten kaiserlichen

Truppen der Gegend zu sammeln und die Bürger des Orts hinter sich zu bringen.«

»Was für ein unverschämter Kerl«, sekundierte Falk seinem Meister.

Gustav konnte nichts Verwerfliches an dem Verhalten des Mannes finden. Er tat das, was ein guter Offizier zur Verteidigung seiner Stadt unternehmen sollte.

»Torstensson hat uns um Folgendes gebeten.« Die Stimme des Feldschers war zu einem Raunen geworden und seine Lehrlinge mussten näher an ihn heranrücken, um ihn zu verstehen. »Wir sollen noch heute Nacht in die Stadt einziehen und den Obristleutnant zum Aufgeben bewegen.« Wichtigtuerisch hob Zangerberg seinen Zeigefinger. »Eine bedeutsame Aufgabe, die dem Krieg die entscheidende Wendung geben könnte.«

Er tut ja so, als würde er Wien im Alleingang erobern, schoss es Gustav durch den Kopf. Zangerbergs Großspurigkeit war lächerlich. Martin und sein ausgeglichenes Wesen fehlten Gustav jetzt noch mehr als ohnehin schon. Er konnte nicht begreifen, wie sich zwei dermaßen unterschiedliche Männer derselben Profession verschreiben konnten.

Falk, zappelig geworden, weil er so lange keine Anweisungen brüllen durfte, übernahm nun. »Ihr habt Meister Zangerberg gehört. Ans Werk, die Zeit drängt. Wir fahren mit zwei Kutschen. Spannt die Zugtiere ein, zieht eure besten Kleider an und gürtet die Silberdegen.« Er grinste Gustav gehässig an. »Das mit dem Degen gilt nur für den Meister und den ersten und zweiten Lehrling. Du kannst den hier nehmen.« Er hielt ihm einen Besen entgegen. »Der Stadtkommandant wird von deinen Fähigkeiten als Straßenkehrer sicher beeindruckt sein.«

Nachdem sie ihre Kleider abgebürstet hatten und Benno kurz hinter einem Wagen verschwunden war, um sich zu erleichtern, schlenderten die beiden Lehrlinge zu den Tieren, um sie einzuschirren.

»Benno, du blutest ja«, stellte Gustav überrascht fest und reichte ihm ein Tuch.

»Was? Wo?« Aufgeregt klopfte sich der junge Lehrling ab.

»Deine Nase!« Gustav zeigte auf seine eigene. »Alles in Ordnung?«

»Ja, ja«, murmelte Benno. »Ich bin vorhin auf dem Weg zu dir in der Hast gegen einen Baum gerannt. Alles halb so wild.« Er wankte ein wenig, was seine Worte Lügen strafte.

»Bist du dir sicher?«, fragte Gustav besorgt.

Es dauerte eine Weile, bis Benno antwortete. »Alles gut.« Er übergab sich heftig.

»Das sehe ich anders!«

»Nein, glaub mir. Nur ein bisschen Kopfschmerzen. Hatte ich vom Wein schon schlimmer. Es ging mir nie besser«, wiegelte der junge Lehrling ab.

»Soll ich mir dich mal ansehen?«, fragte Gustav ehrlich besorgt. »Dein Hals ist auch ganz zerkratzt.« Er zeigte auf drei rote Striemen, die sich darüberzogen.

»Bin ich umgezogen und die Kutschen sind nicht bereit, spanne ich euch vor die Karren«, keifte Falk.

»Wir sollten uns besser beeilen. Ist alles in Ordnung.« Benno spuckte auf den Boden. »Übermut tut selten gut. Ich war einfach unvorsichtig. Das wird schon wieder.«

»Also …«, begann Gustav.

»Es geht mir gut!«, keifte Benno. Für einen kurzen Moment verwandelte sich sein Gesicht in eine Maske des Zorns.

»Wie du meinst«, sagte Gustav unsicher. »Ich wollte nur helfen.«

»Entschuldige.« Bennos altbekanntes Lächeln kehrte zurück. »Ich bin wohl einfach nervös, weil wir in eine belagerte Stadt fahren. Es geht mir wirklich gut. Nur ein dummer Unfall. Ich werde schon wieder.« Er verdrehte übertrieben die Augen und klopfte sich an den Kopf. »Hart wie Eichenholz, so schnell geht da nichts kaputt.«

»Na gut, dann will ich deinem Dickschädel mal vertrauen. Danke übrigens, dass du mir geholfen hast. Anike sieht das sicher genauso.«

»Ach, du würdest das für mich doch genauso machen, wenn ich ein Liebchen hätte.«

»Sicher.« Sie lachten. Benno hörte sich schon wieder viel besser an.

Als sie bei den Tieren angekommen waren, begrüßte Gustav Jolande, die es sich für die Nacht im Stroh gemütlich gemacht hatte. »Na, meine Gute, ist Benno auch immer lieb zu dir?«

Missmutig ignorierte das Maultier ihn, bevor es sich herabließ aufzustehen und – ziemlich lustlos – nach ihm zu schnappen versuchte.

Nachdem sie die Pferde vor Zangerbergs Kutsche eingeschirrt hatten, begannen sie Jolande und einen alten Esel mit dem wohlklingenden Namen Caruso vor den geheimnisvollen gelben Karren zu spannen. Dabei fragte Gustav Benno: »Verrätst du mir jetzt, was in dem Wagen ist? Immerhin sitzen wir gleich gemeinsam auf seinem Kutschbock.«

Bevor der junge Lehrling antworten konnte, kam Falk angerauscht, herausgeputzt, als hätten sie eine Audienz beim Kaiser.

Seine schwarze Kleidung war sauber, der Umhang überlang und die Lehrlingsfibel funkelte frisch poliert. Allerdings spannte das Wams am Bauch und die Ärmel waren ein wenig zu kurz. Außerdem verströmte seine Kleidung einen muffigen Geruch, als hätte sie lange in irgendeiner Kiste gelegen.

Ob er die einmal angeschafft hat, als er glaubte, zum Meister erhoben zu werden?, überlegte Gustav. Er hätte Mitleid mit dem älteren Lehrling empfunden, wenn der nicht so ein schlechter Mensch gewesen wäre.

»Seid ihr endlich fertig?«, stellte Falk sogleich keifend unter Beweis, dass derartige Gefühle ihm gegenüber fehl am Platz waren. »Wir müssen los. Der Tag ist nicht mehr lang. Bei Sonnenaufgang beginnt der Beschuss, und dann ist unsere Mission gescheitert. Habt ihr das nicht verstanden?« Mit einem gemeinen Grinsen näherte er sich Jolande. »Oder liegt es an dem störrischen Maultier des verrückten Martin, dass ihr jetzt erst fertig seid?«

Ohne dass er etwas dagegen tun konnte, ballte Gustav die Fäuste.

Wieder war es Benno, der die Situation rettete. Er vergürtete den letzten Riemen an Jolandes Geschirr und klopfte dem alten Tier auf den Rücken. »Lass mal, Falk. Jolande macht das gut. Sie wird ihre Aufgabe besser erfüllen als unsere ängstlichen Pferde.« Er kletterte auf den Kutschbock. Von oben rief er Gustav und Falk mit einem frechen Grinsen zu: »Was steht ihr da faul rum? Es wird Zeit, dass wir loskommen.«

»Komm da runter, Benno! Du sollst heute ausnahmsweise Zangerberg fahren«, knurrte Falk. »Er will, dass ich unseren Anfänger hier«, er stieß Gustav barsch in die Seite, »unter meine Fittiche nehme, damit er in seiner Dummheit nicht versehentlich den gesamten Auftrag ruiniert.«

Das hat mir gerade noch gefehlt, dachte Gustav gequält, brachte aber ein ehrerbietiges Nicken zustande und erwiderte: »Wunderbar, dann können wir uns einmal besser kennenlernen.«

»Du sagst keinen Ton, bis ich es dir erlaube. Wäre ja noch schöner, wenn ich mir von einem Grünschnabel die ganze Nacht ein Ohr abkauen lasse. Und jetzt rauf auf den Bock mit dir, bevor ich mir überlege, dass du die Strecke nach Krems laufen könntest.«

Gustav tat wie geheißen.

Benno warf ihm einen mitleidigen Blick zu und lief zu Zangerbergs Kutsche hinüber. Kurz darauf fuhr sie klappernd an ihnen vorbei. Der Umriss ihres gebeugten Meisters zeichnete sich unscharf durch das milchige Glas der Fenster ab.

»Warum reiten wir nicht? Wäre das nicht schneller?«, erdreistete sich Gustav zu fragen. Zwei Kutschen für vier Personen, das kam ihm unsinnig vor.

»Habe ich dir nicht gesagt, dass du das Maul halten sollst?«, zischte ihn Falk an und schlug mit der Peitsche hart auf Jolandes Rücken. »Los, ihr Schindmähren, sonst mache ich Räucherwurst aus euch.«

Die beiden eigensinnigen Zugtiere bewegten sich keinen Hufbreit vorwärts.

Erneut versuchte es Falk mit seinen üblichen Methoden: Brüllen. Drohen. Schlagen.

Das Ergebnis blieb dasselbe, als hätten Maultier und Esel eine geheime Absprache getroffen, nicht auf ihn zu hören.

Benno und Zangerberg verschwanden derweil zwischen den Zelten und Wagen.

Sobald sein Meister außer Sicht war, machte sich Panik bei Falk breit. Er begann zu schwitzen und die Flüche, mit denen er Caruso und Jolande belegte, wurden immer unflätiger. Gellend schrie er die Tiere an, doch die weigerten sich weiterhin, auch nur einen Schritt vorwärtszugehen.

»Darf ich?«, fragte Gustav – vor allem, um den Zugtieren weitere Peitschenhiebe zu ersparen – und hielt Falk die Hand hin, damit er die Zügel übernehmen konnte.

Der zögerte und wog anscheinend ab, was wichtiger war: seinem Herrn gut zu dienen oder Gustav zu quälen – und entschied sich dann fürs Erste. »Wenn du sie nicht zum Laufen kriegst, steche ich die Gäule ab und lasse dich anschließend so lange die Reitpeitsche spüren, bis du selbst glaubst, du wärst ein Maultier.«

Die unverhohlene Drohung ignorierend, schnalzte Gustav mit der Zunge und ruckte sanft an den Zügeln. Augenblicklich setzten sich Jolande und Caruso in Bewegung.

»Verfluchte Mistviecher«, murmelte Falk in sich hinein, überließ Gustav aber die Zügel.

Als sie Krems so nah waren, dass sie die Donau rauschen hörten, trafen sie auf Zangerberg und Benno. Falk entfuhr ein Seufzer der Erleichterung, als er seinen Meister wohlbehalten wiedersah.

Aus für Gustav unerfindlichen Gründen hatte der Feldscher seine Kutsche anhalten lassen. Er lehnte sich aus der Tür und schien – der Gesichtsfarbe nach zu schließen – kurz davor zu explodieren. »Wo bleibt ihr denn? Was habt ihr unterwegs gemacht? Euch mit ein paar Dirnen vergnügt?«, schrie er und fuchtelte mit seinen dünnen Ärmchen.

Warum stellt er sich so an bei den paar Minuten?, fragte sich Gustav.

»Fast wären wir allein losgefahren, aber meinem Stand und meiner Position als Unterhändler wäre es abträglich, wenn ich ohne Gefolge nach Krems einziehe«, schenkte ihm sein Meister eine Erklärung für dieses merkwürdige Verhalten. »Jetzt hurtig, übernehmt die Spitze unserer Delegation.«

Gustav fand das Wort ›Delegation‹ für zwei Kutschen etwas hochtrabend. Er war sich auch nicht sicher, ob ein altes Maultier, ein störrischer Esel und zwei mürrisch dreinblickende Lehrlinge die Stadtväter beeindrucken würden, aber da kannte sich Zangerberg möglicherweise besser aus.

Sie bogen auf den breiten Weg ein, der in Richtung Donaubrücke führte. Die hölzerne Flussquerung war von zahlreichen Fackeln beleuchtet und wurde streng bewacht. Mehrere bewaffnete Männer stellten sich ihnen in den Weg und gaben mit barschen Gesten zu verstehen, dass sie anzuhalten hatten.

»Pass gut auf!«, zischelte Falk Gustav zu. »Jetzt kannst du etwas lernen.«

»Halt! Die Stadt steht unter Kriegsrecht. Kehrt um! Niemandem wird Einlass gewährt«, erklärte ein Offizier bestimmt, aber nicht unfreundlich.

»Das gilt nicht für uns. Wir sind schwarze Feldschere«, plusterte sich Falk auf. Als der Wächter nach diesen Worten nicht zu Stein erstarrte, sondern seine Hellebarde weiter auf sie gerichtet hielt, ergänzte er: »Die Schweden schicken uns als ihre Unterhändler. Mein Meister ist gekommen, um mit dem Stadtkommandanten über eine Kapitulation zu verhandeln.«

»Oh, da freue ich mich ja, dass der alte Torstensson sich ergeben will«, rief der Offizier. »Die Mauern unserer Stadt sind in der Tat beeindruckend.«

Raues Lachen seiner Kameraden brandete auf.

»Ähm … na ja, das wollte … ähm«, stammelte Falk unsicher und begann wieder zu schwitzen. »… ich damit nicht sagen, sondern dass Krems sich zu ergeben hat.«

Das Gesicht des Offiziers verhärtete sich. Weitere grimmig dreinblickende Wachen traten neben ihn.

Falk versaut hier alles, bevor wir überhaupt in der Stadt sind. Gustav entschloss sich einzugreifen. Nur weil der Vorschlag einer friedlichen Übergabe von Zangerberg kam, musste er ja nicht schlecht sein. Falls es funktionierte, würden sie viele Leben retten. »Werter Herr, der erste Lehrling meint, dass wir gern ein großzügiges Angebot des schwedischen Feldherrn vortragen würden. Daher wären wir Euch zu großem Dank verpflichtet, wenn Ihr so gütig wärt, uns zum geschätzten Obristleutnant Ranfft vorzulassen.« Er machte bewusst eine Pause, um seine Worte wirken zu lassen. »Natürlich wissen wir, dass der Stadtkommandant sehr beschäftigt ist, aber vielleicht kann er ja einen Moment erübrigen, um sich unseren bescheidenen Vorschlag anzuhören.«

Die Wache grunzte. »Warum sagt ihr das nicht gleich? Hört sich schon besser an, als hier was von Kapitulation zu faseln.« Er musterte Falk abschätzig. »Trotzdem kommt ihr ziemlich spät. Hätte Torstensson nicht schon heute Morgen jemand schicken können? So mir nichts, dir nichts mitten in der Nacht aufzutauchen, ist reichlich merkwürdig. Wartet hier! Ich werde nachfragen, ob man bereit ist, euch zu empfangen.«

»Dem hast du aber ausgiebig Honig ums Maul geschmiert«, nuschelte Falk, während sie warteten. »Gut, dass du nachher nicht die Verhandlungen übernimmst, sondern unser Meister. Im Krieg braucht es Männer, die Stärke ausstrahlen und dem Gegner klarmachen, dass er keine Chance hat.«

»Ich fasse das Mal als Dank auf«, erwiderte Gustav ausdruckslos und betrachtete weiter die Festungsanlagen. Krems umschlossen ein mit Wasser gefüllter Stadtgraben und sternförmig angelegte Verteidigungsstellungen. Dazu eine hohe Mauer mit zahlreichen Wachtürmen. Der größte Schutz der Stadt war aber die bis an die Stadtgrenze reichende Donau. Ein natürliches Hindernis, das selbst den mächtigsten Gegner herausforderte.

»Ihr dürft passieren«, rief der Wachoffizier plötzlich. Er zeigte mit dem Finger die hölzerne Brücke entlang. »Fahrt ohne anzuhalten über die Insel und meldet euch dann am Hällthor. Die sollten dort Bescheid wissen.« Mit einem Nicken schickte er sie fort.

Die Zugtiere setzten sich klappernd in Gang. Zügig querten sie die zweigeteilte Kremser Brücke. Das erste Stück endete auf einer Insel. Zahlreiche Fässer in allen erdenklichen Größen lagerten dort. Die Schiffer löschten hier ihre Waren und die wurden dann mit Karren in die Stadt geschafft. Ein natürlicher Hafen, der Krems wohlhabend machte. Am Hällthor hielt man sie erneut auf. Unter den schwer bewaffneten Wachen befand sich ein vornehm gekleideter Mann, der etwa dreißig Jahre zählte. Er trat auf den gelben Wagen zu und lächelte einnehmend. »Die Herren Feldschere, ich freue mich, Euch in Krems begrüßen zu dürfen. Mein Name ist Abele, ich bin der Stadtschreiber.«

Gustav hätte beinahe losgelacht, weil der Leiter der städtischen Kanzlei ihm und Falk die Aufwartung machte, während Zangerberg, dem derartige Gunstbezeugungen so wichtig waren, in seiner verschlossenen Kutsche saß und nichts davon mitbekam.

Falk schien der Gedanke nicht gekommen zu sein. Er knurrte ungehalten: »Wir wollen nicht mit einem

Schreibtischhengst reden, sondern mit dem Stadtkomman-danten.«

Das Gesicht des Schreibers blieb freundlich. »Das kann ich verstehen. Ich werde Euch zu ihm führen, wenn es genehm ist. Die Verhandlungen werden im Jesuiten-Collegium stattfinden, das uns die heiligen Brüder dafür zur Verfügung gestellt haben.« Er zeigte in nördliche Richtung. »Es ist ein gutes Stück Weg, falls ich darf, würde ich gern in einem eurer Wagen mitfahren.«

»Auf unserem Kutschbock ist aber kein Platz für drei«, sprach Falk das Offensichtliche aus.

»Ich könnte auf dem Bock der zweiten Kutsche sitzen oder direkt dort einsteigen. Die Fahrt dauert nicht lange. Wir könnten auf dem Weg ein wenig plaudern.«

Er will unterwegs informell verhandeln. Das gibt beiden Seiten die Gelegenheit, sich offen auszutauschen, ohne die Gefahr eines Gesichtsverlusts. Der Schreiber ist ein schlauer Bursche, stellte Gustav anerkennend fest.

»Untersteht Euch, Lakai!«, fuhr Falk dazwischen. Aber nun war er ungewollt in der Bredouille. Auf keinen Fall wollte er, dass der Stadtschreiber sich erdreistete, die Kutsche seines Meisters als günstige Mitfahrgelegenheit zu nutzen. Es behagte ihm aber auch nicht, dass der Mann allein mit Gustav auf dem gelben Karren mitfuhr, dessen störrische Zugtiere sich nur vom dritten Lehrling zum Laufen bringen ließen. Mit entrücktem Gesichtsausdruck grübelte er vor sich hin.

Eine bleierne Stille legte sich über die Szenerie. Als es unangenehm wurde, dass Falk so lange schwieg, räusperte sich Gustav und entschied für ihn: »Ich glaube, der Meister wäre einverstanden, wenn ich den niederen Gesandten der Stadt mitnehme und du die Kutsche unseres Herrn standesgemäß zum Verhandlungsort lenkst. Immerhin bist du der erste Lehrling und ich nur der dritte.«

Dieses wunderliche Argument überzeugte Falk und er sagte mit herrischer Stimme: »Ich habe entschieden, dass du den Mann mitzunehmen hast, Gustav. So können wir dafür sorgen, dass Meister Zangerberg seinem Rang entsprechend vom ersten Lehrling kutschiert wird.« Er sprang zu Boden und hastete zur anderen Kutsche.

Der Stadtschreiber warf Gustav einen amüsierten Blick zu und kletterte auf den Bock. »Geradeaus und die Zweite nach links. Immer auf den Turm der Frauenbergkirche zu.« Er wies auf die Spitze eines von vier Ecktürmchen umgebenen Turms, dessen schlanke Silhouette sich vor dem Vollmond abzeichnete.

Im Fahren betrachtete Gustav das Gebäude erstaunt. »Ist das wirklich ein Kirchturm? Warum befindet sich auf seiner Spitze kein Kreuz?«

»Ihr seid ein guter Beobachter, Feldscher. In der Tat krönt ihn unser Stadtwappen, ein doppelköpfiger Adler.« Abele lachte. »Nachdem die Jesuiten 1616 die Kirche übernommen hatten, einigte man sich darauf, dass der Frauenbergturm der Bürgerschaft als Stadtturm dienen sollte, von wo aus man nach Bränden oder Feinden Ausschau halten kann.« Er verstummte, als wäre ihm soeben erst klar geworden, mit wem er sprach.

Ich bin sein Feind. Der Gedanke kam Gustav absurd vor. Er hegte für den freundlichen Mann keine feindlichen Gefühle, er kannte ihn ja gar nicht. Umgekehrt galt wahrscheinlich das Gleiche, und doch machte der Krieg sie beide zu Gegnern.

Schweigend fuhren sie weiter. Abele hatte vermutlich eingesehen, dass es sinnlos war, mit einem dritten Lehrling inoffizielle Verhandlungen zu führen.

Niemand befand sich auf den Straßen und die Stadt lag still da. Die Fenster und Türen aller Häuser waren verbarrikadiert. Überall standen mit Wasser und Sand gefüllte Eimer, um die Brände, die durch eine Kanonade entfacht würden, zügig löschen zu können. Nicht mal ein Hund oder eine Katze begegnete ihnen.

Womöglich sterben die Menschen in diesen Häusern morgen schon. Vielleicht gibt es aber doch Hoffnung, wenn Zangerberg verhandelt.

»Hier ist es«, sagte Abele und wies auf ein mehrstöckiges Gebäude, das von zahlreichen Fackeln erleuchtet wurde. Gustav lenkte den Wagen vor die geöffnete Flügeltür. Der Stadtschreiber wandte sich zu ihm um und sprach mit ernstem Gesicht: »Ich hoffe sehr, dass Euer Meister die friedliche Übergabe meiner Stadt erreichen kann, dritter Lehrling. Es leben gute Menschen hier, die Tod und Zerstörung nicht verdient haben. Bitte sagt ihm das!«

Bevor Gustav etwas darauf erwidern konnte, war Abele von dem Karren abgesprungen und lief zu Zangerbergs Kutsche. Nach einer barschen Begrüßung durch den Feldscher geleitete der Schreiber die kleine Gruppe wortlos durch die Gänge des Jesuiten-Collegiums.

Zangerbergs Gesichtsausdruck wurde mürrischer und mürrischer, je länger sie unterwegs waren. Ihm war sein Auftritt vermutlich nicht pompös genug. Affektiert warf er seinen schwarzen Umhang über die Schulter, damit dieser eine Chance bekam, sich dramatisch aufzublähen. Leider führte das einzig dazu, dass der Stoff durch eine Fackel verkohlt wurde. Nur Falk verhinderte durch sein schnelles Eingreifen, dass sein Meister nicht in Flammen aufging.

Schließlich blieb der Stadtschreiber stehen und klopfte an eine der vielen Türen. Nach einem kurzen Augenblick rief eine befehlsgewohnte Stimme: »Herein!«

Zangerberg drängte sich an allen anderen vorbei, riss die Tür auf und stürmte in das einfache Amtszimmer.

Gustav hatte erwartet, dass die Lehrlinge den Verhandlungen nicht beiwohnen dürften und nur als schmückendes Beiwerk mitgenommen worden waren, aber in seinem Heischen um Bedeutsamkeit hatte Zangerberg offenbar vergessen, sie nach draußen zu weisen. Daher füllte sich das kleine Zimmer mit sechs Personen.

Der Stadtkommandant, ein Mittvierziger mit langem, lockigem Haar und militärisch eleganter Kleidung, erhob sich hinter einem Schreibtisch und begrüßte sie mit einem Lächeln: »Ah, die Herren Feldschere! Willkommen in Krems. Kann ich Ihnen etwas anbieten? Vielleicht einen Wein, in der Umgegend baut man hervorragende …«

Weiter kam er nicht, weil Zangerberg ihn unterbrach. »Ich bin nicht hierhergekommen, um mich mit Euch zu besaufen, sondern um die Modalitäten der Kapitulation von Krems zu diktieren.«

Gustavs Mund blieb offen stehen. *Das soll der Beginn einer diplomatischen Verhandlung sein?*

»Durch mich spricht Torstensson persönlich.« Zangerberg holte unter seiner Kleidung ein gerolltes Pergament hervor. »Hier drin stehen seine Forderungen. Sie sind nicht verhandelbar.« Er warf das Schreiben auf den Tisch des kaiserlichen Offiziers und drehte ihm demonstrativ den Rücken zu.

Am liebsten hätte Gustav losgeschrien. *Was für ein Idiot! Wie soll man auf diese Art die friedliche Übergabe einer Stadt erwirken?*

Benno warf ihm einen mahnenden Blick zu.

Gustav nahm die Warnung ernst. Jetzt das Wort zu erheben war gefährlich, selbst der Vorwurf des Hochverrats, den

Zangerberg sicher gern bei Torstensson platzieren würde, konnte ihn treffen.

Der Kommandant überflog das Dokument. »Diese sogenannten Bedingungen beschreiben in vornehmen Worten die Plünderung der Stadt. Viel schlimmer könnten auch die Landsknechte nicht wüten.« Er schüttelte resigniert den Kopf.

»Das sind die Bedingungen, wie Ihr sie anzunehmen habt«, zischte Zangerberg, als hätte der Offizier ihn persönlich beleidigt. »Ihr begebt Euch nach Unterzeichnung augenblicklich in meinen Gewahrsam und werdet nach schwedischer Kriegsgerichtsbarkeit abgeurteilt. Sichert Euch also besser mein Wohlwollen, wenn Ihr nicht wollt, dass man Euch bei Sonnenaufgang am nächsten Baum aufknüpft.«

Die bisher ausdruckslose Miene des Obersten verdunkelte sich. »Wie kommt denn ein schwarzer Feldscher darauf, dass sich ein kaiserlicher Offizier von ihm gefangen setzen lässt? Davon steht in diesem Schreiben übrigens nichts.«

»Mein Wort zählt!«, keifte Zangerberg. »Ich bin ein bedeutender Mann im schwedischen Heer und habe von Torstensson Handlungsfreiheit erhalten. Jetzt kommt! Ihr führt hier nicht länger das Kommando.«

Wütend schlug Ranfft mit der Faust auf den Schreibtisch und baute sich zu voller Größe auf. Er war ein hochgewachsener Mann mit breiten Schultern. Der Perlenohrring, den er am rechten Ohr trug, ließ ihn wie einen Abenteurer wirken. Sichtlich um Fassung bemüht, zischte er: »Ihr und Eure Lehrlinge müsst jetzt gehen! Bestellt Torstensson, dass Krems sich nicht ergibt und er sich an unserer Stadt eine sehr blutige Nase holen wird.«

Verblüfft blickte Zangerberg den Kaiserlichen an.

Er hat tatsächlich geglaubt, mit seinem großspurigen Verhalten etwas erreichen zu können, schwante Gustav. *Vermutlich hat er*

Torstensson versprochen, dass die Stadt kampflos fällt. Zangerberg war ohnehin in jeder Hinsicht eine Enttäuschung, aber was er heute getan hatte, war schlimmer: Das Blut der Bürger einer ganzen Stadt klebte an seinen Händen.

»Wie könnt Ihr es wagen? Ich werde …«

»Geht jetzt, Meister Feldscher! Sofort!«, schnitt ihm der Offizier das Wort ab. »Oder sollen meine Männer Euch hinausbegleiten?«

Das verstand selbst Zangerberg. Nach kurzem Zögern drehte sich zu seinen Lehrlingen um und befahl: »Wir gehen! Mit diesem Mann ist nicht zu verhandeln.«

Hastig liefen sie zu ihren Wagen. Die Situation wurde gefährlich. Nichts hinderte den Stadtkommandanten daran, sie als Geiseln festzuhalten oder ihnen Schlimmeres anzutun. Die Verhandlungen waren gescheitert. Es würde zum Blutvergießen kommen, und ob es dabei auch vier Feldschere traf, war nicht von Belang.

Vor dem Collegium erwarteten sie sechs bewaffnete Reiter, die offensichtlich dafür Sorge zu tragen hatten, dass sie Krems verließen.

»Ich fahre beim Meister mit, um ihn bei Gefahr zu beschützen«, rief Falk Gustav wichtigtuerisch zu. »Bring du den gelben Wagen allein zurück! Bleib hinter der Kutsche des Meisters, damit uns niemand in den Rücken fallen kann!«

Was ist, wenn mir jemand in den Rücken fällt? »Natürlich, ich …«

Ein Aufheulen von Falk unterbrach Gustavs geheucheltdemütige Antwort. »Alles in Ordnung?«

Der erste Lehrling hockte neben dem rechten Hinterrad auf dem Boden.

»Das lass mal meine Sorge sein. Ich bin nur auf dem glatten Pflaster ausgeglitten.« Mit zornigem Gesichtsausdruck rappelte er sich wieder auf, schlug wütend gegen das Rad und lief zur Kutsche seines Meisters.

Brav wartete Gustav, bis Benno sie gewendet hatte, und folgte dem Wagen dann in drei Kutschenlängen Abstand. Die Bewacher sahen in ihm wohl keine Gefahr, denn sie umkreisten lediglich Zangerbergs Gefährt. *Wo bin ich da nur hineingeraten?* Ein Knirschen holte Gustav aus seinen Gedanken. Verwundert blickte er sich um.

Zangerbergs Kutsche und seine neue Leibgarde fuhren um eine schmale Kurve und waren für einen Moment außer Sicht. Inzwischen waren sie fast wieder am Hällthor angekommen. Das Rauschen der Donau war deutlich zu vernehmen und modriger Geruch erfüllte die Gassen.

Erneut erklang das merkwürdige Knirschen, diesmal ergänzt von einem Splittern.

Bevor Gustav den Wagen zum Stehen bringen konnte, um nachzusehen, was passiert war, hörte er ein Krachen und wurde brutal vom Kutschbock geschleudert. Benommen fand er sich auf dem feuchten Pflaster wieder. Sein Rücken schmerzte, als hätte ihm Jolande einen Hufstoß ins Kreuz versetzt. Das konnte allerdings nicht der Fall gewesen sein, denn er sah, wie das Maultier und Caruso wie von Sinnen davongaloppierten. Teile ihres Geschirrs zogen sie klappernd mit sich. Blut lief ihm in die Augen. »Was zum …« Ungläubig blickte er auf den umgefallenen Wagen. Eines der Räder musste während der Fahrt zerbrochen sein. Doch das war es nicht, was ihn zutiefst schockierte, sondern das, was er an der aufgesprungenen Tür des Karrens sah: Eine Krallenpranke drückte sie langsam auf. Der dürre Leib eines violetten Dämons schlängelte sich heraus. Gefolgt von einem weiteren, der das ganze Gegenteil von ihm war: grellgelb, klein und rund wie eine Kugel. *Falk hat das Rad manipuliert, damit das passiert. Er und Zangerberg wollen heute Nacht zwei Fliegen mit einer Klappe schlagen: Die Dämonen sollen die Stadt verwüsten, sodass Torstensson sie morgen früh problemlos einnehmen kann – und ich soll sterben.* Er versank in eine Ohnmacht.

DIE KANONADE
VON KREMS

Ungeduldig und mit wachsender Furcht wartete Anike auf die Rückkehr der Feldschere. Rastlos marschierte sie vor dem Zelt der Bediensteten umher. Torstenssons Unterkunft würden sie zuerst aufsuchen, wenn sie von ihrer Mission zurückkehrten. *Welche Nachricht wird Zangerberg überbringen? Kapitulation oder Kampf?* Erfolglos versuchte Anike ein Gähnen zu unterdrücken. Nachdem Beata ihr von dem waghalsigen Auftrag der Wundheiler berichtet hatte, war an Schlaf nicht zu denken gewesen. Sie blickte zum Himmel. Er begann aufzuklaren und nahm eine violette Färbung an. Die Sonne ließ nicht mehr lange auf sich warten. Sobald sie aufgegangen war, würden die Schweden mit der Kanonade von Krems beginnen – egal, ob die schwarzen Feldschere sich dann noch in der Stadt befanden. Ihretwegen würde Torstensson den geplanten Angriff nicht verschieben. Schließlich hatte Zangerberg sich ihm für die waghalsige Mission aufgedrängt und das Risiko bewusst gesucht.

Gerade als es Anike nicht mehr aushielt und überlegte, eines der Pferde zu stehlen, um Gustav entgegenzureiten, vernahm sie Hufgetrappel. *Bitte, lass es die Feldschere sein!*, flehte sie, drückte sich an Mika vorbei und trat auf den Hauptweg des Lagers hinaus. Die Umrisse einer Kutsche wurden sichtbar. Nicht irgendeiner Kutsche. Anikes Herz machte einen Sprung. Es war der Wagen von Gustavs Meister. Ob sie es geschafft hatten, die Stadt zur Aufgabe zu bewegen? *Vielleicht ist Zangerberg doch kein vollständiger Idiot.*

»Bist du verrückt geworden! Aus dem Weg, Mädchen!« Der älteste der drei Lehrlinge, Falk, wie Gustav Anike erzählt hatte, ruckte hart an den Zügeln, um die Kutsche zum Stehen zu bringen. »Was lungerst du hier mitten auf dem Weg herum? Wir sind wichtige Persönlichkeiten und müssen schnell zu General Torstensson.«

Ihn und seine Worte ignorierend, suchte Anike nach Gustav. Auf dem Kutschbock saßen nur Benno und Falk. Dass ihr Geliebter gemeinsam mit seinem verhassten Meister im Innern der Kutsche saß, konnte sie sich nicht vorstellen. »Wo ist Gustav?«

»Was geht dich das an, Mädchen?«, knurrte Falk. »Hast du nicht gehört, der Feldherr erwartet meinen Meister.« Er klopfte gegen die Seitenwand der Droschke.

Anike suchte Bennos Blick.

Der schüttelte den Kopf.

Anike wurde schwarz vor Augen und ihre Beine zitterten. Sie zwang sich, nicht umzufallen. »Was ist passiert?«, keuchte sie.

»Wie kommt eine Dirne darauf, dass wir mit ihr Geheimmissionen besprechen?«, knurrte Zangerberg herablassend und trat mit überheblichem Blick auf die kleine Holztreppe, die Falk unter die Kutschentür gestellt hatte.

»Ich bin Gräfin de la Gardies Leibwächterin.«

»Selbst wenn du die Kaiserin persönlich wärst: Was ich zu sagen habe, geht nur Torstensson etwas an.« Zangerberg rauschte an ihr vorbei.

»Benno«, raunte Anike, »wo ist Gustav?«

Der junge Lehrling schüttelte wieder nur den Kopf. Entweder wollte oder konnte er nicht darüber sprechen, was passiert war.

Falk stellte sich lauernd neben ihn. »Verschwinde, *Dirne*«, giftete er. »Führe den zweiten Lehrling nicht in Versuchung. Wir schwarzen Feldschere haben für derlei nichts übrig, und zu klauen gibt es hier auch nichts für dich.« Er machte eine wedelnde Geste, als würde er eine Fliege vertreiben.

Dann soll mir doch dein dämlicher Meister erzählen, wo Gustav ist. Sie rannte dem Feldscher hinterher, der dabei war, in das Kommandozelt einzutreten.

Als sie die Zeltplane zur Seite schob, um ebenfalls hineinzugehen, begann Zangerberg hysterisch: »Wieso ist dieses Mädchen hier? Was ich zu sagen habe, ist nur für Eure Ohren bestimmt, General Torstensson.«

»Auf meinen Wunsch, Meister Feldscher«, erklang Beatas Stimme hinter Anike.

Was würde ich nur ohne diese Frau machen? Anike deutete einen Knicks an und ließ der Gräfin demütig den Vortritt.

Zangerberg warf Anike einen giftigen Blick zu, dann nahm sein Gesicht jenen unnatürlich verschrobenen Ausdruck an, den Menschen aufsetzen, wenn sie ihrem Gegenüber schmeicheln wollen. »Natürlich, Gräfin.« Er verbeugte sich hüftsteif. »Wie Ihr wünscht.«

»Kommt zur Sache, Meister. Ich habe hier einen Krieg zu führen«, drängte Torstensson, der sichtlich genervt auf den Bericht des Feldschers wartete. So dunkel, wie seine Augenringe aussahen, vermutete Anike, dass sie letzte Nacht nicht die Einzige gewesen war, die nicht geschlafen hatte. »Die Lunten der Kanonen brennen bereits. Ich will keine Stadt zerstören, die mir ohnehin schon gehört. Das tut sie doch, oder? Eure vollmundigen Versprechungen lassen mich eigentlich zu keinem anderen Ergebnis kommen, Wundheiler.« Die Stimme des Schweden hatte einen lauernden Unterton angenommen.

»Nun …«, begann Zangerberg zaghaft, »leider muss ich berichten, dass die Vertreter der Stadt uns sehr herablassend behandelt und empfangen haben …«

»Das war nicht meine Frage«, fuhr ihm Torstensson über den Mund.

Einzig die Falte zwischen den Augen des Feldschers verriet, dass ihn dieses Verhalten kränkte. Der Rest seines Gesichts zeigte weiterhin Unterwürfigkeit.

»Dennoch solltet Ihr wissen, dass sie sich vor allem in Bezug auf Euch persönlich sehr despektierlich verhalten haben, General. In Gegenwart der beiden Damen will ich die Worte nicht wiederholen, mit denen sie Euch tituliert haben, Heerführer.«

Ungeduldig zog der Schwede die Brauen hoch. »Auch danach habe ich nicht gefragt. Mir ist egal, wie meine Feinde mich hinter meinem Rücken nennen. Wichtig ist nur, dass sie am Ende vor mir kapitulieren.«

Zangerberg strich seine schwarze Robe glatt und verlegte sich auf einen geschäftsmäßigen Berichtston. »Die Kremser haben Forderungen gestellt, die ihrer Position in keiner Weise entsprachen. Ich musste sie ablehnen, um Euch nicht der Lächerlichkeit preiszugeben, Herr.«

»Habt Ihr ihnen berichtet, dass ich bei einer bedingungslosen Übergabe alle Bewohner verschonen werde, die Stadtoberen in ihren Ämtern belasse und die Soldaten, die sich ergeben, ihrem Rang entsprechend in mein Heer einordne?«

»Natürlich habe ich das!« Zangerbergs Stimme nahm einen weinerlichen Tonfall an. »Mit Engelszungen habe ich die halbe Nacht auf sie eingeredet, aber sie haben mir nicht einmal zugehört.« Er ließ den Kopf hängen. »Am Ende halfen all Eure Großzügigkeit und auch mein enormes Verhandlungsgeschick nichts. Sie haben uns mit Waffengewalt aus der Stadt gejagt. Meine Lehrlinge und ich haben es gerade so aus Krems herausgeschafft.«

»Was ist mit Eurem dritten Lehrling?«, entwich es Anike. »Gustav.«

Als Torstensson den Namen hörte, verflog sein unwilliger Gesichtsausdruck und er wandte sich ebenfalls an Zangerberg: »Die Gräfin und ich haben dem Jungen viel zu verdanken. Geht es ihm gut?«

»Es tut mir leid, Euch das sagen zu müssen, Generalissimus, aber er hat es nicht geschafft. Er wurde von den Stadtwachen festgesetzt, als wir aus der Stadt flohen.« Mit tränenfeuchten Augen blickte er zu Beata. »Der Junge hat den Weg blockiert und sich geopfert, damit ich im letzten Moment durch das bereits herunterratternde Stadttor fliehen konnte. Die Liebe dieses Lehrlings zu seinem Meister kennt keine Grenzen. Gustav ist ein wahrer Held.«

Anike war sich sicher, dass dies eine Posse war. »Ich glaube Euch …«

»Danke für Eure großen Mühen, Meister Feldscher. Der General und ich wissen, was wir Euch zu verdanken haben«, übertönte Beata Anike und legte ihr beschwichtigend die Hand auf den Unterarm. »Auch wenn Ihr schlussendlich gescheitert seid.«

Die bissige Bemerkung der Gräfin ignorierend, verbeugte sich Zangerberg, bevor er das Zelt verließ. »Es war mir eine Ehre.«

Gustav erwachte verwirrt. Er brauchte einen Moment, um zu begreifen, warum er mitten in der Nacht auf dem feuchten Kopfsteinpflaster einer verwaisten Straße lag. *Zangerbergs Verrat*, zuckte die Erklärung durch seinen schmerzenden Kopf – und noch etwas anderes wurde ihm klar: *Mein sogenannter Meister hat Dämonen nach Krems gebracht.* Er berichtigte sich. *Nein, ich habe sie in die Stadt gefahren.* Er drückte sich auf den Boden, damit die Wesenheiten ihn nicht sofort entdeckten. Vielleicht würden sie ihm Details von dem erklären, was Zangerberg geplant hatte.

In aller Seelenruhe kletterten die Kreaturen aus dem zerstörten Karren. »Ah, endlich einmal Frischluft«, jubelte der Lange, kaum dass seine Krallen den Boden berührt hatten. »In dem muffigen Gefährt hätte ich es keinen Tag länger ausgehalten. Mich dünkt, dass dir während unseres gemeinsamen Aufenthalts darinnen ein paar Flatulenzen entfleucht sind.« Das violettfarbene Wesen klang recht affektiert, was Gustav bei Dämonen bisher nicht erlebt hatte. Angewidert wedelte die Kreatur mit ihrer Pranke vor ihrem fuchsähnlichen Gesicht herum.

»Was ist mir entfleucht?«, fragte der kugelrunde Dämon, der an ein vollgefressenes Gürteltier mit Stacheln auf dem Rücken erinnerte, und streckte sich ausgiebig. Das Knacken seiner Knochen klang wie das Zerbrechen trockener Äste.

»Flatulenzen.«

Liebevoll strich der Gelbe über seine drei dornenbewehrten Schwänze. »Verstehe ich immer noch nicht.«

»Darmwinde.«

Das gelbe Wesen zuckte hilflos mit den Schultern. »Wind gab es in der mit Eisen ausgeschlagenen Karre doch gar keinen. Hast du nicht eben selbst gesagt, wie froh du über frische Luft bist?«

Der violette Fuchsdämon klatschte sich an die Stirn. Seine Tentakel wichen geschickt der Hand aus. »Du bist ja dümmer als ein Mensch. Flatulenzen sind Fürze! Du hast die gesamte Zeit unserer Gefangenschaft recht oft gefurzt, das wollte ich damit sagen.«

»Ah! Na, dann nenn das doch auch so.« Mit seiner extrem langen Zunge begann der Gürteltierdämon sich den Bauch zu lecken. »Für Sachen, für die man nichts kann, muss man sich nicht entschuldigen. Was rausmuss, muss raus, das hat meine Mutter immer gesagt, und wenn die einen hat fahren lassen, wackelte die Erde. Kannste glauben.« Er lachte kindlich.

Sein schlankes Gegenüber verdrehte theatralisch die sechs Augen. Für ihn war ein derartiges Verhalten wohl eher ein Quell von Peinlichkeit.

»Ich glaube, es lag an den Wirten. Wusste gar nicht, dass Menschen so alt werden können. Die waren so überfällig, dass man sie kaum als Essen bezeichnen konnte, und fade dazu. Schrecklich. Kein Wunder, dass mein Bäuchlein sich deswegen grämt.« Der Kleine klatschte grinsend auf seine beachtliche Wampe.

Wirte? Gustav schwante Übles. *Das kann er nicht getan haben!*

»Warum hast du deinen überhaupt verschlungen, wenn sie so unappetitlich waren?«

Der gelbe Dämon zuckte mit den gewaltigen Schultern. »Aus Langeweile. Was hätte ich sonst machen sollen? Du hast deinen doch auch nicht verschmäht.« Kumpelhaft zwinkerte er dem Fuchsdämon zu.

»Weil du ihn dir sonst unter den Nagel gerissen hättest«, zischte der und verschränkte zwei seiner vier Arme vor der spindeldürren Brust.

Gustav glaubte zu verstehen, was passiert war. Zangerberg hatte zwei Dämonen beschworen und in menschliche Körper gesteckt, diese dann in den Karren eingesperrt und sie beim nächsten Sonnenaufgang aus den Leibern entweichen lassen. Die ohnmächtigen Opfer waren aus ihrer Trance erwacht und fanden sich in einem lichtundurchlässigen Wagen gemeinsam mit den immer hungrigen Wesen wieder. *Ein schreckliches Vergehen.* Gustavs Hass auf seinen Meister steigerte sich ins Unermessliche. *Das war die ganze Zeit sein Plan für ein mögliches Scheitern der Verhandlungen. Die beiden sollen die Wachen ablenken und mordend Chaos in der Stadt stiften, um ihre Verteidigung zu behindern.*

Hufgetrappel erklang. Offensichtlich hatten die Wachen Gustavs Verschwinden bemerkt.

»Lecker, da kommt endlich mal junges Fleisch«, freute sich der Gürteltierdämon und schlug mit seinen Schwänzen derartig heftig auf, dass der Boden bebte.

Die bewaffneten Reiter kamen in Sicht.

»Zu viel Eisen für meinen Geschmack«, maulte Fuchsgesicht.

»Die Sonne geht bald auf, wir müssen nehmen, was wir kriegen können!«, warf sein Kompagnon ein. »Frisch sind die in jedem Fall.«

Das überzeugte den Langen wohl. Wortlos blockierten beide mit weit geöffneten Armen die Straße.

Die Soldaten, die sie nicht sehen konnten, würden in die Todesfalle reiten. Die ersten Opfer von Zangerbergs teuflischem Plan.

Gustav konnte das nicht zulassen. *Zeit, die beiden in die Erde zurückzuschicken.* Als er die Formel sprechen wollte, erlebte

Gustav eine schreckliche Überraschung. Er konnte den Mund nicht öffnen. *Kiefersperre*, lieferte ihm sein medizinischer Verstand sofort die passende Erklärung. Gemeinsam mit Martin hatte er einmal einen Patienten gehabt, der unter demselben Leiden litt. *Nachdem er gestürzt war.* Erneut versuchte er den Mund zu öffnen, was sein Kiefer mit nadelstichartigen Schmerzen beantwortete, die ihn an den Rand einer neuerlichen Ohnmacht führten. *Der Mann hat Tage darunter gelitten.* Er knurrte gequält.

Die Barthaare des Fuchsdämons bewegten sich augenblicklich in seine Richtung. »Ach, da schau her. Dort versteckt sich ein Menschlein. Sogar einer der verfluchten Schwarzkittel.« Er gab ein Pfeifen von sich, das entfernt an den Ruf eines balzenden Kleibers erinnerte.

»Warum stinkt der wie eine läufige Dämonin?«, fragte sein Kompagnon und kratzte sich am Hinterkopf.

»Ist mir egal. Den schnapp ich mir! Kettenhemden mag ich einfach nicht. Die hängen immer so zwischen den Zähnen. Es ist furchtbar unfein, wenn man sich die Reste anschließend ewig mit den Krallen herauspulen muss.«

»Das hättest du wohl gern«, giftete der Kugeldämon. »Den nehme ich. Ich habe mit den Feldscheren noch ein Hühnchen zu rupfen. Fast zehn Jahre haben sie mich nicht gerufen und als sie es dann doch taten, saß ich in einem«, er warf Fuchsgesicht einen herausfordernden Blick zu, »wunderbar duftenden Karren mit altem Pökelfleisch fest.«

»Ich musste deine Blähsucht wegen ihnen ertragen! Das wiegt schwerer!«, keifte der Violette.

»Dein hochnäsiges Gehabe reicht mir endgültig, Bohnenstange!« Der Gürteltierdämon zischte zornig. Eine grünliche Wolke entwich seinem breiten Maul. »Nur damit du es weißt: Deine Fürze riechen auch nicht gerade nach Rosen, egal ob du sie Faululenzen oder wie auch immer nennst. Als du dich gestern Abend gebückt hast, um einen letzten kleinen Finger aufzuheben, da …«

Der Violette wollte die Geschichte offenbar nicht zu Ende anhören. Kraftvoll verpasste er dem Gelben eine Kopfnuss.

»Na warte«, fauchte der böse und packte Fuchsgesicht mit seiner riesigen Pranke an seinem dünnen Hals.

Gustav kam wackelig auf die Beine. Eine bessere Gelegenheit, vor den beiden Wesen zu fliehen, würde er nicht bekommen. Er schämte sich, dass er die Wachen damit ihrem Schicksal überließ, aber er musste an sein eigenes denken. Hastig humpelnd bog er in eine Twete ein und hoffte, dass die enge Gasse ihn in Richtung des Hällthors führen würde. In seinem Rücken hörte er die Prügelei der Dämonen – und den Ruf eines der Soldaten.

»Der Wagen des dritten Lehrlings. Er ist geflohen und noch in der Stadt. Schlagt Alarm!«

Anike zuckte jedes Mal zusammen, wenn eine Kanonensalve erklang. Torstensson hatte Wort gehalten und mit den ersten Strahlen der Sonne begonnen Krems zu beschießen. *Die Stadt, in der sich Gustav befindet.* Es machte sie schier rasend, dass sie keine Möglichkeit hatte, ihm zu helfen. *Falls er noch lebt,* flüsterte eine böse Stimme in ihrem Kopf. Ein unnatürlicher Nebel legte sich über die Landschaft, der stechend nach Schießpulver stank.

»Hab keine Angst, Mädchen. Solange die Kanonen nicht in unsere Richtung zielen, kann dir nichts passieren«, versuchte die Gräfin sie zu beruhigen. »Und dein Gustav ist ein schlauer Bursche, der wird sich schon nicht von einer Kugel zerreißen lassen. Ist die Stadt erst gefallen, kannst du ihn wieder in die Arme schließen. Glaub mir!«

Dass Beata ihr dabei nicht in die Augen sah, bewies Anike, dass sie das selbst nicht glaubte. Niemand war sicher in einer Stadt, die beschossen wurde. Trotzdem war sie dankbar für die Aufmunterung. Anike begleitete die Gräfin auf die Göttweiger Höhe, von der aus man einen guten Blick auf Krems und das Kampfgeschehen hatte. Sie waren nicht die Einzigen, die sich die Darbietung aus sicherer Entfernung ansehen wollten. Zahlreiche Menschen stiegen in der frühen Morgenstunde ebenfalls den Hügel hinauf. Unter ihnen erstaunlich viele Familien.

Der Aufstieg war anstrengend. Beata keuchte. »Die Stadtväter werden Gustav beschützen. Er ist eine wertvolle Geisel.«

Für die Kremser ist er ein Fremder, den sie als einzigen Schuldigen für ihr Leid in der Hand haben. In Anikes Kopf begannen sich die Bilder eines gehängten Gustav mit denen eines durch eine Kanonenkugel zerfetzten abzuwechseln.

»Oh, das ist doch deutlich höher, als man unten denkt.« Die Gräfin tupfte sich mit einem gelben Seidentuch den Schweiß von der Stirn. »Für den Ausblick hat es sich dennoch gelohnt, oder?«

Wie man es nimmt ... Dicker Rauch stieg aus der Stadt auf. Zahllose Brände loderten. Die ersten Bereiche der Stadtmauern und Schanzen wiesen Breschen auf. Obwohl die Kanonade gerade erst begonnen hatte, war Krems durch den Beschuss schon schwer getroffen. Die Kanonen verrichteten weiter ihren tödlichen Dienst. Nur die Donau schlängelte sich durch die Landschaft, als würde sie all das Leid, das sich die Menschen antaten, nicht interessieren.

»Oje, das wird Lennart aber nicht gefallen.« Beata zeigte auf die hölzerne Brücke, die über die Donau nach Krems führte.

Es dauerte einen Moment, bis Anike begriff, was die Gräfin meinte. Dann erkannte sie, dass zahlreiche Gestalten todesmutig auf den Planken herumwuselten. Viele trugen Fackeln. Andere vergossen den Inhalt kleiner Fässer auf den Bohlen.

»Die Einwohner versuchen die Flussquerung zu zerstören, um uns aufzuhalten«, erklärte die Gräfin.

Und damit Gustavs einzige Möglichkeit, aus der Stadt zu kommen. Augenblicke später stand die Holzbrücke in Flammen.

Die heldenhaften Verteidiger bezahlten dies mit dem Leben. Schwedische Scharfschützen hatten auf sie angelegt und schossen sie mit ihren Musketen nieder. Doch es war zu spät: Die Brücke brannte, und so hatten die Schweden kaum Chancen, die Stadt direkt zu erobern.

»Da werden wir uns wohl auf eine mehrtägige Kanonade einstellen müssen. Jetzt heißt es abwarten, dass Krems sich ergibt. Das tun die Stadtväter erfahrungsgemäß erst, wenn kein Stein mehr auf dem anderen steht. Es tut mir leid, Kind.« Beata tätschelte Anike mitfühlend die Schulter.

Ich muss etwas unternehmen. Ohne meine Hilfe ist Gustav verloren.

Gustav irrte durch die Straßen der Stadt. Von überall drangen die Rufe der Soldaten.

»Findet den Feldscher! Der Feind ist hier!«

Das Ganze vermischte sich mit den Todesschreien der ahnungslosen Wachkolonne. *Die Bewohner werden glauben, dass ich die Männer bestialisch ermordet habe, und mich dafür an Ort und Stelle aufhängen.* Panisch blickte Gustav sich um. Bald würde die Sonne aufgehen. Er wusste, was dann geschah. Torstenssons Kanonenkugeln würden nicht zwischen Freund und Feind unterscheiden. Krems war für ihn zur Todesfalle geworden – genauso wie Zangerberg und Falk es geplant hatten. Aufs Geratewohl hetzte er in die nächste Straße und wäre dabei beinahe über eine Katze gestolpert, die fauchend seinen Weg kreuzte. »Verfffluchtesss Vieh«, rief er ihr hinterher. »Ohh!« Überrascht schlug er die Hand vor den Mund. »Isch kann wieder sprezchen.« *Zwar ein wenig nuschelig, aber immerhin.* Es war an der Zeit, sich Unterstützung zu holen. »Mela«, brüllte er freudig.

Nichts geschah.

Als ein Sonnenstrahl Gustavs Nase kitzelte, wusste er, warum. Er würde ohne die Hilfe seiner starken Freundin entkommen müssen.

»Dort ist er!«, schrie plötzlich eine tiefe Stimme.

Gustav drehte sich um und sah einen untersetzten Soldaten, der auf ihn zeigte. *So ein Mist.* Er begann zu rennen. Inzwischen hatte er im Gewirr der schmalen Gassen und Häuser die Orientierung verloren. Dem fischigen Geruch nach zu urteilen, musste er sich in der Nähe des Flusses befinden – und damit nahe der Burgmauer. Tatsächlich führte ihn die nächste Wegbiegung direkt auf die weiß gekalkte Wand zu. Zwar endete die Stadt dort, aber sämtliche Tore waren mit Sicherheit verbarrikadiert. Der Steinwall schützte Krems nicht nur vor Feinden von außen, sondern verhinderte ebenso, dass Feinde sie verlassen konnten. *Es ist aussichtslos.* »Mist«, fluchte er und rollte unbewusst seinen schmerzenden Kiefer. Zwischen der Mauer und den angrenzenden Häusern hatte man einen etwa zwanzig Schritt breiten Streifen unbebautes Land gelassen, der es Angreifern erschweren sollte, die Gebäude in Brand zu setzen. Zu normalen Zeiten nutzten die Flussfischer das Gelände als Handelsplatz. In Kriegszeiten war es allerdings der Ort, an dem man die Verteidiger der Stadt versammelte. Gustav rannte geradewegs auf eine Gruppe Soldaten zu. »Verflucht!« Er drehte sich um und entdeckte seinen bulligen Verfolger wieder hinter sich. Mit hochrotem Kopf und Schweißperlen auf der Stirn stürmte der Untersetzte wie ein Bluthund auf ihn zu.

»Haltet den schwarzen Feldscher!«, schrie er schrill. »Er hat sechs unserer Kameraden gemeuchelt.«

Das war's. Mit klopfendem Herzen trat Gustav aus der Gasse und ergab sich in sein Schicksal.

Dreißig Augenpaare fixierten ihn. Messer wurden gezogen. Musketen angelegt.

Beschwichtigend hob Gustav seine Hände: »Isch bin nicht euer Pffeind und unbewaffnet.«

Sein Verfolger schloss keuchend zu ihm auf: »Dass ich nicht lache.« Er spuckte wütend aus und stützte sich für einen Moment auf den Oberschenkeln ab, um wieder zu Atem zu kommen. »Er gehört zu den Abgesandten der Schweden. Im Geiste des Gastrechts haben wir sie friedlich und wohlwollend in unserer Stadt empfangen. Die Feldschere traten dieses Entgegenkommen mit Füßen, indem sie unseren Stadtkommandanten verhöhnten und anschließend«, er zeigte drohend mit dem Finger auf Gustav, »mordend durch unsere Straßen zogen.«

»Bitte, das stimmt zzo nicht«, versuchte Gustav sich zu verteidigen. »Mein Meifster …« Weiter kam er nicht.

»In der Färbergasse liegen neben deinem Wagen sechs unserer Kameraden in ihrem Blut, alle auf das Grausamste verstümmelt. Es ist das Schrecklichste, was ich in meinen ganzen Jahren bei der Stadtwache jemals gesehen habe. Er hat euren Freunden die Hälse aufgeschlitzt und ihnen Fleischstücke herausgerissen«, wandte er sich an die umstehenden Männer. Ungläubig schüttelte er den Kopf. »Du bist eine Bestie in Menschengestalt, Junge. Dein Tod wird eine Erlösung sein.« Langsam kam der Mann auf Gustav zu.

Ein hohes Pfeifen durchdrang unvermittelt die Luft.

Die Welt versank schlagartig im Chaos. Eine Salve aus den Zwölfpfündern ging auf die Gruppe nieder. Dem Untersetzten riss eine der schweren Kugeln den Schädel von den Schultern. Er torkelte noch einen halben Schritt auf Gustav zu, ehe er zusammenbrach.

Aus seinem aufgerissenen Hals spritzte Blut auf Gustavs Gesicht. Der versuchte, das Durcheinander zu überblicken. Die meisten Soldaten waren von den Kugeln zerfetzt oder starben schreiend. Überall lagen abgerissene Arme, halbierte Leiber, zerschmetterte Köpfe. Blut vermischte sich mit dem Dreck der Straße zu einem unappetitlichen Brei, der an den Schuhen klebte. Irgendwo schrie jemand nach seiner Mutter. Die Kirchenglocken läuteten. Ein durchdringender Geruch nach Feuer und Tod erfüllte die Luft. Doch das war erst das Vorspiel. Die Kanonen würden so lange ihr grausames Lied singen, bis die Stadt ihr Leben aushauchte.

Zerfetzt von einer schwedischen Kanonenkugel, dachte Gustav bitter. Irgendwie wäre es ihm lieber gewesen, von einem Dämon gefressen oder durch Feindeshand hingerichtet zu werden. Er musste an Anike denken und das Leid, das sein Tod ihr bereiten würde. Wieder schlugen um ihn herum Kugeln ein. Teile eines Wohnhauses stürzten ein. Etwas bohrte sich in seinen linken Unterschenkel. »Ah!«, schrie er auf und sein Bein knickte weg. Ein fingerlanger Holzsplitter steckte ihm im Fleisch. »So eine verfluchte …« Gustav hob den Blick, um nach Deckung zu suchen, und konnte kaum fassen, was er sah. Die Kanonen hatten die Stadtmauer durchschlagen. *Das ist meine letzte Chance.* Er kroch über einen Schutthaufen und zwängte sich durch das enge Loch. Das war so schmal, dass Gustavs Fibel daran hängen blieb. Er befreite sich mit einem Ruck, und die Fibel fiel samt seinem Mantel zu Boden.

Im nächsten Moment berührten seine Stiefel taufeuchtes Gras. Er hatte es geschafft und war vor der Stadtmauer. Direkt gegenüber der kleinen Flussinsel. Hastig blickte er zu der Brücke, die ihn ans rettende Ufer bringen sollte. Sie stand lichterloh in Flammen. *Hört das denn nie auf?* Resigniert seufzte er. Plötzlich sah er vor seinem inneren Auge Anikes schönes Gesicht. *Ich werde schwimmen.* Die zweihundert Schritt zum Wasser bedeuteten einen tödlichen Spießrutenlauf durch das Sperrfeuer der schwedischen Kanonen und der Kremser Musketiere. *Anike, ich komme.*

»Bitte, Beata, ich muss es versuchen!«, flehte Anike.

»Das ist Selbstmord, Mädchen. Dort unten wird gekämpft, da kann ich dich nicht beschützen. Sollte sich dein Gustav dort aufhalten, ist er des Todes.« Sie machte eine Pause und sprach dann leiser weiter: »Wenn es ihn nicht schon längst erwischt hat. Es tut mir furchtbar leid!«

Anike war all das egal. Sie hatte ihre Entscheidung getroffen. Es war an der Zeit zu gehen. Ob Beata damit einverstanden war oder nicht.

Die Gräfin schien es ihr vom Gesicht abzulesen. »Hach, ihr verliebten jungen Dinger. Das ist ja furchtbar«, schimpfte sie. »Dann geh!«

»Danke!« Anike drehte sich um und rannte die Anhöhe hinunter.

»Anike«, rief ihr Beata nach.

»Ja?«

»Pass auf dich auf!«

Am Fuß des Hügels wartete Mika mit ihren Pferden. Wortlos schwang sich Anike auf ihres und trieb den braunen Wallach hin zur Donau. Tief gruben sich die Hufe des Tiers in den Boden, als sie querfeldein über die Feuchtwiesen ritt. Ihr Plan war so einfach wie gefährlich: Sie würde die schwedischen Kanonenbatterien weitläufig in östlicher Richtung umreiten, um einen sicheren Zugang zum Donauufer zu finden. Dort wollte sie in den Fluss steigen und sich westlich nach Krems treiben lassen, während sie den Strom schwimmend querte. Kam Gustav nicht zu ihr, musste sie zu ihm kommen.

Als sie am Ufer ankam, sprang sie aus dem Sattel und traute ihren Augen nicht. Dicke Äste und Unrat schwammen auf dem Wasser – in östlicher Richtung. Die Donau floss verkehrt herum. »Wie kann das sein?«, hauchte sie ungläubig. Ihr Plan war gescheitert. Sie begann hemmungslos zu schluchzen. *Es ist vorbei. Ich werde ihn nie wiedersehen.*

»Anike.«

Zu allem Überfluss spielte ihr Geist ihr böse Scherze. Winkende und rufende Baumstämme gab es doch gar nicht.

»Anike!«

Mit letzter Kraft bewegte Gustav die Beine, um den Stamm in Richtung Ufer zu lenken. Die Schulter, an der ihn die Bleikugel eines Musketiers erwischt hatte, schmerzte fürchterlich und der Blutverlust und die Kälte des Wassers schwächten ihn immer mehr. Beinahe war er bereit, loszulassen und sich einfach auf den Grund sinken zu lassen – und dann sah er sie. Ein rothaariger Engel am Ufer. »Anike.« Erst glaubte er an Halluzinationen im Augenblick des Todes, aber sie war es tatsächlich. Vorsichtig stapfte sie vom Ufer auf ihn zu.

»Gustav! Gustav!«, rief sie immer wieder und ihre Tränen mischten sich mit den grauen Fluten des Flusses. Sie packte ihn unter den Armen und zog ihn mit sich.

Gustav schaffte es, mit Anikes Hilfe an Land zu humpeln. Die scharfkantigen Ufersteine zerschnitten ihm die Füße – seine Stiefel hatte er zurücklassen müssen, um nicht zu ertrinken –, aber es war ein wunderbares Gefühl, aus dem Wasser herauszukommen. Kraftlos ließ er sich zu Boden sinken. Er zitterte am ganzen Körper. »Wie hast du mich gefunden?«, fragte er mit klappernden Zähnen.

»Das war nicht ich, sondern die Donau. Sie fließt extra verkehrt herum, damit du zu mir kommen konntest.«

Gustav versuchte zu lachen, was sich in einen rasselnden Husten verwandelte. »Ach, das macht sie schon immer. Die Donau ist der einzige Fluss Europas, der von Westen nach Osten fließt.«

Sie nahmen sich in die Arme und lachten und weinten gleichzeitig.

KRIEGSKOSTEN

Wien, Residenzstadt des Hauses Habsburg,
Ende März 1645 – 28. Kriegsjahr

Trauttmansdorff kämpfte gegen die bleierne Müdigkeit an, die ihn langsam, aber sicher zu übermannen drohte. *Verflucht!* Mehr als einmal waren ihm die Lider zugefallen. Sollte ihm der Kopf wegsacken, wäre die Situation an Peinlichkeit nicht zu überbieten. Immerhin war er als Vertreter des Kaisers hier. Blamierte Trauttmansdorff sich, kompromittierte er gleichzeitig Ferdinand III. Mit einem diskreten Handzeichen wies er einen Diener an, die Fenster des länglichen Saals zu öffnen, in dem sie seit dem späten Nachmittag tagten. Kühle Frühlingsluft strömte herein und verdrängte den bleiernen Mief, den Herren eines gewissen Alters unwillkürlich abzusondern schienen. Trauttmansdorff streckte sich und atmete mehrmals tief ein und aus. Das half ein wenig. Er ärgerte sich über diese Schwäche, war aber uneitel genug, sich einzugestehen, dass er seit vielen Jahren kein junger Mann mehr war. Die scheinbar unerschöpfliche Kraft der Jugend hatte ihn längst verlassen. Trauttmansdorff wusste, dass es seine große Aufgabe war, die ihn ermüdete und geradezu langweilte. *Ich bin nichts weiter als der Verwalter eines endlosen Kriegs.* Egal, welche Intrige er spann, welche Schlachten gewonnen oder verloren wurden, wer starb oder am Leben blieb: Nichts änderte sich – der Krieg ging immer weiter.

Er betrachtete die zahlreichen Siegelringe an seinen Fingern. Setzte er sie mit Siegellack ein, konnte er Länder beeinflussen und Existenzen zerstören oder auslöschen. *Dank des Hauses Habsburg.* Trauttmansdorff hatte Ferdinand II. viele Jahre als Berater gedient. Sein Sohn und Nachfolger Ferdinand III. hatte ihn weiter befördert. Inzwischen war er der wichtigste Minister des Reichs und der Kaiser vertraute ihm blind. Das hatte er sich immer erträumt. *Warum fühle ich mich dann so ausgebrannt?* Sein ganzes Wirken war geprägt vom Konflikt zwischen dem Kaiserhaus und den abtrünnigen Protestanten. Und nun zog am Horizont die Gefahr auf, am Ende mit leeren Händen dazustehen. Schlimmer noch, vielleicht sogar das Ende des Hauses Habsburg erleben zu müssen. *Das wäre auch mein Ende.*

Der Schwedengeneral Torstensson schien unaufhaltsam auf Wien zuzuhalten. Seit der Belagerung der Stadt durch die Türken im Jahr 1529 war sie nie wieder derart in Bedrängnis geraten. In der Hofburg liefen bereits streng geheime Vorbereitungen zur Flucht der kaiserlichen Familie. Im Stillen bewunderte Trauttmansdorff den Schweden für sein taktisches Genie und die zahlreichen Erfolge. *Wenn wir nur solch einen fähigen Kopf an der Spitze unseres Heeres hätten.* Unwillkürlich umschloss Trauttmansdorffs Hand den silbernen Weinkelch, den die Diener eifrig nachfüllten, sobald einer der bedeutsamen Ratsherren seinen geleert hatte. Die roten Wangen und Nasen der Anwesenden bewiesen, dass sich die meisten ausgiebig an dem dargebotenen Tropfen aus dem persönlichen Vorrat des Kaisers bedient hatten. Es kostete den Reichsgrafen Kraft, nichts zu trinken. Müdigkeit und Wein waren eine schlechte

Kombination und dazu geeignet, seinen Geist zu vernebeln. *Früher hätte mich Johannes vom Trinken abgehalten.* Der Gedanke an seinen treuen Diener schmerzte ihn. Dass der junge Mann nicht von den böhmischen Schlachtfeldern nahe Jankau zurückgekommen war, betrübte ihn zutiefst. Erst nachdem Johannes gestorben war, hatte Trauttmansdorff sich eingestehen können, wie nah sie sich gestanden hatten. Väterlich nah. Seine sieben Söhne zeigten wenig Interesse und Verständnis für das diffizile Geschäft der hohen Politik. Johannes hingegen war ein Meister auf diesem Gebiet gewesen. Trauttmansdorff seufzte schwer. *So ist das eben im Krieg.* Das Gerede des Präsidenten der Hofkammer, die als kaiserliche Finanzverwaltung für die Bezahlung des Heeres verantwortlich war, holte ihn aus seinen trüben Gedanken.

»Ich muss leider berichten, dass Spanien erneut mit seinen Subsidienzahlungen in Verzug geraten ist.«

Trauttmansdorff richtete sich in seinem schweren Lehnstuhl auf. Seine Müdigkeit war wie weggeblasen. *Wir können das Heer jetzt schon kaum finanzieren. Ohne die Unterstützungszahlungen des Hauses Kastilien …*

»Die Spanier berichten, dass sie aus ihren Kolonien in Übersee immer weniger Edelmetalle erhalten und angeblich auf einen Staatsbankrott zusteuern.«

»Handelt es sich dabei um eine verlässliche Auskunft, Freiherr von Kolowrat-Liebsteinsky?«, fragte Trauttmansdorff den Hofkammerpräsidenten.

Der blasse Ratspräsident wiegte verlegen den Kopf. »Ich denke, das ist sie, wenn auch nicht amtlich. Offiziell unterstützt König Philip IV. den Kaiser und seinen tapferen Kampf um den wahren Glauben weiterhin uneingeschränkt und nach Kräften. Nur leider scheint er sich die Unterstützung nicht mehr leisten zu können.«

Trauttmansdorff grunzte unzufrieden. Wieso musste man diesem Pfennigfuchser jedes Wort aus der Nase ziehen? Die Finanzbeamten des Reichs waren für ihren Geiz und ihre Verschwiegenheit gleichermaßen berühmt und berüchtigt. »Von wem habt Ihr diese Information erhalten?« Wenn es sich um die Einschätzung irgendeines niederen Hoflakaien handelte, konnte man das Gejammer der Spanier als Versuch abtun, die Unterstützungszahlungen für den Krieg zu drücken. Kam sie aus dem direkten Umfeld des Königs, musste man sie ernst nehmen.

»Ich habe sie von Graf von Olivares persönlich erhalten.«

Der fettige Hammelbraten vom Abendessen kam Trauttmansdorff sauer hoch. Er nahm einen Schluck Wein, um den widerlichen Geschmack loszuwerden. Graf von Olivares war nicht irgendein Höfling, sondern der engste Berater des spanischen Königs, mithin sein Gegenpart auf kastilischer Seite. Offenbar war die finanzielle Lage Spaniens dramatisch. »Ich verstehe«, antwortete Trauttmansdorff emotionslos. Schwäche und Angst durfte er in dieser elitären Runde nicht zeigen.

Der Hofkammerpräsident nickte und lieferte weitere Hiobsbotschaften: »Leider erreichten mich in den letzten Wochen ähnliche Informationen von der päpstlichen Finanzverwaltung in Rom und ebenso aus Frankreich. Der Heilige Stuhl ist inzwischen so hoch verschuldet, dass eine Rückzahlung der immensen Summen als nahezu unmöglich angesehen wird. Das Königshaus Bourbon glaubt weiter an unsere gerechte Sache, aber es kann die Mittel zur Unterstützung nur noch teilweise aufbringen, und das nur unter größten Opfern.«

Es wird einsam um uns. Die Lage war düsterer, als Trauttmansdorff geglaubt hatte.

»Deshalb kann sich die Hofkammer die Aufstockung und Anwerbung neuer Truppen auch nicht mehr leisten.«

Unter den Mitgliedern des Hofkriegsrats, der militärischen Führung und Organisation des kaiserlichen Heeres, erhob sich Protest.

Trauttmansdorff hatte nichts anderes erwartet. Er war als Vertreter der Hofkanzlei zu oft bei derartigen Treffen dabei gewesen, als dass ihn der Widerspruch der Militärs gewundert hätte. Die kaiserlichen Militär- und Finanzbehörden befanden sich in einem Spannungsverhältnis, bei dem die eine Seite möglichst viel und die andere möglichst wenig ausgeben wollte. Die Auseinandersetzung ergab sich deshalb, weil der ansonsten nahezu allmächtige Kaiser des Heiligen Römischen Reiches keine direkte Oberbefehlsgewalt über seine Truppen hatte, anders als etwa der schwedische König. Damit wurde das gesamte militärische Geschehen vom mehrköpfigen Hofkriegsrat bestimmt, der seinerseits Oberbefehlshaber ernannte oder entließ und die Taktik vorgab. Um das bewerkstelligen zu können, brauchte die Generalität Unsummen an Geld, und die konnte ihr nur die Hofkammer genehmigen. Die Finanzbehörde war ein mächtiges Organ, das in seinem Einfluss nicht hinter den hohen Herren des Kriegs zurückstand. Schlussendlich kam es immer auf die politische Gewichtung an, welche der beiden Behörden sich durchsetzen konnte. Und da kam Trauttmansdorff ins Spiel. Im Lauf der Jahre hatte er zwar oft der Meinung des Hofkriegsrats zugestimmt, weil er diesen Krieg gewinnen wollte. Inzwischen glaubte er aber, dass das Militär Geld fraß wie ein Schwein Abfälle und dass es egal war, wie viel man ihm davon hinwarf, weil es niemals satt wurde. Die sich anschließenden Ausführungen des Grafen Schlick, seines Zeichens Präsident des Hofkriegsrats, sollten ihn in dieser Annahme bestätigen.

»Meine edlen Herren, der Krieg steht für uns auf Messers Schneide. Noch können wir ihn gewinnen …«

Ach ja?

»… aber nur, wenn wir jetzt in unseren Bemühungen nicht nachlassen. Ich will es Ihnen, verehrte Kollegen der Hofkammer, an einem Zahlenbeispiel belegen.«

Der Mann hat Humor und Raffinesse. Die Finanzräte liebten Zahlen.

»Im Jahre 1619 bestand das gesamte kaiserliche Heer aus nur etwa 8500 Reitern und 21000 Fußsoldaten. Einige Jahre später warb allein Wallenstein …«

Ach ja, der gute, böse Wallenstein. Trauttmansdorff und der Feldherr waren sich zeitlebens in tiefer Abneigung verbunden gewesen. Als der General in seinen Allmachtsträumen auf die Idee kam, direkte kaiserliche Befehle zu verweigern, war Trauttmansdorff maßgeblich am Komplott zu Wallensteins Beseitigung beteiligt gewesen. Das war nichts, wofür er sich schämte. Er hatte getan, was für Kaiser und Reich am besten gewesen war. Seit damals achtete man ihn bei Hofe nicht nur, sondern fürchtete seinen Zorn. Etwas, das in jeder noch so zähen Verhandlung den Ausschlag geben konnte.

»… zusätzlich fast 23000 Soldaten an. An der Schlacht bei Lützen 1632 nahmen auf unserer Seite dann schon fast 70000 Männer teil.«

Und trotzdem habt ihr sie verloren. Wenigstens ist damals der verfluchte Gustav Adolf gefallen.

»Ich will damit sagen, dass das Heer viele Jahre beständig wuchs. Und heute?« Graf Schlick warf resigniert die Arme in die Luft. »Heute erleben wir das Gegenteil. Wir verfügen gerade einmal über die Hälfte der Männer, über die wir in Lützen befehlen konnten, während der Feind beständig neue in seine Reihen aufnimmt.«

Ja, Soldaten, die er aus euren geschlagenen Heeren akquiriert.
Trauttmansdorff verkniff sich den hämischen Kommentar.

»Wir brauchen endlich die Gelder, die ich und meine geschätzten Ratskollegen schon lange fordern, dann verspreche ich, dass wir nicht nur Wien beschützen, sondern diesen Krieg endgültig gewinnen werden.«

Solche Versprechen habe ich leider schon zu oft gehört, dachte Trauttmansdorff ermüdet.

Der Hofkammerpräsident zeigte sich unbeeindruckt von der inbrünstig vorgetragenen Rede. Kolowrat-Liebsteinsky zuckte mit den Schultern und murmelte: »Wir können kein Geld ausgeben, das wir nicht haben.«

Alle Blicke richteten sich auf Trauttmansdorff. Es wurde erwartet, dass er dieses Patt auflöste. Wieder spürte er die Last der Entscheidung und tat, was er immer tat: Er verhandelte einen Kompromiss. Gab den Sorgen der Finanzbeamten und des Militärs gleichermaßen recht und verteilte ein wenig mehr, als die Hofkammer geben wollte, und deutlich weniger, als der Reichskriegsrat gern gehabt hätte.

Nachdem er die Hofburg hinter sich gelassen hatte und in sein eigenes Palais zurückgekehrt war, drehten sich Trauttmansdorffs Gedanken im Kreis. Trotz seiner Abgespanntheit ließen sie ihn keinen Schlaf finden. Wie sollte es weitergehen? Alles, was er geplant hatte, war gescheitert. Die geplatzten Friedensverhandlungen in Osnabrück hatten eine schlimmere militärische Niederlage und Krise bewirkt als zuvor. Johannes und Hayo waren verschwunden und mit ihnen die Idee, dass die Dämonen das Zünglein an der Waage dieses Konflikts sein könnten. Geld und Männer gingen ihnen langsam, aber sicher aus. Teile des Reichs waren nahezu entvölkert. Wien stand vor dem Untergang. Sie steuerten auf eine Niederlage zu. *Ich steuere auf eine Niederlage zu*, verbesserte sich Trauttmansdorff. Er goss sich Wein ein. Wenigstens den bekamen die Spanier gut hin. Mit geschlossenen Augen ließ er sich in seinen Sessel zurücksinken und genoss den Geschmack des edlen Rioja auf der Zunge.

Zu gern hätte er sich heute Nacht mit Jarlon beraten. Der einäugige Dämon besaß das Talent, einen Weg aus den hoffnungslosesten Lagen aufzuzeigen. Überdies hatten die Gespräche mit der Kreatur immer dafür gesorgt, dass die bleierne Müdigkeit und Herzensschwere von ihm abfielen. Doch das Wesen war zugleich mit Johannes verschwunden. Kurz vor der Schlacht war Jarlon ein letztes Mal zu ihm zurückgekehrt. Humpelnd und verletzt, aber optimistisch und voller kluger Ideen. Seit der Niederlage der kaiserlichen Armee bei Jankau war er nicht mehr erschienen. Rufen konnte Trauttmansdorff ihn nie. Das war das Fachgebiet der dämlichen schwarzen Feldschere, die sich als genauso unnütz wie unzuverlässig erwiesen hatten. Das Wesen schien jedoch ein Gespür dafür gehabt zu haben, wann seine Hilfe notwendig war und es erscheinen musste. In den letzten Wochen wäre das täglich der Fall gewesen, aber der Dämon ließ sich nicht mehr blicken. Trauttmansdorff sah verträumt in seinen Kelch. Der Wein wirkte im schummerigen Licht der Kerzen wie Blut. Er prostete in die Luft. »Auf dich, Jarlon, und alle anderen, die mich im Stich gelassen haben.« *Ich muss mir selbst helfen. Kein Johannes. Kein Jarlon.* Trauttmansdorff wusste, dass es nur noch eine Möglichkeit gab, den Krieg ohne größere Verluste für das Reich zu beenden: Der Kaiser musste in Friedensverhandlungen

einsteigen und sie zu seinem Vorteil beeinflussen. Trauttmansdorff fiel nur eine Person ein, die dazu in der Lage
war: er selbst.

KRIEGSLASTEN

Blinzelnd schlug Gustav die Augen auf. Er brauchte einen Moment, um zu begreifen, wo er sich befand – und konnte es dennoch nicht glauben. Langsam streifte sein Blick die wertvolle Holzverkleidung aus dunkler Mooreiche, das prall gefüllte Bücherregal und den kleinen Schreibtisch. *Ich bin in Zangerbergs Kutsche.* Stöhnend kam er von der schmalen Pritsche hoch, auf der normalerweise sein Meister nächtigte. Seine Schulter dankte ihm diese Bewegung mit pochenden Schmerzen. Schwindel überrollte ihn. »Uff«, entwich es ihm. Trotzdem legte er sich nicht wieder hin. *Was ist passiert?* Die letzten Momente, an die er sich erinnern konnte, waren jene von Anikes traumhafter Erscheinung am Donauufer. *Ein rothaariger Engel. Wir haben geweint und gelacht.* Anschließend war nur Schwärze. Ein unangenehmes Gefühl, das von einem anderen Bedürfnis verdrängt wurde: Durst. Seine Zunge fühlte sich an, als wäre sie aufs Doppelte angeschwollen. Hektisch blickte sich Gustav um. Auf Zangerbergs Schreibtisch entdeckte er eine tönerne Karaffe. Ungeschickt versuchte er aufzustehen und danach zu greifen. Seine Beine verweigerten ihm den Dienst. Das Resultat war verschüttetes Wasser, Scherben und dass sein Durst weiterhin nicht gestillt war. »Verflucht!«, schimpfte Gustav. Kraftlos ließ er sich auf die Pritsche sinken. *Zangerberg wird mich hochkant rauswerfen, wenn das Wasser auch nur eines seiner geliebten Bücher benetzt hat.* Während er diesem beunruhigenden Gedanken nachhing, holte sich sein geschundener Körper die Ruhe, die er zum Genesen brauchte, und Gustav schlief wieder ein.

»Den kann man selbst als Patient keinen Moment allein lassen«, murmelte eine Stimme, die Gustav augenblicklich als Bennos erkannte. Nur sehen konnte er ihn nicht. »Aua! So ein Mist!«

»Benno?«, fragte Gustav beklommen. »Bist du hier?«

Im selben Atemzug kam das grinsende Gesicht des zweiten Lehrlings unter dem schmalen Schreibtisch hervor. Er hielt einen Scherbenhaufen in den Händen. Sein linker Daumen blutete.

»Was ist passiert?«

»Hä?«, entschlüpfte es Benno dümmlich. Er brauchte einen Augenblick, bis ihm dämmerte, dass Gustav seinen blutigen Finger meinte. »Ach das, daran bist du schuld.«

Jetzt war es an Gustav, nicht zu verstehen.

Der zweite Lehrling lachte. »Na, die Scherben. Ich habe mich geschnitten. Ich darf doch davon ausgehen, dass du im Fieberwahn Meister Zangerbergs Lieblingskaraffe heruntergeworfen hast.«

Ein dicker Knoten bildete sich in Gustavs Bauch.

»Keine Angst!« Benno zwinkerte ihm zu. »Selbst wenn du den Codex Daemonum des Alten in seinem besten Wein getränkt hättest, würde er nicht mit der Wimper zucken. Du bist jetzt offiziell ein Held und damit sein kostbarstes Juwel. Falk schäumt vor Wut. Es ist einfach wunderbar.«

»Wie meinst du das?«

Grinsend ließ sich Benno auf die Pritsche nieder und reichte ihm einen Wasserschlauch. »Nimm den, der geht nicht so schnell kaputt.«

Gierig trank Gustav – und verschluckte sich prompt.

»Langsam!« Benno klopfte ihm auf den Rücken. »Wir wollen doch nicht, dass dem Helden von Krems etwas zustößt.« Auf Gustavs fragenden Blick hin erklärte er: »Anike hat mir gesteckt, dass Zangerberg bei Torstensson Krokodilstränen verschüttet hat, weil du dich in Krems für ihn geopfert hättest.« Er äffte ihren Meister in Ton und Mimik erstaunlich gut nach. »Der Junge hat mich aus lauter Liebe gerettet. Nur dank ihm bin ich entkommen. Er ist ein wahrer Held. Ich liebe ihn so sehr.« Benno beendete seine Aufführung mit einem eindeutigen: »Kotz!«

»Was für ein schäbiger Lügner«, zischte Gustav empört.

»Pssst!«, mahnte der junge Lehrling und schloss die halb offene Kutschentür. »Dass dem nicht so war, weiß ich selbst. Wir mussten ja gar nicht gerettet werden. Was ist passiert? Warum warst du auf einmal verschwunden?«

Gustav entwich ein freudloses Lachen. »Was passiert ist? Zangerberg und Falk haben die gelbe Kutsche so manipuliert, dass ein Rad gebrochen ist und die darin gefangenen Dämonen ausgebrochen sind.«

Benno wurde blass. »Nein«, hauchte er, »das kann doch einfach nicht sein. Ich dachte, dass wir den Wagen nur zum Angeben mitgenommen haben. Dass tatsächlich Dämonen darin waren, wusste ich nicht. Das musst du mir glauben.« Er legte Gustav die Hand auf den Unterarm. »Wirklich! Es tut mir schrecklich leid. Als ich gemerkt habe, dass du nicht mehr hinter uns warst, wollte ich umdrehen. Doch Falk hat sich geweigert anzuhalten und mich gezwungen, die Pferde anzutreiben, als wäre der Leibhaftige hinter uns her. Jetzt weiß ich auch, warum. Ich dachte die ganze Zeit, dass dich die Kremser Stadtwache gefangen gesetzt hat, weil …« Er zuckte mit den Schultern. »Na, du weißt schon. So wie Zangerberg sich bei ihnen aufgeführt hat, hatten sie ja allen Grund, wütend zu sein. Der Lehrling muss ausbaden, was sein Meister verbockt hat. Das kennen wir doch nur zu gut.« Er setzte ein schiefes Grinsen auf, das sowohl Reue als auch Schalk enthielt.

Für einen Moment ließ Gustav die Ereignisse vor seinem inneren Auge ablaufen. Nichts von dem, was ihm zugestoßen war, war Bennos Schuld. »Ich verzeihe dir.« Er vollführte eine alberne joviale Geste.

»Danke!«, brummte der zweite Lehrling erleichtert. »Trotzdem tut es mir leid um Caruso und Jolande. Es waren brave Tiere.«

Trauer übermannte Gustav. Mit dem eigensinnigen Maultier war die letzte Verbindung zu Martin aus seinem Leben gerissen worden.

Benno spürte seine Traurigkeit und versuchte, ihn abzulenken. »Du hast übrigens alles verschlafen. Zwei Tage haben sie Krems bepflastert, bevor Stadtkommandant Ranfft kapituliert hat.« Sein Gesicht verdüsterte sich. »Anschließend hat Torstensson die Landsknechte furchtbar in der Stadt wüten lassen. Verfluchter Zangerberg. Ohne seine Dummheit könnten all die Menschen noch am Leben sein.«

Sie verfielen in ein brütendes Schweigen.

»Wie geht es Anike?«, fragte Gustav in die Stille hinein.

»Du vermisst deine Süße wohl.« Ein anzüglicher Ausdruck schlich sich auf Bennos Gesicht. »Gut, denke ich. Nachdem sie dich halb tot abgeliefert hatte, war sie jeden Abend heimlich hier, um zu hören, wie es dir geht. Ich habe sie auf dem Laufenden gehalten und mich um dich gekümmert.« Er zuckte mit den Achseln, als wäre dies das Selbstverständlichste der Welt.

»Du warst das?« Erstaunt betrachtete Gustav den akkuraten Verband an seiner Schulter. Feiner Kräutergeruch zog ihm in die Nase. »Arnika?«, mutmaßte er.

»Ja«, erwiderte Benno stolz, »gemischt mit Spitzwegerich. Der verhindert, dass sich die Wunde entzündet. Du hattest Glück. Die Kugel ist hinten wieder ausgetreten und hat keine Splitter hinterlassen. Ich habe den Schusskanal dennoch ordentlich gereinigt, um …«

»Benno«, entfuhr es Gustav, »du bist ja ein richtig guter Feldscher. Das ist hervorragende Arbeit. Ich habe kein Fieber.« Er fasste sich an die Stirn. »Kann den Arm bewegen.« Beinahe hätte er das sogar geschafft, ohne das Gesicht vor Schmerzen zu verziehen. »Und die Blutung hast du offensichtlich auch gestillt.«

»Ach, die paar Sachen. Ich lerne das meiste aus Büchern. Zangerberg bringt einem ja nicht viel bei. Falk hat mir das mit den Verbänden erklärt und …«

Gustav unterbrach ihn mit einer Umarmung. »Danke! Vielen Dank, mein Freund!«

Der junge Lehrling lief rot an. Unbeholfen klopfte er Gustav auf den Rücken. »Ach, das war doch nichts. Du hättest das Gleiche für mich getan.«

Nachdenklich nickte Gustav.

Jemand pochte an die Kutschentür. Zwei verschwommene Gestalten waren durch die milchige Scheibe zu erkennen.

»Wer kann das sein?«, fragte Gustav. Zangerberg und Falk hätten sich nicht die Mühe gemacht anzuklopfen.

»Finden wir es heraus.« Benno öffnete die Tür. Kühle Luft strömte herein.

»Hallo, Gustav. Schön, Euch zu sehen. Wie geht es Euch?«

»Gräfin de la Gardie. Was für eine Überraschung!« Die schönere Überraschung befand sicher allerdings hinter der Adligen: eine übers ganze Gesicht strahlende Anike. Ihm wurde warm ums Herz. *Ich liebe sie.* Vor lauter Gefühlsduselei hätte er fast die Frage der Gräfin vergessen. Hurtig setzte er hinterher: »Gut! Es geht mir gut!«

Süffisant lächelnd nickte die Adlige. »Das freut mich zu hören.«

Jählings tauchte Zangerberg auf. Sein Kinn troff vor Bratensaft. Im Kragen seines schwarzen Hemds steckte ein schmuddeliges Tuch. Offenkundig war er vom Mittagessen hergeeilt. »Gräfin! Verzeiht, dass ich Euch nicht standesgemäß empfangen habe.« Er kaute hastig und schlang hinunter, was er im Mund gehabt hatte, bevor er gehetzt weitersprach. »Hätte man mich rechtzeitig informiert, dann …«

»Ich bin quasi inkognito hier und wollte kein Aufhebens machen, Meister Feldscher. Nur ein kleiner Krankenbesuch beim heldenhaften Gustav, dem Ihr Euer Leben verdankt.«

Zangerbergs Gesicht zeigte für einen winzigen Moment Widerwillen. Flink hatte er sich wieder im Griff und setzte ein schmieriges Lächeln auf. »Ich habe mich Tag und Nacht um ihn gekümmert, meine persönliche Kutsche geräumt und nur die besten Heilmittel verwendet, welche die moderne Medizin kennt.« Er streckte sich, um in das Gefährt blicken zu können. »Er ist auf dem Weg der Genesung.«

Vermutlich sieht er mich seit Tagen das erste Mal, dachte Gustav grimmig und seine Zuneigung zu Benno wuchs. Der hatte ihn nicht nur gesund gepflegt, sondern gleichzeitig darauf geachtet, dass Falk und Zangerberg keine Chance bekamen, ihr schändliches Werk zu beenden und ihn auf dem Krankenbett aus dem Weg zu räumen.

Beata wandte sich von Zangerberg ab und Gustav zu. »Ja, das sehe ich. Das habt Ihr gut gemacht, Meister Feldscher. Würdet ihr alle mich jetzt bitte einen Moment mit dem Lehrling allein lassen? Ich habe etwas mit ihm zu besprechen.«

Eilig suchte Gustav Anikes Blick, doch die schien genauso verblüfft wie er. *Hat die Gräfin ihr nicht gesagt, was sie vorhat?*

»Verehrte Gräfin, ich denke nicht, dass es etwas gibt, was ein Lehrling ohne seinen Meister besprechen sollte. Außerdem seid Ihr eine Frau und er ein junger Bursche ...« Vielsagend hob Zangerberg die Augenbrauen.

»Was wollt Ihr damit sagen, Feldscher?«, zischte sie ihn an.

Unwillkürlich rutschte Gustav auf seiner Pritsche ein wenig nach hinten. Beatas Zorn war beinahe körperlich spürbar.

»N-n-nichts, Gräfin«, stotterte Zangerberg. »Gar nichts. Ich ...«

»Geht! Ihr alle! Anike«, fuhr sie in geschäftigem Ton fort. »Anike, sorge dafür, dass niemand hereinkommt.«

»Gewiss!« Das Mädchen nickte und legte die Hand auf ihren Silberdegen.

Gemächlich schloss Beata die Tür. Ruhe breitete sich in der engen Kutsche aus.

Plötzlich wurde Gustav gewahr, dass er bis auf seine Unterkleider nichts anhatte. Hastig zog er die Decke bis zur Brust.

»Haltet Ihr mich etwa ebenfalls für einen weiblichen Lüstling?«, kommentierte Beata dieses Verhalten spöttisch.

Gustav spürte, wie sein Kopf heiß wurde. Er ließ die Decke herabsinken.

»Es ist schön, Euch gesund zu sehen. Oder sagen wir besser, Euch überhaupt zu sehen.« Beata drehte ihm den Rücken zu und fuhr mit dem Finger über die vielen Buchrücken in Zangerbergs Regal. »Ich wollte ungestört mit Euch reden, weil ich wissen will, was wirklich in Krems passiert ist! Angefangen damit, warum wir diese arme Stadt zerstören mussten.«

Gustav zögerte einen Moment.

»Keine Sorge, niemandem wird deswegen ein Nachteil entstehen. Anders als mein Mann habe ich kein offizielles Amt inne. Ich muss nur wissen, wem aus meinem Umfeld ich vertrauen kann. Das ist überlebenswichtig für mich und meine Familie.« Einen Augenblick später setzte sie nach: »Euch vertrauen wir, Gustav! Lennart hält sehr viel von Euch. Nur Euretwegen durfte sich Zangerberg uns nach Martins Tod überhaupt anschließen.«

Vertrauen beruht auf Gegenseitigkeit, dachte Gustav und begann alles zu berichten. Fast alles. Die Episode mit den Dämonen ließ er unerwähnt. Das war etwas, das nur die schwarzen Feldschere anging.

Mit angespanntem Gesichtsausdruck folgte die Gräfin seinen Worten. Als er geendet hatte, nickte sie. »Ich hatte mir so was schon gedacht. Danke für Eure Offenheit, Gustav. In Zukunft werden wir wissen, wie mit dem Rat Eures Meisters zu verfahren ist.« Sie machte sich daran zu gehen. »Ach ja, Lennart möchte Euch sehen. Es geht um sein altes Leiden.«

Die Gicht. Gut konnte sich Gustav an seinen letzten Krankenbesuch beim Feldherrn erinnern. *Damals war Martin noch dabei*, dachte er betrübt. »Ich werde schnellstmöglich kommen.«

»Danke. Er wird Euch jederzeit empfangen.« Ihr Tonfall hatte etwas Flehendes. »Es ist wichtig, aber seid bitte äußerst diskret.«

Es muss schlecht um ihren Mann stehen.

Gegen Bennos Anweisung, der ihm zwei weitere Tage Bettruhe verordnet hatte, schlüpfte Gustav nach Anbruch der Dunkelheit in seine frisch gewaschenen Sachen. Der zweite Lehrling hatte ihm sogar ein neues Paar Stiefel besorgt. Aus Zangerbergs privatem Kräuter- und Medizinvorrat hatte Gustav zusammengesucht, was er brauchen würde, um das Leiden des Feldherrn zu lindern. Dabei hatte er die Bibliothek des Feldschers durchstöbert, um etwas über den geheimnisvollen Kometen und seine Verbindung zu den Dämonen herauszufinden. Es war ein vergeblicher Versuch. Entweder besaß sein Meister kein Buch zu diesem Thema oder jenes Mysterium war in einem der Werke versteckt, die auf Griechisch oder Aramäisch verfasst waren. *Ich muss los.* Er stellte den schmalen Folianten zurück, dessen geschwungene Schriftzeichen er nicht mal einer Sprache zuordnen konnte. Wie ein Schatten schlich er sich aus der Kutsche. Die Krankheit des Feldherrn musste ein Geheimnis bleiben.

In kurzer Zeit hatte er die geräumigen Zelte erreicht, die Torstensson als Hauptquartier dienten. Trotz der späten Stunde herrschte dort und überall im Lager eine emsige Aufbruchstimmung. Karren wurden beladen, Vorratszelte abgebaut, Fässer hin- und hergerollt ... *Die Armee zieht weiter.*

Krems war für das Heer nicht mehr als ein Stolperstein auf dem Weg nach Wien gewesen.

»Stanna! – Halt!«, hielt ihn ein grauhaariger Riese am Eingang auf. Der Soldat aus Torstenssons Leibgarde musterte ihn argwöhnisch. »Der schwarze Feldscher, stimmt's?«

»Ja, mein Name ist Gustav Hansson und ich möchte zu Generalissimus Torstensson.«

»Siehst du das Zelt, vor dem die Wachen mit den Fackeln stehen?«

Gustav kniff die Augen zusammen und nickte.

»Melde dich dort! Du wirst erwartet.«

Die beiden Wachposten führten Gustav, den Sohn eines verarmten Köhlers aus Sachsen, ohne jede Wartezeit ins Zelt des bedeutenden Heerführers. Gleich einem König, der dem General überraschend seine Aufwartung machte.

»Sir, Fältskären är här. – Herr, der Feldscher ist hier«, kündigten die Soldaten ihn zackig an.

Torstensson brütete über irgendwelchen Karten. Er saß in einem bequemen Lehnstuhl, die Beine in eine Decke eingeschlagen. Im Innern des von Kerzen beleuchteten Zelts war es nicht viel wärmer als draußen.

»Danke, ihr könnt wieder auf euren Posten gehen«, sagte Torstensson auf Deutsch, ohne von seinen Landkarten aufzusehen.

Gustav deutete eine Verbeugung an. »General, Ihr habt nach mir rufen lassen.«

Der ließ sich Zeit, ehe er aufblickte. »Das war vermutlich die Gräfin«, knurrte er, lächelte aber dabei. »Ich bin froh, Euch gesund zu sehen, Gustav. Ein Schulterdurchschuss ist schmerzhaft, das weiß ich aus eigener Erfahrung. Ich würde Euch ja einen Orden verleihen, aber mir ist schon klar, dass derlei keine Bedeutung für einen schwarzen Feldscher hat.«

Ein heiseres Lachen entwich seinem Mund. »Was Kriegsverletzungen angeht, eifert Ihr wahrlich Eurem Meister nach.«

Martin hatte Gustav nie von einer derartigen Verletzung erzählt, aber Gustav traute sich nicht nachzufragen. Torstensson hatte ihn gewiss nicht hierhergebeten, um alte Geschichten über seinen Meister auszutauschen.

»Die Gräfin hat mir erzählt, was Ihr ihr berichtet habt.« Zornig schlug Torstensson auf die Lehne seines Stuhls. »Zangerberg, dieser elende Stümper. Ich hätte es gleich wissen müssen. Gibt es Eurem Bericht noch etwas hinzuzufügen, was eventuell nicht für die zarten Ohren der Gräfin gedacht war?« Er blickte Gustav durchdringend aus seinen dunklen Augen an.

»Nun ja, da wäre tatsächlich noch etwas.« Nach einem verlegenen Räuspern erzählte Gustav von den Dämonen.

Der Feldherr seufzte schwer. »Zangerberg hat den Mund zu voll genommen und wollte damit vermutlich seinen Fehler wiedergutmachen. Es ist eine Schande, Dämonen in ihrer wahren Gestalt auf Menschen zu hetzen. Gotteslästerlich.«

Dämonen in menschliche Körper zu stecken und ihnen dann zu erlauben, andere Menschen abzuschlachten, bringt aber genau dasselbe Ergebnis: den Tod.

»Dass er darüber hinaus den eigenen Lehrling opfert, zeigt das finstere Wesen seines Charakters. Hätte ich ihn nicht gebraucht, damit er im Tross auf von Dämonen Besessene achtet, hätte ich ihn längst entfernen lassen. Ich habe dem Mann von Anfang an nicht getraut und dass ich recht daran tat, hat er ausreichend bewiesen.« Torstensson legte die Karte auf ein rundes Tischchen neben dem Stuhl. »Es war richtig von Euch, der Gräfin nichts davon zu sagen. Ich wünschte ebenfalls, niemals etwas von diesen schrecklichen Höllenwesen erfahren zu haben.«

Er vermeidet es, sie Dämonen zu nennen.

»Seitdem Martin mir vor vielen Jahren von ihnen berichtet hat, plagen mich Albträume. Niemals hätte man zulassen dürfen, dass diese Kreaturen sich in unseren Krieg einmischen.«

»Es ist nicht gesund, sich über etwas zu ärgern, das man sowieso nicht ändern kann, hat meine Mutter immer gesagt«, entwich es Gustavs Mund. *Wer bin ich, dass ich diesen Mann mit derartigen Küchenweisheiten behellige?*

Torstensson lächelte. »Eine kluge Person, Eure Frau Mutter.« Ächzend erhob er sich aus dem Stuhl. »Und ihre Weisheit bringt mich zurück zum eigentlichen Grund Eures Besuchs. Wärt Ihr wohl so freundlich?« Er zeigte mit seinem geschwollenen Finger auf den am Kartentisch lehnenden Krückstock aus Ebenholz.

Beflissen reichte Gustav ihm den Stock, dessen Knauf aus Silber und Elfenbein einen Bärenkopf zeigte.

»Ich sehe Eurem strengen Blick an – den Euch Euer alter Meister im Übrigen gut beigebracht hat –, dass Ihr mich gleich fragen werdet, ob ich meine Gelenke auch immer mit Arnikasalbe einschmiere und den scheußlichen Sud aus Brennnesseln trinke. Ja, das tue ich. Dazu warme Umschläge und dicke Unterwäsche. Alkohol und fettes Fleisch gönnt mir die Gräfin ebenfalls nicht mehr.« Er schüttelte den Kopf. »Dennoch wird es immer schlimmer mit der verfluchten ›Krankheit der Könige‹.« Er lächelte matt über diesen an Gustav gerichteten medizinischen Scherz. »Selbst das Laufen fällt mir immer schwerer. Einzig der Alraunenwein verschafft mir etwas Linderung. Obwohl ich immer mehr davon trinken muss, damit er wirkt. Ihr habt mir doch davon etwas mitgebracht?«

Das Tonikum macht süchtig. »Natürlich.«

»Kommt, ich will Euch etwas zeigen, damit Ihr versteht, was ich von Euch will!« Er humpelte zum Kartentisch.

Bedächtig folgte ihm Gustav.

»Hier liegt Krems.« Torstensson klopfte auf den Stadtnamen und fuhr dann mit dem Finger nach Osten. »Und hier Wien. Das von uns allen so begehrte Ziel.«

Es ist nicht mehr weit, freute sich Gustav.

Als hätte er seine Gedanken gelesen, sprach der Generalissimus: »Auf den ersten Blick sieht es ganz nah aus. Was die Karte aber nicht verrät, ist, dass wir auf immer heftigeren Widerstand stoßen werden, je näher wir der Residenzstadt des Kaisers kommen. Ich kann die Armee in drei Tagen gute vierzig Meilen laufen lassen – oder wochenlang benötigen, um eine einzige Stadt zu belagern und zu erobern. Leider verteidigen die Kaiserlichen hartnäckig jeden Donauübergang und zerstören sämtliche Brücken und Schiffe. Das hält uns über alle Maßen auf und macht den Weg um vieles länger, als es auf den ersten Blick scheint.«

»Der Krieg dauert schon so lange …«, begann Gustav zögerlich. Er verstand nicht, was Torstensson von ihm wollte. Ein paar Monate mehr oder weniger stellten nach achtundzwanzig Jahren für ihn keinen Unterschied dar.

Der Feldherr schien ihn nicht zu hören. »Selbst wenn ich es schnell schaffe, Heer und Tross sicher über die Donau zu bringen, lauert mit der Wolfsschanze kurz vor Wien bereits das nächste Bollwerk, dessen Eroberung noch mehr *meiner* Zeit frisst.« Er seufzte. »Dazu warte ich auf Verstärkung durch unseren siebenbürgischen Verbündeten Fürst Georg I. Rákóczi, ohne dessen Hilfe wir die Hauptstadt kaum werden einnehmen können. Doch er lässt sich ziemlich bitten. Der lange Krieg hat alle träge gemacht. Für zu viele ist er ein zu gutes Geschäft.« Wütend stieß er den Stock auf den Boden.

Eine unangenehme Stille entstand, als der Feldherr abrupt aufhörte zu reden.

Gustav nahm all seinen Mut zusammen. »General, was wollt Ihr mir sagen?«

Der Schwede schnaufte, vermied es aber, ihn anzusehen. »Dass ich nicht weiß, ob mein körperlicher Zustand es mir erlaubt, den Kampf bis zum bitteren Ende durchzufechten. Ich kann mich an manchen Tagen ohne Hilfe kaum noch aus dem Bett erheben. Jedes Gelenk in meinem Körper schmerzt, als wäre es mit Nadeln gefüllt.« Er rieb mit dem rechten Daumen über die geschwollenen Knöchel der linken Hand. »Ginge es nach der Gräfin, wären wir schon längst nach Schweden zurückgekehrt. Niemand wäre mir deswegen gram. Man würde mich als Helden willkommen heißen. Ich habe viel erreicht und viel geopfert …«, murmelte er.

Ohne ihn und seine Frau verlieren Anike und ich unseren Schutz, schoss es Gustav durch den Kopf. Als Heiler verstand er Torstensson allerdings nur zu gut.

Doch es sollte noch schlimmer kommen.

»Gustav.« Torstensson humpelte zurück zu seinem Lehnstuhl und ließ sich ächzend hineinfallen. »Ich vertraue Euch inzwischen genauso sehr wie dem guten alten Martin.« Er gluckste vergnügt. »Und das will viel heißen, immerhin hatte der mal ein Techtelmechtel mit der Gräfin – bevor sie meine Gattin wurde.« Der Schwede grinste verschlagen.

Es fiel Gustav schwer, nicht loszulachen. Über Anike hatte er bereits von der Geschichte gehört, die Beata ihr anvertraut hatte.

»Wie dem auch sei. Ich denke, dass mein Körper eher versagt, als dass ich den Krieg für meinen König und den wahren Glauben gewinnen kann.« Er rieb über seine Knie. »Jeder gute Taktiker sollte angesichts einer unabwendbaren

Niederlage einen neuen Plan aushecken.« Er verstummte kurz und schaute Gustav direkt in die Augen. »Und das habe ich natürlich getan.«

»Wie darf ich Euch dabei behilflich sein?« Gustavs Nervosität wuchs. *Was will er ausgerechnet von mir?* Der General hatte zahllose Untergebene, die ihr Leben für ihn geben würden.

»Kann man einen Krieg nicht auf dem Schlachtfeld gewinnen, muss man das Gefecht verlagern. In unserem Fall hin zur Diplomatie. Ich habe heute Morgen ein Schreiben erhalten, dem zufolge der Kaiser die Friedensverhandlungen wieder aufnehmen will. Unbescheiden behaupte ich mal, dass meine kleinen Erfolge sicher einen Teil dazu beigetragen haben.« Der sonst so streng blickende Schwede gönnte sich ein triumphierendes Lächeln. »Die Delegationen aller anderen Parteien stehen in Osnabrück und Münster bereit. Sie warten nur darauf, dass Ferdinand III. endlich zur Vernunft kommt und seine Abordnungen zurücksendet.«

Erinnerungen an seine Zeit in Osnabrück zogen durch Gustavs Kopf.

»Tja, und da kommt Ihr ins Spiel, mein lieber Gustav. Ich will, dass Ihr Euch als mein persönlicher Kämpfer nach Osnabrück begebt, Euch der schwedischen Delegation um Johann Oxenstierna anschließt und mir dabei helft, den Sieg auf diplomatischem Weg einzufahren.«

Dann muss ich Anike verlassen. Sie wird niemals mitkommen. Wien und ihr Vater sind zu wichtig für sie. »Es ist mir eine große Ehre, Feldherr. Ich weiß nur nicht, ob ich dafür der Richtige bin. Damals hat Martin an den Verhandlungen teilgenommen und …«

»Na na, Gustav, stellt Euer Licht nicht unter den Scheffel.« Torstensson wedelte gewichtig mit dem Zeigefinger.

»Ihr steht Eurem Meister in nichts nach und habt Erfahrungen sowohl im Felde als auch auf diplomatischem Parkett. Dazu seid Ihr durch das Dekret, das König Gustav Adolf Eurem Vater ausgestellt hat, ein Schwede. Darüber hinaus ein schwarzer Feldscher, dessen Zunft von jedermann geachtet wird. Bildung und Sprachgewandtheit sprechen ebenfalls für Euch.« Der General lächelte ihn an. Es war ein ehrliches, offenes Lächeln, wie es Gustav selten von ihm gesehen hatte. »Außerdem vertrauen die Gräfin und ich Euch. Es fällt mir niemand anderes ein, auf den all dies zutrifft. Daher will ich, dass Ihr als mein Auge und Ohr an den Verhandlungen teilnehmt und mir aus erster Hand regelmäßig Eure Einschätzungen zukommen lasst.«

»Ich …«, begann Gustav.

»Ihr könnt mir diesen Wunsch nicht abschlagen, Gustav.« Die Stimme des Schweden klang jetzt hart. Torstensson war es gewohnt, dass Menschen taten, was er von ihnen verlangte.

Auch wenn sich alles in Gustav dagegen sträubte, er musste dem Heerführer recht geben: Er war wie geschaffen für diese Aufgabe. *Ein neutraler Beobachter, der Einblick in die Verhandlungen aller Seiten erhielt. Torstensson hat gut gewählt.* Außerdem eröffnete sich Gustav damit die Möglichkeit, Martins großen Traum vom Frieden erfüllen zu helfen. Hier im Felde war er ein Diener des Kriegs. *Trotzdem, das kann ich Anike nicht antun. Sie hat all ihre Hoffnungen auf meine Kräfte gesetzt, ist durch halb Europa gereist, um mich zu finden, hat sich mir geöffnet wie niemandem zuvor und mir ihre Liebe geschenkt. Wenn ich diese Mission antrete, werde ich Anike verlieren.* Gleichzeitig wusste Gustav, dass es vermessen war, wenn er nur an sich selbst dachte. Dass er bei den Friedensverhandlungen helfen konnte, war eine Chance, die er nicht vertun durfte, nur um selbst glücklich zu sein. Leise sagte er: »Natürlich, General. Es wäre mir eine Ehre, in Eurem Namen zum Kongress zu reisen.«

Der Schwede nickte. »Sehr gut. Da wäre nur noch eine Kleinigkeit.«

Fragend zog Gustav die Augenbrauen hoch. *Was noch?* Viel schlimmer, als Anike zu verlieren, konnte es nicht werden.

Der Feldherr blickte wieder auf seine Karten, bevor er sagte: »Nur ein Meister kann Delegationsmitglied werden. Bereitet Euch darauf vor, dass Ihr Euch Zangerbergs Prüfung stellen müsst. Ich habe ihn bereits instruiert, dass Ihr Meister werden sollt.«

ABSCHIED

Nach einer unruhigen Nacht holte Benno Gustav am nächsten Morgen aus dem Schlaf. »Guten Morgen, Schlafmütze«, rief er fröhlich in Zangerbergs Kutsche hinein. »Mann, du siehst ja schlechter aus als gestern. Geht es dir nicht gut?« Er wurde augenblicklich ernst und betrachtete Gustavs Wundverband. »Hm, das sieht eigentlich alles in Ordnung aus«, murmelte er. »Aber warum bist du nur so blass? Nicht, dass ich doch ein Bruchstück der Kugel übersehen habe, das dich jetzt innerlich vergiftet.« Er schlug panisch die Hand vor den Mund. »Du hast doch nur eine Kugel abbekommen, oder?«

Gustav lachte. »Ja, alles gut. Es liegt nicht an deiner Heilkunst. Ich habe nur schlecht geschlafen.« In Wirklichkeit hatte er kaum Schlaf finden können, nachdem er bei Torstensson gewesen war. Die halbe Nacht hatte er darüber nachgedacht, wie er Anike die schlechte Nachricht überbringen sollte.

»Tja, dann muss ich deine Bettruhe wohl um zwei weitere Tage verlängern.« Benno grinste keck.

»Das wird nicht gehen«, widersprach Gustav. Er musste schleunigst anfangen, sich auf die Meisterprüfung vorzubereiten. Selbst wenn Torstensson Zangerberg dazu brachte, ihn zu prüfen, bedeutete das nicht, dass der Feldscher es Gustav leicht machen würde. *Vermutlich legt er mir reichlich Steine in den Weg.* Ein Gähnen entwich ihm. »Warum weckst du mich eigentlich in aller Herrgottsfrühe, wenn ich mich doch ausruhen soll?«, fragte er Benno und blinzelte die Strahlen der aufgehenden Sonne weg.

»Na, weil ich eine Überraschung für dich habe.« Bennos stechend blaue Augen begannen zu funkeln. »Gut, eigentlich ist sie nicht direkt von mir, aber trotzdem wird es dir ganz sicher gefallen.«

»Was ist es?«, fragte Gustav aufgeregt. Es war Ewigkeiten her, dass ihm jemand eine Überraschung bereitet hatte. Martin hatte der Sinn nach derlei nicht gestanden. »Muss ich nicht mehr von Falks Brei essen? Oder reinigt unser Meister von nun an seinen Nachttopf selbst?«

Benno lachte. »Ich habe dir eine Überraschung versprochen, aber kein Wunder. Zieh dich an, dann zeige ich es dir.«

»Gut, ich …« Gustav schlug die Decke zurück. Er war vor Erschöpfung in seiner schwarzen Feldscherkleidung eingeschlafen. *Verflucht!*

Erstaunt riss Benno die Augen auf. »Warst du gestern Nacht etwa unterwegs? Doch nicht bei Anike. Du weißt, wie gefährlich das ist. Für euch beide. Außerdem hatte ich dir gesagt, dass du dich ausruhen sollst und …«

Falks zorniger Ruf unterbrach den zweiten Lehrling: »Das gibt es doch wohl nicht. Was macht dieses Mistvieh denn wieder hier?«

»Komm! Bevor der Blödmann alles verdirbt.« Benno zog Gustav am Hemdsärmel aus der Kutsche.

Gemeinsam umrundeten sie den Wagen und Gustav traute seinen Augen nicht. »Jolande!«, rief er und schaffte es nur knapp, die Tränen zurückzuhalten. Falks hasserfüllter Blick half ihm dabei. Glücklich herzte er das Maultier, das bis auf ein wenig verbranntes Fell an der hinteren Flanke keine Blessuren zu haben schien. »Wo kommst du denn her?«

»Das frage ich mich auch. Das Vieh scheint mehr Leben als eine Katze zu haben«, brummte der erste Lehrling.

Gustav warf Benno einen verstohlenen Blick zu. Der zwinkerte ihm statt einer Antwort zu.

Anike. Sie hat Jolande zurückgebracht. Gustav wurde wieder schwer ums Herz. Wie konnte er nur daran denken, sie im Stich zu lassen?

»Das treue Tier muss seinen Weg allein nach Hause gefunden haben«, versuchte Benno Falk einzureden.

»Ach was? Und wie ist das dumme Maultier ohne Brücke über die Donau gekommen? Geflogen?«

»Maultiere können ausgezeichnet schwimmen!«

Bevor sich Benno in Lügen verzettelte, rettete ihn Zangerberg.

»Ach, gut, dass ihr hier alle zusammensteht«, begrüßte er sie fahrig.

»Ich habe sie zusammengetrommelt, Meister«, prahlte Falk, obwohl es eher Jolande gewesen war, die ihre kleine Versammlung einberufen hatte.

Gustavs Herz schlug schneller beim Anblick des Meisters. Er sah ihn heute Morgen mit anderen Augen. Jetzt war er für ihn nicht länger ein Leuteschinder, Aufschneider und Verbrecher, nun war er der Mann, der ihn prüfen würde. *Wie das wohl ablaufen wird? Ob Torstensson dafür gesorgt hat, dass ich bestehe?*

»Gut gemacht«, murmelte der Feldscher abwesend. »Ich habe euch etwas mitzuteilen. Schreckliche Nachrichten«, fuhr Zangerberg dramatisch fort. Er war blass und hatte riesige Tränensäcke. Auf seinem sonst immer glatt rasierten Schädel zeigte sich grauer Flaum.

Was hat meine Prüfung mit schrecklichen Nachrichten zu tun?, wunderte sich Gustav. Seine Blase meldete sich vor Aufregung.

»Einer der Besten ist von uns gegangen.«

Verwirrt suchte Gustav Bennos Blick. Der zuckte mit den Schultern. Einzig Falks Gesicht zeigte Selbstsicherheit.

»Ich habe einst an seiner Ausbildung selbst mitgewirkt und er war nicht nur ein guter Feldscher, sondern dazu ein treuer Freund.« Ein aufgesetztes Schluchzen entwich Zangerbergs faltigem Mund.

Jetzt spuck es schon aus. »Wer?«, störte Gustav das Schauspiel.

Blitzartig schlich sich ein giftiger Ausdruck auf das Gesicht des Feldschers, wie immer, wenn er Gustav ansah. »Hayo von Dietrichshagen …«

Genugtuung breitete sich in Gustav aus. Der Mann hatte ihm und Martin nur Böses gewollt. Sein Dahinscheiden war eher ein Grund zum Feiern.

»… einer der Größten unserer Zunft. Ich habe erst jetzt erfahren, dass er heldenhaft in der Schlacht von Jankau gefallen ist. Er hat bis zu seinem Ende Verwundete beider Seiten behandelt und gerettet …«

Seltsam, seit wann das denn?

»… als ihn ein Schwede feige von hinten erstochen hat.« Erneut ließ der Feldscher das unechte Schluchzen erklingen. »Leider ist im Krieg nur wenig Zeit für Trauer und das Leben geht weiter.«

Für den verfluchten Hayo nicht, schoss es Gustav durch den Kopf, und er musste sich zwingen, nicht zu grinsen.

»Auch all seine Lehrlinge hat es dahingerafft. So traurig der Verlust meines guten Freundes auch sein mag, ein Ende ist auch immer ein Anfang.« Zangerberg schob eine gekünstelte Pause ein, um dann salbungsvoll fortzufahren: »Wenn ein Meister geht, muss ein neuer berufen werden. Ich habe mich dafür eingesetzt, dass einem meiner Lehrlinge diese Ehre zuteilwird.«

Na endlich. Gustav beruhigte sich. Was für ein theatralisches Getöse. Das hätte Zangerberg ihm auch unter vier Augen sagen können.

»Nun gestaltet es sich glücklicherweise so, dass ich über mehr als einen fähigen Lehrling verfüge.« Der Meister schenkte Falk ein gütiges Lächeln.

Was soll das werden?

»Daher werden sich Falk und Gustav meiner Prüfungsaufgabe stellen. Derjenige von ihnen, der in der Lage ist, sie zu bewältigen ...« Zangerberg legte eine weitere dramatische Pause ein. »... beziehungsweise sie zu überleben, wird Hayos Nachfolge als Meister antreten.«

»Es ist mir eine große Ehre, Meister«, gab Falk eifrig von sich und deutete eine Verbeugung an.

Gustav seufzte resigniert. Zangerberg hatte Falk offenbar längst gesagt, dass er ihn prüfen würde, und ihm vermutlich die Prüfungsaufgabe samt Lösungen verraten.

»Macht euch bereit. Schon heute Nacht stelle ich euch beiden eure Aufgabe.«

Gustav ging auf die Suche nach Anike. Er musste mit ihr sprechen, bevor er seine womöglich tödliche Prüfung begann. Er wollte sich erklären. Sich entschuldigen. *Noch kann ich mich umentscheiden. Mit Anike Tross und Heer verlassen. Wir*

könnten versuchen, uns auf eigene Faust nach Wien durchzuschlagen und ihren Vater aus dem Gefängnis zu befreien. Schnell war er außer Atem. Seine Verletzung und die Strapazen der letzten Tage schwächten ihn. *Ein weiterer Nachteil gegenüber Falk.* Deutlich langsamer lief er weiter zu Torstenssons Hauptquartier. Nur dass es dort, wo er sich gestern Nacht mit dem schwedischen Heerführer getroffen hatte, kein Lager mehr gab. Vom Führungsstab der Armee waren nur verschnürte Zelte, halb beladene Wagen und ein brüllender Quartiermeister übrig, der seine Männer antrieb. *Sie ist ohne mich abgereist. Jolande war ihr Abschiedsgeschenk.* Gustav fröstelte. Anike war zu schlau, als dass man ihr etwas vormachen konnte. *Vielleicht ist es besser so.*

Niedergeschlagen kehrte er zum Feldscherlager zurück. Er bahnte sich seinen Weg durch den aufbrechenden Tross: duckte sich unter langen Holzlatten hinweg, half einem Tischler, der sich gerade mit dem Hammer auf den Daumen geschlagen hatte, und lehnte einen Krug Bier ab, den der Brauer verschenkte, weil er ein angebrochenes Fass nicht wegschütten wollte. Schließlich stand er wieder vor Zangerbergs Lager.

Dort wartete sie mit einem schiefen Lächeln auf ihn. *Natürlich.* Gustavs Herz machte einen Sprung und zerbrach zugleich.

»Na, du Stromer, da kann ich ja lange nach dir suchen, wenn du so kurz vor deiner wichtigen Prüfung entrückt durch die Gegend streifst. Oder bist du mir etwa aus dem Weg gegangen?« Sie lachte.

»Ich … ähm … ich«, stotterte Gustav überwältigt.

»War nicht so gemeint.« Blitzschnell drückte sie ihm einen Kuss auf den Mund und sah sich um. »Den hat bestimmt keiner gesehen.«

»Anike, ich muss dir etwas sagen.« Er blickte ihr in die Augen. Sie waren voller Tränen.

»Ich weiß«, schluchzte sie und wischte sich undamenhaft die Nase mit dem Ärmel ab. »Deswegen bin ich gekommen. Beata hat mir alles erzählt.«

»Lass uns gehen. Jetzt! Nur wir beide. Wir schaffen es nach Wien und ...«

Mit einem scheuen Lächeln umgriff sie seine Hand. Ihre Finger waren eiskalt. »Nein, du musst zu Ende bringen, was Martin begonnen hat. Das bist du ihm schuldig – und ich ihm irgendwie auch.« Eine einzelne Träne rollte langsam ihre Wange hinunter. »Ich könnte es nicht ertragen, wenn du das wegen mir aufgibst. Ich bin gekommen, um mich von dir zu verabschieden. Beata, die Schweden und ich, wir ziehen weiter. Sie wartet bereits in ihrer Kutsche auf mich.«

»Nein«, schrie Gustav. »Ich liebe dich. Ich will dich nicht verlieren.« Jetzt liefen auch ihm die Tränen herunter. Er schämte sich ihrer nicht.

Anike nahm sein Gesicht in ihre Hände und kam mit ihrem nah heran. »Das wirst du nicht! Im Gegenteil: Ich erwarte, dass du mir versprichst, dass du nach der Erfüllung deiner großen Aufgabe zu mir kommst. Egal, wo auf der Welt ich dann auch sein mag.«

»Anike, es tut mir so unendlich leid.«

»Nein, du trägst keine Schuld und ich auch nicht. Es ist das Leben, das ungerecht ist. Du musst deinen Weg gehen und ich meinen. Vielleicht sind wir *noch* nicht dazu bestimmt, zusammen zu sein. Das heißt nicht, dass sich dies nicht irgendwann einmal ändert.«

Gustav umarmte sie. Sog ihren vertrauten Geruch ein. Vergrub sein Gesicht in ihrem Haar und genoss die Wärme und Anmut ihres Körpers. »Ich verspreche dir, dass ich zurückkehren werde und deinem Vater helfe!«

Widerwillig lösten sie sich voneinander.

»Ich muss gehen«, flüsterte Anike. »Aber ich bin nicht nur gekommen, um mich zu verabschieden. Ich habe noch etwas für dich. Jolande hat mich daran erinnert, dass es dir gehört, und vielleicht hilft es dir ja.« Sie reichte ihm einen unscheinbaren Beutel.

Gustav ertastete, was sich darin befand. »Martins Codex Daemonum.« Ehrfürchtig nahm er das Lederbüchlein entgegen, das er Anike zur Aufbewahrung übergeben hatte.

»Viel Erfolg, Gustav. Leb wohl.« Blitzschnell drehte sie sich um und rannte davon.

Todtraurig blickte Gustav ihr hinterher. *Vielleicht habe ich sie gerade zum letzten Mal gesehen.*

PROBA

O bwohl Gustav sich vornahm, bis zum Beginn der
Prüfung den Codex zu studieren, schaffte er es
nicht, sich zu konzentrieren. Ständig wanderten
seine Gedanken zu Anike. *Schlechter kann man kaum in einen
Wettstreit gehen.* Er trank einen Schluck Wasser, um sich den
Geschmack nach Asche aus dem Mund zu spülen. Erneut
versuchte er sich erfolglos an Martins handschriftlichen Ein-
trägen und schlief darüber ein. Albträume über Anike, die
sich in eine Dämonin verwandelte, quälten ihn.

Ein zaghaftes Klopfen holte Gustav aus dem Schlaf.
Benno.

»Es geht los!«, rief der junge Lehrling aufgeregt und verschwand.

Mit steifen Gliedern sprang Gustav aus der Kutsche. Es
war inzwischen tiefe Nacht. *Wie lange habe ich geschlafen?* Gäh-
nend umrundete er das Gefährt und fand das, was ihn dahinter erwartete, irritierend: Zangerberg stand in seine feinsten
Kleider gehüllt in einem Kreis aus Licht. Benno schlug auf
einer um seinen Hals hängenden Trommel einen tragenden
Rhythmus. Erst auf den zweiten Blick erkannte Gustav, dass
es sich bei dem Lichtkreis, in dem sein Meister stand, nicht

um Fackeln, sondern selbst leuchtende Glasgefäße handelte. *Mit Dämonenblut gefüllt.*

Falk gesellte sich ebenfalls dazu. Er schien nicht im Mindesten über die Szenerie erstaunt.

Gustav hatte keine Kraft mehr, sich darüber zu ärgern.

»Pueri examinandi«, begrüßte Zangerberg sie und verbeugte sich vor den beiden Meisteranwärtern. »Ihr seid zur Proba zugelassen. Ich hoffe, ihr wisst, was dies für eine ehrenvolle Nacht ist. Nur sehr selten wird ein neuer schwarzer Feldscher zum Meister ernannt.« Zangerberg ließ ein Weinen erklingen und tupfte sich die nicht vorhandenen Tränen vom Gesicht. »Indem einer von euch«, er blickte sanft lächelnd zu Falk, »erfolgreich die Proba besteht, ehrt ihr Hayos Ansehen und wirkt in seinem Geiste weiter.«

Das werde ich auf keinen Fall tun.

»Daher gebt euer Bestes. Es geht in dieser Prüfung nicht darum, das Wissen antiker Mediziner wiederzukäuen oder Schnittwunden zu vernähen, sondern um den Kern unserer Arbeit. Eine abschließende Probe, ob ihr euch der Furcht stellen könnt, die die Arbeit eines Feldschers auf den Schlachtfeldern des Krieges mit sich bringt. Heute Nacht werden die Sterne bezeugen, ob ihr dieser großen Aufgabe gewachsen seid.« Er sah entrückt gen Himmel. »Um zu bestehen, müsst ihr bis zum Morgengrauen drei Dinge bewältigt haben.« Ein entzücktes Lächeln schob sich auf Zangerbergs Gesicht.

Jetzt wird es spannend. Unruhe breitete sich in Gustav aus. Gleichzeitig kam seine Konzentration zurück. Er *wollte* Zangerberg und Falk beweisen, dass er der geeignetere Kandidat war.

»Erstens.« Sein Meister erhob den Zeigefinger. »Beschwört einen Dämon.«

Nichts leichter als das. Es fiel Gustav schwer, ein höhnisches Grinsen zu unterdrücken. Das war eine der simpelsten Übungen für ihn. Ein kurzes Wort und Mela erschien.

»Zweitens, findet seinen wahren Namen heraus.«

Noch einfacher, den kenne ich bereits.

»Drittens, zwingt die Kreatur, nachdem ihr durch den Namen Gewalt über sie erlangt habt, sich ein bedeutendes Körperteil abzuschlagen. Abbeißen wäre auch in Ordnung.« Er zuckte mit den Schultern. »Bringt dieses vor Sonnenaufgang als Beweis eures Erfolges zu mir.« Er zeigte auf die beiden metallenen Behältnisse, die Benno herangeschleppt hatte.

Das macht Mela sicher nicht mit – und ich auch nicht. Gustav hatte nicht vergessen, dass er jede Wunde, die er der Dämonin zufügte, gleichermaßen erlitt. Sie waren aneinandergebunden. Gustavs anfängliche Euphorie verwandelte sich in Resignation. Auf keinen Fall würde er Mela verletzen.

»Hier.« Sein Meister wies mit dem Kinn auf einen Tisch, der vollgestellt war mit allerlei Utensilien, wie sie nur ein schwarzer Feldscher brauchte. »Nehmt euch, was ihr benötigt, sucht euch ein ruhiges Plätzchen und beginnt. Der Erste, der erfolgreich zurückkehrt …«

Falls das einer von uns tut.

»… ist der neue Meister.« Zangerberg klatschte voller Freude in die Hände, als wäre es das Selbstverständlichste der Welt, Lehrlinge in die Nacht zu schicken, um einen Dämon zu verstümmeln.

Falk ließ keine Zeit vergehen. Er schob Gustav zur Seite und hastete zum Tisch. Eilig griff er sich einen Aschesack, zwei Silbermesser, etliche Gefäße und Feuerzeug. Rasch wuchtete er alles aufs Pferd. Zum Abschied schenkte er seinem Kontrahenten einen grimmigen Blick, sprang auf den Hengst und verschwand in feurigem Galopp in der Nacht.

Unfähig, sich zu rühren, beobachtete Gustav teilnahmslos Falks reges Treiben. *Vielleicht sollte ich ihn gewinnen lassen.*

»Gustav«, holte ihn Benno aus seiner Starre. »Du musst los, sonst hast du keine Chance!«

»Halt den Mund!«, zischte Zangerberg. »Jeder Prüfling hat seine Aufgaben ohne Hilfe zu bewältigen!«

Hölzern nahm sich Gustav ebenfalls Ausrüstung vom Tisch.

Jolande schnaubte, als er ihr eine Decke überlegte.

»Darf ich?«, fragte er sie freundlich und streichelte ihren Hals. Er würde zum ersten Mal versuchen auf ihr zu reiten.

Jolande biss ihn nicht und blieb unbeweglich stehen. Gustav interpretierte das als Ja. Mit zittrigen Fingern packte er die Ausrüstung und das übrig gebliebene Eisenkistchen in die Satteltaschen. Das Maultier war, wie stets, die Ruhe selbst. Er schwang sich auf ihren grauen Rücken. »Du bist mir lieber als jedes Pferd der Welt«, flüsterte er ihr dankbar ins Ohr.

Gehorsam lief sie auf einen sanften Schenkeldruck hin los.

Vielleicht will Jolande, dass ich Falk schlage. Das war ein tröstlicher Gedanke. Zum ersten Mal an diesem Abend lächelte Gustav.

Immer tiefer trug das treue Tier Gustav in den Wald hinein. Ihm war bisher keine Möglichkeit eingefallen, die Proba zu bestehen. Daher ließ er Jolande weiter und weiter laufen. Das winzige Dämonenlicht vertrieb die Dunkelheit des Forsts.

Jolande trat auf eine schmale Lichtung hinaus. Mondlicht ließ die Bäume auf der grasbewachsenen Fläche lange Schatten werfen.

Dieser Platz ist so gut wie jeder andere. »Brrr!« Wie angewurzelt blieb das Maultier stehen.

Gustav sprang von ihrem Rücken. Er musste handeln. Ihm war klar, dass er diese Prüfung nicht ohne Hilfe bestehen würde. *Trotzdem bleibt es gefährlich, Mela zu rufen. Zangerberg könnte mir gefolgt sein.* Er beschloss, den Anschein zu erwecken, als würde er Mela wie jeden beliebigen Dämon beschwören. Routiniert zog er einen fünf Schritt breiten Drudenfuß, genauso wie es ihm Martin beigebracht hatte. Unbewusst schlich sich dabei jene Melodie auf seine Lippen, die sein alter Meister beim Arbeiten immer gesummt hatte. Tief gebeugt lief er nach Vollendung den Drudenfuß mithilfe seines Dämonenlichts ab und kontrollierte genau, ob er geschlossen war. Nachdem er an einigen Stellen nachgebessert hatte, klopfte er sich die Hände ab und nahm die eigentliche Zeremonie in Angriff: Behutsam schnitt er sich mit dem Silbermesser in den linken Zeigefinger. Sacht drückte er auf die Wunde, ließ Blut in eine Schale laufen und gab Asche dazu. In Gedenken an die Marotte seines alten Meisters schob er sich den nach Kupfer und Verbranntem schmeckenden Brei in den Mund und riss theatralisch die Arme in die Luft. Ihm fiel keine bessere Pose ein, um zu schauspielern, dass er einen Dämon herbeirief. Die echte Beschwörung lief ohne all diesen Mummenschanz ab. Er brauchte nur ein Wort dafür. »Mela«, flüsterte er in die Nacht.

»Was soll denn dieser Unsinn?«, echauffierte sich die Dämonin, nachdem sie inmitten des Bannzeichens Gestalt angenommen hatte. »Falls du glaubst, dass mich die paar

Krümelchen Holzkohle aufhalten, hast du dich aber geschnitten. Ich werde einfach …«

»Schweig still, Dämon!«, donnerte Gustav ihr entgegen. »Ich gebe hier die Befehle.«

Mela stellte die Arme in ihre ausladenden Hüften. »Bist du verrückt geworden? Hast du vergessen, wer ich …«

»Heute ist die Nacht aller Nächte, die Nacht meiner Meisterprüfung. Wage nicht, mir zu widersprechen – mein Meister wacht unermüdlich über mich. Oder?«, setzte er leise hinterher.

Die Dämonin begriff – sie hatte aus ihrem gemeinsamen Erlebnis im Znaimer Labyrinth gelernt. Lautstark schnupperte sie mit ihrer Schweinsnase. »Hier in der Nähe sind fünf Eichhörnchen, zwei sich paarende Mauswiesel, eine Ricke mit ihrem Kitz sowie ein halbes Dutzend Maulwürfe, die um einen Regenwurm kämpfen. Menschen rieche ich erst in zwei Meilen Entfernung, oh großer Meister.«

»Ein Glück.« Gustav ließ die Arme sinken. »Ich war mir nicht so sicher und wollte meinem Meister unser kleines Geheimnis nicht auf dem Silbertablett servieren.«

»An dich sind meine Kräfte wirklich verschwendet.« Sie trat aus dem Bannkreis. »Menschen riecht man doch Meilen gegen den Wind. Ihr habt so einen merkwürdigen Eigengeruch. Weißt du, wie nasse Hunde riechen? Und wenn man die dann noch in …«

»Dafür haben wir keine Zeit. Heute Nacht ist wirklich meine Proba, damit ich Meister werden kann. Meine Aufgabe besteht darin, einen Dämon zu beschwören …«

»Voilà!« Mela bewältigte mit ihrem fülligen Leib eine behende Drehung. »Es ist vollbracht, und du hast auch noch das prächtigste Exemplar hervorgerufen, das man sich vorstellen kann. Bestanden, würde ich sagen.«

»… ihm seinen Namen zu entlocken …«

»Darüber sind wir doch längst hinaus, mein Hübscher.« Sie zwinkerte ihm mit ihren drei Augen anzüglich zu.

»… und ihn zu zwingen, sich ein Körperteil abzuschlagen.«

Sie bleckte die Zähne und knurrte: »Probiere es nur. Du wirst feststellen, dass mein Bein nachwächst, deines jedoch nicht. Er ist verrückt geworden, meine süße Jolande.« Die Dämonin tapste zu dem träge grasenden Maultier und kraulte es zwischen den Ohren. »Was haben wir uns da nur eingehandelt?«

Das Zugtier schien zu diesem Thema keine Meinung zu haben. Genüsslich kaute es weiter sein Gras.

»Mela, es ist mir ernst! Bestehe ich diese Prüfung nicht, bekomme ich richtige Probleme«, beschwor Gustav seine dämonische Freundin.

»Tja, mein Lieber, lass uns bei der Wahrheit bleiben: Du wirst durchfallen. Was soll's?« Sie zuckte mit den Achseln. »Ich war auch nie die Beste in der Dämonenschule und sieh nur, was aus mir geworden ist.« Sie richtete ihre Schuppen auf. Ein kupferfarbenes Schimmern erfüllte die Lichtung. »Karriere ist meines Erachtens ohnehin überbewertet. Ich zum Beispiel lege mehr Wert auf meine Freizeitgestaltung. Menschen fressen und solche Sachen.« Gespielt schnappte sie nach ihm.

»Du verstehst das nicht.« Schnell erklärte Gustav, in welcher Lage er sich befand und warum es unabdingbar war, dass er ein Meister wurde. »Mela«, endete er jammernd, »die Nacht vergeht und ohne deine Hilfe werde ich scheitern. Muss ich bei Zangerberg bleiben, wird er über kurz oder lang einen Weg finden, mich umzubringen. Du weißt, was das für dich bedeutet.«

»Komm mir hier nicht mit leeren Drohungen.« Die Dämonin zog ein Schmollgesicht. Zwei Hauer kamen dabei zum Vorschein. An einem hing ein Fetzen, der verdächtig nach einem Stück Maulwurf aussah. »Ich kann dir nur zustimmen, dass dies wirklich eine saublöde Situation für dich ist. Mir fällt da eigentlich nur eine Lösung ein.«

Gustavs Miene hellte sich auf. »Ja! Welche?«

»Du musst dich umbringen. Hier und jetzt. Dann bin ich aus der ganzen Nummer raus.« Sie schenkte ihm ein breites Grinsen.

»So ein Quatsch. Ich dachte, dass wir *darüber* längst hinaus sind. Fällt dir nicht doch was ein?« Gustav stupste sie freundschaftlich an die Schulter – und schnitt sich prompt an aufgerichteten Schuppen.

»Vorsichtig!«, zischte sie und wischte übertrieben gründlich über die Stelle. »Das ist alles frisch gewaschen.« Auf ihrer eigenen Pranke waren goldene Blutstropfen erschienen. »Sieh nur, was du angerichtet hast. So dumm kann nur ein Mensch sein.« Sie brummte nachdenklich. »Dumm‹ ist vielleicht unser Stichwort.«

»Wie meinst du das?«

Sie leckte sich mehrmals über ihre breite Nase und murmelte: »Ja, ja, so könnte es gehen.«

»Mela«, drängte Gustav, »bitte sprich mit mir!«

»Dräng mich nicht! Ich bin eine zartbesaitete Künstlerseele, die Zeit braucht, ihre Muse zu finden.«

Eine Künstlerseele, die Menschenfleisch frisst. Sehr feinsinnig.

»Du musst einen Dämon beschwören und mich den Rest machen lassen. Den Firlefanz dazu hast du ja bereits hergerichtet.« Sie zeigte auf den Drudenfuß.

»Aber …«

»Psst!« Sie verschloss Gustavs Mund mit ihrem rauen Finger. »Jetzt hörst du mal auf zu reden und machst, was die liebe Mela sagt. Du willst doch ein Meister werden, oder?«

Hektisch nickte Gustav.

»Gut, dann stell die Eisenkiste in das Pentagramm. Gib mir ein Stück Pergament und hol einen der Meinen hervor. Versteck dich anschließend, sodass er dich nicht gleich sieht.«

Gustav tat, was sie verlangte. Er schloss die Augen und tauchte in die Zwischenwelt der Dämonen ein. Unzählige Stimmen, Gedanken und Gefühle überfluteten ihn. Er schaffte es dennoch, eine davon herauszugreifen und zu rufen. Für einen normalen Feldscher wäre es etwas Besonderes gewesen, einen Dämon direkt zu beschwören und nicht in einen Menschen zu bannen, aber Gustav hatte das schon so oft mit Mela bewerkstelligt, dass er den Unterschied nicht bemerkte. Eilig duckte er sich hinter einen dichten Hagebuttenstrauch, bevor sich das dunkelgrüne Wesen verfestigt hatte.

»Ahh«, brüllte die gewaltige Kreatur und streckte ihre muskelbepackten Arme aus. »Herrlich! Ich war …«

»Name und Dienststelle«, übertönte Mela ihn, die sich mit übergeschlagenen Beinen auf einen Baumstumpf gesetzt hatte und Gustavs Pergament in der Hand hielt.

»Golaaaa… Was?«, unterbrach sich das Wesen rechtzeitig und klappte sein Maul zu.

Mist, ärgerte sich Gustav. Fast hätte es seine rot geschuppte Freundin mit ihrem absonderlichen Auftritt geschafft.

»Golaaaa… also.« Mela klemmte die Zunge zwischen die Mundwinkel. »Wie schreibt man das? Das ist doch nicht etwa Merjanisch, oder? Ich sage es nicht gern, aber damit habe ich eine kleine Schwäche. Erzähl es nicht weiter, aber einmal, da …«

»Was wird das, wenn ich fragen darf?«, zischte der muskulöse Dämon. Blauer Dampf stob aus seinen Nüstern.

»Na na, mein Lieber. Ich verbitte mir diesen Ton! Ich mache auch nur meine Arbeit und habe eine Befragung durchzuführen. Belehre ich dich etwa darüber, wie du deine Arbeit zu tun hast?« Beleidigt strich sie sich über ihren ausladenden Bauch.

Der Dämon kratzte sich an seinem Echsenschädel. »Verstehe ich nicht.«

»Hach«, stöhnte Mela übertrieben. »Was ist das nur wieder für ein Tag. Da kann man es ja kaum erwarten, wieder unter die Erde zu gehen und ein Nickerchen zu halten. Nur störrische Kunden. Da will man nur das Beste für seine dämonischen Kameraden, und dann kommt doch nur ständiges Genörgel. Gut, dann erfährst du es eben nicht. Mir doch egal.« Ihre Stimme brach. Schluchzen entwich ihrem Schlund. Wie um Tränen zu verbergen, schlug sie die riesenhafte Pranke vors Gesicht.

»Nicht weinen«, brummte der Riese verlegen. »So habe ich es nicht gemeint. Bitte erkläre mir nochmal genau, worum es sich handelt.«

»Danke.« Mela schnaufte und strich geschäftig das Pergament glatt. »Wir machen eine Befragung und brauchen dazu die Namen aller Dämonen.«

»Wirklich von allen? Das sind aber 'ne ganze Menge, oder?«

Die Dämonin vollführte eine wegwerfende Handbewegung. »Du kannst es dir nicht ausmalen. Aber denkst du, dass es bezahlte Überstunden gibt? Natürlich nicht. Beförderung? Kannst du auch vergessen. Wenn du kein grobschlächtiger Kerl bist, der abends mit dem Chef Menschen essen geht, wirst du übersehen. Und anfassen lasse ich mich auch nicht.«

Sie streckte das Kinn vor. »Neulich habe ich zu meiner Kollegin gesagt …«

Fasziniert verfolgte Gustav das Schauspiel. *Was hat sie vor?* Aufgeregt zerrieb er eine Hagebutte nach der anderen – und kratzte sich an der Nase. Ein furchtbares Kribbeln flutete sein Riechorgan. *Nein!* HATSCHI!

»Ein Mensch«, keifte der grüne Dämon. Zornig schlug er mit seinen riesigen Fäusten auf den Boden. »Was macht der hier?«

»Den dahinten meinst du?« Mela betrachtete gelangweilt ihre Krallen. »Der gehört zu mir. Ich sage ihm immer, dass er sich verstecken soll, damit niemandem von seinem scheußlichen Anblick schlecht wird. Soll ich ihn mal herholen?« Träge drehte sie ihren Schädel in Gustavs Richtung und schnippte. »Komm her, stinkender Menschenbengel!«

Nach kurzem Zögern folgte Gustav der Aufforderung. *Was wird das?*

»Den haben sie mir vor ein paar Monaten zugeteilt. Ziemlich dumm und mir vergeht der Appetit, wenn ich ihn ansehen muss, aber er ist brav und macht, was man ihm sagt. Mehr kannst du heutzutage nicht verlangen.« Grob tätschelte sie Gustav den Kopf.

»Man hat dir einen Menschen zugeteilt?« Der Tonfall des Dämons zeugte von Interesse. »Gehört der dir ganz allein?«

»Klar. Schau!« Mela pfiff. »Hässliches Bürschchen, hüpf auf einem Bein!«

Beinahe wäre Gustav umgefallen, weil er sich dermaßen beeilte mitzuspielen.

»Toll erzogen hast du den«, lobte der Grüne. »Wo kriege ich so was denn?«

»Genau deswegen machen wir doch die Befragung.« Mela klopfte auf ihr reichlich ramponiertes Pergament. »Jeder

Dämon bekommt einen Menschen zugewiesen. Ich setze deinen Namen auf die Liste und, schwups, kriegst du demnächst auch einen. Melde dich noch heute an und wir liefern frei Haus.« Sie zwinkerte konspirativ.

»Ohh«, entwich es dem Dämon und seine gespaltene Zunge schnellte aufgeregt aus dem Maul. »Kann man sich auch was aussuchen? Ich will keinen furzenden alten Kerl haben, an dem man sich die Zähne ausbeißt. Man darf seinen Menschen doch fressen, oder?«

»Natürlich. Er gehört ja dir. Du kannst mit dem machen, was du willst. Ich hatte schon immer ein Faible für Haustiere, deswegen habe ich meinen behalten und ihm Tricks beigebracht. Menschenscheußlichkeit«, wies sie Gustav an, »brülle wie ein Esel!«

So langsam reicht es. »Iah, Iah …«

Der Riesendämon klatschte begeistert in die Hände. »Wirklich toll. So einen will ich auch haben. Schreib das bitte mit rein. Ja? Mein Name lautet Golake. Mit stummem E, das war meinem Vater immer wichtig.« Neugierig reckte er seinen langen Hals vor, um zu sehen, was Mela aufschrieb. »Moment mal«, zischte er. »Wo ist deine Feder? Kannst du überhaupt schreiben?«

Sie grinste frech. »Natürlich. Ich bin ja nicht so blöd wie du, Golake.«

Die Augen des Dämons weiteten sich vor Zorn. »Na wartet! Euch mache ich fertig!« Wütend stürzte er nach vorn und landete an der unsichtbaren Barriere des Bannzeichens »Was zum …?«

»Du hast es immer noch nicht kapiert, was?« Mela schüttelte amüsiert den Kopf.

»Du unterstehst jetzt meinem Befehl, Golake«, sagte Gustav mit harter Stimme.

»Ein Aschekreis und der dazugehörige schwarze Feldscher. War ja klar, dass mal wieder ein Mensch hinter allem steckt. Schäm dich, Dämonin, dass du dich dafür von dem vor den Karren spannen lässt«, fauchte der Dämon und dicke Rauchwolken stiegen aus seinen Nüstern in den Nachthimmel auf.

Mela klatschte in die Hände. »Jetzt hat er es endlich! Wie wunderbar. Ich hätte nicht mehr viel darauf gesetzt, dass das noch was wird vor Sonnenaufgang.«

Gustav ließ sich von dem Geplänkel nicht ablenken. Er schluckte schwer. Trotz allem: Es war eine Schande, was er dem Wesen antat. Doch die Zeit drängte. Womöglich war Falk bereits auf dem Rückweg. »Golake, beiß dir einen Finger ab und leg ihn in die Eisenkiste.«

»Ich soll was?« Die gelben Echsenaugen des Dämons weiteten sich ungläubig.

»Du hast ihn verstanden, Muskelprotz.« Mela klapperte mit ihren Zähnen. »Schnipp, schnapp, ab! Mach los! Wir haben nicht die ganze Nacht Zeit.«

Man sah dem gebundenen Wesen an, das es mit aller Kraft versuchte, sich dem Befehl zu widersetzen. Vergeblich. Mit einem schnellen Biss riss es sich einen Finger aus und spuckte ihn auf den Boden. Goldenes Blut sprudelte aus der Wunde. »Da, ihr dreckigen Verräter.«

»In die Kiste damit!«, wiederholte Mela langsam.

Mit einem tiefen Knurren befolgte die Kreatur den Befehl.

Gustav zog den Silberdolch hervor und schnitt in seine Handinnenfläche.

»Was machst du?«, kreischte Mela. Hektisch nuckelte sie an der ihr ebenfalls zugefügten Wunde.

Das Gezeter der Dämonin ignorierend, fing Gustav sein Blut in einer Schale auf. Er trat an den Drudenfuß heran. »Hier, damit du dich heilen kannst.«

Der Echsendämon legte den Schädel schief. Seine Zunge schoss aus dem Maul. »Was ist das für eine Teufelei?«

Traurig schüttelte Gustav den Kopf. *Nie wieder werde ich einem Lebewesen Derartiges antun. Verfluchter Zangerberg.* »Keine. Es ist der Preis, den die Dämonin und ich für deinen Schmerz bezahlen.«

»Iff hätte daraufff gern verfichtet«, nuschelte Mela, die an ihrer Pranke sog.

»Ich reiche das Blut jetzt in den Bannkreis. Du wirst mir nichts tun!«

Gierig schnappte der Dämon das Gefäß und tunkte seine Hand hinein. Ein leises Zischen ertönte und ein Geruch wie nach verbrannten Haaren erfüllte die Luft.

Gebannt beobachtete Gustav, wie aus dem Stumpf ein neuer Finger wuchs. »Damit habe ich meine Schuld bei dir beglichen.«

»Gar nichts habt ihr Blödmänner, ich …«

Gustav ließ ihn nicht ausreden. »Ich befehle dir, in die Erde zurückzukehren.«

Die Schale fiel zu Boden und eine Windböe vertrieb die letzten Nebelfetzen, die von dem Dämon geblieben waren.

Hastig holte Gustav die Kiste und bepackte Jolande. »Ich muss mich beeilen.«

Mela nickte und verschwand mit einem breiten Grinsen. »Viel Glück, Kleiner.«

GROSSMUT
DES SIEGERS

Jolande flog durch den Wald. *Sie will mir helfen, vor Falk zurück zu sein,* begriff Gustav. Er vertraute auf die Orientierung des treuen Tiers. Nur ab und an duckte er sich unter tief hängenden Ästen weg. Immer wieder klopfte er auf die Satteltasche, um sich zu vergewissern, dass die Eisenkiste noch an Ort und Stelle war. Einen abgebissenen Dämonenfinger konnte nicht einmal Zangerberg ignorieren. *Wenn Falk schneller war, ist das vollkommen egal.* Immer wieder blickte er zum Himmel hinauf. Aus dem Tintenschwarz wurde langsam ein warmer Blauton. *Die Sonne geht bald auf.*

Mit einem Brüllen brach Jolande aus dem Wald und trug ihn über die zerfahrene Freifläche, die bis vor wenigen Stunden den Tross beherbergt hatte. Geschickt wich das Maultier dabei leeren Fässern, einem geborstenen Wagenrad und allerlei anderem Unrat aus, den die Bagage zurückgelassen hatte.

Gustav streckte sich auf ihrem Rücken und entdeckte in der Ferne ein einsames Lagerfeuer. Schemenhafte Gestalten bewegten sich um die Flammen herum. *Bitte lass Falk noch nicht zurück sein.*

Diese Hoffnung zerschlug sich, als er Falks Hengst friedlich neben Zangerbergs Kutsche grasen sah.

Ich habe es nicht geschafft. Enttäuscht schlug Gustav mit der Faust auf die Eisenkiste. Der stechende Schmerz, den seine Hand durchzuckte, fühlte sich wie die gerechte Strafe für sein Versagen an. Seine Gemütslage schien sich auf Jolande zu übertragen – oder sie war außer Atem. Das Maultier verfiel in sein übliches betuliches Schritttempo und trottete gemächlich in das Lager hinein. Aufgeregte Stimmen empfingen sie. Allerdings galten diese Rufe nicht ihnen, sondern Falk. Niemand nahm Notiz von den beiden Neuankömmlingen.

Merkwürdigerweise konnte Gustav Falk nirgendwo ausmachen. Steif rutschte er von Jolandes Rücken.

Benno entdeckte ihn und rief mit sich überschlagender Stimme: »Gut, dass du wieder hier bist. Wir brauchen deine Hilfe! Schnell!«

»Erzähl doch keinen Unsinn, Bengel«, fuhr Zangerberg giftig dazwischen. »Das ist etwas, womit ich gut und gern allein zurechtkomme. Immerhin bin ich hier der Meister.«

»Es ist Falk«, schrie Benno, Zangerberg ignorierend. »Er ist schwer verletzt.«

Hastig rannte Gustav zu ihnen. Der erste Lehrling sah entsetzlich aus. Eine gezackte Schnittwunde lief quer über seinen Brustkorb. Dazu fehlte ihm ein Ohr und das Gesicht war geschwollen, als hätte er einen Faustkampf hinter sich. »Was ist passiert?«

Statt zu antworten, starrte Benno nur finster zu Zangerberg hinüber.

»Was soll schon passiert sein?«, ächzte der Meister. »Falk muss einen Fehler gemacht haben und ist dem Dämon zum Opfer gefallen. Vermutlich hat er seinen Bannkreis schludrig gezogen. Es grenzt an Zauberei, dass er überhaupt noch lebt.« Fahrig zerschnitt er die letzten Reste von Falks Hemd. »Die Verletzung sieht nicht gut aus. Ich fürchte, dass wir nicht viel für ihn tun können.«

Gustav konnte nicht glauben, was der glatzköpfige Mann sagte. *Ich muss etwas unternehmen.* »Benno, hol Kamillensud und saubere Tücher. Dazu das Töpfchen mit Bienenharz, Nähzeug und frische Verbände. Mach schnell. Falk hat eine Menge Blut verloren.«

»Du verschwendest deine Zeit und mein Material an diesen Versager. Ich habe genug Opfer von Dämonenangriffen gesehen, um das einschätzen zu können.« Zangerberg zuckte mit den Schultern. »Aber versuch dein Glück, wenn du unbedingt willst. Bedauerliche Erfahrungen zu sammeln, statt sich an das zu halten, was andere schon gelernt haben, ist ein Privileg der Jugend.« Der Feldscher erhob sich und wankte in Richtung seiner Kutsche, ohne seinem ergebenen Lehrling einen Abschiedsblick zu gewähren.

Falks Körper bebte. Ob das eine Reaktion auf seine Verletzungen oder die schändlichen Worte Zangerbergs war, vermochte Gustav nicht zu sagen. Sanft streichelte er ihm über die Wange. »Ruhig, Falk. Das wird wieder. Ich verspreche es dir.«

»Danfe«, nuschelte der erste Lehrling. »Ich möchte mich bei dir entfuldigen, Guftav. Iff war neidiff und …« Seine Augen schlossen sich. Er verlor das Bewusstsein.

»Ich weiß, ich weiß. Ich vergebe dir. Verschwende deine Kraft nicht mit Reden.« Benno kam schwer beladen zurück.

»Hast du alles?«

»Ja.«

Akribisch wusch sich Gustav in einer Schüssel die blutbedeckten Hände und Arme. Er achtete darauf, dass Benno dies ebenfalls tat.

»Dann fang an! Reinige als Erstes die Wunden mit dem Kamillensud, damit wir sie anschließend nähen können.« Er sah, dass Bennos Hände zitterten. »Du schaffst das. Das weiß ich.«

Benno atmete tief durch und nickte. »Das soll kein Annäherungsversuch sein, Falk. Bilde dir bloß nichts ein«, beruhigte er sich mit einem dümmlichen Spruch. Er tauchte den Lappen in das Fässchen mit dem Kräuteraufguss und reinigte mit sicheren Handgriffen Falks Körper.

Gustav fädelte währenddessen das Catgut in die Silbernadel, um den großen von einer Dämonenkralle stammenden Schnitt zu nähen. »Siehst du das, Benno? Du darfst die Nadel nicht zu tief, aber auch nicht zu oberflächlich einführen, sonst könntest du den Patienten verletzen oder du legst eine Naht, die wieder aufplatzt.«

Ohne den Blick von Gustavs Händen zu nehmen, nickte der junge Lehrling.

»Kannst du mir die drei Schichten der Haut nennen? Gern auf Latein.« Gustav schenkte Benno ein Lächeln.

»Öhm …«, entschlüpfte es dem. »Also es gibt die Oberhaut, Lederhaut und Unterhaut. Auf Latein heißen die …« Er summte nachdenklich.

»Epidermis …«, half ihm Gustav auf die Sprünge.

»… Dermis und Subcutis!«

»Richtig! Übrigens solltest du möglichst immer eine Silbernadel verwenden. Die Federkiele, die manche Wundheiler heute noch benutzen, brechen oft beim Nähen und können dazu führen, dass sich die Wunden entzünden, weil sie nicht richtig sauber sind. Silber kannst du abkochen und einfach reinigen. Genug geredet, jetzt muss ich mich konzentrieren.«

Gustav vergaß Zeit und Raum, während er den Schnitt Stück für Stück verschloss. »So! Was sagst du?« Er begutachtete Falks Oberkörper, den eine lange Zickzacknaht zierte.

»Eine Schönheit war er vorher auch nicht.« Benno grinste matt. »Aber er lebt.«

»Das ist das Wichtigste. Versiegele die Ohrwunde und die Naht mit dem Bienenharz«, wies Gustav Benno an und streckte seinen schmerzenden Rücken. Seine eigene Verletzung war ebenfalls noch frisch. »Verbinde anschließend alles. Darin bist du ja ziemlich gut.« Er zwinkerte dem Lehrling zu.

»Fertig. Wie findest du es?«, sagte Benno nach vollendeter Arbeit.

»Gut gemacht!«, lobte Gustav. »Jetzt braucht er Ruhe. Schaffen wir ihn in Zangerbergs Wagen.«

»Was soll das?«, keifte der Feldscher, als sie die Tür seiner Kutsche aufrissen.

»Falk muss sich ausruhen. Eure Kutsche eignet sich dazu am besten.«

»Und was ist, wenn ich das nicht erlaube?«

Gustav kniff die Augen zusammen. »Es ist nicht an Euch, das zu entscheiden. Hier geht es um ein Menschenleben.«

»Willst du mir etwa drohen?«, zischte der Feldscher, trat ihnen aber aus dem Weg.

Vorsichtig legten sie Falk auf die Pritsche. »Er braucht jetzt Schlaf und viel Flüssigkeit, das mindert den Blutverlust.«

»Na, dann wisst ihr ja, was ihr zu tun habt«, brummte Zangerberg und zog von dannen.

Benno sah den schlafenden Falk an und schüttelte den Kopf. »Warum machst du das für ihn nach dem, was er dir angetan hat?«

»Ich habe das nicht für Falk getan, sondern für einen Menschen. Meiner Meinung nach ist das der Sinn eines Daseins als Feldscher: Leben zu retten.«

»Du bist ein wahrer Meister, Gustav«, entfuhr es dem jungen Lehrling ehrfürchtig.

»Leider bin ich dafür zu spät von der Prüfung zurückgekommen. Falk ist der neue Meister. Trotz seiner Verletzungen hat er Zangerbergs Aufgabe als Erster bewältigt. Er hat gewonnen.« Es fiel Gustav schwer, die Resignation aus seiner Stimme zu vertreiben.

»Was erzählst du denn da? Falk hat es nicht geschafft.« Bennos Stimme wurde vor Aufregung ein wenig zu hoch. »Er hing bei seiner Rückkehr halb bewusstlos im Sattel seines neuen Pferdes. Der erste Lehrling hatte weder die Eisenkiste noch irgendetwas anderes bei sich. Er hat offensichtlich von der Prüfung nur den Anfangspart bestanden und einen Dämon beschworen. Den Rest der Zeit hat er vermutlich damit verbracht, nicht in Stücke gerissen zu werden.«

Hoffnung durchflutete Gustav. »Meinst du etwa …?«

»Komm«, unterbrach ihn Benno, »sagen wir es Zangerberg.« Er blieb kurz stehen. »Ich gehe davon aus, dass du die Proba bestanden hast und in deiner Kiste ein Dämonenstückchen der Begutachtung durch unseren Meister harrt.«

»Ja«, grinste Gustav.

»Sehr gut!«

Sie fanden den Feldscher in dem mit Stroh gefüllten Unterstand der Tiere. Mürrisch starrte er Jolande an, die versuchte, ihm den Platz streitig zu machen. »Hat man denn vor euch niemals seine Ruhe?«, keifte er. »Ich war die ganze Nacht wach und will jetzt endlich meinen wohlverdienten Schlaf.«

Wortlos ließ Gustav die Kiste vor ihm fallen. »Erst ist es an der Zeit, eine Entscheidung zu treffen, dann dürft Ihr ein Nickerchen einlegen.«

»Was gibt es da zu entscheiden? Du warst zu spät. Die Sonne ist aufgegangen.« Zangerberg wedelte mit der Hand, wie um ein paar Schmeißfliegen zu vertreiben.

»Er war rechtzeitig zurück und das wisst Ihr, Meister«, mischte sich Benno ein.

»Vergesst nicht, mit wem ihr hier sprecht.« Drohend richtete Zangerberg den Zeigefinger auf sie.

Keine Angst, das werde ich niemals. »Ich habe die von Euch gestellte Aufgabe erfüllt. Falk hat es nicht geschafft, daher ist es unwichtig, dass ich nach ihm zurückgekommen bin. Ernennt mich zum Meister!«, forderte Gustav. Er hatte nicht vor, sich von diesem Mann für dumm verkaufen zu lassen.

»Woher weiß ich, dass du in deiner Kiste nicht nur Mäuseköttel hast?«, lavierte Zangerberg herum. »Selbst wenn es ein Dämonenteil sein sollte, die Sonne ist aufgegangen.« Er zuckte mit den schmalen Schultern, als wäre damit alles gesagt.

»Öffnen wir sie und der Nebel steigt auf, wissen wir, dass Gustav die Wahrheit sagt und ein Meister ist«, ließ Benno nicht locker.

Zangerberg schenkte ihm einen giftigen Blick. »Na schön, damit ihr endlich Ruhe gebt.« Stöhnend rappelte er sich aus dem Stroh hoch. »Wollen wir doch mal sehen.« Seine Finger schwebten über der Kiste. »Du behauptest also, dass du einen Dämon beschworen, seinen Namen erfahren und hier drinnen ein Körperteil von ihm deponiert hast?«

»So ist es. Einen Finger. Ich habe das Wesen gezwungen, ihn sich abzubeißen.« Gustav stellte die Hände selbstbewusst in die Seite. Er sah keinen Grund, sein Licht unter den Scheffel zu stellen – oder besser gesagt, Melas.

»Dann wollen wir das doch einmal überprüfen.« Sacht öffnete der Feldscher den Deckel der Eisenkiste. Ein dünnes

Zischen erklang und eine kleine Nebelwolke entwich dem Behältnis.

»Du hast es geschafft«, jubelte Benno und klopfte Gustav anerkennend auf die Schulter.

»Nun ja«, brummte Zangerberg, »es besteht immer die Möglichkeit, dass hier getrickst wurde und ...«

»Das habe ich nicht und das wissen wir beide. Löst Euer Versprechen ein!«

Der glatzköpfige Mann seufzte resigniert. »So sei es. Ich gratuliere dir, Gustav. Oder sollte ich besser Meister Hansson sagen?« Er hielt ihm die Hand hin.

Gustav ignorierte sie.

»So ist das?« Statt Zorn schlich sich ein listiges Grinsen auf Zangerbergs Gesicht. »Hältst du dich jetzt für was Besseres? Weit gefehlt! Zwar bist du nun ein Meister, aber offiziell wird die Ernennung erst, wenn ich dir einen eigenen Codex Daemonum verliehen und gesiegelt habe. Leider, leider war es mir nicht möglich, das Buch herzustellen.« Er schüttelte übertrieben den Kopf. »Das ist sehr aufwendig. Die Seiten werden mit Muskelsträngen von Dämonen gebunden. Ich schätze mal, solange Krieg herrscht, werde ich zu beschäftigt sein, um das zu bewerkstelligen. Daher musst du ...«

»Das braucht Ihr gar nicht«, fuhr Gustav dazwischen und holte unter seiner Kleidung Martins Dämonenfibel hervor. »Ich habe schon einen Codex. Siegelt mir diesen!«

Zangerbergs Augen weiteten sich. »Ich wusste doch, dass du das Buch hast.«

»Ja, und jetzt legt die Hand mit Eurem Siegelring auf, bevor ich dies selbst tue!«

Der Feldscher schien seine Niederlage einzusehen. »Wenn du darauf bestehst.« Mit einem verkniffenen Lächeln beglaubigte er das Dämonenbuch. Ein kurzes Leuchten lief über den Ledereinband, als der Ring ihn berührte, es schlängelte sich bis zu Gustavs Unterarm hoch und verschwand dann schlagartig. Gustav glaubte, für einen Moment Melas Lachen zu hören. Der Ledereinband verfärbte sich von Schwarz in Weinrot. *Jetzt ist es mein Codex. Ich bin ein Meister.*

»Lass dir das nicht zu Kopf steigen, Meister Hansson. Du hast einen weiten Weg vor dir. Ich weiß von mehr als einem Grünschnabel, der sich überschätzt hat und im Maul eines Dämonen gelandet ist.«

»Und ich weiß, dass Ihr Euch mit Hayo von Dietrichshagen gegen Meister Martin verschworen habt. Vermutlich aus Neid auf seine Erfolge.« Gustavs Augen funkelten. Es war eine Wohltat, es endlich auszusprechen. Die Zeit des Versteckens und Wegduckens hatte ein Ende. Er war diesem Mann ebenbürtig.

»Wie kannst du es wagen?«

»Wie könnt Ihr es wagen?« Zornig ballte Gustav die Fäuste. »Ich war dabei, als Ihr mit Hayo Euer kleines Mordkomplott gegen meinen Meister geschmiedet habt. Habt Ihr das etwa vergessen? Ich nicht!«

Zangerberg öffnete den Mund, schien aber nicht fähig zu sprechen.

»Ich erinnere mich an Eure wenig mitfühlende Stimme, als Ihr gleichgültig danebenstandet, während Hayo mich folterte. Ich sollte etwas gestehen, womit Ihr Martin hättet besudeln können. Hayo versuchte mir das Geständnis in den Mund zu legen, dass Martin die Zunftregeln bricht. Etwas, dessen Ihr Euch täglich schuldig macht.« Hart umfasste Gustav den Oberarm des Feldschers. »Sprecht es endlich aus: Was hat Martin Euch getan, um dies zu verdienen?«

»Du willst es wirklich wissen?«, schrie Zangerberg und wand sich aus Gustavs Griff. »Ihm habe ich es zu verdanken, dass ich nicht Zunftoberer geworden bin. Er hat behauptet, dass ich mit Dämoneningredienzen handeln würde, und damit meine als sicher geltende Ernennung verhindert. Als Hayo mich bat, ihm dabei zu helfen, dem verfluchten Martin zu schaden, war ich nur zu gern dabei.« Zangerberg spuckte aus. »Ich hätte niemals in das verfluchte Böhmen reisen sollen. Als dein Meister endlich von uns gegangen war, bin ich aus Prag zu Torstensson geeilt, um Martins Nachfolge anzutreten. Aber dann hat der verfluchte Schwede mir zur Bedingung gemacht, dass du bei mir deine Ausbildung beendest. Was hätte ich sagen sollen?« Er warf die dünnen Arme in die Luft. »Der mächtige General war meine letzte Chance, mich an die Spitze der schwarzen Feldschere zu setzen. Alles vergebens. Nur wegen Martin.« Jammervoll schüttelte er den haarlosen Kopf.

»Martin war ein Mann voller Ehre. Sollte er Euch tatsächlich beschuldigt haben, bin ich sicher, dass diese Vorwürfe der Wahrheit entsprachen«, gab Gustav zurück.

Man konnte fast meinen, dass der Feldscher kleiner und kleiner unter diesen Worten wurde. Schließlich fand er seine Stimme wieder. »Dein alter Meister war ein elender Aufschneider! All die Jahre hat er auf uns herabgeschaut, der ach so tugendhafte Martin. In seinen Augen lebte er allein nach den wahren Leitbildern der Zunft. Hat angeblich nie seinen eigenen Vorteil gesucht.« Zangerberg spuckte aus. »Lächerlich. Jeder hat Dreck am Stecken und Martin sicher ganz besonders viel. Warum sonst hätte ihn Torstensson so hofiert? Wie konnte er dem verfluchten Schweden wohl all die Siege schenken? Hast du darüber schon einmal nachgedacht?«

»Kleingeistigkeit ist das größte Verbrechen von allen, hat Martin oft gesagt. Neben vielen anderen habt Ihr Euch auch dessen schuldig gemacht. Er strebte niemals nach seinem eigenen Nutzen und genau deshalb war er so erfolgreich.«

»Ich höre mir diesen Blödsinn nicht länger an. Kein einziges Vergehen habe ich auf mich geladen.« Zangerberg drehte sich um und machte sich daran zu gehen.

»Ist all das wahr?« Benno war entsetzt.

Der Feldscher lief rot an.

»Da hast du deine Antwort, Benno. Er streitet es nicht mal ab.«

»Wir sind im Krieg«, murmelte Zangerberg. »Schon viel zu lange, das ist euch jungen Burschen nur nicht bewusst. Jeder muss sehen, wo er in dieser harten Welt bleibt.« Er sah in diesem Moment alt aus. Hätte es Gustav nicht besser gewusst, hätte er ihm leidgetan. »Geh mir aus den Augen, Meister Hansson. Unsere Wege trennen sich heute. Viel Glück auf den von Landsknechten bevölkerten Straßen. Ich verwette meinen Codex, dass du es nicht mal lebend bis nach Böhmen schaffst. Von Osnabrück ganz zu schweigen.«

»Ich hole Jolande und meine Sachen, dann verschwinde ich.«

»Mach, was du willst, aber beeil dich. Ich will dich nicht länger in meiner Nähe haben, du verlogener Schwedenbastard. Komm, Benno!«

»Meister …«, begann der Junge zögerlich.

»Was?«, blaffte Zangerberg.

»Ich habe nicht mit Euch gesprochen.« Benno drehte sich zu Gustav um. »Meister Hansson, ich wollte fragen, ob Ihr einen Lehrling braucht.« Ein verschämtes Grinsen schlich sich auf sein junges Gesicht.

»Wie kannst du schäbiger Bengel es wagen? Ich habe dich in Prag aus deiner eigenen Scheiße herausgezogen. Ist das der

Dank dafür?« Zangerberg erhob seine knochige Faust zum Schlag.

»Wagt es ja nicht, Hand an meinen Lehrling zu legen«, drohte Gustav und legte schützend den Arm um Benno.

IM SIEGESLAUF VERLOREN

Mistelbach, Erzherzogtum Österreich, kaiserliche Erblande,
Ende August 1645 – 29. Kriegsjahr

Müde rieb sich Anike die Augen. Sie war es nicht gewohnt, viel zu schreiben. Sie ließ die Feder sinken und massierte sich die Hand. Zufrieden betrachtete sie ihr Werk. Ihr Vater hatte immer scherzhaft gesagt, dass sie eine erquickliche Schrift habe, und Anike kam nicht umhin, ihm zuzustimmen. Sacht pustete sie über das Geschriebene. Sobald die Tinte trocken war, würde sie es erneut lesen und korrigieren. Sie hasste es, Fehler zu machen, besonders bei einem Auftrag der Gräfin. Beata beschäftigte sie inzwischen nicht nur als Leibwächterin, sondern auch als Chronistin. Nachdem Anike der Adligen mit einer lateinischen Vokabel ausgeholfen hatte, war sie in Begeisterung darüber ausgebrochen, dass ihre Beschützerin mit Schwert und Feder gleichermaßen umzugehen verstand. Augenblicklich hatte sie ein altes Buch hervorgeholt, den Staub abgewischt und gesagt: »Es ist an der Zeit, das hier fortzuführen.« Das Werk trug den Titel: *De bello magno Suecicorum – Von dem großen Krieg der Schweden.*

210

Wann immer es Anikes anderweitige Dienste erlaubten, hatte sie seitdem die fehlenden Ereignisse der 1640 endenden Chronik nachgetragen. Dazu führte sie allerlei Gespräche mit Soldaten, Mägden und Mitgliedern der Bagage – sogar mit Torstensson selbst, der sich als feingeistiger Beobachter und vortrefflicher Erzähler entpuppt hatte. Wie alle großen Männer war er auf seinen Nachruhm bedacht und stand ihr daher gern Rede und Antwort. Selbst an Tagen, an denen er kaum aus seinem Stuhl aufstehen konnte und bei jeder Bewegung das Gesicht vor Schmerzen verzog. Der Zustand des Generalissimus blieb ein beständiger Quell der Sorge für Anike. Sie brauchte den Feldherrn. Einzig mit seiner Hilfe hatte sie eine Chance, gefahrlos nach Wien zu gelangen.

Möglicherweise hilft Gustav vorher Frieden auszuhandeln. Ein Grinsen schlich sich für einen Augenblick auf ihr Gesicht. Täglich dachte sie an ihn und ihr Herz wurde ihr schwer. Mehr als einmal war sie drauf und dran gewesen, ein Pferd zu nehmen und ihm nach Osnabrück hinterherzureisen. Anike seufzte und verteilte behutsam Schreibsand aus der Streubüchse über die Tinte, damit sie schneller trocknete. *Er muss seinen Weg gehen und ich meinen.* Es stand in den Sternen, ob sich ihre Pfade je wieder kreuzten.

Müde ermahnte sich Anike, sich auf die vor ihr liegende Aufgabe zu konzentrieren. Zwar war ihr Latein gut, aber ein wenig eingerostet. Das Geschriebene würde auf keinen Fall fehlerfrei sein. Heute hatte sie im Schein einer rußenden Öllampe die Chronik auf den aktuellsten Stand gebracht, mithin über Geschehnisse berichtet, die sie sogar selbst erlebt hatte. Das war bedeutend einfacher, als aus Erzählungen von Fremden einen Bericht zu erstellen. Sie griff den silberfarbenen Schaber, mit dem man Fehlstellen vom Blatt kratzte, kniff die Augen zusammen und las:

Martii, MDCXLV – März 1645
VI Martii, anno domini MDCXLV, Jankau
Victoria magnifica erat. Exercitus Imperatoris prope viculum
Jankau totum periit.
6. März 1645, Jankau
Es war ein herrlicher Sieg. Das kaiserliche Heer ist bei der
kleinen Ortschaft Jankau vernichtet worden.

Anike schmunzelte. Das war exakt der Wortlaut, mit dem
Torstensson seinen Sieg über Hatzfeld beschrieben hatte.

31. März 1645
Nach einer zweitägigen Kanonade wurde Krems an der Donau
ruhmreich erobert.

Dass die Schweden daran gescheitert waren, dort wie geplant
einen festen Brückenkopf zu errichten, würde hier nicht für
die Nachwelt überliefert werden. Genauso wenig wie die Tatsache, dass die verbliebenen kaiserlichen Truppen eine er-
folgreiche Überquerung der Donau verhindert hatten, indem
sie die wichtige Brücke bei Mautern zerstört und darüber
hinaus sämtliche Schiffe und das gesamte Bauholz fortge-
schafft hatten. Anike schlug in einer Lateingrammatik nach
und verbesserte einen Deklinationsfehler. Säuberlich schabte
sie ein überflüssiges i vom Papier.

April 1645
Die kaiserliche Hauptfestung Korneuburg sowie die Burg Kreu-
zenstein haben sich freiwillig ergeben.
Die Wolfsschanze wurde von den Kaiserlichen im Angesicht un-
serer Übermacht fluchtartig aufgegeben.
Wir kontrollieren die Donau, Wien muss Hunger leiden.

Die Gelegenheit ist günstig, um sich mit unserem Verbündeten, dem siebenbürgischen Fürsten Georg I. Rákóczi, zu vereinigen, das Tor nach Wien steht offen.

Bis der Fürst eintrifft, werden wir gegen die Stadt Brünn ziehen, die unseren Nachschub gefährdet. Ein schneller Sieg dort, und dann geht es gegen die habsburgische Residenzstadt.

»Was für eine schreckliche Fehleinschätzung«, seufzte Anike. Die Belagerung von Brünn war alles andere als einfach geworden. Die Stadt setzte nicht nur Soldaten, sondern Bürger und Handwerker ein, die ihr Zuhause voller Inbrunst verteidigten. Nur knapp 1500 Kämpfer hatten die bisher so siegesgewohnte Schwedenarmee in die Knie gezwungen. Im August hatte Torstensson aufgegeben und beschlossen, in sein altes Hauptquartier Mistelbach zurückzukehren. Diese Stadt war bei der Rückeroberung ein zweites Mal zerstört worden. Die Hälfte aller Häuser war dem Zorn des frustrierten Generals zum Opfer gefallen. Für seine Unzufriedenheit hatte der Militärführer jeden Grund: Die Kaiserlichen hatten die erfolglose Belagerung Brünns genutzt, um etliche der besiegten Orte zurückzuerobern. Vor allem hatten sie die schwedischen Donausperren beseitigt, sodass Wien wieder über das Wasser versorgt werden konnte. »Alles zerrinnt, und wir marschieren mehr rückwärts denn vorwärts«, murmelte Anike. Es lag auf der Hand, dass sie all das nicht schreiben konnte. Das wäre nicht die Chronik, die der Heerführer für die Nachwelt im Sinn hatte. Sie griff zur Feder und schrieb ihren letzten Eintrag.

4. Mai – 23. August 1645
Belagerung Brünns, erfolglos

Anike rang mit sich, ob sie das Wort ›erfolglos‹ löschen sollte, entschied sich dann aber dagegen. Es wusste ohnehin jeder, dass Torstensson vor den Toren der Stadt gescheitert war.

Ein Klopfen holte sie aus ihrer Arbeit. Hektisch drehte sie sich zur Tür der Schreibstube um, die man ihr im Mistelbacher Rathaus zugeteilt hatte. Das unversehrte Gebäude war von Torstensson als Hauptquartier auserkoren worden. Beata hatte sich nebenan in der Amtsstube des Kämmerers eingerichtet. Bis heute wachte die Adlige schweißgebadet auf, weil sie immer wieder Albträume von ihrer Entführung ins Znaimer Labyrinth plagten. Anike tauschte die Feder gegen ihr Stilett, versteckte es unter ihrer Kleidung und schlich zur Tür. *Wer kann das sein?* Beata sicher nicht, die wäre längst eingetreten. Anike fürchtete weniger die Feinde von außen als vielmehr die Männer aus dem innersten Kreis der schwedischen Heerführung. Von den Offizieren hatten einige ein Auge auf sie geworfen. Mit unangenehmen Sprüchen und aufdringlichen Blicken hatte sie sich notgedrungen arrangiert, aber viele der Kämpfer waren es gewohnt, sich mit Gewalt zu nehmen, was sie wollten. Frauen waren für sie ein Teil der Kriegsbeute, ähnlich wie Gold, Edelsteine oder Land. Abrupt riss Anike die Tür auf – und blickte in das entgeisterte Gesicht eines verschwitzten Boten, dessen Kleidung vor Straßenstaub strotzte. »Was willst du?«, zischte sie ihn an.

»Entschuldigt, ich suche nach dem Generalissimus. Jemand hatte mir gesagt, dass er auf diesem Stockwerk zu finden sei, doch leider gibt es hier so viele Türen.« Er hob hilflos die Arme.

Was hat sich Mika dabei gedacht, einen Wildfremden ohne Begleitung hier raufzulassen? Sie würde ihm später den Kopf abreißen. Dafür reichte ihr Schwedisch inzwischen.

»Ich soll das hier überbringen.« Der Bursche holte unter seinem Wams einen zerknitterten Brief hervor. Er war mit einem roten Wachssiegel verschlossen.

Anike erkannte den Adler über einem Wagenrad. Es war das Wappen Fürst Rákóczis. Sie hatte es in den letzten Wochen oft gesehen, wenn sie Torstensson die Korrespondenz des siebenbürgischen Adligen überbrachte. *Vielleicht schließt er sich uns endlich an und der Zug auf Wien beginnt.* Anike streckte die Hand aus.

Der Bote zog das Schreiben blitzschnell zurück. »Nur an den Feldherrn persönlich.« Er musterte Anike, die bereits ihr Nachtgewand trug, auf eine unangenehme Art. »Ich habe keine Ahnung, welche Aufgabe Euch Torstensson zugewiesen hat«, raunte er, »aber ich habe eine anstrengende Reise hinter mir und bin müde. Wenn ich den Brief überbracht habe, könnte ich in Euer Zimmer zurückkehren. Eventuell sogar in Euer Bett.« Er klimperte angeberisch mit dem Geldbeutel am Gürtel.

Die Szene erinnerte Anike an einen Hund, der sein Gemächt beleckte. »Na schön.« Sie schenkte ihm ein schmachtendes Lächeln, als ob sein stinkender Körper und die paar Münzen in seinem schmalen Beutelchen sie um den Verstand gebracht hätten. »Komm, er schläft dort hinten. Ich zeige dir die Tür und warte dann hier. Anklopfen und ihn aus dem Schlaf holen, das musst du schon allein machen. Er wird immer furchtbar zornig, wenn man ihn weckt.«

Der Bote erbleichte. »Ähm …«

»Mach schon, umso schneller kannst du in mein Bett!« Anike versuchte, ihn am Unterarm mitzuschleifen.

»Wartet!«, rief er hektisch.

»Beeil dich. Ich will schlafen. Torstenssons Donnerwetter bedeutet sicher, dass die Nacht kurz wird. Sein Zorn ist legendär. Ich kannte einige Männer, die hat er in die erste Angriffsreihe strafversetzt, weil sie betrunken und grölend unter dem Fenster entlanggingen, hinter dem er schlief.« Sie schüttelte mit trauriger Miene den Kopf und hauchte: »Keiner von denen ist aus der Schlacht zurückgekommen. Kein einziger.«

Der Bote begann noch mehr zu schwitzen. »Könntet Ihr wohl diesen Brief für mich überbringen?« Mit flehendem Blick hielt er Anike das Schreiben hin.

Die hob abwehrend die Hände. »Um mir die Rache des mächtigsten Feldherrn unserer Zeit einzuhandeln? Nein, nein! Das mach schön selbst. Komm jetzt!« Sie zupfte an seinem Ärmel. Es machte ihr Spaß, den frechen Bengel ein wenig schmoren zu lassen.

»Ich bitte Euch, Herrin. Ich bin ein Bote und nicht für den Kampf gemacht.«

»Also gut«, gab sie sich großzügig, »aber umsonst kann ich das nicht machen, wie du dir sicher denken kannst. Was hast du in deinem Beutel? Gib ihn mir.«

»Es ist nicht viel, hauptsächlich Kupfer. Der Fürst ist geizig. Außerdem habe ich eine Frau und Kinder.«

So ist das also.

»Na, dann kann ich nichts für dich tun. Gute Nacht. Es ist die Tür dort hinten links.« Sie machte sich daran, ihre zu schließen.

»Nein! Bitte nicht!« Er nestelte den Beutel vom Gürtel und schüttete den Inhalt in seine schweißnasse Hand. Es war deutlich mehr Silber, als er behauptet hatte, und sogar ein halbes Goldstück war darunter.

»Ich weiß nicht«, mimte Anike die Unentschlossene.

»Nehmt alles. Bitte. Wenn ich tot bin, nützt es mir ohnehin nichts.«

»Na schön, ich bin ja nur eine schwache Frau. Mich wird er nicht an die Front schicken.« Sie griff sämtliches Silber und das Goldstück. »Die Kupfermünzen lass ich dir für deine Familie.« *Alles andere hättest du auf der Reise eh verhurt und versoffen. Sie werden den Unterschied nicht bemerken.*

»Habt vielen Dank.« Der Bote verbeugte sich. Ein dicker Schweißtropfen glitt dabei von seiner Nase und bildete einen dunklen Fleck auf den Mosaikfliesen des Rathauses.

»Es ist besser, wenn du gehst, bevor Torstensson dich sieht.«

Hastig klatschte er ihr den feuchten Brief in die Hand und rannte zur Treppe.

Anike grinste. *So schnell wird aus einem Aufreißer ein Ausreißer.* Ehrfürchtig fuhr sie mit dem Daumen über das blutrote Siegel des Umschlags. Bedeutete das Schreiben, dass sie endlich die Chance bekam, ihren Vater zu befreien? Beschwingt lief sie in Richtung des bürgermeisterlichen Amtszimmers. Dort residierte Torstensson, der kaum eine Nacht schlief, weil er ständig an neuen Plänen brütete. Sacht klopfte sie an.

»Kom in!«, erklang seine befehlsgewohnte Stimme aus dem Innern.

Anikes Mund wurde trocken, als sie die Klinke herunterdrückte. Trotz der Vertrautheit, die zwischen ihr und Beata herrschte, machte sie der Generalissimus nervös. Immerhin entschied sein Wort über Leben und Tod von Tausenden.

»Anike!« Er sah erstaunt von dem Buch auf, das er las. Es war Caesars *De bello Gallico – Der gallische Krieg*.

Natürlich. Anike schmunzelte. Wie immer saß Torstensson in seinem Lehnstuhl, den ein eigener Wagen samt zwei Bediensteten durch die Lande kutschierte. Er sah momentan besser aus als im Frühjahr. Die Augusthitze, unter der die meisten Menschen stöhnten, linderte seine Gicht. »Wie komme ich denn zu dieser Ehre?«, wechselte er ins Deutsche. »Die Gräfin schläft sicher längst.«

»Ein Bote war soeben hier. Er hat Nachricht von Fürst Rákóczi gebracht.«

Seine müden Augen weiteten sich. »Brich das Siegel für mich und entfalte ihn. Du weißt ja …« Er hob seine gichtgeschwollenen Finger.

Nachdem ihm Anike das ziemlich kurze Schreiben übergeben hatte, schlich sie möglichst langsam in Richtung Tür.

»Et tu, Brute?«, entfuhr es Torstensson.

Auch du, Brutus? Caesars berühmte letzte Worte, die er bei seiner Ermordung gesprochen haben soll. Rákóczi hat ihn verraten. »Wird der Fürst sich nicht mit uns verbünden?«, erdreistete sie sich zu fragen.

»Nein.« Der Schwede war grau im Gesicht geworden. »Er hat Frieden mit dem Kaiser geschlossen.«

Ohne die Unterstützung des Siebenbürgers werde ich niemals mit den Truppen nach Wien kommen. Ein weiteres berühmtes Zitat kam ihr in den Sinn. *Suae quisque fortunae faber est. – Jeder ist seines eigenen Glückes Schmied.* Sie hatte zu lange gewartet. Es war an der Zeit, das Schicksal selbst in die Hand zu nehmen.

EIN LEERES LAND

Wolfhagen, Landgrafschaft Hessen-Kassel,
September 1645 – 29. Kriegsjahr

Seid Ihr Euch sicher, dass Ihr heute bereits loswollt, Meister Feldscher?«, fragte der beleibte Wirt Gustav mit ängstlicher Miene. Sein linkes Auge war bandagiert, was ihm einen verwegenen Habitus verlieh, über den der behäbige Mann im wirklichen Leben nicht verfügte.

Es war Monate her, dass Gustav bei der Ehrenanrede zusammengezuckt war. Inzwischen fühlte er sich als Meister der schwarzen Feldschere, und die Menschen behandelten ihn als solchen. Wie in ein perfekt sitzendes Kleidungsstück war er in diese Rolle geschlüpft. »Ja, wir sind schon zu lange unterwegs«, antwortete er, ohne den Gastwirt anzusehen, und prüfte mit einem Ruck, ob Jolandes Geschirr fest eingehakt war.

Das Maultier scharrte aufgeregt mit dem Vorderhuf. Es schien sich zu freuen, dass es wieder einen Karren ziehen durfte. Gustav und Benno hatten das Gefährt in Passau von einem untalentierten Bader geschenkt bekommen, den sie vor dem Erhängen durch seine Patienten bewahrt hatten.

Nachdem sie die Leute fachgerecht behandelt hatten, beruhigte sich der wütende Mob und ließ davon ab, den Bader aufzuknüpfen. Zum Dank hatte der seinen Rettern den Wagen mit sämtlichen medizinischen Geräten, Kräutern, Aufgüssen und reichlich Verbandmaterial übergeben. Gustav sah noch immer vor sich, wie der unglückselige Heiler lachend auf sein Pferd gestiegen war und grinsend offenbarte, dass er jetzt sein Glück als Pfarrer versuchen wollte. »Beim Seelenheil kann man nicht so viel falsch machen wie beim körperlichen«, hatte er zum Abschied gesagt.

Der geschlossene Wagen war bescheiden, dennoch zweckmäßig, und bot ihnen Schutz bei Regen und in der Nacht. Das Beste daran war, dass sie seitdem mit ehrlicher Arbeit verdienen konnten, was sie benötigten, um die lange Reise von Österreich nach Osnabrück zu überstehen. Meistens bestand ihre Bezahlung aus Kost, Logis und guten Worten. Gustav folgte Martins Grundsätzen und behandelte alle, die seine Hilfe brauchten, ob sie es sich leisten konnten oder nicht.

So hatten sie eine Zeitlang im kleinen Fürstentum Ansbach geholfen, eine Krankheit namens Antoniusfeuer und ihre entsetzlichen Folgen zu bekämpfen. Patienten, die unter der nach dem heiligen Antonius benannten Seuche litten, faulten Gliedmaßen ab. Selbst wenn die Kranken eine Amputation überlebten, quälten sie Krämpfe, die ihr ohnehin schweres Leben ohne Hände oder Füße noch mühsamer gestalteten. Es war Glück für die Bewohner, dass Benno und Gustav an einem regnerischen Junitag in der Residenzstadt nach Obdach und Arbeit Ausschau hielten. Sobald sie ihre Dienste lautstark auf dem Marktplatz offeriert hatten, humpelten die Patienten von allen Seiten heran oder wurden von ihren Verwandten herbeigetragen. Gustav erkannte ihr

Leiden mit einem Blick – und fand im Codex heraus, was zu tun war: Die furchtbare Seuche, die überall ihre Opfer forderte, wurde von schädlichem Brot ausgelöst. Im Getreide – vor allem Roggen – konnte ein giftiger, schwarzer Pilz namens Mutterkorn wachsen, den man beim Essen unbemerkt zu sich nahm. Da Brot das Hauptnahrungsmittel bildete, führte man sich mehr und mehr Gift zu und die Erkrankung schritt weiter fort. Gustavs alter Meister hatte aufgeschrieben, dass der französische Arzt Tuillier vor fünfzehn Jahren diese Ursache entdeckt hatte. Der Mediziner hatte darüber hinaus eine simple Lösung für das Problem entwickelt: die Reinigung des Getreides. Leider kam diese Erkenntnis für die Ansbacher Opfer zu spät. Gustav und Benno hatten zahlreiche Amputationen durchführen müssen. Für Menschen, die ihren Lebensunterhalt mit ihrer Hände Arbeit verdienten, eine Katastrophe, und das mitten im Krieg, wo die Versorgungslage ohnehin schlecht war. Die Nachsorge dieser Patienten gestaltete sich so aufwendig, dass sie den Ort zwei Wochen lang nicht verlassen konnten. Benno hatte darauf bestanden, dass sie zu Ende bringen müssten, was sie begonnen hatten. Das Wohl seiner Patienten lag dem jungen Lehrling sehr am Herzen. Gustav hatte sich schließlich darauf eingelassen. Viele der Betroffenen fanden dennoch den Tod. Zu sehr hatten sie die Krankheit und die Mühen des Krieges geschwächt. Es war im strahlenden Frühsommer eine dunkle Zeit für Meister und Lehrling gewesen, die sie aber zusammengeschweißt hatte. Bennos Hände zitterten nicht mehr, wenn er behandelte. Der Junge war zu einem guten Heiler herangereift. Er saugte das Wissen, das Gustav ihm vermittelte, geradezu auf. Bennos fröhliches Wesen brachte die meisten Kranken dazu, sich zu öffnen, und vor allem Kinder vertrauten ihm. Kleine Münder wurden nach seinen Albernheiten bereitwillig geöffnet oder die Zähnchen zusammengebissen, wenn es während einer Behandlung zwickte.

»Die Straßen sind unsicher. Seit der Pest von 1636 leben in der Gegend von hier bis zum Hochstift Paderborn kaum Menschen. Es gibt etliche Geisterdörfer, von denen man sagt, dass es dort spukt.« Zur Sicherheit spuckte der Wirt auf den strohbedeckten Boden seiner unordentlichen Scheune.

Meister und Lehrling wechselten einen Blick. Gustav hatte Benno alles über Dämonen beigebracht, was er von Martin gelernt hatte. Es war nur eine Frage der Zeit, bis er seinem Lehrjungen erlauben würde, eines der Wesen aus dem Boden zu rufen.

Der einzige Wermutstropfen an Bennos Anwesenheit war, dass Gustav Mela seit ihrer Hilfe bei der Meisterprüfung nicht gerufen hatte. Zwar vertraute er dem Jungen, aber er wollte die Dämonin nicht in Gefahr bringen. Mit ihm und Anike wussten bereits zwei Menschen von ihrer Existenz. Er vermisste Mela und er vermisste Anike. Sie waren die Letzten, die noch zu seinem alten Leben gehörten. Vor allem an Anike dachte Gustav beständig und fragte sich, ob es nicht doch ein Fehler gewesen war, sie zurückzulassen.

Er zwang sich zurück ins Hier und Jetzt. »Die Straßen sind überall unsicher. Der Krieg hat kaum einen Ort verschont. Wir sind schon durch viele entvölkerte Gebiete gekommen und haben sie jedes Mal gefahrlos durchreist.«

Das entsprach nur halb der Wahrheit. Sie hatten drei Raubüberfälle von versprengten Landsknechten, Räubern und einer wilden Waisenkinderbande hinter sich. Ihr Glück war gewesen, dass sie kaum über wertvolle Habe verfügten. Ihr bedeutendster Besitz war Jolande und wenn das Maultier einmal zugebissen hatte, war den Dieben stets die Lust vergangen, sie zu stehlen. Was Gustav und Benno allerdings reichlich zu geben hatten, waren Heilung, Rat und medizinischer Beistand. Den Landsknechten halfen sie gegen diverse Geschlechtskrankheiten, den Räubern gaben sie Kräuter, um Darmbeschwerden zu lindern, und die Kinder befreiten sie von Läusen und anderen Parasiten. Alle Überfälle hatten mit Worten des Dankes und Segenswünschen für die feinen Herren Feldschere geendet.

Trotz all der guten Taten verspürte Gustav eine immer stärkere Unruhe, je näher sie Osnabrück kamen. Sie durften ihr Ziel nicht aus den Augen verlieren: die Friedensverhandlungen. Der Krieg war direkt oder indirekt verantwortlich für die meisten Leiden der Menschen.

»Ich habe jetzt wieder das große Herrenzimmer frei, das ich Euch gern herrichte. Dazu bereite ich gegrillten Kapaun zum Mittag. Wollt Ihr nicht doch bleiben?«, versuchte der Gastwirt sie zu überzeugen.

Lächelnd wandte sich Gustav zu ihm um. »Ralf, wir sind Euch dankbar für Eure Gastfreundschaft, aber wir müssen weiter.«

»Also, ich würde das Hähnchen noch gern essen, wenn es geht. Und das Herrenzimmer hört sich auch nicht schlecht an«, fing Benno an. »Eine Nacht mehr oder weniger …«

»Hört nicht auf meinen Lehrling. Er würde für ein warmes Essen alles tun. Wir reisen jetzt ab. Danke für Eure Gastfreundschaft.«

Der stämmige Mann gab ein enttäuschtes Brummen von sich.

»Och schade«, murrte Benno, bevor sein fröhliches Wesen wieder zum Vorschein kam und er dem Gastwirt noch einen Rat gab: »Wenn Ihr die Salbe, die ich Euch hergestellt habe, regelmäßig auftragt, wird sich Euer Auge nicht entzünden.«

Kurz zuckten die Hände des Gastwirts in Richtung seiner Wunde. Er schaffte es, sie nicht anzufassen.

Gustav hatte bei ihm einen Starstich vorgenommen und die getrübte Linse seines linken Auges mithilfe einer Nadel auf den Boden des Augapfels gedrückt. Eine gefährliche Operation, die er zuvor nur einmal mit Martins Unterstützung durchgeführt hatte. Hätte der fast erblindete Ralf ihn nicht bekniet, es zu versuchen, wäre ihm das Risiko zu groß gewesen. Der Eingriff schien geglückt. Der Wirt konnte wieder besser sehen, hatte aber Angst, dass nach der Abreise seiner beiden Retter das Leiden erneut auftrat und er seine Sehkraft gänzlich verlor. Gustav hatte nur Benno gegenüber erwähnt, dass dieses Risiko bestand. Die getrübte Linse konnte sich lösen und auf ihren ursprünglichen Platz zurückrutschen.

»Ich verspreche, dass wir nach Euch schauen werden, wenn wir unsere Aufgabe in Osnabrück erfüllt haben«, probierte Gustav den Wirt zu beruhigen, obwohl er nicht wusste, ob das jemals der Fall sein würde.

»Danke. Ich danke Euch von ganzem Herzen. Bitte gestattet mir, dass ich Euch Proviant für die Reise mitgebe.«

Benno schmatzte übertrieben und bedachte Gustav mit einem Welpenblick.

Der Wirt wedelte mit dem Finger. »Ein Nein akzeptiere ich nicht.«

Ihr Karren duftete nach gebratenem Hahn, als Gustav und Benno das Gasthaus deutlich später als von Gustav beabsichtigt verließen. Der Wirt hatte sich mit trüber Miene in die Tür gestellt und ihnen zum Abschied gewinkt. *Er glaubt genauso wenig wie ich, dass wir zurückkehren*, dachte Gustav.

»Machst du dir Sorgen?«, fragte sein Lehrling in die aufkommende Stille.

Gustav lachte freudlos. »Sieht man das?«

Bennos Antwort bestand aus einem schmalen Grinsen.

»Ja, du hast recht«, gab er zu. Er legte die Zügel in Bennos Hände und zog Martins Handschuhe an. Es war erstaunlich frisch für die Jahreszeit. »Wir haben zu lange gebraucht. Torstenssons Zeit läuft ab. Ich weiß nicht einmal, ob er noch in Amt und Würden ist. Vielleicht weist man uns in Osnabrück gar ab, weil unser Wohltäter über keine Macht mehr verfügt.«

»Wir haben unterwegs viel Gutes getan und Leben gerettet«, gab Benno zu bedenken.

»Ja«, seufzte Gustav, »das haben wir wohl. Wahrscheinlich ist es nur die Aufregung vor dem, was uns bald erwartet.«

»Oder der Frieden ist längst ausgehandelt, wenn wir dort ankommen, und wir stürzen uns in die Feierlichkeiten«, fabulierte Benno mit seinem unerschütterlichen Optimismus. »Wein, Weib und Gesang. Na, wie klingt das?«

»Zu gut, um wahr zu sein.« Gustav zeigte mit dem Finger auf die Ruine eines Gehöfts am Wegesrand. An der davorstehenden Birke schwangen vier stark verweste Leichen im Wind. »Deswegen müssen wir uns beeilen.« Er schnalzte, um Jolande zur Eile anzutreiben.

Am Nachmittag kam Nebel auf. Gustav spürte die Feuchtigkeit, die vom baldigen Herbst kündete. Er ließ den Blick über die seit Jahren nicht mehr bestellten und überwucherten Felder schweifen. Feiner Dunst stieg von ihnen auf. »So ein Mist. Wir hätten heute viel zeitiger aufbrechen müssen. Dann wäre uns so etwas erspart geblieben«, brummte Gustav.

»Vielleicht wird der Nebel ja nicht so dicht und wir können trotzdem bis zum Einbruch der Dunkelheit weiterfahren.«

Diesmal wurde Bennos Zuversicht nicht belohnt. Es dauerte nicht lange und die Welt war wie in Watte getaucht.

»Halt!« Gustav zog an den Zügeln. »So geht es nicht weiter. Das ist zu gefährlich. Ich kann ja kaum noch Jolandes Ohren sehen.«

»Hast du eine Ahnung, wo wir sind?«, fragte Benno.

»Nicht so richtig, aber ich will hoffen, dass wir uns bereits auf dem Gebiet des Hochstifts Paderborn befinden. Jolande war heute schnell.«

Das Maultier kommentierte das Lob, indem es brüllte.

»Ja, ja, du kriegst was zu saufen. Mein fleißiger Lehrling wird gleich mal nachsehen, ob er in der Nähe Wasser findet.« Er schenkte dem Jungen ein süffisantes Grinsen.

»Natürlich, oh großer Meister.« Nach einer albernen Verbeugung hüpfte Benno vom Kutschbock und verschwand im Nebel.

»Geh nicht zu weit weg und achte auf mein Licht!« Gustav sprang ebenfalls ab und stolperte augenblicklich über einen dicken Ast. *Falls ich mir beim Versuch, es zu entzünden, nicht den Hals breche.* Er öffnete die Hintertür, kletterte hinein, griff die Ölleuchte, die ihnen nachts ein wenig Licht spendete, und entzündete sie. Die kleine Flamme erhellte die graue Umgebung kaum, würde seinem Lehrling aber hoffentlich helfen, den Karren wiederzufinden. Gustav zog sich auf den Kutschbock hoch und von dort auf das abgerundete Dach. »Benno?«, rief er und schwang die Lampe hin und her. »Hier, damit dir ein Licht aufgeht.«

Einzig Jolande antwortete ihm mit einem nervösen Schnauben.

Unsinnigerweise legte Gustav die Hand über die Augen, um besser sehen zu können. Einige Baumstämme waren im dreckigen Grauweiß des Nebels erkennbar. Von dem Jungen keine Spur. »Benno? Alles in Ordnung?« Angestrengt wartete Gustav auf eine Antwort. Als er schon fürchtete, dass sie ausbleiben könnte, erklang Bennos jungenhafte Stimme aus dem Nebel.

»Ich komme gleich. Bin gestolpert und in den verfluchten Bach gefallen. Ich sammle nur ein wenig Feuerholz, um meine Sachen zu trocknen. Wir können ja eh nicht weiter.«

Gustav grinste erleichtert. »Du musst noch viel lernen, junger Lehrling.«

»Ja, ja, als ob ein Meister besser im Nebel sehen würde und …«

Ein Heulen unterbrach den jungen Lehrling.

»Wölfe«, keuchte Gustav. »Komm zum Karren zurück! Sofort!«

Schemen schossen durch den Nebel. Die schlanken Körper hinterließen grauweiße Wirbel.

Gustav schätzte sie auf mindestens zehn. *Das ist ein Rudel.* In viele der vom Krieg menschenleeren Gebiete waren Wölfe zurückgekehrt. Unterwegs hatten sie grausame

227

Geschichten über Wolfsangriffe gehört. Man erzählte sich, dass die Tiere Hunger litten und deswegen ihren Speiseplan um Menschen erweitert hatten. »Verflucht! Benno, wo bleibst du?« Gustav tastete nach seinem Silberdolch. Die Waffe war an Ort und Stelle. Er griff sich die Öllampe und sprang zu Boden.

Jolande scharrte aufgeregt mit den Hufen. Mochte sie bei Dämonen kaum mit den Ohren wackeln, die Wölfe ängstigten sie.

Hektisch suchte Gustav mit dem flackerigen Licht die Erde ab. Es dauerte eine gefühlte Ewigkeit, bis er fand, wonach er Ausschau hielt. Krampfhaft umklammerte er den unterarmdicken Ast, der ihn beinahe zu Fall gebracht hätte. Er tropfte Lampenöl auf ein Ende und entzündete es. Natürlich würde die behelfsmäßige Fackel nicht lange brennen, aber eine andere Möglichkeit hatte er nicht, um Benno zügig zu helfen. Wölfe fürchteten das Feuer.

Das Heulen der wilden Tiere schwoll an.

»Benno?«, schrie Gustav und rannte auf gut Glück in jene Richtung, in der er seinen Lehrling vermutete. Schnell verlor er die Orientierung. Der Wald sah im Nebel gleichförmig aus. Egal, wohin er sah.

Mit einem gutturalen Knurren sprang ihm plötzlich ein kapitaler Wolf in den Weg. Das Tier sah mager aus und hatte räudiges Fell. Das machte es nur bedrohlicher. Wollte der Isegrim überleben, musste er fressen. Egal, welche Sorte Fleisch.

»Verschwinde!«, brüllte Gustav und schwang seine Fackel wie ein brennendes Schwert.

Das Tier ließ sich davon beeindrucken und verschwand so schnell wieder im Nebel, wie es gekommen war.

»Gustav? Gustav, wo bist du?« Bennos Stimme. Leiser als zuvor. Sie hatten sich voneinander entfernt.

»Ich suche nach dir!«

»Wieso? Ich bin am Karren.«

»So ein Mist«, zischte Gustav und drehte sich um, war aber unsicher, ob das der richtige Weg zurück war. »Benno? Ich habe mich verlaufen. Kannst du rufen, damit ich mich daran orientieren kann?«

Jolande brüllte. Es war ein gehetzter, ängstlicher Laut, den er bisher nur ein einziges Mal von ihr gehört hatte. Damals hatten sie sich in Lebensgefahr befunden.

»Lasst sie in Ruhe, ihr elenden Mistviecher!« Gustav rannte auf das Geräusch zu. Der Nebel war dermaßen dicht, dass es ihm schwerfiel, nicht in den nächstbesten Baum hineinzulaufen. Seine Fackel begann zu rußen und verglomm. Ihr stechender Brandgeruch vermischte sich mit dem Moschusduft der Wölfe. *Sie müssen in der Nähe sein.* Gustav zog seinen Dolch. Er kam ihm lächerlich klein vor. Eine zeremonielle Waffe und kein Jagdmesser.

»Wo bleibst du? Jolande und ich, wir könnten hier deine Hilfe gebrauchen«, erklang Bennos gehetzte Stimme in seinem Rücken.

Wieder wechselte er die Richtung. Plötzlich streifte feuchtes Fell seine Hand. Erschrocken zog er sie zurück, konnte aber nicht ausmachen, was er da berührt hatte. »Ich finde den Weg nicht!«

»Dann komme ich zu dir.«

»Nein, ich …« Etwas krachte so heftig in Gustavs Rücken, dass ihm die Luft aus den Lungen getrieben wurde. Taumelnd lief er einige Schritte vorwärts, bevor er lang hinschlug. Panisch versuchte er aufzustehen. Kiefernnadeln stachen in seine Handflächen. Nachdem er sich aufgerappelt hatte, blickte er in drei gelbe Augenpaare. Die drei Wölfe hatten sich im Halbkreis um ihn herumgestellt. Gustav brauchte nicht über seine Schulter zu schauen, um zu wissen, dass ihn dort der gleiche Anblick erwartete.

»Ganz ruhig«, versuchte er die Tiere zu beschwichtigen. »Ihr wollt mich gar nicht fressen, oder? Eigentlich seid ihr doch nur zu groß geratene Hunde. Außerdem bin ich mit mächtigen Kreaturen im Bunde, die euch …«

Das Leittier kam mit gesenktem Kopf knurrend auf ihn zu. Geifer troff aus seinem Maul. Seine Kameraden folgten ihm. Die Schlinge zog sich zu.

Ich bin genau in die Falle getappt, die sie mir gestellt haben. »Benno, bleib, wo du bist!«

Etwas jagte durch den Nebel, das augenblicklich die Aufmerksamkeit der Wölfe fesselte. Sie stellten ihre Nackenhaare auf und wandten sich von Gustav ab. Mit einem Mal schienen sie ihn vergessen zu haben.

Ein heiseres Meckern erklang, das sich wie ein Lachen anhörte.

Was ist das?

Die Wölfe begannen zu heulen und ihre Position aufzugeben. Aus Angreifern waren Angegriffene geworden.

Gustav hatte nicht die Zeit, darüber nachzudenken, was geschah. *Das ist meine letzte Chance.* Er befreite sich aus seiner Erstarrung und lief direkt auf das Rudel zu. Ungeschickt stolperte er in einen Wolf. Er spürte seine Rippen. Das feuchte Fell rieb über seinen Körper, aber das zitternde Tier nahm kaum Notiz von ihm. Starr war sein Blick auf den Nebel gerichtet. Gustav war es egal. Er rannte aufs Geratewohl in den Dunst hinein. Hinter ihm verstummte das Wolfsheulen und wurde zu einem Winseln. *Wovor haben sie Angst?* Gustav verschwendete keine Zeit, darüber nachzudenken. Er lief, so schnell es ihm im Nebel möglich war. Hart schlug ihm ein nasser Ast ins Gesicht. Für einen Moment sah er nichts mehr. Sein linkes Auge pochte schmerzhaft. *Das ist morgen früh blau. Wenn ich den erlebe.* Gustav wusste, dass er mit Pech immer tiefer in den Wald hineinlief, weg vom rettenden Karren, aber seine Beine weigerten sich, stehen zu bleiben. Der Boden unter seinen Füßen veränderte sich nach einer Weile. War er bisher über weichen Waldgrund aus Moos gerannt, wurde er stetig fester. *Der Weg.* Keuchend zwang sich Gustav anzuhalten, und sah sich um. In undefinierbarer Entfernung glaubte er, sein Öllämpchen als goldenen Punkt im Nebelflimmern zu erkennen. »Benno!«, rief er. »Bist du da?«

Der Lehrling antwortete nicht.

Wieder meinte Gustav, im Nebel eine rasende Bewegung auszumachen. Seine Augen schafften es nicht, die Konturen festzuhalten. *Ein Wolf kann es nicht sein, dafür ist es zu klein.* Er beschloss, auf das Licht zuzulaufen. Kaum war er drei Schritte gegangen, schlug etwas mit einem harten Klatschen vor ihm auf den Boden. »Was zum …« Gustav blieben die Worte im Hals stecken. Ein zerfetzter Wolfskadaver lag zu seinen Füßen. Dem Tier fehlte der Kopf und seine Hinterläufe standen in einem grotesken Winkel ab. Vorsichtig näherte er sich dem bewegungslosen Körper. *Wo kommt der so plötzlich her?* Er streckte die Hand aus, um das blutverkrustete Fell zu berühren, damit er sicher sein konnte, sich das Ganze nicht nur einzubilden.

Bennos Ruf hielt ihn davon ab: »Gustav? Komm her! Ich bin hier!«

Das kam eindeutig aus der Richtung der Lampe. Gustav rannte darauf zu, bis er das besorgte Gesicht seines Lehrlings aus dem Nebel auftauchen sah.

»Da bist du ja endlich«, begrüßte ihn der Junge.

»Könnte ich auch von dir sagen«, keuchte Gustav und umarmte seinen Freund. »Geht es dir gut?«

Bennos übliches Grinsen schlich sich auf seinen Mund. »Ja. Jolande hat mich tapfer beschützt.«

»Wir sollten auf das Dach des Karrens klettern und dort warten, bis der Nebel verschwindet.«

Benno stimmte zu.

»Was war das da draußen im Wald?«, fragte Gustav, als er sich nach Atem ringend auf dem feuchten Holzdach niedergelassen hatte. Hier oben waren sie sicher und konnten Jolande im Notfall beistehen.

Benno sah ihn entgeistert an. »Was meinst du? Die Wölfe? Denen begegnet man doch hin und wieder, man sollte das nur nicht allein und im Nebel tun. Hättest du hier auf mich gewartet, wäre gar nichts passiert.« Er zwinkerte ihm zu. »Manchmal kann selbst ein Meister von seinem Lehrling noch etwas lernen.«

»Das meine ich nicht.« Irritiert starrte Gustav in den Nebel. Außer gräulichen Dunstschwaden war dort nichts auszumachen. »Die Tiere hatten mich gestellt, Benno. Ich war quasi tot.«

Sein junger Lehrling wurde blasser als der Nebel.

»Und dann haben sie sich urplötzlich abgewandt. Es schien, als hätten sie vor irgendetwas Angst.«

»Vielleicht vor deiner erhabenen Gestalt. Seht, ich bin Gustav Hansson, der Feldschermeister«, imitierte Benno leidlich seine Stimme.

»Nein. Da war etwas im Nebel, das sie fürchteten.«

»Ein Bär?«, versuchte sich der Lehrling an einer Lösung.

»Glaube ich nicht, dafür war es zu klein und das Rudel zu zahlreich, als dass ein einzelner Bär bedrohlich auf sie gewirkt hätte.«

»Was soll es sonst gewesen sein? Jolande?«

»Wenn ich es nicht besser wüsste, hätte ich auf einen Dämon getippt.«

»Jetzt muss ich aber mal den Meister mimen: Das ist unmöglich. Erstens lösen sie sich tagsüber in Luft auf und zweitens, wer sollte das Wesen aus dem Boden gerufen haben?«

»Das frage ich mich auch.«

OXENSTIERNA

Mit den ersten Strahlen der Sonne verschwand der zähe Nebel. Gustav und Benno hatten die gesamte Nacht eng aneinandergekauert auf dem Wagendach verbracht. An Schlaf war nicht zu denken gewesen. Ab und an war Gustav zwar eingenickt, allerdings nur, um im nächsten Moment wieder hochzufahren. Ein geringer Preis im Vergleich zu dem Schicksal, das ihnen am Boden gedroht hätte. »Jolande, geht es dir gut?«

Das brave Tier bewegte ein wenig die Ohren, war ansonsten aber wie stets die Ruhe selbst.

Gustav war froh, dass das Maultier unversehrt geblieben war. Jolande hätten sie beim besten Willen nicht auf den Karren bekommen. Zu ihrer aller Glück waren die Wölfe nicht zurückgekehrt. »Wir sollten machen, dass wir hier wegkommen«, sagte er mit einem Gähnen und streckte sich. »Die Gegend ist mir nicht geheuer. Bereite alles für die Abreise vor. Ich will mir etwas ansehen.«

Benno wurde blass. »Du bleibst aber in der Nähe, oder?«

»Natürlich!« Gustav lächelte, um seinen Lehrling zu beruhigen. Mit steifen Gliedern kletterte er von dem Karrendach.

Kurz nahm er sich Zeit, Jolande zu tätscheln. Sie dankte es ihm mit einem Schnappversuch. Aufmerksam suchte er nach seinen Fußspuren und folgte ihnen bis zu jener Stelle, an der er den kopflosen Wolf vermutete. »Merkwürdig …« Murmelnd ging in die Knie und strich über das taufeuchte Gras. Der malträtierte Tierkörper war verschwunden. *Ob seine Rudelkameraden ihn geholt haben?* Hunger hatten die Raubtiere sicher reichlich gehabt. *Lieber Fleisch vom eigenen Fleische als gar keines.* Während Gustav überlegte, ob er seinen Spuren in den Wald folgen sollte, holte ihn Bennos ängstliches Rufen aus seinen Gedanken.

»Gustav! Ich bin fertig. Wollen wir los? Wir haben es doch eilig, oder? Die Friedensverhandlungen warten auf ihren schwarzen Feldscher.« Die Stimme des Jungen hatte einen flehenden Unterton angenommen.

Er will fort von hier. Gustav konnte es dem Burschen nicht verdenken. Es ging ihm genauso. Ein letztes Mal sah er sich um und akzeptierte, dass er das Geheimnis um die Ereignisse der Nacht nicht würde lösen können. »Ich komme!«

Da Benno nach dem Schrecken darauf bestand, nur noch in Gasthäusern zu übernachten, fuhren sie einen Umweg und brauchten drei weitere Tage, bis die Gustav vertraute Kulisse Osnabrücks am Horizont auftauchte. Die nierenförmig angelegte Stadt mit der wehrhaften Petersburg im Westen schien sich auf den ersten Blick kaum verändert zu haben. »Da wären wir endlich«, rief er erfreut aus und trieb Jolande zur Eile. Wie bei seinem vorherigen Besuch würden sie über das östlich gelegene Haeser Thor in den Ort gelangen.

»So etwas habe ich noch nie gesehen«, raunte Benno beim Anblick der Stadt.

»Was meinst du? So groß ist sie nun auch wieder nicht.« Verwirrt zog Gustav die Stirn kraus. Eine der Angewohnheiten Martins, die er unbewusst übernommen hatte.

»Die Stadt.« Der Lehrling zeigte in Richtung Osnabrück. »Sie ist gar nicht zerstört. Keine Löcher in den Wällen, nirgends Ruinen oder niedergebrannte Häuser. Derlei habe ich niemals zuvor gesehen.«

Gustav wurde bewusst, dass es ihm vor zwei Jahren ähnlich ergangen war. Der Anblick eines Orts, den der Krieg nicht verwüstet hatte, war seltener als ein nüchterner Landsknecht. »Aus diesem Grund hat man sich für Osnabrück und seine Schwesterstadt Münster entschieden, um über den Frieden zu verhandeln. Die ehrenvollen Delegierten sollen doch nicht in Trümmern hausen oder gar auf Annehmlichkeiten wie Gasthäuser, Bäder und Bibliotheken verzichten.« Er zwinkerte Benno zu.

Der kam aus dem Staunen nicht heraus. »Es scheint hier keine Galgenbäume zu geben. Nicht mal kriegsversehrte Bettler oder Lumpenwaisen.« Der Feldscherlehrling sprang vom Kutschbock und lief neben dem Wagen her. »Schau nur, die Felder sind ordentlich abgeerntet.« Ausgelassen rannte er auf einen Strohhaufen zu und hüpfte kreischend hinein.

Gustav ließ Jolande anhalten. Er gönnte Benno diesen Moment und genoss ihn ebenfalls. Auch er hatte lange keine Äcker gesehen, die nicht unter Pferdehufen und Füßen von Soldaten zertrampelt worden waren.

Die Bauern, die das letzte Heu einfuhren, schüttelten belustigt die Köpfe, als sich Benno zum wiederholten Male durch das Stroh wühlte.

»Komm jetzt! Wir müssen weiter, wenn wir vor Toresschluss nach Osnabrück hineinwollen«, rief ihn Gustav zurück. Er hatte gesehen, dass sich vor dem Haeser Thor eine beträchtliche Schlange aus Fuhrwerken und Reisenden gebildet hatte. Sie waren nicht die einzigen Delegationsmitglieder, die an diesem Nachmittag in die Stadt wollten. *Als ich mit Martin und Anike hier war, sind es nicht annähernd so viele Gesandtschaften gewesen.* Hoffnung kam in Gustav auf und Trauer, dass weder Anike noch sein verehrter Meister Zeugen dieser positiven Entwicklung waren.

Es verging eine ganze Weile, bis sie an der Reihe waren, das Tor zu passieren. Die wenigen Wachen waren überfordert und zugleich zu träge, um die stattliche Zahl an Fuhrwerken zügig abzufertigen.

»Der Nächste«, winkte sie ein Wächter mit verkniffenem Gesicht heran.

»Der lässt an uns seine schlechte Laune über die viele Arbeit aus. Wollen wir wetten?«, unkte Benno.

Gustav hielt direkt neben dem jungenhaften Wachmann und stellte belustigt fest, dass er ihn kannte. Trotz des dünnen Oberlippenbarts, den er sich inzwischen wachsen ließ, hatte sich Peter von der Stadtwache – ähnlich seiner Heimatstadt – kaum verändert. Er war es, der Martin und seine Lehrlinge vor zwei Jahren in die Stadt gelassen und zum schiefen Haus geführt hatte. Gustav konnte sich nicht entscheiden, ob dieser merkwürdige Zufall als gutes oder schlechtes Omen zu deuten war.

Peter schien ihn nicht wiederzuerkennen. Mit gerümpfter Nase inspizierte er betont lustlos ihren Wagen und leierte seinen üblichen Spruch herunter: »Was ist Euer Begehr?«

»Mein Name ist Gustav Hansson. Ich bin ein Meister der schwarzen Feldschere. Das hier ist mein Lehrling Benno.«

Unsinnigerweise zeigte er auf den direkt neben ihm sitzenden Jungen. »Wir sind Teil der schwedischen Gesandtschaft und wollen zu *Greve* Oxenstierna.« Bewusst verwandte Gustav das schwedische Wort für Graf. Nicht nur, um sich zu beweisen, dass er die nordische Sprache besser beherrschte, sondern vor allem, um Peter etwas zum Nachdenken zu geben. Vielleicht vergaß er darüber, sie zu piesacken.

Stumpfsinnig kratzte sich der Wachmann an der Wange. »Zu wem wollt Ihr?«

Mit einem nachsichtigen Lächeln erklärte Gustav: »Zu *Graf* Oxenstierna, dem schwedischen Delegationsführer.«

»Aha.« Peter ersetzte seinen dümmlichen Gesichtsausdruck durch einen gehässigen. »Könnt Ihr denn belegen, dass er Euch empfangen will? Wir haben hier jeden Tag eine Menge Strolche, die sich in unsere Stadt schleichen wollen und behaupten, die persönlichen Gesandten des Kaisers zu sein. Unsere Aufgabe ist es, die echten Delegierten vor solchem Gesindel zu schützen.« Er warf sich stolz in die Brust.

»Natürlich.« Gustav holte das mit Torstenssons Siegel versehene Schreiben des Generals hervor und reichte es dem Torwächter.

Der entrollte es mit einem übertriebenen Seufzen.

Gustav merkte sofort, dass Peter das Dokument nicht las, zumal es auf Schwedisch verfasst war. Der Generalissimus hatte sich die Mühe gemacht, es selbst zu schreiben. Das musste mit seinen gichtigen Händen eine Qual gewesen sein. Ein weiterer Beweis, für wie bedeutsam er Gustavs Anwesenheit bei den Verhandlungen hielt. Er würde dem mächtigen Schwedengeneral aus erster Hand alles berichten, was dabei zur Sprache kam. Wissen war Macht und Macht liebte Torstensson.

Offensichtlich wenig beeindruckt gab Peter ihm das Dokument zurück. »Ich kenne das Siegel nicht.« Er zuckte mit den Achseln. »Derlei Schriebse haben wir hier oft. Jeder Dorfschulze kann einen Ring in Siegellack drücken und behaupten, es wäre ein Schreiben von Gustav Adolf höchstselbst. Ich bin kein Idiot.« Wie zum Beweis tippte er sich gegen die Schläfe. »Schert euch von dannen, wir haben heute mehr als genug zu tun!«

»Wie kannst du es wagen?«, begann Benno. Vor Zorn flogen ihm einige Tropfen Spucke aus dem Mund. »Dieser Brief ist von Kommandant Torstensson persönlich und du …«

Beschwichtigend legte Gustav seinem Lehrling die Hand auf den Oberschenkel und reichte ihm Jolandes Zügel. Ihm reichte es. Mit Freundlichkeit war diesem Mann nicht beizukommen. In einem Satz sprang er vom Kutschbock und stand direkt vor der Wache.

Peter zuckte zusammen und schaute sich hektisch nach seiner Hellebarde um, die an der Mauer des Wachtürmchens lehnte.

Gustav beugte sich zu ihm hinüber und flüsterte: »Ich weiß, was du in der Winternacht vor zwei Jahren gesehen hast.« Das war ins Blaue gesagt, aber selbst wenn Peter nicht in der Lage sein sollte, Dämonen zu erkennen, hatte er mit Sicherheit Gerüchte gehört. Der Magister magistrorum hatte reichlich Schäden in der Stadt angerichtet.

Die Augen des Soldaten wurden tellergroß. Trotz der frühherbstlichen Temperaturen schwitzte er. Hektisch wischte er sich mehrmals mit dem Ärmel über die glänzende Stirn.

»Jetzt droht deiner Stadt ein ähnliches Schicksal, wenn du mich nicht schnellstens zu Oxenstierna bringst.« In einer theatralischen Geste griff Gustav den Saum seines schwarzen

Umhangs und fächerte ihn wie die Flügel einer menschlichen Fledermaus auf.

»Ich habe keine Ahnung, von was du da …«, stammelte Peter.

Ein durchdringender Blick brachte ihn zum Schweigen und Einlenken.

»Kommt! Ich bringe euch zu dem Schweden. Macht Platz für die Gesandten!«, fauchte er eine bunt gekleidete Gruppe niederländischer Tuchhändler an, die verschreckt zur Seite sprangen.

Gustav schaffte es kaum, ein süffisantes Grinsen zu unterdrücken, als er zurück auf den Kutschbock kletterte.

»Was hast du zu ihm gesagt?«, fragte Benno mit ungläubigem Blick.

»Ach«, winkte der ab, »Meistersachen, die für deine Ohren nicht bestimmt sind.«

Beleidigt schob der Junge seine Unterlippe vor.

Ohne auf die Befindlichkeiten seines Lehrlings zu achten, folgte Gustav dem Torwächter über die rauschende Hase hinweg in die Stadt.

Peter brachte sie in die Nähe der Kirche Sankt Catharina, die im Volksmund als Schwedenkirche bekannt war. Vor einem herrschaftlichen, aber nicht übertrieben prächtigen Gebäude hielt er an. »Dort sitzen die Schweden.« Er bekreuzigte sich. »Von heute an will ich nie wieder etwas mit euch Schwarzen zu tun haben.«

»Was für ein merkwürdiger Kauz«, sah ihm Benno hinterher.

»Stimmt. Ich kenne ihn schon eine Weile. Am Ende ist er doch immer recht vernünftig.« Gustav grinste seinen Lehrling frech an.

»Und wie hast du ihn nun dazu bewegt, uns einzulassen, obwohl er das Schreiben nicht lesen konnte?«, fragte Benno mit lauerndem Ton.

»Sei nicht so neugierig. Ein mächtiger Meister wie ich muss nicht all seine Geheimnisse mit einem Lehrling besprechen. Hast du denn gar nichts bei Zangerberg gelernt?«

»Gustav …«, nörgelte Benno.

»Später«, beschwichtigte der ihn, strich seine schwarze Kleidung glatt und ging auf die Soldaten zu, die die hölzerne Eingangstür des schwedischen Quartiers bewachten. Zu ihrem Glück erkannten die Männer augenblicklich Torstenssons Siegel und führten Gustav und Benno nach drinnen. In einem unaufdringlich eingerichteten Raum beschieden sie ihnen zu warten.

Gustavs Aufregung stieg. Er hatte kaum Erfahrungen auf dem diplomatischen Parkett, sein Schwedisch war trotz aller Fortschritte weiterhin rudimentär und mit Torstensson sein Förderer weit weg. Ein nicht zu überhörendes Knurren ließ ihn zusammenzucken.

»'tschuldigung«, murmelte Benno verlegen. »Ich habe Hunger. Wir haben seit gestern Mittag nichts gegessen. Hoffentlich lässt uns der Graf nicht allzu lange warten oder gar einen Imbiss servieren.« Er schmatzte übertrieben.

Bennos Wünsche erfüllten sich nicht. Es dunkelte vor den Bleiglasscheiben, als man Gustav in Oxenstiernas Arbeitszimmer führte. Benno wurde diese Ehre nicht zuteil. Er und sein knurrender Magen mussten im Vorzimmer ausharren. Der schwedische Verhandlungsführer, ein schlanker Mann von Ende dreißig mit langen dunklen Haaren, empfing ihn mit verkniffener Miene und ungeduldig klopfenden Fingern. »Jag antar att du inte talar svenska?«

Nur langsam setzten sich die Worte in Gustavs Kopf zusammen, aber er verstand, dass der Graf wissen wollte, ob er Schwedisch sprach. Der gehässige Unterton verriet, dass die Frage nicht freundlich gemeint war.

»Bara lite. – Nur ein wenig«, antwortete Gustav wahrheitsgemäß.

»Natürlich nicht.« Oxenstierna, der mit starkem Akzent
Deutsch sprach, wischte sich mit der flachen Hand übers
Gesicht und studierte Torstenssons Schreiben. »Aber nicht
nur deshalb muss ich mich fragen, was unser hochverehrter
Generalissimus sich dabei gedacht hat, Euch zu mir zu schi-
cken.«

Gustav beschloss, darauf nicht zu antworten.

»Meister Hansson, ich will ehrlich zu Euch sein. Meine
Delegation besteht aus erfahrenen Diplomaten. Mit mir an
der Spitze haben wir bereits viele Erfolge in den Friedensverhandlungen erreichen können.« Er nahm sich einen Moment Zeit und biss in eine erkaltete Hühnerkeule. Gustav lief
das Wasser im Mund zusammen. »Wohingegen die Beteili-
gung schwarzer Feldschere an den Unterredungen dazu geführt hat, dass der Krieg, statt abzuebben, wieder in voller
Wucht aufflammte.«

Leider konnte Gustav dem nicht widersprechen.

»Torstensson mag ein genialer Heerführer sein, aber er ist
ein furchtbarer Diplomat, wenn ich das einmal so offen sagen darf. Das beweist er allein dadurch, dass er mir Euch
hierherschickt. Ich verstehe, dass Ihr seine Augen und Ohren hier sein sollt. Versucht gar nicht erst, es abzustreiten!«
Oxenstierna tippte nachdenklich auf den Brief. »Natürlich
muss ich seinem Wunsch entsprechen. Der Generalissimus
ist ein einflussreicher Mann. Ihr seid hiermit ein offizieller
Teil meiner Delegation. Herzlichen Glückwunsch.«

Na also. Gustav ärgerte sich, dass er vor Erleichterung
lautstark auspustete.

»›Offiziell‹ bedeutet aber nicht, dass Ihr oder Euer Lehrling irgendetwas mit den Verhandlungen zu tun haben

werdet.« Mahnend erhob Oxenstierna den Zeigefinger. »Ihr erscheint nur bei Anlässen, bei denen Eure Anwesenheit unabdingbar ist. Ansonsten redet Ihr mit niemandem von den anderen Vertretungen. Haben wir uns verstanden?«

Seinen Unmut herunterschluckend antwortete Gustav demütig: »Ja, Herr Graf.«

Oxenstierna stand auf und betrachtete einen hinter seinem Schreibtisch hängenden Kupferstich Osnabrücks. »Genießt die Gastfreundschaft der freundlichen Stadt. Esst, trinkt und hurt, so viel Ihr wollt, wenn Euch der Sinn danach steht. Es sollte genug Ablenkung zu finden sein, damit Euch nicht langweilig wird.« Der Graf drehte sich um und sah Gustav direkt in die Augen. »Schaut nicht so enttäuscht drein. Erfreut Euch vielmehr daran, dass Ihr am Ende an meinem grandiosen Verhandlungserfolg teilhaben werdet. Ruhm ohne Mühen. Was will man mehr?«

Gustav hatte es im wahrsten Sinne des Wortes die Sprache verschlagen. *Dafür habe ich Anike verlassen?*

»Das ist alles, Feldscher«, wechselte der Graf in einen förmlichen Ton. »Ihr dürft jetzt Euer Quartier beziehen. Die Reise war sicher anstrengend. Natürlich könnt Ihr nicht in meinem Hauptquartier leben. Zu groß wäre die Versuchung, im Laufe der Monate die Ohren zu spitzen oder doch das eine oder andere konspirative Gespräch mit einem meiner zahlreichen illustren Gäste zu führen. Nein, nein, diese Beschwernis will ich Euch nicht auferlegen.« Ein listiges Grinsen schlich sich auf das Gesicht des Grafen. »Ich habe aber eine adäquate Unterkunft für Euch gefunden, die Euch sicher zusagen wird. Zumal Ihr sie bereits von Eurem letzten Aufenthalt kennt.«

Das schiefe Haus.

NICHT AUF DIE GRÖSSE KOMMT ES AN

Das schiefe Haus hatte sich nicht verändert. Es war immer noch heruntergekommen und unbewohnt. Muffige Luft empfing Gustav und seinen Lehrling, nachdem Benno mit der Schulter die verzogene Tür aufgedrückt hatte.

»Hattest du nicht gesagt, dass es rustikal und gemütlich wäre?« Erschreckt ging Benno in die Hocke, weil zwei quietschende Fledermäuse aus dem Dunkel des Hauses über seinem Kopf ins Freie türmten. »Das ist ja eine bessere Ruine.«

»In meinem Alter verklärt man die Vergangenheit eben«, frotzelte Gustav.

Benno grunzte.

Außerdem brachte Anike damals das Haus zum Strahlen. »Machen wir das Beste draus. Morgen früh sieht die Welt bestimmt schon wieder anders aus.« Zögerlich trat Gustav mit einer Sturmlaterne in der Hand über die Schwelle.

»Das glaube ich gern, dann sehen wir die bröckeligen Wände und den Schimmel nämlich in ganzer Pracht.« Benno klopfte zaghaft auf den abgeblätterten Türrahmen. »Oder

den morschen Balken, der uns einen Augenblick später er-
schlägt.«

Gustav ignorierte das Gemurre seines hungrigen Beglei-
ters. »Dahinten ist die Küche.« Er wies mit seiner Laterne in
die entsprechende Richtung. »Schaff unsere Essensvorräte
dort hinein!« Langsam ging er weiter in das Haus, in dem er
so viel erlebt hatte. Seine schweren Stiefel gaben bei jedem
Schritt ein dumpfes Klacken von sich. Bedächtig schob er
die angelehnte Tür zu Martins ehemaligem Zimmer auf. Zu
seiner Überraschung quietschte sie nicht und ließ sich leicht
öffnen. Der Raum war voller Staub und Spinnweben, aber
dennoch akkurat aufgeräumt. Die Decke auf dem Bett zu-
sammengelegt, der Stuhl unter den Schreibtisch geschoben
und die Schranktüren geschlossen. All das spiegelte die
Handschrift seines alten Meisters wider, der selbst in der
größten Hektik penibel und ordentlich geblieben war. Wohingegen Gustav eilig seine wenigen Habseligkeiten in einen
Beutel gestopft hatte und aus dem Haus gerannt war, nachdem die Schweden sie der Stadt verwiesen hatten. Er seufzte
schwer und betrachtete das leere Bücherregal. Bald würde
dort derselbe Codex stehen, nur dass er jetzt sein Besitzer
war.

»Anstatt Maulaffen feilzuhalten, wäre es schön, wenn du
mir tragen helfen könntest, oh großer Meister«, rief Benno
ihm keuchend zu, während er zwei übereinandergestapelte
Holzkisten ins Haus balancierte.

»Ich hole mein Zeug gleich selbst. Du bringst nur wieder
alles durcheinander.« Gustav ließ seinen Blick durch den
Raum schweifen. *Das Zimmer des Meisters.* »Ich werde hier
schlafen. Du kannst die Kammer im ersten Stock beziehen.«

Der nächste Morgen brachte nicht die von Gustav herbeigesehnte positive Wende, sondern trübes Regenwetter und noch trübere Laune. Wortlos saßen er und Benno sich an dem Küchentisch gegenüber, kauten auf hartem Brot und Trockenfleisch herum und hingen ihren Gedanken nach. Im Haus war es kühl und feucht, was nicht dazu beitrug, dass sie hoffnungsfroher in die Zukunft schauten.

»Dies diem docet«, murmelte Benno, der nie lange schweigen konnte.

Trotz allem musste Gustav grinsen. Das lateinische Zitat war gut gewählt: Ein Tag lehrt den anderen. »Ich finde, das ist eine gute Einstellung, mein braver Lehrling.«

»Wir könnten eine Praxis einrichten und Patienten empfangen«, erging sich Benno in praktischen Überlegungen. »So haben wir die Möglichkeit, wenigstens einem Teil unserer Profession nachzugehen, und helfen überdies den braven Bürgern der Stadt. Ich habe inzwischen eine rechte Freude am Behandeln von Kranken entwickelt. Es fehlt mir geradezu.«

»Vielleicht bleibt uns wirklich nichts anderes übrig.« Oxenstierna war deutlich gewesen, was ihre zukünftige Rolle anging. Abreisen und damit einen direkten Befehl von Torstensson ignorieren konnten sie ebenso wenig. Dennoch bedeutete dies, dass sie im schlimmsten Fall über Jahre zur Untätigkeit verdammt waren. *Zeit, die Anikes Vater nicht mehr hat.*

»Obwohl sich wahrscheinlich keiner ins Haus traut, weil er Angst hat, kränker herauszugehen, als er rein ist«, fabulierte Benno munter weiter. »Was hältst du davon, wenn wir

uns als Handwerker verdingen und dem hässlichen Häus-
chen wieder Leben einhauchen? Zeit genug hätten wir.« Er
steckte seinen Finger in die mit Lehm verputzte Wand, aus
der an etlichen Stellen Stroh quoll, und pulte ein wenig heraus. »Und ganz nebenbei verhindern wir vielleicht, dass der
alte Kasten uns und unseren Patienten auf den Kopf fällt.«

Ein lautes Pochen an der Tür unterbrach ihn.

Meister und Lehrling schauten sich überrascht an.

»Wer kann das sein?«, fragte Benno. »Vielleicht schon ein
erster Leidender? Ein Bettler ist es definitiv nicht, der würde
den bemitleidenswerten Bewohnern dieses Hauses eher etwas zustecken.«

Erneut klopfte es. Diesmal schwang leichte Ungeduld in
dem Geräusch mit.

»Finde es heraus, indem du endlich die Tür öffnest, Lehrling.« Gustav wedelte mit der Hand.

Gefügig sprang der Junge von seinem Schemel und
rannte zur Tür.

»Guten Morgen, Bursche«, vernahm Gustav eine volltönende Baritonstimme. »Ist dein Meister zu Hause?«

Also doch ein Patient. Gustav lächelte. Er stand auf und
überlegte, wo er den Mann untersuchen sollte, da trat der bereits in die Küche.

»Meister Hansson, wenn ich mich nicht täusche?«, begrüßte der vornehm gekleidete ältere Herr ihn und hielt ihm
die Hand hin.

Als Gustav sie ergriff, bemerkte er die großen Ringe samt
wertvollen Edelsteinen. *Immerhin wird er die Behandlung bezahlen
können. Die Renovierung des Hauses wird sicher nicht billig*, rettete
er sich in Galgenhumor. »Ja, das bin ich, Herr. Unter welchen
Gebrechen leidet Ihr?«, kam er gleich zur Sache. Es fühlte
sich gut an, gebraucht zu werden.

Der spitzbärtige Mann lächelte verschmitzt. »Oh, ich habe am linken Fuß ein Hühnerauge, das mich beim Laufen schon eine geraume Zeit quält, aber deswegen bin ich nicht hier.«

»Wollt Ihr Euch setzen, Herr«, wahrte Benno die grundlegenden Regeln der Gastlichkeit, die Gustav in seiner Überraschung vergaß. »Zu trinken könnten wir Euch Brunnenwasser oder Kräuterschnaps anbieten. Beides zusammen geht ebenfalls.«

Gustav verdrehte die Augen. »Verzeiht bitte das Verhalten meines noch sehr jungen Lehrlings. Er wollte soeben zum Markt gehen, um frische Lebensmittel zu kaufen.« Er sah Benno auffordernd an.

Der mimte den Ahnungslosen: »Wollte ich das?«

Ihr unbekannter Gast kicherte amüsiert und wischte sich eine Strähne seines schulterlangen, grauen Haars aus dem Gesicht.

Mit einem Räuspern brachte Gustav Benno zur Räson.

»Ich bringe Wein und Fleisch mit. Egal, was es kostet.« Mit diesen Worten flitzte er aus der Küche, um jeder Form von Widerspruch zu entgehen.

»Ein netter Junge«, kommentierte der Mann das ungezwungene Verhalten.

»Wie man es nimmt«, sagte Gustav mit einem Lächeln. »Was kann ich denn nun für Euch tun, Herr …«

»Oh, verzeiht. Ich habe mich ja gar nicht vorgestellt. Freiherr Adler Salvius, genau wie Ihr ehrenvolles Delegationsmitglied der schwedischen Gesandtschaft.« Er lächelte einnehmend.

Etwa ein weiterer unbeschäftigter Leidensgenosse?

»Jetzt würde ich doch gern auf das Angebot Eures Lehrlings zurückkommen und mich setzen und einen Schluck Wasser nehmen.«

»Natürlich, entschuldigt«, murmelte Gustav und zog einen Stuhl unter dem Tisch hervor. Er war voller Mäusekot. »Ähm … nehmt besser den hier.«

»Danke.« Als würde er einen Thron besteigen, ließ sich der Freiherr auf die Sitzgelegenheit sinken. »Eine recht eigenwillige Unterkunft habt Ihr hier zugeteilt bekommen, wenn ich das anmerken darf. Gleichwohl, seid versichert, dass sie in jedem Fall besser ist als das Hauptquartier unserer illustren Deputation.«

Das sah Gustav zwar anders, aber er sagte: »Nach vielen Wochen auf der Straße bin ich dankbar für ein Dach über dem Kopf.«

Verstehend nickte der Schwede. »Bescheiden wie Euer alter Meister. Das gefällt mir.«

»Ihr kanntet Martin?«, fragte Gustav erstaunt.

»Ja. Wir haben uns regelmäßig ausgetauscht, als ihr gemeinsam in Osnabrück weiltet. Vermutlich war er zu beschäftigt, um mich zu erwähnen.«

Gustav zermarterte sich den Kopf, doch an einen Salvius konnte er sich beim besten Willen nicht erinnern. Martin hatte viele Unterredungen allein bestritten und war seinen Lehrlingen keine Rechenschaft schuldig. Dass der Feldscher Geheimnisse bewahren konnte, hatte er bewiesen, indem er Gustav ein gutes Jahr in dem Glauben gelassen hatte, dass seine Mutter und Schwester bei der Schlacht von Breitfeld gestorben wären. »Leider kann ich mich tatsächlich nicht an Euren Namen erinnern. Verzeiht!«

Salvius gab ein Glucksen von sich. »Da gibt es nichts zu verzeihen, Gustav. Ich darf Euch doch so nennen?«

Der verbeugte sich höflich.

»Da Ihr von meiner bescheidenen Existenz noch nie gehört habt, will ich mich einmal genauer vorstellen, wenn es Eure Zeit erlaubt.«

Jetzt war es an Gustav, freudlos zu lachen. »Zeit habe ich im Moment zufällig reichlich.«

»Das hatte ich gehofft.« Salvius zwinkerte verschmitzt. »Nun, zwar teilen wir die honorable Aufgabe, Delegationsmitglied zu sein, aber mir steht darüber hinaus die besondere Ehre zu, als Sekundärgesandter meiner Regierung dienen zu dürfen. Zumindest offiziell«, raunte er und nahm einen Schluck Wasser. »Hervorragend«, lobte er das schnöde Getränk.

»Und inoffiziell?«, wagte Gustav zu fragen.

»Immer geradeheraus. Auch das habt Ihr von Martin. Meister Feldscher, Ihr gefallt mir immer besser.« Salvius zwirbelte grüblerisch seinen langen Kinnbart, bevor er Gustav mit einer Gegenfrage überrumpelte: »Wisst Ihr, wer aktuell Reichskanzler Schwedens ist?«

Nein. Ich bin hier wirklich fehl am Platz. Gustav spürte, dass sein Kopf heiß wurde.

Salvius bemerkte die Unsicherheit. »Oh, mein junger Freund. Ich wollte Euch nicht vorführen oder auf die Probe stellen. Das Gegenteil war der Fall. Ich möchte Euch lediglich etwas erklären. Der Mann heißt Axel Oxenstierna.«

»Oxenstierna«, wiederholte Gustav flüsternd. »Genauso wie der Anführer der schwedischen Delegation hier in Osnabrück.«

»Richtig. Axelsson Oxenstierna ist der Sohn des Kanzlers. Und das ist auch schon seine gesamte Qualifikation, um die wichtigsten Verhandlungen der letzten einhundert Jahre zu führen. Ich …«, er seufzte, »… wurde ihm als Unterstützung zur Seite gestellt. In aller Bescheidenheit darf ich sagen, dass ich in der Diplomatie recht erfahren bin. Seit vielen Jahren reise ich durch die deutschsprachigen Lande …«

Gustav bemerkte, dass bei Salvius keinerlei schwedischer Akzent herauszuhören war.

»… und kümmere mich um die Belange Schwedens. Daher bin ich bestens geeignet, um Euch auf den aktuellen Stand der Verhandlungen zu bringen, wenn Ihr mögt. Es ist immerhin schon eine Weile her, dass Ihr persönlich dabei wart. Außerdem wird Torstensson sicher erfreut sein, endlich Neuigkeiten zu erfahren.« Er zwinkerte Gustav zu.

»Sehr gern.« Gustav war begierig, etwas darüber zu erfahren.

»Nun, ich muss Euch sicher nicht erklären, dass die Friedensverhandlungen ein Gesamtkongress sind. Ein Verhandlungsergebnis kann es daher nur geben, wenn alle beteiligten Parteien zustimmen.«

Gustav nickte, das war vor zwei Jahren schon der Fall gewesen.

»In den Unterredungen geben die Großmächte den Ton an. Alle Parteien beziehen sich auf den Kaiser, der ja bekanntlich eine recht ansehnliche Anzahl an Feinden und Gegnern hat. Damit man sich dabei aber nicht in die Quere kommt, sind wir Schweden hier in Osnabrück, während die mit uns verbündeten Franzosen im schönen Münster mit Ferdinand III. verhandeln. Natürlich sind die großen drei nur die Spitze des Eisbergs. Insgesamt sind über einhundert diplomatische Vertretungen aus sechzehn europäischen Staaten an den Verhandlungen beteiligt. Der Streit zwischen Spanien und den Vereinigten Niederlanden wäre einen eigenen Friedenskongress wert, soll aber nebenbei befriedet werden, wie fast alle anderen kriegerischen Auseinandersetzungen, die die Welt seit nunmehr bald dreißig Jahren geißeln.«

Bei der Erwähnung von Anikes Heimat wurde Gustavs Herz schwer. *Wir hätten ein glanzvolles Delegiertenpaar abgegeben.*

»Sämtliche Gesandtschaften versuchen, in der Stellung der europäischen Mächte so weit wie möglich nach oben zu gelangen. Einzig die Spitze ist unangefochten, nachdem in zähen Verhandlungen vereinbart wurde, dass die Kaiserlichen im Rang über allen anderen stehen. Wer danach kommt, ist schon weniger klar. Sind wir es oder die Franzosen? Spanien wäre ebenso gern auf Platz zwei. Es ist diffizil und langweilig.« Mit müdem Gesichtsausdruck schüttelte Salvius den Kopf. »Die Logik, die dahintersteht, ist simpel: Je höher der Rang, desto bedeutender das Stück des Kuchens, das am Ende der Friedensverhandlungen für die jeweiligen Herrschaftsbereiche abfällt. Viele Länder versuchen, ihren Rang über die Größe ihrer Gesandtschaft zu erhöhen. Die Franzosen sind mit beinahe 600 Delegierten erschienen, wohingegen sich unsere 165«, er lächelte Gustav zu, »ich meine natürlich 166 Vertreter fast bescheiden herausnehmen. Die Spanier bringen es immerhin auf gute 100 und so weiter und so fort. Das bedeutet also ...«

»Ich habe frische Schweineleber gefunden und sogar eine Flasche Wein geschenkt bekommen, weil ich jemandem einen gebrochenen Arm geschient habe«, polterte Benno jäh in das Gespräch hinein. »Ähm ... Ihr seid ja immer noch hier, Herr. Die Hühneraugen sind aber hartnäckig. Paulos von Aigina empfiehlt das Brenneisen, wenn ...«

»Benno!«, zischte Gustav.

Salvius schenkte ihm ein nachsichtiges Lächeln. »Wein und Schweineleber hören sich gut an. Meine Mutter hat sie immer mit reichlich Zwiebel gebraten.«

»Das wird mein aufdringlicher Lehrling sicher ebenfalls zuwege bringen. Nicht wahr, Benno?«

Der Vorwurf prallte an dem Jungen ab. Breit grinsend rief er: »Ich versuche es. Versprechen kann ich, dass es in jedem Fall besser als Falks Brei schmecken wird.«

Salvius warf Gustav einen fragenden Blick zu. Der

schüttelte nur den Kopf. »Kommt, lasst uns in meinem nicht weniger bescheidenen Arbeitszimmer weiterreden, damit unser Koch sich nicht gestört fühlt.«

»Das ist aber nett«, jubilierte Benno. »Ich mag es wirklich nicht so gern, wenn man mir beim Kochen auf die Finger schaut.«

Gustav konnte ein genervtes Stöhnen nicht unterdrücken.

Benno ignorierte es und rief ihm nach: »Mit Aiginas Behandlungsmethode habe ich recht, oder? Du könntest mich ruhig öfter loben.«

Rasch schloss Gustav die Tür zu seinem Gemach, um das vorlaute Geplapper des Jungen auszusperren. Notgedrungen setzte er sich aufs Bett, während er dem Schweden den einzigen Stuhl anbot.

»Stimmt es, was Euer Lehrling sagt?«, fragte Salvius mit einer Prise Neugier in der Stimme.

»Leider allzu oft«, stöhnte Gustav. »Aigina war ein byzantinischer Arzt aus Alexandria und er empfiehlt tatsächlich glühende Eisen gegen die Clavi. Es gibt inzwischen aber etwas schonendere Verfahren, um dem Elsterauge zu Leibe zu rücken. Ich hoffe, dass Ihr nicht allzu schlimm damit geschlagen seid.«

»Gott sei Dank nicht.« Wie zum Beweis stampfte Salvius kurz auf. Dann wurde der Gesichtsausdruck des Gesandten wieder ernst. »Wo waren wir? Ach ja, bei den Delegationen. Nun, alle wollen auf einem vorderen Platz der Rangfolge stehen, aber ausschlaggebend für den Erfolg einer Delegation ist nicht ihre Größe, sondern wer sie leitet.« Salvius schwieg einen Moment, um seine Worte wirken zu lassen. »So ist etwa mein Freund Alvise Contarini aus dem schönen Venedig nur das Oberhaupt einer Handvoll Abgesandter, aber sein Wort hat mehr Gewicht als das der Führer der zerstrittenen französischen Delegation.«

Gustav ahnte, worauf er hinauswollte. »Auch bei den Schweden gibt es Unstimmigkeiten. Sonst wärt Ihr als zweiter Gesandter nicht zu mir gekommen, nachdem der erste mir unmissverständlich deutlich gemacht hat, dass ich mich nicht als Teil der schwedischen Gesandtschaft zu sehen habe.«

»So schlau wie Euer Meister.« Salvius kicherte. »In der Tat ist dem so. Die Oxenstiernas und ich sind uns in langer Abneigung verbunden. Während ich den Alten für seinen Machtinstinkt respektiere, ist sein Filius leider ein Totalausfall. Der Junge ist nur auf das eigene Prestige bedacht. Darüber vergisst er, dass er hier in Osnabrück die Stimme ganz Schwedens und nicht nur seines Vaters ist. Beide verstehen nicht, dass die hohe Kunst der Diplomatie darin besteht, einen Kompromiss zu vereinbaren und nicht nur seine eigenen Forderungen durchzusetzen. Das hat Oxenstierna hier mehr Feinde als wohlgesinnte Leute eingebracht und die schwedische Position erheblich geschwächt. Deswegen bin ich formell zwar nur der Sekundärgesandte unserer Delegation, tatsächlich aber führe ich die entscheidenden Verhandlungen und Absprachen. Oxenstierna unterstützt mich, indem er sich um die Berichte nach Stockholm kümmert. Das ist recht praktisch, da der Vater die Briefe seines Sohns bevorzugt bearbeitet.« Er schenkte Gustav ein jungenhaftes Grinsen. »Leider nimmt er umgekehrt auch die Anweisungen aus Schweden entgegen und malträtiert mich damit.« Er tat es mit einem Schulterzucken ab.

»Das Essen ist fertig«, rief Benno aus der Küche.

»Wollen wir?«, fragte Gustav. »Ihr müsst Euch nicht verpflichtet fühlen. Ich kann ihm sagen …«

Salvius leckte sich über die Lippen. »Sollte es nur halb so gut schmecken, wie es duftet, wäre ich ein Idiot, ein derartiges Angebot auszuschlagen. Diplomatie geht immer auch durch den Magen.«

»Wir kommen«, warnte Gustav seinen Lehrling vor. In der Küche erwartete ihn eine freudige Überraschung: Benno hatte eine rot-weiß karierte Decke auf den Tisch gelegt sowie saubere Teller und drei Becher darauf drapiert. Der saftig-herbe Geruch der gebratenen Leber wehte Gustav aus einer dampfenden Pfanne entgegen. Er sah frisches Brot, ein Butterfässchen, einen Weinkrug, eine Schüssel voll geschmorter Zwiebeln und ein Kännchen mit brauner Soße. Unbewusst schluckte er. So ein üppiges Mahl hatten sie lange nicht gehabt.

»Das sieht alles vorzüglich aus!«, lobte Salvius, klatschte in die Hände und setzte sich, ohne auf eine Aufforderung zu warten.

Gustav tat es ihm gleich. Ungläubig bestaunte er, was Benno in der Kürze der Zeit gezaubert hatte.

Der lud ihnen enorme Portionen auf die Teller und erzählte begeistert: »Der Garten ist ein wahres Wunderwerk. Ich habe so viele unterschiedliche Kräuter entdeckt, etliche davon können wir auch für die Arbeit als Feldschere gebrauchen. Darüber hinaus gibt es dort kindskopfgroße Zwiebeln und sogar Knoblauch.« Verträumt roch er an einer unverarbeiteten Knolle. »Die Möhren waren leider nicht mehr so ansehnlich, aber Jolande hat sie dennoch mit Genuss verschlungen.«

Salvius warf Gustav einen fragenden Blick zu. An seinem Kinn prangte ein glänzender Fleck, weil er mit dem Finger durch die Soße gefahren war, um davon zu kosten.

»Unser Maultier«, erklärte der und stürzte sich mit Appetit auf das Essen.

Eine geschäftige Stille legte sich über die kleine Küche, als sich die drei Männer daranmachten, das Mittagsmahl zu vertilgen.

Dem zweiten Delegationsleiter entwich nach Beendigung seiner Mahlzeit ein herzhafter Rülpser. »Entschuldigt bitte, meine Herren Feldschere, und nehmt es als Kompliment. Lange habe ich nicht so ausgezeichnet gegessen, obwohl ich mich beständig damit beschäftige.« Er klopfte auf seinen hervorstehenden Bauch. »Meine Anerkennung an den jungen Koch. Es war hervorragend«, lobpries er Benno, der daraufhin errötete.

»Ach, die paar Sachen«, winkte der bescheiden ab, konnte ein stolzes Schmunzeln aber nicht unterdrücken.

»Ich schließe mich an. Da du solch ein Meister an Topf und Pfanne bist, wirst du bei unserer nächsten Reise durchgehend das Kochen übernehmen.«

»Bitte nicht! Ich will mein Talent nicht mit harter Wurst und trockenem Brot verschwenden«, antwortete der Lehrling und blickte Gustav frech an.

»Bei Euren Kochkünsten fällt es mir regelrecht schwer, meine Bitte auszusprechen.«

Gustav und Benno drehten den Kopf in Richtung des Schweden.

»Nun, ich hatte Euch, Meister Hansson, ja bereits erklärt, dass es gewisse Dissonanzen zwischen mir und Oxenstierna gibt. Natürlich bin ich ebenfalls nicht damit einverstanden, dass er beschlossen hat, Euch von den Verhandlungen fernzuhalten.« Salvius griff sich ein Stück Brot und wischte in der leeren Bratpfanne herum. Mit vollem Mund sprach er weiter. »Allerdings wäre es ein schlechtes Signal an unsere Gegner, wenn der interne Zwist nach außen dringen würde, indem ich Euch gegen seinen ausdrücklichen Wunsch in die diplomatischen Unterredungen hier in Osnabrück einbinde.«

Alle Hoffnung, die Gustav gehegt hatte, doch noch eine sinnvolle Aufgabe übertragen zu bekommen, schmolz wie Schnee in der Frühlingssonne.

Der Gesandte trank einen langen Zug Wein. »Aber es ist nun so, dass ich als Sekundär dafür Sorge trage, dass sich unsere Feinde nicht mit unseren Freunden verbinden. Das ist der ausdrückliche Wunsch des Reichskanzlers und gilt insbesondere für unseren Hauptverbündeten Frankreich.« Er lächelte Gustav mit vom Wein roten Zähnen verschwörerisch an. »Die Franzosen verhandeln im nicht weniger hübschen Münster, wo ich persönlich bedauerlicherweise nur selten anwesend sein kann.« Wieder griff er ein Stück Brot und wischte damit vergeblich in der leeren Pfanne herum. »Daher wollte ich fragen, ob Ihr Euch vorstellen könntet, Euer uriges Zuhause gegen das Gasthaus *In die drei Könige* zu tauschen. Selbstverständlich wärt Ihr dort Gast des schwedischen Königshauses und es würde Euch an nichts fehlen. Die Franzosen sind bereits informiert und freuen sich darauf, Euch kennenzulernen. Torstensson hat sicher nichts dagegen, da Ihr dann nicht nur die Informationen der Osnabrücker Verhandlungen an ihn weitergeben könnt, sondern auch die aus Münster.«

»Was wäre meine konkrete Aufgabe?«, versuchte Gustav die in ihm aufkommende Euphorie zu unterdrücken. Er wollte nicht zum Spielzeug zweier mächtiger Männer werden.

»Ihr würdet an sämtlichen Verhandlungen der Franzosen mit der Gesandtschaft des Kaisers teilnehmen und mir davon berichten. Außerdem«, Salvius verwandelte seinen Bariton in ein sonores Raunen, »müsst Ihr ein Auge darauf haben, ob die Kaiserlichen versuchen, die Franzmänner gegen uns auszuspielen, und derartige Ränke schnellstmöglich unterbinden.«

»Das hört sich ja großartig an. Wir wären praktisch Spione und …«

Gustav brachte seinen vorlauten Lehrling mit einem Blick zum Schweigen, kam allerdings nicht umhin, ihm zuzustimmen: Das waren in der Tat außerordentliche Aussichten. »Ich bin Euch dankbar für dieses großzügige Angebot, Freiherr.« Gustav machte eine Pause und schaute dem einnehmenden Mann direkt in die Augen. »Und ich hoffe, dass sich zwischen uns eine ebenso vertrauensvolle Zusammenarbeit entwickelt wie mit meinem alten Meister.«

Der Schwede nickte zufrieden. »Wunderbar. Ich werde alles für Eure Abreise vorbereiten. Münster wird Euch gefallen und die Franzosen ebenso. Sie sind ein munteres Völkchen, teilweise haben die Delegierten sogar ihre Frauen zu den Verhandlungen mitgebracht. Als wäre das nicht der größte Vorteil einer diplomatischen Mission, dass man seiner Gattin mal ein paar Jahre entfliehen kann.« Er zwinkerte Gustav zu. »Ein wenig müsst Ihr Euch mit dem Aufbruch gedulden. Er sollte nicht allzu überstürzt aussehen, damit Oxenstierna glaubt, dass Ihr Euch an seinen Befehl haltet. Bald werde ich ihm allerdings eine Lösung präsentieren, wie er die ungeliebten Feldschere loswerden kann …«

Diplomatie allerorten, dachte Gustav amüsiert. *Ich freue mich darauf, mehr davon erleben zu dürfen.* »Das ist doch gut, dann haben wir Zeit, uns Euren Hühneraugen zu widmen.«

»Ich heize schon mal die Brenneisen an«, rief Benno vergnügt.

»Ähm …« Dem versierten Gesandten verschlug es die Sprache.

DIE
SCHRANNE

Wien, Residenzstadt des Hauses Habsburg,
Oktober 1645 – 29. Kriegsjahr

In Gedanken versunken an ihrer Unterlippe kauend, betrachtete Anike die Türme der Hofburg, die jedes Gebäude Wiens überragten. Sie hatte es geschafft und war zurück. *Fast geschafft.* Anike wusste, dass ihr die eigentliche Prüfung noch bevorstand: die Befreiung ihres Vaters aus dem Gefängnis – und von seinem Dämon. Nach ihrem überhasteten Aufbruch aus dem Lager der Schweden war sie über Umwege und mit Einsatz all ihrer in den letzten Jahren erworbenen Fähigkeiten in die unter Kriegsrecht stehende Stadt gelangt. Es war ihr schwergefallen, Beata zurückzulassen, die ihr gegenüber so wohlwollend und großzügig gewesen war, aber sie hatte keine andere Wahl gehabt. War Torstensson erst zu hinfällig, um weiterzukämpfen, würde sie nie in die Hauptstadt des Heiligen Römischen Reichs kommen. Anike seufzte. Eine Atemwolke stob aus ihrem Mund. Der Herbst kam früh in diesem Jahr. Sie sah zum grauen Spätnachmittagshimmel. Er kündete von Regen. Das schlechte Wetter passte zu ihrer gedrückten Gefühlslage.

Wien hatte sich seit Anikes letztem Aufenthalt verändert. Die Stadt schien ebenfalls in Betrübtheit zu versinken. Obwohl die Gebäude und Menschen dieselben waren, war dies nicht der Ort, an den sie sich erinnerte. Wenn man von ihrem unrühmlichen Abgang absah, hatte sie das Leben in der quirligen Vielvölkerstadt mit den zahllosen Gasthäusern, Märkten und Theatern in vollen Zügen genossen. Den berühmten Wiener Schmäh, jenen selbstironischen Humor der Einheimischen, hatte sie nach dem Verlassen der Metropole geradezu vermisst.

Heute konnte in Wien niemand mehr über sich lachen. Überall waren Bewaffnete auf den Straßen, Fenster zugenagelt und Eingänge verbarrikadiert. Die Menschen waren wortkarg und zugeknöpft, insbesondere Fremden gegenüber. Lange Jahre war der Konflikt zwischen Protestantischer Union und Katholischer Liga für die Wiener und die in ihrer Mitte thronende Regierung ein weit entferntes Schauspiel gewesen, bei dem sie zwar die Fäden zog, unter dem aber andere zu leiden hatten. Das hatte sich dank Torstenssons Erfolgen verändert. Seine Blockade der Donau hatte zu Versorgungsengpässen geführt. Ein großer Teil der armen Bevölkerung litt Hunger. Die Preise für Brot, Butter und Bier waren schwindelerregend hoch. Über alldem schwebte die Angst, was bei einer Eroberung Wiens passieren würde. Niemand hatte das grausame Schicksal Magdeburgs und zahlreicher anderer Ortschaften vergessen.

Das kann mir egal sein. Anike zwang sich, die vor ihr liegende Aufgabe in Angriff zu nehmen. Sie pustete sich in die klammen Hände und rieb über die zu knapp bedeckten Oberschenkel. *Vater, ich komme.* So nah war sie ihm seit vielen Jahren nicht gewesen und heute würde der Tag sein, an dem sie ihn befreite. Zügig lief sie in Richtung des Hohen Markts, auf dessen Südseite sich die berüchtigte Schranne befand. Das Gerichts- und Gefängnisgebäude war nicht zu übersehen. Die zum Pragmatismus neigenden Wiener hatten direkt davor einen Pranger aufgestellt, an dem die Urteile im Anschluss an die Verhandlung vollzogen werden konnten. Anike lauschte, ob sie die Armesünderglocke hörte, die üblicherweise in der kleinen Kapelle schlug, wenn ein Todesurteil vollstreckt wurde. Glücklicherweise war dies nicht der Fall. Niemand wurde zu der Säule namens Spinnerin am Kreuz geführt, vor der sich der Richtplatz befand. *Noch nicht.* Jede Nacht wachte sie schweißgebadet auf, weil sie träumte, zu spät zu kommen und zusehen zu müssen, wie ihr Vater aufgehängt wurde. *Reiß dich zusammen, Anike! Du hast es bald geschafft.*

Der Marktplatz war menschenleer, als sie ihn aus der Gasse Tuchlauben kommend betrat. Die Verkaufsstände waren längst abgebaut, da die Händler ohnehin kaum Ware anzubieten hatten. Prächtige Zunfthäuser umstanden den Platz und schienen tadelnd auf Anike herniederzusehen. Für sie fühlte es sich wie ein Spießrutenlauf an, als sie über den weiten, leeren Marktplatz lief. Lieber wäre sie in einer wuseligen Masse Menschen untergegangen. Sie ignorierte den leeren Pranger und hielt festen Schrittes auf die Schranne zu. Das im spätgotischen Stil errichtete Gebäude war das größte am Platz. Am auffälligsten daran war der über eine breite Treppe zu erreichende Balkon, auf dem die Urteile verlesen wurden. *Vater ist nicht mal diese fragwürdige Ehre zuteilgeworden. Einzig mir hat er es zu verdanken, dass er in diesem Drecksloch sitzt.* Trauttmansdorff hatte Huub Kuipers aus dem Amsterdamer Gefängnis hierherbringen lassen, um ein Faustpfand gegen sie in der Hand zu haben. *Das ich ihm heute entreiße,* dachte sie mit einem grimmigen Lächeln. Anike lief auf die beiden Türen zu, die unter den Rundbögen des Balkons verborgen waren. Sie wusste, dass man von dort direkt ins Untergeschoss gelangte, wo die Insassen der Schranne ihr Dasein fristeten.

An die linke Tür gelehnt, schnarchte ein dicker Wächter, dem ein Spuckefaden aus dem Mund rann.

»Bähh«, zischte Anike, richtete hastig ihre Korsage und tippte ihm unsanft auf die Schulter. »He, aufwachen, du Faulpelz. Andere Leute können bei ihrer Arbeit nicht schlafen.«

»Was zum …« Mit einem Grunzen öffnete der Wachmann die glasig roten Augen. Er verströmte einen unangenehmen Geruch nach Schnaps und Knoblauch. »Verschwinde hier, Mädchen! Ich habe kein Interesse an deinen Diensten.«

Vermutlich weil der viele Schnaps deinen kleinen Mann eh längst schlapp gemacht hat. Anike zwang sich zurück in ihre Rolle. »Das ist schade, mein Schöner, aber wegen dir bin ich leider gar nicht hier.« Sie gab ein kokettes Kichern von sich, das selbst in ihren Ohren falsch klang.

Dem Wächter schien es nicht aufzufallen. Dafür hatte der jetzt ihr überdimensioniertes Dekolletee entdeckt. Gierig leckte er sich über die spröden Lippen und verlor sich einen Moment in dem Anblick.

Vielleicht ist da doch noch Leben drin. Anike hatte nicht vor, es herauszufinden. »Ich will zu Ralf. Er hat mich bestellt.« Es fühlte sich furchtbar an, so zu tun, als wäre sie eine Ware, die irgendein Mann bestellen konnte. *Für dich, Vater!*

Die feisten Gesichtszüge des Wächters verhärteten sich. »Ach was, der feine dritte Herr Richter ordert sich eine Hure in die Schranne. Was sind das doch nur für wunderliche Zeiten.« Er schüttelte den Kopf.

»Im Angesicht des Feindes gönnt er sich ein wenig Abwechslung und Entspannung.« Anike ließ ihre Hände betont langsam an ihrem Körper heruntergleiten. »Gestatte ihm doch diesen kleinen Regelbruch. Er wird sich mit Sicherheit erkenntlich zeigen.«

Die Wache grunzte: »Ausgerechnet Richter Ralf, wer hätte das gedacht.«

Nicht mal er selbst. Vor Anikes geistigem Auge tauchte die Erinnerung daran auf, wie sie den Juristen zwei Wochen zuvor in einer trüben Spelunke kennengelernt hatte.

Das Klappern von Schelmenbeinen erfüllte die armselige Schankstube *Zur Donau*. Das Spiel mit den knöchernen Würfeln erfreute sich unter der Bevölkerung Wiens genauso großer Beliebtheit wie bei den Landsknechten. Anike gefiel das Geräusch. Es erinnerte sie an die gemeinsame Zeit mit Gustav im Heer der Schweden.

»So ein verfluchter Mist«, zerschlug jäh eine Stimme in ihrem Rücken diesen Moment wohligen Erinnerns.

Anike ignorierte sie und zwang sich, einen weiteren Schnaps zu trinken. Sie hatte sich für heute Nacht vorgenommen, ihr eigenes Versagen im Alkohol zu ertränken. Schnellstmöglich. Hastig stürzte sie den scharf schmeckenden Himbeergeist hinunter und schüttelte sich angewidert.

»Du hast es nicht anders gewollt, Ralf. Und nun her mit meinem Geld!« Eine zweite Stimme drängte sich in Anikes Geist und Ohren. Diese war tief und tragend.

»Noch einen!«, befahl Anike dem Wirt nuschelnd, um das Gezänk der anderen Gäste aus dem Kopf zu bekommen.

Der zog ungläubig die Augenbrauen hoch. »Bist du sicher?«

»Und ob ich das bin!« Anike knallte eine Silbermünze auf den polierten Tresen. »Ich trinke jeden Mann in diesem Drecksloch unter den Tisch.«

»Schon gut, schon gut.« Der Gastwirt hob abwehrend die Hände. »Ich wollte nur nett sein. Das hier ist keine besonders sichere Gegend für ein junges Mädchen wie dich. Gerade nachts. Und besonders, wenn du betrunken bist.«

»Ich kann auf mich aufpassen«, winkte Anike ab. Sie hatte auf dem Schlachtfeld gegen einen Dämon gekämpft, wieso sollten ihr da die ordinären Gefahren bei Nacht in einer Stadt Angst einjagen?

»Vergiss nicht, wer ich bin«, bohrte sich die näselnde hohe Stimme erneut in Anikes Kopf.

Die stöhnte genervt. *Ich muss mehr trinken, damit die Welt und ihre elende Ungerechtigkeit verblassen.*

»Oh, das vergesse ich schon nicht. Du schuldest mir immerhin eine beträchtliche Summe. Manch einer würde es gar als kleines Vermögen bezeichnen. Deine heutige Niederlage hat den Betrag nicht gerade geschmälert und …«

Anike verdrängte das Gerede, schüttete einen letzten Schnaps hinunter und machte sich daran zu gehen. Hier war es ihr inzwischen eindeutig zu laut. Vielleicht würde sie draußen in der herbstlichen Nacht Ruhe finden. All das Saufen half ohnehin nicht gegen die Erkenntnis, dass sie keinen Weg in die schwer bewachte Schranne hinein fand, der unauffällig genug war, um anschließend mit ihrem Vater auf Nimmerwiedersehen zu entfliehen. Sollte nur eine Wache sein Verschwinden zu früh bemerken, wüsste Trauttmansdorff augenblicklich, dass sie zurück in der Stadt war – ihr und ihres Vaters Leben wären damit verwirkt. Der allmächtige Reichsgraf würde die Gelegenheit nutzen, zwei Probleme mit einem Streich loszuwerden. Hatte er Anike wieder in seinen

Händen, bräuchte er Huub nicht länger als Unterpfand. Als sie sich vom Tresen wegdrehte und von ihrem Schemel herunterrutschte, streifte ihr Blick den Würfeltisch, an dem die zwei Männer miteinander stritten. Sie hatte das im Tross zu oft gesehen, als dass sie der Anblick berührte. Allerdings war es eine gute Idee, aus dem schummerigen Gastraum verschwunden zu sein, bevor die beiden begannen, sich und den Laden auseinanderzunehmen.

Die frische Luft vor der Tür wirkte wie ein Eimer Eiswasser. Das Kopfsteinpflaster glitzerte im Schein des Vollmonds. *Frost.* Hastig schlang Anike ihren Mantel enger um sich und schlenderte in Richtung der kargen Unterkunft, die sie in einem Armenhaus für Frauen bezogen hatte. Ein rauer Ort, doch nachdem sie einer Leidensgenossin am ersten Tag die Nase gebrochen hatte, ließen die anderen sie und ihre Habseligkeiten in Ruhe. Zwar hätte sie sich jede Herberge der Stadt leisten können, aber im Armenhaus würde Trauttmansdorff sie niemals vermuten. Mit einem Mal drehte sich die Welt vor Anike und sie musste sich an einer Hausmauer abstützen. Magensäure kam ihr hoch, die ein brennendes Himbeeraroma hatte. »Bitte nicht!«, flüsterte Anike und spuckte aus. Sie hasste es, sich zu übergeben. Dass sie plötzlich Schritte hinter sich hörte, verdrängte dieses Bedürfnis augenblicklich. Geschwind vergewisserte sie sich, dass sie ihren Dolch bei sich trug, und verschwand in einem nach Urin stinkenden Hauseingang.

Eine gedrungene Gestalt hetzte vorbei.

»Bleib stehen, Ralf!«

Anike rollte mit den Augen. Waren die Würfelspieler noch immer nicht mit ihrer Fehde fertig?

Der nächste dunkle Umriss passierte ihr Versteck. Er war bedeutend größer als der Erste.

Armer Ralf. Gleich gibt es was auf die Mütze. Mitleid konnte Anike sich nicht leisten. Darüber hinaus ging sie der Streit der Saufköpfe nichts an. Sie wartete einen Augenblick, um sicher zu sein, dass die beiden weit genug weg waren, bevor sie aus dem Hauseingang trat. Mit einem Mal überkam sie eine bleierne Müdigkeit, die wenig mit der späten Stunde zu tun hatte. Es war vielmehr der seit Jahren vergeblich geführte Kampf um ihren Vater, der ihr just in diesem Moment alle Kraft raubte. Selbstmitleidig schluchzend schlich sie in Richtung des Armenhauses. Sie hatte keine zehn Schritt getan, als sie ein giftiges »Du hast mich das letzte Mal betrogen, Richterlein« vernahm. Begleitet wurden die Worte von klatschenden Geräuschen und schmerzlichem Stöhnen.

Als Anike überlegte, einen Umweg zu laufen, um den Männern aus dem Weg zu gehen, hörte sie etwas, das sie innehalten ließ.

»Schluss damit, Heinrich! Ich bin Richter an der Schranne. Du vergehst dich gerade an Wien selbst!«

Die Antwort war ein höhnisches Lachen. »Du hast da etwas vergessen, Ralf. Wo kein Kläger, da kein Richter.«

Blitzschnell sortierten sich die Gedanken in Anikes Kopf. *Dieser Ralf könnte mein Weg in das verfluchte Gefängnis sein. Wenn ich ihm helfe, ist er mir etwas schuldig.* Sie passierte eine scharfe Wegbiegung und entdeckte die beiden. Einer von ihnen – vermutlich Ralf – lag am Boden, während der andere auf seinem Brustkorb saß und ihn mit harten Faustschlägen ins Gesicht peinigte. »He, lass den Mann in Ruhe!«

Der Schläger machte sich nicht mal die Mühe, sich umzudrehen. »Verschwinde, Weibsbild, wenn du nicht die Nächste sein willst!«

»Komm schon!« Anike zerrte an der Schulter des Unbekannten. »Du willst dich doch nicht in dein eigenes Unglück stürzen, nur weil du diesen Kerl umbringst.«

»Bist du lebensmüde?«, keifte der und hantierte mit einem Dolch herum.

Vom blutüberströmten Ralf kam ein feuchtes Röcheln. Sein Gesicht sah aus wie ein Stück rohes Fleisch.

»Jetzt hast du Angst, du Miststück!« Mit einem wölfischen Grinsen ließ der Würfelspieler von seinem Opfer ab und suchte sich ein neues. Den rostigen Dolch locker in der Hand haltend, kam er lauernd auf Anike zu. »Wo ist denn deine große Klappe hin?«

»Lass gut sein«, versuchte Anike abzuwiegeln und hob beschwichtigend die Hände.

»Oh nein! Du wolltest doch die Heldin spielen. Nun musst du einen Preis dafür zahlen. Such ihn dir aus: Dein linkes Ohr oder du hebst deine dreckigen Gewänder für mich.« Er lachte und offenbarte dabei saubere, gerade Zähne, die ihn noch mehr wie ein Raubtier aussehen ließen. »Wenn ich es mir recht überlege, dann nehme ich mir einfach beides. Ich bin mir nur wegen der Reihenfolge unsicher.«

Anike spürte eine raue Hauswand in ihrem Rücken. In ihrem Kopf drehte sich alles. Umständlich nestelte sie ihr Stilett hervor.

»Wo hast du das denn gestohlen? Ich erstarre förmlich vor Angst«, höhnte ihr Gegner abfällig.

Wenn du wüsstest. Blitzschnell schoss Anike nach vorn und stach zu.

Genau damit hatte ihr Gegner gerechnet, der deutlich weniger als Anike getrunken haben musste – oder mehr vertrug. Er wich geschmeidig aus und schlug heftig auf ihre Hand. Mit einem Kreischen ließ sie ihre Waffe fallen. »Du hattest deinen Versuch.« Er leckte sich erregt über die Lippen. »Jetzt bin ich dran.« Er verpasste Anike einen harten Tritt in den Unterleib. Stöhnend ging sie zu Boden.

All die Strapazen, nur um von einem Kneipenschläger in einer nach Pisse stinkenden Gasse ermordet zu werden? Sie rollte sich zusammen und schloss die Augen. Das Gesicht ihres lachenden Vaters erschien ihr – und Gustavs. Sie spürte, wie Tränen aus ihren geschlossenen Lidern quollen.

»Komm schon«, äffte der Schläger sie nach. Er war mit seinem Gesicht nah an ihrem. Sein ekelhaft warmer Atem strich über Anikes Wange. »Ich habe mich übrigens entschieden.« Er lachte böse. »Erst nehme ich mir dein Ohr und dann dich.«

»Nicht in meiner Stadt!«, erklang eine längst verstummt geglaubte Stimme.

Zögerlich öffnete Anike ein Auge und sah den geschundenen Ralf, der sich hinter ihrem Peiniger aufgebaut hatte. In der Hand hielt er ihr Stilett.

»Was zum …« Den Rest des Satzes konnte Heinrich nicht beenden, weil der Richter ihm die Klinge über den ungeschützten Hals zog.

Blut spritzte Anike ins Gesicht und auf ihre dicke Kleidung. Mit aufgerissenem Mund starrte sie Ralf an.

Der versuchte sich an einem Grinsen, beendete diesen Versuch aber flink unter sichtbaren Schmerzen. Stattdessen hielt er ihr hilfsbereit die Hand hin. »Ich habe dir mein Leben zu verdanken, Mädchen. Sollte es irgendetwas geben, womit ich diese Tat vergelten kann, lass es mich wissen!«

»Mhh«, brummte der dicke Wächter. »Ich sage Bescheid, dass du hier bist. Aber ich warne dich, sollte Ralf dich nicht erwarten, wirst du Ärger bekommen. Die hohen Herren lassen sich nicht gern für dumm verkaufen.«

Och, mit hohen Herren kenne ich mich bestens aus, lag Anike auf den Lippen, doch sie begnügte sich mit einem demütigsinnlichen Lächeln. Seit der nächtlichen Begegnung mit Ralf hatte sie den Richter besser kennengelernt. Er war ein geistreicher Junggeselle, der das Recht und das Würfeln über alles liebte. Leider lag ihm einzig die Juristerei. Beim Spielen hatte er kein Glück, obwohl er es beständig probierte. Gemeinsam hatten sie die Leiche seines Würfelpartners Heinrich in der Donau verschwinden lassen. Ralfs Dankbarkeit Anike gegenüber war ohne Grenzen. Schon bald hatten sie begonnen einen Plan zu schmieden, wie sie Anikes Vater ohne Aufsehen aus der Schranne bekamen. Das Vorhaben wurde sorgfältig vorbereitet und sie hatten den besten Zeitpunkt dafür abgewartet. Und der war heute gekommen. Die Schicht des trägen Manfred an der Haupttür war ein wichtiges Mosaikteilchen ihres Plans. Kaum hatte sie an ihn gedacht, tauchte der feiste Mann wieder auf.

»Du scheinst die Wahrheit zu sagen, Dirne. Ich werde dich zu Ralf bringen! Wer bin ich, dass ich einer fleißigen Arbeiterin im Wege stehe.« Er grinste dümmlich. »Natürlich können wir nicht oben entlang und die Freitreppe nehmen, das wäre dann doch zu auffällig. Zu deinem und vor allem Ralfs Glück gibt es aber einen weiteren Weg in die Richterzimmer. Er führt durch den Zellentrakt im Keller.«

Anike riss übertrieben besorgt die Augen auf.

»Keine Angst, meine Schöne. Ich werde dich vor dem Gesindel da unten beschützen.« Er zwinkerte ihr verschwörerisch zu. »Ihr habt Glück, Ralfs Richterkollegen sind nicht da. Niemand wird euch bei eurem Schäferstündchen stören.«

Das zweite Mosaikteil.

Ein junger Mann mit einem Gesicht voller Pickel nahm Manfreds Platz an der Tür ein. Er schmachtete Anike so offensichtlich an, dass es peinlich war.

Deswegen bildete er das perfekte dritte Mosaikstück.

»Achte schön auf meine Tür, Karl. Lass weder Pack herein noch heraus«, trug ihm Manfred auf.

Der Bursche nickte stumm und starrte Anike weiter mit offenem Mund an.

Manfred führte sie durch die linke Tür, hinter der eine weitere aus verstärkten Eisenstäben auf sie wartete. Quietschend drückte der Wächter sie auf.

»Verrate es keinem, aber das Mistding ist schon ein paar Tage kaputt. Irgendein Bolzen ist gebrochen. Eigentlich 'ne kleine Sache, aber die Stadtväter und die Schmiedezunft konnten sich bis heute nicht darauf einigen, aus wessen Geldbeutel die Reparatur bezahlt wird.«

Und da war es, das vierte Mosaiksteinchen.

Anike folgte dem Wächter durch einen fackelbeleuchteten Gang, der nach Feuchtigkeit und Exkrementen stank. Wieder stoppte sie ein massives Eisengitter. Dahinter standen weitere Wachen.

»Was macht ihr denn für verkniffene Gesichter?«, begrüßte Manfred sie. »Vielleicht habe ich hier eine Aufmunterung für euch, nachdem Ralf mit ihr fertig ist.« Dabei tätschelte er Anike den Hintern, als wäre sie ein Zuchtrind.

Wenn ich dich nicht noch ein wenig bräuchte …

»Wir …« Statt die Antwort zu Ende zu bringen, übergab sich einer der Bewaffneten durch die Eisenstäbe.

»Ihh!«, keifte Manfred und sprang vor der schaumig braunen Masse zurück.

»Das müssen die elenden Fleischpasteten gewesen sein«, keuchte ein anderer und hielt sich den Bauch.

Der fünfte Stein.

Es hat Vorteile, zumindest einen kleinen Teil der Feldscherausbildung hinter sich gebracht zu haben, dachte Anike amüsiert. *Kräuter zu kennen, ist durchaus sinnvoll.*

»Bähh, habt ihr da etwa in den Wassereimer der Gefangenen gemacht?«, fragte Manfred und wedelte theatralisch vor seinem Gesicht herum.

»Ja. Entschuldige, Manfred. Wir wussten uns nicht anders zu helfen, weil wir unseren Posten nicht verlassen wollten.«

»Zu eurem großen Glück bin ich ja jetzt hier. Raus mit euch und leert erst mal eure Gedärme, bevor ihr mir hier noch mehr Dreck macht! Und nehmt bloß den Eimer mit, unsere Gäste haben sicher bald wieder Durst«, gluckste er und öffnete mit einem seiner zahlreichen Schlüssel die zweite Gittertür.

Die Wachleute ließen sich nicht lange bitten und stürmten unter Flüchen nach draußen.

»Normalerweise ist es hier weniger chaotisch, das musst du mir glauben«, fühlte Manfred sich bemüßigt, Anike zu erklären. Die achtete eher darauf, dass er das Gitter nur anlehnte, damit die drei Ausreißer schnell auf ihre Posten zurückkehren konnten. »Wäre nett, wenn du Richter Ralf nichts davon erzählst.«

»Natürlich nicht«, säuselte Anike. Ihr Herz raste vor Aufregung. Sie waren im innersten Teil der Schranne. Dort, wo ihr Vater festgehalten wurde. Krampfhaft versuchte sie, nur nach vorne zu schauen und sich nicht beständig nach ihm umzusehen.

»Manfred!«, schrie eine aufgeregte Stimme aus der Dunkelheit. »Komm schnell! An der Tür gibt es einen Aufstand. Der Grünschnabel hat irgendwas angestellt. Ein Mob probiert, in die Schranne zu gelangen. Es geht sogar das

Gerücht, dass der olle Konrad auf dem Weg hierher ist, um nach dem Rechten zu sehen.«

Mosaikstein Nummer sechs.

»Ach du je, da macht man ein einziges Mal eine Ausnahme, und dann kommt gleich der Bürgermeister persönlich, wenn es einen kleinen Zwischenfall gibt.«

Eine einzige Ausnahme, dachte Anike amüsiert. Manfred war dafür bekannt, dass er den Wohlhabenderen unter den Gefangenen alles besorgte, wofür sie oder ihre Verwandten zahlen konnten. Sie war nicht die erste Dirne, die er hier herunterführte.

Der dicke Wächter rang mit sich. »Du wartest hier! Keiner darf dich sehen. Bürgermeister Bramber schon gar nicht.« Keuchend brachte er seinen massigen Leib zum Laufen. »Bleib weg von den Zellen. Der Abschaum da drin mag apathisch wirken, aber etliche von ihnen sind gefährlich und dazu schnell wie Nattern«, rief er Anike über die Schulter zu.

Die wartete, bis sie sein Schnaufen nicht mehr vernahm, und begann die Gefängniszellen abzugehen. Von Ralf wusste sie, dass ihr Vater in der dritten auf der linken Seite des Gangs war. Mit weichen Knien blieb sie davor stehen und sah hinein. Die fensterlose Steinmulde war dunkel und wirkte unbelebt. Vorsichtig umfasste sie die kalten Gitterstäbe. »Vater?« Sie musste schwer schlucken, um weitersprechen zu können. »Vater, ich bin hier.«

Keine Antwort.

Sie schob ihr Gesicht zwischen die armdicken Stäbe. »Vater, deine Aniki ist gekommen, um dich zu holen.«

Ein tiefes Brummen erklang. Der Ton hörte sich eher nach einem Tier denn einem Menschen an. In der Düsternis bewegte sich etwas.

»Vater?« Anike wurde unsicher. War dies die richtige Zelle?

Mit einem Mal schoss ein Wesen mit zwei golden leuchtenden Augen übernatürlich schnell aus der Dunkelheit hervor und packte grob ihre Handgelenke.

Sie blickte in das abgehärmte und unrasierte Gesicht eines verwahrlosten Mannes, der nur entfernt Ähnlichkeit mit dem hatte, den sie einst als Vater bezeichnet hatte.

»Vader«, hauchte sie, »het is mij Anike.«

Der Angesprochene begann an ihr zu schnuppern. Seine dämonischen Augen erleuchteten den trüben Zellentrakt. Immer fester drückten die schwieligen Hände zu.

Ich bin zu spät gekommen. Er ist nicht mehr da. Der Dämon beherrscht ihn vollends.

»Anike?« Seine Stimme hatte sich nicht verändert. Mit einem Mal hatten die Augen wieder eine menschliche Farbe angenommen. Jene grünen Augen, die Anike in ihrer Kindheit so oft die Angst genommen hatten.

»Ich bin es, dein kleines Mädchen.« Tränen verschleierten ihren Blick.

Er streichelte ihr sanft über die Haare. »Anike, bist du es wirklich?«

»Ja, und ich werde dich jetzt hier rausholen.«

»Ich denke mal, dass ich das leider nicht zulassen kann, meine Liebe.«

Anike erstarrte. Langsam drehte sie sich um und sah einem grinsenden Ralf ins Gesicht, dessen Antlitz von den Schlägen seines Würfelpartners noch immer grün und blau war. »Was sagst du da? Wir haben …?«

»Anike Kuipers«, unterbrach sie der Richter, »ich klage Euch wegen des Mordes an dem Müllermeister Heinrich an.«

»Du elendes Wiesel«, zischte sie.

»Nehmt sie fest!« Aus dem Dunkel erschienen Manfred, die angeblich darmkranken Wachen sowie weitere Soldaten.

»Unter ihrer Kleidung werdet ihr ein Stilett finden, mit dem sie dem armen Heinrich den Hals aufgeschlitzt hat.«

Routiniert durchsuchten die Wachen sie und beförderten die Waffe zutage.

»Ralf, du dreckiger Lügner. Ich hätte den Müller sein Werk beenden lassen sollen.« Anike versuchte, sich aus dem Griff der Bewaffneten zu befreien.

Eine Hand schoss aus der Zelle hervor, packte einen der Wächter am Hals und brach ihm das Genick.

»Treibt dieses Tier zurück!«, befahl Ralf und trat ängstlich einige Schritte nach hinten.

Mit Lanzen begannen die Soldaten auf Anikes Vater einzustechen, bis er aus zahlreichen Wunden blutete. Knurrend zog er sich ins Dunkel seiner Zelle zurück.

»Lasst ihn in Ruhe!«, rief Anike weinend. »Lasst ihn! Vater! Vater!« Anike sah, dass seine Augen golden leuchteten. Er gab kehlige Jammerlaute von sich, die nichts mit der menschlichen Sprache gemein hatten. Der Dämon hatte wieder die Oberhand gewonnen.

»Schon besser! Sperrt sie daneben ein, bis wir etwas Passenderes für unser kleines Rotkehlchen finden.« Ralf wischte sich affektiert über seine Richterrobe. »Und gebt Reichsgraf Trauttmansdorff Bescheid, dass alles nach Plan verlaufen ist.«

DER
PRINZIPALKOMMISSAR

Münster,
29. November 1645 – 29. Kriegsjahr

Das ist es?«, fragte Trauttmansdorff lauernd.
Sein neuer Leibdiener Matthias erblasste. »Ja …
ja …«, stotterte er aufgeregt.

Was vermisse ich Johannes! Der hat sich wenigstens nicht jedes Mal eingenässt, wenn der Ton ein wenig rauer wurde. »Aha.« Der Reichsgraf trommelte mit den Fingern ungehalten gegen das Kutschenfenster. »Du bist dir sicher, dass das die richtige Adresse ist?«

Hektisch blätterte Matthias in einem Papierstapel herum. »Ja, hier steht es: Hat Quartier zu beziehen in der Königsstraße 10/12, Münster.«

Hat zu beziehen? Weiß der Bengel, was er da sagt und zu wem? Matthias war ihm von dessen adligem Vater Bernhard aufgedrängt worden. Das Geschlecht der von Arenstorffs hatte schon bessere Tage gesehen. Der alte Freiherr versprach sich von der neuen Position seines Filius Zugang zur Macht. Trauttmansdorff hatte diesem Plan aufgrund langer Verbundenheit zu Bernhard zugestimmt. Leider hatte der Vater vergessen zu berichten, dass Matthias ein verschüchtertes Muttersöhnchen war und weder von Politik noch vom Leben Ahnung hatte. Nun hatte er den Bengel seit seinem Aufbruch in Wien an der Backe. In der Hofburg hätte er ihn mit allerlei anderen Aufgaben überschütten können und seine Ruhe vor dem kleinen Nichtsnutz gehabt. Auf der langen Reise hingegen hatten sie ständig miteinander zu tun. Matthias fuhr in seiner persönlichen Kutsche mit, weil er nicht sonderlich gut reiten konnte. Trauttmansdorff stöhnte genervt. »Ist das alles, was du mir über meine Unterkunft als Chefunterhändler Seiner Majestät zu berichten hast?«

»Nein!« Aufgeregt schüttelte der untersetzte Junge den Kopf. Sein Doppelkinn bewegte sich im gleichen Rhythmus. »Das ist der Hof der Erbmänner Kerckering zur Borg. Eigentlich eine Eurem Rang angemessene Unterkunft.« Er hob die Achseln und blickte zu Trauttmansdorff empor wie ein Welpe, der kurz davor stand, ertränkt zu werden.

Ich hätte ihn in die Donau werfen lassen sollen, als die sich noch in greifbarer Nähe befand. Trauttmansdorff entschloss sich um seiner selbst willen, den Jungen zu erlösen. »Es sieht ganz nett aus. Würdest du bitte meine Ankunft ankündigen und dich darum kümmern, dass alle Sachen ins Haus geschafft werden?«

Eifrig nickte Matthias. Derart klare und simple Anweisungen befolgte er dienstwillig und penibel. *Er wäre ein trefflicher Stallbursche oder Küchenjunge geworden.* Leider ziemte sich solch eine niedere Profession für einen Adligen nicht. Er war das eindeutige Gegenteil von Johannes. Der Straßenjunge hatte über einen dermaßen scharfen Verstand verfügt, dass Trauttmansdorff ihm die Regentschaft des Reichs zugetraut hätte. Nur hatte er niemals einen Titel besessen und wäre ohne seine Hilfe in der Gosse verendet.

Bei den Verhandlungen bin ich auf mich allein gestellt. Matthias war niemand, den man auf Geheimmissionen schicken oder damit beauftragen konnte, einen missliebigen Gegner aus dem Weg zu räumen. Das erschwerte Trauttmansdorff die Realisierung seiner Aufgabe um ein Vielfaches, zumal ihm der Kaiser persönlich Geheiminstruktionen gegeben hatte, die alles andere als einfach zu erfüllen waren. »Trotzdem werde ich wie immer mein Bestes geben!«

»Herr?«, fragte Matthias mit verwirrtem Blick und ließ vor Schreck seinen Zettelstapel fallen.

»Nichts, mein Junge. Ich habe nur laut gedacht. Warum lungerst du immer noch in der Kutsche herum? Hatte ich dir nicht zahlreiche Erledigungen aufgetragen?«

Trotz Matthias' Sorgen war die Unterkunft großzügig eingerichtet und es gab Heerscharen an Dienern und Dienstmädchen, die einem jeden Wunsch von den Lippen ablasen. Die Gastgeber waren diskret und ausgewählt höflich. Alles genau so, wie es Trauttmansdorffs Position als erster Delegat der gewichtigsten Gesandtschaft des Friedenskongresses zustand.

Wie hätte es anders sein können. Ich habe die Unterkunft schließlich selbst ausgesucht, dachte Trauttmansdorff belustigt.

Wo und wie ein Unterhändler beherbergt war, war Teil der Diplomatie. Einen Verhandlungsführer, der in einem floh- und rattenverseuchten Loch lebte, nahm niemand ernst. Stöhnend ließ sich Trauttmansdorff auf ein weich gepolstertes Kanapee fallen und legte die Füße hoch. Die wochenlange Reise war anstrengend gewesen. Dazu quälten ihn seit seinem Aufbruch Darmprobleme. Im Moment war das Beste an seiner Ankunft in Münster, dass sich immer ein Abort in der Nähe befand. Während er überlegte, ob er Matthias rufen und um ein oder zwei Gläschen Wein bitten sollte, trat der Bursche unaufgefordert ins Zimmer. Er hatte ein Tablett mit Weinkaraffe und Kelchen bei sich. *Eventuell ist er ja doch zu etwas zu gebrauchen.* Dazu musste er jedoch erst mal Manieren lernen. »Hast du noch nie was von Anklopfen gehört? Du bist nicht mehr der junge Burgherr, sondern mein Diener«, brummelte ihn Trauttmansdorff an und gähnte.

»Entschuldigt, ich … ähm.« Er machte sich daran, wieder hinauszugehen.

Entnervt rieb sich Trauttmansdorff übers Gesicht. Er musste sich dringend rasieren lassen. Selbst das traute er Matthias nicht zu. »Der Wein bleibt hier!«

Mit zitternden Händen stellte der Leibdiener das Tablett auf dem Schreibtisch ab. »Bitte entschuldigt die Störung, Herr.«

»Schon gut, was willst du?«, fragte Trauttmansdorff. Die Aussicht auf Wein hatte ihn gnädig gestimmt.

»Es ist jemand hier, der Euch sprechen möchte.«

Nur keine Müdigkeit vorschützen, immerhin haben sie mir Zeit gelassen, mein Zimmer zu beziehen. Langsam erhob er sich und trottete zu dem ausladenden Schreibtisch, der seinem eigenen in Wien erstaunlich ähnlich war. Eine weitere Aufmerksamkeit seiner diskreten Gastgeber. Einzig die Stapel an unbearbeiteten Papieren fehlten – noch. Er setzte sich in den Lehnstuhl und streckte sich. »Wer ist es? Ein Franzose? Etwa Henri d'Orléans, der Herzog von Longueville? Seit seiner Berufung zum Hauptbevollmächtigten der französischen Delegation sind die Franzmänner nicht mehr zu unterschätzen.« Versonnen rieb sich Trauttmansdorff die Hände. Er hatte seine Hausaufgaben gemacht und gewann langsam Spaß an der neuen Aufgabe.

»Ähm …« Matthias errötete.

»Sag bloß nicht, dass es Vertreter der Reichsstände sind. Ich war von Anfang an dagegen, diesen Aufschneidern einen Platz am Verhandlungstisch zuzugestehen.« Trauttmansdorff seufzte übertrieben. »Wenn Seine Majestät nur auf mich hören würde.«

»Ich habe nicht gefragt.«

Das kann nicht wahr sein! Ich überschütte ihn mit Geheimwissen und er ist zu blöd, Besucher nach dem Namen zu fragen. »Dann tu das gefälligst, du elender Idiot!«, entfuhr es dem Reichsgrafen. Hastig schenkte er sich Wein ein, damit seine Hände keine Dummheit begingen.

Es dauerte eine Weile, bis sein Diener zurückkam. Leicht gebeugt, als würde er eine schwere Last tragen, schob er sich durch die Tür.

»Nun?«, fragte Trauttmansdorff lauernd. »Dein Vater hat mir versichert, dass du Französisch sprichst.«

»Das tue ich, Reichsgraf, aber der Besucher spricht Deutsch und …« Matthias trat verlegen von einem Fuß auf den anderen. »… er will seinen Namen nicht sagen.«

»Was ist nur los mit dir? Befiehl meiner Leibgarde, den Kerl rauszuwerfen und ihm dabei einige kräftige Hiebe als Belohnung für seine Unverschämtheit mitzugeben. Ich bin der erste Unterhändler des gesamten katholischen Lagers, mithin die Stimme des Kaiserhauses. Wir sind hierhergekommen, um einen Krieg zu beenden, denkst du, da hätte ich Zeit, mich mit jedem aufgeblasenen Wichtigtuer zu unterhalten?« Resigniert warf er sich gegen die Lehne des Stuhls. Warum hatte er diesen nichtsnutzigen Bengel nur mitgenommen?

»Der Mann behauptet, Euch zu kennen«, murmelte Matthias und leckte sich aufgeregt über die Lippen.

»Das tun viele. Ich bin ein einflussreicher Politiker, wie dir inzwischen vielleicht aufgefallen ist. Matthias, ich denke, dass es das Beste ist, wenn du nach …«

»Folgendes soll ich Euch von ihm sagen«, unterbrach der Diener ungebührlicherweise seinen Herrn. »Ich habe Euch achtzehn gegeben.«

Das kann nicht sein. Trauttmansdorff schoss aus seinem Stuhl hoch.

Matthias knetete die Hände. »Der Mann hat behauptet, dass es sehr wichtig wäre, dass Ihr dies erfahrt. Auch das habe ich leider nicht verstanden. Bitte verzeiht, wenn ich einen Fehler begangen habe. Ich werde veranlassen, dass man ihn des Hauses verweist.«

»Nein, nein!« Aufgebracht wedelte Trauttmansdorff mit der Hand. »Du hast alles richtig gemacht. Trägt der Herr schwarze Kleidung?« Der Junge nickte. »Wer außer dir hat ihn gesehen?«

»Nur die beiden Türwachen und ein Kammerdiener.«

»Gut, sehr gut. Bring ihn zu mir, aber zu niemandem ein Wort darüber, dass er hier war. Haben wir uns verstanden?«

Mit beseeltem Gesicht verbeugte Matthias sich und eilte davon.

Er freut sich, dass wir ein Geheimnis teilen. Jetzt werde ich den Kleinen nie mehr los.

Kurze Zeit später trat ein Totgeglaubter über die Schwelle von Trauttmansdorffs neuem Arbeitszimmer: Hayo von Dietrichshagen.

»Matthias, du kannst gehen. Sorge dafür, dass uns niemand stört.«

Mit einem unterwürfigen Nicken verschwand der junge Diener aus dem Raum.

»Reichsgraf, es ist mir eine Ehre, dass wir uns endlich einmal persönlich kennenlernen. Obwohl, durch die enge Zusammenarbeit mit Johannes habe ich natürlich eine gewisse Vorstellung von Euch bekommen.« Hayo deutete grinsend eine Verbeugung an.

Ich hätte diesen Schwätzer längst aus dem Weg räumen lassen sollen. Seine Experimente waren pure Ketzerei. Er wird ahnen, dass ich sie ohne das Wissen des Kaisers befohlen habe. Das gibt ihm entschieden zu viel Macht über mich.

»Ich hatte fast befürchtet, dass Ihr einen alten Gefolgsmann nicht empfangen wollt, Reichsgraf von und zu Trauttmansdorff. Und das, obwohl ich Euch so lange treu gedient habe.«

»Meister Hayo, welch ein freudiger Anblick«, gab Trauttmansdorff zurück. »Nachdem mein braver Johannes nicht aus Jankau zurückgekommen ist, habe ich mir um Euch größte Sorgen gemacht. Es freut mich, dass es Euch besser als ihm ergangen ist.«

»Wer's glaubt«, schnaubte der Feldscher, wandte dem Grafen den Rücken zu und blickte aus dem Fenster in die spätherbstliche Dunkelheit hinaus. »Ihr habt nicht nach mir suchen lassen.«

Das hätte ich tun sollen – durch einen Meuchelmörder.

»Wir können auch Tacheles reden, wenn Euch das lieber ist«, knurrte der Reichsgraf, dem es ohnehin zuwider war, diesem Mann gegenüber höflich aufzutreten. »Ihr habt Eure vollmundigen Versprechungen in keiner Weise eingehalten. Die Schlacht ging verloren und Ihr seid verschwunden. Niemand weiß zu sagen, ob vor oder nach dem Beginn der Kämpfe.«

Hayo gab ein bitteres Lachen von sich. »Ihr wollt mir unterstellen, dass ich ein Deserteur sei? Hier.« Er knöpfte seinen Ärmel auf.

Mit gespieltem Desinteresse betrachtete ihn Trauttmansdorff. Trotzdem konnte er nicht verhindern, dass er zischend Luft einsog. Die Haut des Arms sah aus, als wäre sie wie Wachs geschmolzen und beim Erstarren an den falschen Stellen zusammengewachsen. Muskelstränge und Sehnen waren zu erkennen.

Ächzend und mit fahrigen Bewegungen verbarg der Feldscher die Wunde wieder unter seiner Kleidung. »Die stammen von einem Dämon. Das Feuer, das die Kreaturen speien, ist hundert Mal heißer als jede Flamme, die Menschen hervorrufen können. Ich hatte Glück. All meine Lehrlinge und meine gesamte Ausrüstung sind dem Wesen zum Opfer gefallen. Ich konnte mich nur durch einen glücklichen Zufall retten.« Er machte eine Pause, in der man nur das Prasseln des einsetzenden Regens auf der Fensterscheibe vernahm. »Das habe ich alles Euch zu verdanken.«

»Wohl eher Eurem eigenen Unvermögen. Martin hat es geschafft, so viele der Höllenkreaturen zu beschwören, dass die Schweden uns trotz unserer zahlenmäßigen Überlegenheit vom Gefechtsfeld fegen konnten. Er hat diese Heldentat mit seinem Leben bezahlt und nicht nur mit einigen kleinen Narben«, untertrieb Trauttmansdorff absichtlich. »Erwartet kein Mitleid von mir, Hayo. Es ist Krieg, und den gedenke ich nach Eurem Scheitern auf dem diplomatischen Schlachtfeld zu gewinnen. Was wollt Ihr von mir? Eure Rolle ist gespielt.«

Mit gesenkter Stimme zerstörte der Feldscher Trauttmansdorffs Selbstbewusstsein: »Ich gehe davon aus, dass Ihr über einen Intellectus verfügt, der Euch berät.«

»Woher wisst Ihr …«

»Vergesst nicht, wer ich bin. Johannes hat mir von einigen Eurer überaus genialen Schachzüge erzählt. Und davon, dass man fast meinen könnte, dass Ihr in die Zukunft sehen würdet. So schlau ist kein Mensch. Sagt mir die Wahrheit: Ist es so?«

Lauernd kam Hayo näher. Währenddessen begann er, sämtliche Kerzen zu löschen.

»Was soll das?«, keifte Trauttmansdorff. Er hätte es nicht zugegeben, aber der Mann machte ihm Angst.

»Seht mir in die Augen!«

Trauttmansdorff bekam Kopfschmerzen unter dem stechenden Blick des Feldschers, trotzdem wagte er es nicht, die Wachen zu rufen.

Plötzlich war es stockdunkel. Hayo hatte das letzte Licht im Raum gelöscht.

»Seht mich weiter an!«

»Wie denn, ich kann die Hand nicht mehr vor Augen sehen.«

»Das ist gut«, bescheinigte der verrückte Feldscher. »Was ist mit Eurem Intellectus geschehen?«

Mein lieber Jarlon. Ein Schmerz, als hätte er einen geliebten Menschen verloren, breitete sich in ihm aus. »Das Wesen ist gemeinsam mit Johannes verschwunden. Es ist seit Monaten nicht erschienen.«

»Ihr hattet mehr Glück, als Ihr ahnt«, entfuhr es dem Feldscher. Er ließ eine Flamme aufleuchten und entzündete die Kerzen. Nun wirkte er freundlich und entspannt.

Trauttmansdorff fragte sich, wie er vor ihm hatte Angst haben können.

»Dann bleibt nur Gustav.«

»Wer soll das sein?«, fragte Trauttmansdorff genervt.

Der Feldscher kicherte in sich hinein. »Eure Gegner, allen voran die Schweden, werden eine Karte ziehen, gegen die Ihr nicht gewinnen könnt, gleichgültig welches Blatt Ihr zu haben glaubt. Ihr kennt doch sicher das Spiel Lansquenet. Die Pointeure triumphieren, egal was Ihr als der Bankhalter tut. Eure Niederlage ist vorgezeichnet. Ihr Atout – Gustav – weilt bereits hier in Münster, um Euch von Anfang an ein Bein zu stellen.«

»Ihr seid nicht besonders gut informiert, Hayo«, gab Trauttmansdorff zurück. »Die Schweden verhandeln in Osnabrück. Mit denen werde ich mich später beschäftigen. Jetzt geht es um die Franzosen und …«

»Nein, mein lieber Reichsgraf«, unterbrach ihn der Feldscher und lehnte sich über den Schreibtisch. Sein Gesicht rückte nah an Trauttmansdorffs heran und er flüsterte: »Ich fürchte, dass Ihr nicht informiert seid. Die Schweden haben einen extrem einflussreichen Abgesandten hierhergeschickt, um Eure Verhandlungen mit den Franzosen zu unterminieren: Gustav Hansson.«

»Noch nie von ihm gehört. Also kann er nicht wichtig sein.« Trauttmansdorff schenkte sich Wein ein. Bewusst bot er Hayo keinen an. Er wollte diesen Schwätzer nicht zum Bleiben ermuntern. Wüsste der Mann nicht so viel über ihn, hätte er ihn längst hinauswerfen lassen. »Oxenstierna und der alte Salvius weilen aktuell in Osnabrück, da waren sich meine Quellen sicher. Von irgendeinem Gustav hat keiner was erzählt.«

»Er ist oder besser war Martins Lehrling und ist mittlerweile selbst ein Meister der schwarzen Feldschere. Auch wenn ich von einem Kollegen erfahren habe, dass er diese Ehre auf zwielichtige Weise errungen hat.«

Der Reichsgraf zuckte mit den Schultern. »Welche Bedrohung sollte dieses Jüngelchen schon darstellen? Er konnte seinen Meister nicht vor dem Tod bewahren und verkriecht sich wahrscheinlich nur hier, um nicht länger im Felde verweilen zu müssen. Torstensson befindet sich nur noch im Rückzug, müsst Ihr wissen. Wien ist so gut wie gerettet.« Stolz schwang in Trauttmansdorffs Stimme mit. Er hatte die militärische Leitung und Verteidigung der Stadt an sich gezogen und damit hatten die Kaiserlichen ihren Siegeslauf begonnen.

»Oh, da unterschätzt Ihr Gustav. Ihr habt es selbst gesagt: Die Zeit, dass dieser Krieg auf dem Schlachtfeld entschieden wird, ist vorbei. Jetzt sind die Helden Diplomaten in feinem Zwirn und mit dünkelhafter Sprache.« Hayo blickte erneut aus dem Fenster, als würde es dort Interessanteres als Schwärze zu sehen geben.

»Ich brauche mich von Euch nicht in Diplomatie beraten zu lassen.«

»Unterschätzt den Jungen nicht.« Hayo nickte in Richtung der Weinkaraffe. »Darf ich?«

»Bedient Euch!«

Nachdem der Feldscher sich reichlich eingeschenkt und getrunken hatte, sprach er weiter. »Er muss über den Intellectus gebieten, der Martin einst so viel Macht verliehen hat. Nach Jankau ist der Junge bei den Schweden geblieben und sie haben einen Sieg nach dem anderen gegen Eure Truppen eingefahren. Als er sie jedoch verlassen hat, um hierherzureisen, wandte sich das Kriegsglück von Torstensson ab. Verbündete ließen ihn im Stich und seine Soldaten verloren mehr, als dass sie gewannen. Ein Zufall?«

Trauttmansdorff kam der Wein bei diesen Worten sauer hoch. *Und ich habe die ganze Zeit geglaubt, es sei meine brillante Taktik gewesen, die Fürst Rákóczi von dem Schweden abrücken ließ. Kein einziger Verteidigungsschlag gegen Torstensson geht auf mein Wirken zurück, sondern nur darauf, dass der Intellectus mit dem Bengel abgezogen ist.*

»Wird Gustav durch die Kräfte des Dämons bei den Verhandlungen unterstützt, ist ihm kein Mensch gewachsen«, streute Hayo mehr Salz in die Wunde. »Auch Ihr nicht!«

Furcht breitete sich in Trauttmansdorff aus. Er reagierte, wie immer in einem solchen Fall, mit Aggression. »Was schlagt Ihr vor, Feldscher? Soll ich die Drecksarbeit für Euch übernehmen und den Jungen aus dem Weg räumen?«

Hayo brummte vielsagend. »Ich komme nicht an ihn ran. Er wird zu gut geschützt von seinen schwedischen und französischen Freunden.«

»Ihr seid ein Dummkopf, Meister Feldscher. Wir sind hier nicht auf den Schlachtfeldern, sondern auf einem Friedenskongress. Stirbt ein wichtiger Delegierter, der Schweden und Franzosen gleichermaßen repräsentiert, könnten die Verhandlungen scheitern, bevor sie richtig Fahrt aufgenommen haben.«

»Mit Eurer Hilfe könnte ich es diskret erledigen lassen und …«

»Ihr werdet nichts dergleichen tun!« *Ich habe nämlich eine bessere Idee, wie ich den Bengel loswerde. Intellectus hin oder her. Ich werde ihm beweisen, dass ich schlauer als jeder Dämon bin.* »Hayo von Dietrichshagen, Ihr habt Euch zu lange in Angelegenheiten eingemischt, denen Ihr offensichtlich nicht gewachsen seid.«

»Wie könnt Ihr es wagen …«

Trauttmansdorff ließ sich von ihm nicht über den Mund fahren. Nie wieder. »Ich klage Euch hiermit wegen Feigheit vor dem Feind und Hochverrats an.«

Das Gesicht des Feldschers wurde zu einer Maske des Zorns. »Vergesst nicht, wer ich bin.«

»Oh, das tue ich schon nicht. Keine Sorge.« Trauttmansdorff klingelte mit einem silbernen Glöckchen.

Vier stämmige Wachen traten ein. Routiniert fixierten sie die Arme des Feldschers.

»Steckt ihn in eine seiner Eisenkisten und schafft ihn mir aus den Augen.« *Für alle Zeiten.*

Der Feldscher schrie Zeter und Mordio, aber gegen die Übermacht der Soldaten hatte er keine Chance.

Nachdem die geschlossene Tür Hayos Flüche verschluckt hatte, lehnte sich Trauttmansdorff im Stuhl zurück und verschränkte die Arme hinter dem Kopf. »Ein Problem bereits am ersten Tag gelöst. So kann es weitergehen«, redete er mit sich selbst und grinste selbstgefällig. Er klopfte mit den Fingern auf seinem Schreibtisch herum. *Und bald kümmere ich mich um diesen Gustav Hansson.*

SCHLECHTE NACHRICHTEN KOMMEN SELTEN ALLEIN

Zerschlagen und durchgefroren lief Gustav zurück zum Gasthaus *In die drei Könige,* wo er seit etlichen Wochen gemeinsam mit Benno sein Lager aufgeschlagen hatte. Der schwedische Sekundärgesandte Salvius hatte nicht übertrieben, die Unterkunft und das Essen in der altehrwürdigen Schenke waren ausgezeichnet. Bedeutsamer als dies war jedoch, dass er endlich einen Aktivposten in den Friedensverhandlungen einnahm. Der französische Delegationsleiter Herzog d'Orléans hatte ihn mit offenen Armen empfangen und gestattete Gustav Zugang zu sämtlichen Verhandlungen. Er fungierte als eine Art vertrauensvoller Bote zwischen den Schweden, Franzosen und Torstensson. Regelmäßig reiste er nach Osnabrück, um sich mit Salvius zu besprechen. Gemeinsam hatten sie zwei Versuche vereitelt, die Verbündeten zu entzweien. Inzwischen war er weitestgehend etabliert und machte bereits eigene Vorschläge, von denen manche Gehör fanden. Oft verfasste er bis spät in die Nacht Briefe mit Zustandsbeschreibungen an Torstensson. Salvius hatte ihm dazu eine Geheimschrift beigebracht, die der Feind nicht entschlüsseln konnte. Es machte Gustav stolz, einen wichtigen Anteil an den Friedensverhandlungen zu haben. *Alles genauso, wie ich es mir erhofft hatte.* Es hätte eine arbeitsreiche, aber befriedigende Zeit sein können, wenn nicht zeitgleich mit ihm ein weiterer neuer Delegierter in Münster angekommen wäre. *Reichsgraf von und zu Trauttmansdorff.* Der kaiserliche Prinzipalkommissar war eine beeindruckende Persönlichkeit. Er besaß einen messerscharfen Verstand und war rhetorisch so geschickt, dass nur wenige Delegierte gegen seine Argumente ankamen. Der Kaiser hatte gut gewählt. *Der Reichsgraf könnte auf dem diplomatischen Parkett das gewinnen, was die Militärs im Felde nicht erreicht haben.* Die Franzosen hingegen befanden sich nach seinem Dafürhalten auf der Verliererstraße. Sie hatten sich zu lange mit sich und dem Streit zwischen ihren Gesandtschaftsleitern beschäftigt. Herzog d'Orléans hatte es zwar geschafft, die Auseinandersetzungen zu beenden, dessen ungeachtet blieben die Franzosen als Gruppe geschwächt. Der Reichsgraf wusste das und nutzte diese Schwachstelle weidlich aus. Trotzdem verachtete ihn Gustav nicht. Der Adlige mochte offiziell sein Gegner sein, aber seine Vorschläge waren sinnvoll und auf Ausgleich bedacht. *Ist diesem Mann zu trauen?* Der Krieg hatte viele Wunden geschlagen, sodass die Verhandlungen mehr durch Rachsucht und überhöhte Wiedergutmachungsansprüche getrieben wurden als durch echte Vernunft. Vorschläge der Gegenseite wurden oft nur deshalb abgelehnt, weil sie eben von der Gegenseite stammten. Gustav zog die Fellmütze tiefer, um seine schmerzenden Ohren zu bedecken. Eisiger Wind kam auf. Der Geruch nach Schnee lag in der Luft.

»He, pass doch auf!«, fauchte eine weibliche Stimme.

»Entschuldigung«, murmelte Gustav. In Gedanken versunken, war er in eine Passantin hineingelaufen. *Wo bin ich denn jetzt schon wieder gelandet?* Nach Orientierung suchend sah er sich um. Münster war ihm längst nicht vertraut und er verlief sich regelmäßig. Allerdings nur, wenn er ohne Benno unterwegs war. Der Junge schien einen inneren Kompass zu besitzen, der ihn traumwandlerisch jeden Ort finden ließ.

Gustav nutzte die Silhouette des alles überragenden St.-Paulus-Doms, um wieder in die Spur zurückzufinden. Er bog links in eine schmale Gasse voller Schreinerläden und lief weiter in Richtung der Überwasserkirche, in deren unmittelbarer Nähe sich das *In die drei Könige* befand. Die Straßen leerten sich zusehends. Die Münsteraner und ihre zahllosen Gäste aus aller Herren Länder zog es in ihre warmen Unterkünfte. Gustav fragte sich insgeheim, wann die Stadt endgültig aus den Nähten platzte. Sie war inzwischen derartig belegt mit Delegierten, die dazu eine stattliche Anzahl an Bediensteten mitgebracht hatten, dass es einem Wunder glich, dass niemand in Zelten vor der Stadtmauer hausen musste.

Gustav beschleunigte seine Schritte. Er freute sich auf den prasselnden Kamin des Gasthauses. Außerdem hatte er Hunger. Der Küchenjunge der drei Könige machte einen ausgezeichneten Eintopf mit Hammelfleisch. Das Wasser lief Gustav bei dem Gedanken im Mund zusammen. Ein Abend mit gutem Essen und Bennos belanglosem, aber immer amüsantem Geplänkel würde ihm guttun. Das schriftliche Verhandeln und noch mehr das stille Beobachten waren ein hartes und zeitraubendes Geschäft. Ständig verbissen sich die Delegationsmitglieder in Kleinigkeiten, die nur in zermürbenden Diskussionen gelöst werden konnten. *Bis der Reichsgraf sich einmischt und alles wieder von vorn beginnt.* Seufzend trat Gustav in das Gasthaus ein. Lauwarme, nach Bier und Bratfett riechende Luft empfing ihn. Dazu das vertraute Gemurmel und Gelächter der anderen Gäste. Zügig stieg er die Treppe hinauf, um Benno zum Essen abzuholen. Der Junge und er hatten im zweiten Stockwerk drei miteinander verbundene Räume für sich allein. Ein ausgesprochener Luxus in einer Stadt voller Fremder. Er öffnete die Tür zu ihren Gemächern.

»Meister«, rief sein Lehrling und verbarg hastig etwas hinter seinem Rücken.

»Ich hoffe, dass ich nicht ungelegen komme. Ich lebe hier, falls du das vergessen hast.« *Was hat er heute wieder ausgeheckt?* Benno durfte nicht an den Verhandlungen teilnehmen und verbrachte einen Großteil des Tages im Gasthaus. Das schlechte Wetter und die Tatsache, dass er in der Stadt niemanden außer Gustav kannte, machten ihn einsam und erfinderisch im Zeitvertreiben. Gustav kam oft erst nach Anbruch der Nacht zurück und war dann so zerschlagen, dass zum Unterhalten oder gar Ausbilden kaum Zeit blieb. »Was versteckst du da vor mir?«, fragte er mit einem schiefen Grinsen. Im Grunde war er froh, dass der Junge sich eine Beschäftigung suchte.

»Ähm …«, druckste Benno herum.

Kraftlos ließ sich Gustav auf eine Bank fallen und versuchte, seine kniehohen Stiefel auszuziehen. Etwas, das sich als unmögliches Unterfangen erwies. Schnell gab er auf. »Wenn du mir mit denen hilfst, werde ich nicht schimpfen, versprochen.«

»Nichts lieber als das, oh holder Meister. Wie war denn dein Tag? Gab es aufregende Verhandlungen darüber, welcher der hohen Herren zuerst popeln darf, oder gar Streit über das zu servierende Mittagessen?«

»Ganz so belanglos war es nun auch wieder nicht«, winkte Gustav ab. *Aber beinahe.* Bennos fröhliches Wesen verscheuchte seine bescheidene Laune. »Außerdem merke ich es, wenn du versuchst abzulenken.«

Benno zog so heftig am linken Stiefel, dass er auf dem Hintern landete, als sich der Schuh von Gustavs Fuß löste. »Na gut, aber denk daran, dass du versprochen hast, nicht zu schimpfen.«

»Ja, ja«, murmelte Gustav und blickte sich suchend um. »Hast du wieder etwas angezündet?«

»Ich verstehe gar nicht, warum du da so misstrauisch bist. Nur wegen dieses kleinen Vorfalls in Osnabrück. Immerhin war das Hühnerauge danach verschwunden und wir haben den Brand ziemlich schnell gelöscht. Im Grunde genommen war es ganz lustig. So haben wir die Nachbarn kennengelernt. Es war beeindruckend, wie fleißig die alle mit angefasst haben.«

»Ja, damit ihre Häuser nicht bis auf die Grundmauern niederbrennen. Dir haben wir es zu verdanken, dass sich unsere Abreise nach Münster um fast zwei Wochen verzögert hat. Du lenkst schon wieder ab!«

»Also gut.« Benno reinigte die Stiefel mit einem Lappen, bevor er sie ordentlich neben der Tür aufstellte. Wahrscheinlich wollte er Zeit schinden und für gutes Wetter bei Gustav sorgen. »Ich sage dir vorweg, dass Otto nichts dagegen hatte. Er hat gesagt, dass er es nochmal verwenden wird. Vermutlich für Geschnetzeltes.«

»Otto, der Küchenjunge?« Gustav zog fragend eine Augenbraue hoch.

»Von wem hätte ich es sonst bekommen sollen?« Grinsend holte Benno ein gerupftes kopfloses Huhn unter einem Tuch hervor.

Ratlos blickte Gustav auf das tote Tier. »Ich verstehe nicht …«

Benno drehte es langsam um.

Gustav entdeckte die Naht. »Hast du damit etwa geübt, Wunden zu nähen?« Er nahm das Huhn und begutachtete das Werk seines Lehrlings.

»Ja, bitte entschuldige. Mir fehlt die Arbeit als Feldscher, und um nicht aus der Übung zu kommen, habe ich mich daran versucht.

»Ich hoffe, du hast nicht sämtliches Catgut verbraucht oder gar die Silbernadel verbogen.«

»Natürlich nicht! Ich weiß zwar, dass das nicht dasselbe ist, aber die Haut eines Huhns und eines Menschen sind ähnlich und da dachte ich eben …« Betreten senkte er den Kopf.

»Benno!« Gustav legte ihm väterlich die Hand auf die Schulter. »Das ist hervorragend geworden. Wäre das Huhn nicht kopflos, dann hättest du ihm vermutlich das Leben gerettet.« Stolz begutachtete er die feinen Einstiche und die sorgfältig geknüpfte Naht. »Du wirst immer besser. Es tut mir leid, dass ich momentan keine Zeit für unsere medizinische Arbeit habe. Ich verspreche, dass es bald wieder anders kommt.« Gustav schämte sich für diese Lüge. Die Verhandlungen konnten sich noch Jahre hinziehen.

»Das wäre schön. Ich bin gern ein schwarzer Feldscher.« Achtlos warf Benno das Huhn auf den Tisch. »Übrigens ist ein Brief für dich gekommen. Was wollen wir essen? Ich freue mich schon den ganzen Tag auf den Eintopf und …«

»Von wem ist er?«

»Otto macht den. Weißt du doch. Hammeleintopf ist seine Spezialität. Er schmeckt bei ihm fast gar nicht tranig und …«

»Ich meine den Brief. Von wem ist der Brief?«

»Ach so.« Benno holte das Schreiben aus der Schublade eines Walnussschränkchens. »Keine Ahnung.«

Gustav verdrehte die Augen und besah das rote Siegel. Ein großes X war darauf zu sehen, wohingegen ein Halbmond und zwei Sterne nur teilweise ihren Weg in den Siegellack gefunden hatten. Trotzdem erkannte er problemlos das Wappen der Familie de la Gardie. *Anike hat geschrieben.* Sein Herz machte einen Satz. Seit Monaten hatten sie nichts voneinander gehört. Gustav hatte keine Möglichkeit, mit ihr zu korrespondieren, da sie mit der Armee der Schweden beständig umherreiste. Umso erstaunlicher war es, dass ihr Brief ihn erreicht hatte. Er betrachtete lächelnd die Adresse. An: Gustav Hansson, das schiefe Haus, Osnabrück. Hastig brach er das Siegel mit dem Daumen und entfaltete das Papier.

Lieber Gustav,
es schmerzt mich, Euch schreiben zu müssen, aber es haben sich so viele Dinge ereignet und ich möchte, dass Ihr sie von mir persönlich erfahrt, da ich annehme, dass wir uns nicht wiedersehen werden.

Gustavs Augen flogen über das Papier.

Leider geht es dem Grafen immer schlechter. Die Königskrankheit quält ihn so stark, dass er zum Fünfzehnten des Dezembers anno 1645 sein Amt als Generalissimus schweren Herzens niederlegen musste. Wir befinden uns bereits auf der Rückreise nach Schweden, wo er ein weniger anstrengendes, aber ebenfalls einflussreiches Amt antreten wird. Er versichert Euch, dass er weiterhin davon überzeugt ist, dass Ihr ein wichtiger Teil der Friedensverhandlungen sein solltet, und hat bei den ent-

sprechenden Regierungsstellen dafür gesorgt, dass Euer Status erhalten bleibt. Er freut sich auf weitere Berichte von Euch.

»Der Brief ist von Gräfin de la Gardie«, sagte Gustav eher zu sich selbst als zu Benno.

Der kaute an irgendetwas herum und fragte mit vollem Mund. »Was will sie?«

»Torstensson hat das Kommando niedergelegt.«

»Auweia, wer beschützt uns jetzt?«, sprach Benno das aus, was Gustav dachte.

Der Brief und die schlechten Nachrichten hatten noch kein Ende.

Ich schreibe Euch diese Zeilen aus einem einfachen Gasthaus und hoffe, dass sie Euch erreichen werden, weil ich Euch ebenfalls mitteilen will, dass uns Anike verlassen hat. Meine Hoffnung ist, dass sie zu Euch zurückgekehrt ist, aber eine mahnende Stimme sagt mir, dass sie eine Dummheit begeht. Es schmerzt mich, dass sie ohne Abschied davon ist, auch wenn das ihre freie Entscheidung war. Ich schließe euch beide in meine Gebete ein und Wünsche mir von ganzem Herzen, dass ihr eines Tages das Glück findet, das ihr verdient habt.
PS: Ihr seid jederzeit bei uns willkommen!

Beata

Der Brief glitt Gustav aus den Fingern.

»Geht es dir nicht gut?«, fragte Benno besorgt und stützte ihn.

Kraftlos ließ Gustav sich auf die Bank zurückfallen. »Anike ist verschwunden.«

»Wie bitte? Was soll das bedeuten?«

Sie wurden von einem Klopfen unterbrochen.

»Könnte Otto sein, der sein Huhn fürs Abendessen zurückhaben will.« Benno zuckte entschuldigend mit den Schultern.

Gustav hörte ihm nicht mehr zu. *Anike, was hast du getan?*

»Otto, ich habe dein Federvieh pfleglich behandelt und du … ähm … Wer bist du denn?«

»Werter Feldscher«, erklang eine Gustav unbekannte Stimme. »Mein Name ist Matthias und ich bin im Auftrag meines Herrn hier.«

»Bestell deinem Herrn, dass meiner für heute genug von Heuchelei und Dummgeschwätz hat. Er wird ihm morgen wieder zur Verfügung stehen.«

»Verzeiht, aber das kann ich dem meinigen auf gar keinen Fall ausrichten.«

»Soll ich es dir aufschreiben?«

»Nein. Es ist nur so, dass mein Herr, der Reichsgraf Maximilian von und zu Trauttmansdorff, es nicht gewohnt ist, dass man seine Einladungen ausschlägt. Er würde deinen Meister heute gern sehen.«

Das Wort ›Reichsgraf‹ hatte Gustav hellhörig werden lassen. Eine Einladung des wichtigsten Verhandlungsführers hatte nicht nur für ihn selbst Bedeutung, sondern für ganz Schweden und Frankreich. Dennoch beschlich ihn ein ungutes Gefühl. *Am gleichen Tag, an dem ich erfahre, dass mein Mentor und Beschützer Torstensson nicht länger der schwedische Heerführer ist, ruft er mich zu sich. Das kann kein Zufall sein.*

»Und wenn dein Herr der Kaiser persönlich ist, mein Meister wird nicht …«

»Lass gut sein, Benno.« Gustav trat in den Türrahmen. »Bestell dem Reichsgrafen, dass ich in Kürze zu ihm komme.«

Matthias nickte bescheiden. Seinem Gesicht war abzulesen, dass er erwartet hatte, dass ihn Gustav unverzüglich begleitete. »Soll ich Euch führen, damit Ihr …«

»Nein, danke! Ich kenne den Weg zur Königsstraße.« Gustav schloss die Tür. *Ich muss allein sein, vielleicht brauche ich heute Nacht die Hilfe eines Dämons.*

KOMPROMISSE

B itte lass mich mitkommen! Das könnte eine Falle sein«, bettelte Benno. »Er will dir bestimmt etwas antun und …«

»Nein«, beschied Gustav zum wiederholten Male. »Ich gehe allein! Der Reichsgraf ist kein Meuchelmörder, sondern ein Diplomat. Er ist zu schlau und geschickt, um derartige Methoden nötig zu haben.« *Trotzdem ist es mit Sicherheit eine Falle.* Er zupfte ein letztes Mal an seiner Kleidung herum. »Kann ich so gehen?«

»Du siehst aus wie immer«, antwortete Benno mit einem übertriebenen Schmollgesicht.

»Sei nicht traurig! Dafür darfst du meine Portion Hammeleintopf mitessen.«

Das Gesicht des Jungen hellte sich auf.

»Gut, dass du kein Delegierter bist.« Gustav lachte. »Mit Essen könnte man dich allzu leicht bestechen.«

»Da ist etwas dran.« Der Lehrling gab zügellose Schmatzlaute von sich.

»Obwohl ich mich frage, wie du derartige Mengen vertilgen kannst.«

Benno klopfte auf seinen flachen Bauch. »Ich wachse noch.«

Gustav wurde wieder ernst. »Verlass heute Nacht das Gasthaus nicht und bleib wach! Schirre Jolande ein und pack unsere wichtigsten Sachen zusammen, sodass wir schnell aufbrechen können.«

Benno klappte die Kinnlade herunter. »Hast du nicht gesagt, es wäre ungefährlich?«

»Ja, aber Vorsicht ist besser als Nachsicht.« Bevor sein Lehrling etwas darauf erwidern konnte, trat Gustav aus der Tür und rannte die Treppe hinunter. Heute Nacht war seine Diplomatentaufe.

Trotz seiner vollmundigen Ankündigung verirrte sich Gustav prompt erneut im Münsteraner Gassengewirr. Heftiger Schneefall erschwerte ihm zusätzlich die Orientierung. Die Nacht war daher weit fortgeschritten, als er durchgefroren und mit einer Schicht aus Eis und Schnee bedeckt an der hell erleuchteten Unterkunft des Reichsgrafen ankam. Zu seiner Überraschung erwartete ihn davor ein heftig frierender Matthias. Trauttmansdorffs Bote hüpfte von einem Bein auf das andere. »Matthias?«, fragte Gustav ungläubig. »Was macht Ihr hier draußen? Wenn Ihr meinen Rat als Feldscher annehmen mögt, empfehle ich Euch, dringend ins Warme zu gehen. Die Kälte nimmt besorgniserregende Ausmaße an.«

Mit klappernden Zähnen antwortete der junge Mann: »S-s-sehr gern, Herr. I-i-ich wollte warten, um Euch standesgemäß in Empfang zu n-n-nehmen. B-b-bitte folgt mir!« Er versuchte sich an einer einladenden Geste, die eher hölzern geriet.

Die Residenz, in der Trauttmansdorff wohnte, glich einem königlichen Palast. *Und ich war beschämt, weil Benno und ich drei Zimmer für uns haben.* Matthias führte ihn durch lange Gänge, die allesamt mit Kerzen und Fackeln erleuchtet waren. Das war der pure Luxus. In Gustavs Elternhaus hatte eine Bienenwachskerze mindestens eine Woche reichen müssen. Sie nicht rechtzeitig zu löschen, glich einer Todsünde. Hin und wieder sah Gustav schweigsame Bedienstete, die Geistern gleich durch die Flure huschten und jeden Augenkontakt mieden.

Matthias taute allmählich auf – im wahrsten Sinne des Wortes. Die Wärme lockerte ihm auch die Zunge. »Danke, dass Ihr so schnell gekommen seid, Meister Feldscher. Mein Herr wird das zu schätzen wissen.«

Ich habe ewig gebraucht. Kurz betrachtete Gustav die feuchte Spur, die Matthias und er auf dem gepflegten Holzboden hinterließen. Vermutlich würde sich sehr bald einer der Diener dieser Dreckflecken annehmen. »Das ist doch selbstverständlich.«

»Darf ich Euch etwas anbieten, um das Gespräch mit dem Reichsgrafen angenehmer zu gestalten? Einen warmen Würzwein gegen die Kälte in den Knochen? Gern Stärkeres, wenn Ihr das bevorzugt. Die Keller des Hauses sind gefüllt mit Köstlichkeiten aus der ganzen Welt.«

Glaubt er, dass er mich mit Alkohol gefügig machen kann? »Nein, vielen Dank. Ich bin mit einem warmen Feuer zufrieden, mehr brauche ich nicht.«

Der vor Gustav laufende Matthias ließ die Schultern hängen. »Das verstehe ich gut. Man friert sich ja beinahe zu Tode.«

Das hättest du aus Angst vor Trauttmansdorff ja auch fast hinbekommen.

»Selbst im Bett wird einem kaum warm bei diesem Wetter.« Matthias drehte sich um und zwinkerte Gustav verschwörerisch zu. »Falls Ihr Interesse hättet, könnte ich dafür sorgen, dass jemand Euch die Federn angewärmt hat, wenn Ihr ins Gasthaus zurückkehrt.«

Er will mir eine Hure aufs Zimmer schicken. »Auch daran habe ich kein Interesse«, entfuhr es Gustav unwirsch. Was dachte dieser Matthias von ihm? »Ich wäre Euch verbunden, wenn Ihr auf derartige Angebote in Zukunft verzichten würdet. Es wäre für den Reichsgrafen sicher nicht schicklich, sollte sich in den Verhandlungskreisen herumsprechen, dass man von ihm eingeladene Gesandte mit Dirnen und Alkohol behelligt.«

Selbst von hinten konnte man erahnen, dass Matthias rot anlief. »Entschuldigt bitte. Ich wollte Euch nicht …«

Natürlich wolltest du. »Schon gut«, unterbrach ihn Gustav, der kein Interesse mehr daran hatte, seine Zeit mit sinnlosem Geschwätz zu vergeuden.

Schließlich blieb Matthias vor einer Flügeltür stehen und klopfte zaghaft an.

Augenblicklich antwortete ihnen ein kräftiges »Herein!«.

»Es ist der schwedische Feldscher, Herr«, kündete Matthias Gustav an.

»Ah!« Trauttmansdorff stand auf und trat hinter seinem Schreibtisch hervor. Mit federnden Schritten und ausgestreckter Hand kam er auf Gustav zu. Man sah dem Mann in diesem Moment seine einundsechzig Jahre nicht an. »Schön, dass Ihr es einrichten konntet, Meister Hansson. Darf ich Euch etwas anbieten?«

»Danke, nein, das hat Euer Diener bereits in vollem Umfang getan.«

Mit zusammengekniffenen Augen fixierte Trauttmansdorff Matthias. »Du kannst gehen!«

Kaum war die Tür geschlossen, kam Gustav zur Sache. Er wollte klarmachen, dass der Reichsgraf nicht darauf bauen sollte, mit ihm das schwächste Glied in der schwedisch-französischen Kette vor sich zu haben. »Warum bin ich hier? Meine Zeit ist kostbar. So wie die Eure.«

Der Adlige taxierte ihn kurz. Respekt und Belustigung schwangen in dem Blick mit. »Also schön, verschwenden wir keine Zeit mit verlogenen Höflichkeitsfloskeln, sondern reden Klartext. Eine erfrischende Abwechslung. Ich bin die schriftlichen Verhandlungen mit den Unterhändlern der Spanier und Franzosen leid. Kaum zehn Sätze habe ich bisher mit dem päpstlichen Nuntius Chigi und dem venezianischen Botschafter Contarini persönlich gesprochen. Selbst dabei handelte es sich nur um belanglose Grußformeln. Die beiden würden mir vermutlich nicht mal die Frage beantworten, wie das Wetter heute ist.« Er schüttelte den Kopf.

Gustav empfand diese Art der Verhandlungsführung ebenfalls als ermüdend. Tagelang brüteten die Abgesandten über Formulierungen oder versuchten, verklausulierte Nebensätze zu interpretieren. Anschließend wartete alles auf die Antwort der Gegenpartei und das Spiel begann von Neuem.

»Von Herzog d'Orléans ganz zu schweigen. Der schaut mir nicht mal in die Augen vor Angst, dass er dadurch versehentlich Paris verliert.« Trauttmansdorff lachte. »Es ist so unsinnig. Alle sind so starr, nur weil man sich in diesem unsäglichen Hamburger Präliminarfrieden auf einen derartigen Firlefanz geeinigt hat. Kommunikation per Brief ist nicht das Gleiche, wie einander gegenüberzusitzen und zu reden. In den Augen sieht man die Wahrheit, hat meine Frau Mutter immer gesagt.« Er zwinkerte Gustav zu und goss sich Wein ein. »Seid Ihr sicher, dass Ihr nichts trinken möchtet? Es ist spanischer Rioja. Ich habe mir einige Fässer aus meinem persönlichen Weinkeller in Wien hierherbringen lassen.«

Bei den Kämpfen sterben täglich Tausende und im ganzen Reich verhungern Unzählige. Und dieser Mann lässt seinen Lieblingswein über Hunderte Meilen transportieren. Gustav schüttelte energisch den Kopf. »Nein, keinen Wein für mich!«

Trauttmansdorff zuckte mit den Schultern und trank einen langen Zug. »Ah, das hilft mir beim Denken.« Er kicherte listig. »Wo war ich? Ach ja, die Mühen des Friedenskongresses. Aber was klage ich – Ihr erlebt es ja selbst tagtäglich. In Osnabrück wäre es Euch besser ergangen. Ihr wisst sicher, dass sich die Schweden für direkte Verhandlungen entschieden haben. Dort soll es bisweilen ganz schön zur Sache gehen.« Er trank einen weiteren Schluck. »Nun ja, ganz freiwillig waren diese direkten Unterredungen natürlich nicht. Nachdem die Schweden gegen ihre dänischen Vermittler Krieg geführt hatten, hatten die verständlicherweise kaum Lust, die Laufburschen bei dem Kongress zu spielen.«

Er weiß viel. Sehr viel. Ich darf nicht vergessen, mit wem ich es hier zu tun habe. »Jetzt habt Ihr jemanden zum Reden und tut es doch nicht. Was wollt Ihr mir und meinen Gesandtschaften sagen? Es geht sicher nicht darum, dass Euch Tinte und Papier ausgegangen sind und wir deswegen nicht weiterkommen.« Gustav freute sich über diesen schlagfertigen Satz, war sich aber gleichzeitig unsicher, ob er nicht zu weit gegangen war.

Trauttmansdorff leckte seine vom Wein roten Lippen. »Euch ist sicher bewusst, dass sich die Situation Schwedens vor kurzer Zeit verändert hat.«

Rück schon damit heraus: Du weißt, dass Torstensson das Kommando abgegeben hat. »Nein, das ist mir neu«, log Gustav. Von ihm würde der Reichsgraf diese Information nicht bestätigt bekommen.

»Nein, ist es nicht. Wir beide haben Nachricht erhalten, dass Generalissimus Torstensson sein Amt niedergelegt hat.« *Er lässt mich beobachten. Wie konnte ich nur so dumm sein.*

Als könnte er seine Gedanken lesen, erklärte Trauttmansdorff. »Schaut nicht so schockiert. Die Briefe kamen mit dem gleichen Boten. Es war ein Leichtes herauszufinden, wohin er als Nächstes ritt.«

Gustav entgegnete nichts darauf.

»Wie dem auch sei, ich habe das Gerücht gehört, dass der General sein Amt aus gesundheitlichen Gründen aufgeben musste. Ihr wart doch sein Feldscher. Könnt Ihr das bestätigen?«

»Was ich bestätigen kann, ist, dass das schwedische Heer weiterhin von fähigen Männern geführt wird und Euren Truppen überlegen bleibt.«

Anerkennend nickte der erfahrene Diplomat. »Ihr seid gut, Gustav Hansson. Etwas, das ich nicht oft bei jungen Männern erlebe.«

Redet er von Matthias?, überlegte Gustav amüsiert.

Trauttmansdorff klopfte mit der Faust auf den Tisch. »Nachdem das geklärt ist, kann ich offen zugeben, dass Torstensson einer gütlichen Einigung zwischen dem schwedischen Königreich und meiner Regierung im Wege stand. Mit dem Mann sind zu viele schmachvolle Erinnerungen und Ereignisse verbunden, als dass man hätte beraten können, ohne über sein Schicksal zu reden. Für die Schweden ist er ein Kriegsheld, für uns ein Dämon.«

Unwillkürlich zuckte Gustav bei dem Wort zusammen. Es war ein seltsamer Zufall, dass sich der Reichsgraf für diese Formulierung entschied.

»Das bleibt mir nun erspart und daher bin ich gewillt, recht bald nach Osnabrück zu reisen und mit Oxenstierna persönlich zu verhandeln. Obwohl ich mich vermutlich eher an den guten alten Salvius halten sollte, wenn ich etwas erreichen will.« Ein gehässiges Glucksen entwich ihm.

Gibt es irgendetwas, das dieser Mann nicht weiß?

»Könntet Ihr ein Treffen für mich anbahnen?«

»Selbstverständlich!« Gustav nickte. Ihm und der schwedischen Delegation bot sich hier die einmalige Chance, direkt mit dem wichtigsten Abgesandten des Kongresses zu verhandeln. Darüber hinaus schmeichelte seinem Ego die Vorstellung, dass er es war, der diesen Erfolg anbahnte.

»Sehr gut. Ich kann hier natürlich nur vage bleiben, aber teilt den beiden mit, dass ich und meine Regierung gewillt sind, über Vorpommern und Rügen zu reden, außerdem über den Hafen von Wismar sowie die Bistümer Bremen und Verden.«

Gustav überrollte eine Hitzewelle. Was Trauttmansdorff andeutete, bezog sich auf die Hauptforderungen der Schweden. Würde sich der Kaiser bei diesen Themen auf Stockholm zubewegen – es ging um große Gebietsverluste für das Reich –, wäre eine Einigung in greifbarer Nähe. *Und damit Frieden.* »Das zu hören, wird die Unterhändler freuen«, bemühte er sich, in einem neutralen Tonfall zu sagen.

Trauttmansdorff stellte seinen Weinkelch ab und klatschte in die Hände. »Das dachte ich mir. Wir müssen doch endlich einmal vorankommen. Der gute Torstensson ist nicht der Einzige, der des Krieges müde ist. Bestellt ihm in Eurem nächsten Brief ergebene Grüße von mir.«

Trotz der Spitze konnte Gustav kaum glauben, was er gerade hörte. Eröffnete ihm der mächtige Unterhändler gerade, dass der Kaiser keine Lust mehr auf den Kampf hatte und zu Kompromissen bereit war? »Es freut mich, dass Ihr das so seht, Reichsgraf«, versuchte Gustav seine Euphorie zu verbergen. »Ich bin im Felde gewesen und es ist schrecklich dort.«

»Da kann ich Euch nur beipflichten«, erwiderte Trauttmansdorff mit einem gutmütigen Lächeln.

Vielleicht hätte ich ein Glas Wein nehmen sollen, um länger bei ihm zu verweilen. Wer weiß, was ich aus ihm herausbekommen hätte, dachte Gustav belustigt und ein wenig berauscht von seinem Verhandlungserfolg.

»Besonders nachts ist es grausam, wenn die schwarzen Feldschere ihre Arbeit verrichten, aber das brauche ich Euch ja nicht zu erklären.« Das leutselige Grinsen des Reichsgrafen wurde wölfisch.

Es ist an der Zeit zu gehen. Über die Aufgaben seiner Zunft wollte er unter keinen Umständen mit Trauttmansdorff sprechen. »Wir tun alle nur unsere Pflicht, Reichsgraf. Falls dies dann alles wäre, würde ich mich gern verabschieden. Es gibt einiges vorzubereiten, damit Ihr Euch alsbald mit der schwedischen Delegation treffen könnt.«

»Immer diensteifrig, genau wie Euer Meister. So lobe ich mir das.«

Was weiß er über Martin? Gustav beschloss, darauf nicht einzugehen. »Danke!« Er griff nach seinem schneefeuchten Umhang und machte sich daran zu gehen.

»Ich bin schon lange fasziniert von Eurer gemeinsamen Arbeit. All die Siege, die Euer alter Meister und Ihr den Schweden geschenkt habt, nötigen mir den höchsten Respekt ab.«

Gustav ging in Richtung Tür.

»Allerdings quält es mich ungemein, immer auf der Verliererstraße entlangschreiten zu müssen, wie Ihr Euch sicher vorstellen könnt. Das ist ein Umstand, den ich nicht länger akzeptieren kann. Deswegen möchte ich, dass Ihr

Oxenstierna und Salvius ausrichtet, dass es nur zu direkten Verhandlungen kommen wird, wenn sie Euch aus der Gesandtschaft ausschließen.«

Mit der Hand auf der Klinke blieb Gustav stehen.

»Mithin sollt Ihr mit dieser Botschaft Euren diplomatischen Dienst beenden, Meister Feldscher.« Bevor Gustav die Frage nach dem Warum stellen konnte, sprach Trauttmansdorff weiter. »Seid mir deswegen nicht gram, aber ich weiß um die starke Unterstützung, die Euch dank Eurer besonderen Kräfte zur Verfügung steht …«

Mela.

»… und ich möchte Euch nicht verdenken, dass Ihr sie nutzt. Dennoch kann und will ich nicht länger mit einem übermächtigen oder genauer gesagt übernatürlichen Feind verhandeln, den ich nicht besiegen kann. Tut dem Friedenskongress den Gefallen und zieht Euch ohne großes Aufsehen zurück. Genießt das Leben als Heiler und werdet sesshaft. Oder wozu Ihr immer Lust habt.«

»Ich habe keine Ahnung, wovon Ihr redet«, murmelte Gustav.

»Doch, mein lieber Feldscher. Das habt Ihr. Muss ich aussprechen, dass Ihr Euch der Kräfte eines Dämons bedient? Ein illegales Unterfangen in Eurer Zunft, das sogar mit dem Tod bestraft wird, wenn ich richtig informiert bin.«

Du bist immer richtig informiert. Langsam drehte sich Gustav um. Sein Atem ging hektisch. Es fiel ihm schwer, die Gedanken zu ordnen. Wie hatte er so unklug sein können zu denken, dass es von diesem Mann irgendetwas ohne einen Preis geben würde. »Was Ihr da sagt, entbehrt jeder Grundlage. Ich weiß nicht, was Euch zu solcherart Anschuldigungen bewegt, aber seid versichert, dass dies Eure Verhandlungsposition nicht stärken wird. Meine Auftraggeber vertrauen mir vollkommen, auch wenn Torstensson nicht länger Heerführer ist. Geht davon aus, dass ich weiter für die Schweden an den Verhandlungen teilnehmen werde und alles unternehme, um Eure Position zu schwächen«, entfuhr es ihm wenig diplomatisch.

»Ich hatte befürchtet, dass Ihr etwas in diese Richtung sagen würdet, daher habe ich das für Euch.« Er hielt Gustav einen kleinen Seidenbeutel hin.

»Was soll das?« Gustav haderte mit sich, griff aber schließlich danach.

»Schaut hinein!« Der Reichsgraf setzte sich in einen gepolsterten Sessel und gähnte.

Gustav zog den Beutel auf. Was er darin erblickte, ließ die Welt für einen Moment vor seinen Augen verschwimmen: eine rote Haarsträhne. Sie gehörte Anike. Zorn kochte in ihm hoch. Unbewusst ballte er die Fäuste. »Was habt Ihr getan?«

»Oh, fragt nicht, was ich getan habe, sondern sie. Die junge Dame ist in ein Gefängnis eingebrochen und hat einen ehrbaren Müller getötet. Auf sie wartet in Wien der Strang. Es ist an Euch, Meister Feldscher, sie zu retten. Zieht Euch aus den Verhandlungen zurück, so wie es mein Wunsch ist, und ich garantiere Euch, dass sie freigelassen wird.« Trauttmansdorff blickte Gustav direkt an. »Ach ja, nur damit wir uns richtig verstehen. Sollte mir auf merkwürdige«, er flüsterte übertrieben, »dämonische Art etwas zustoßen, wird sie ebenfalls sterben.«

»Ihr seid widerlich«, begann Gustav.

»Nicht widerlicher als alle anderen, Meister Hansson. Es ist Krieg, und Geschichte schreiben nur die Sieger. Anike hat das schon lange verstanden. Ihr auch?«

TOTGEGLAUBTE LEBEN NICHT VIEL LÄNGER

Nachdem Gustav Trauttmansdorffs Zimmer verlassen hatte, fühlte er sich wie betrunken. In seinem Kopf drehte sich alles und er wankte.

»Geht es Euch gut?«, fragte Matthias, der ihn hinausgeleitete.

Die Frage hörte sich aufrichtig an, aber Gustav war zu der Überzeugung gekommen, dass es in diesem Haus so etwas wie Aufrichtigkeit nicht gab. Jeder in der Nähe des Reichsgrafen war korrumpiert und verlogen. Deswegen murmelte er: »Den Rest des Weges schaffe ich ohne Eure Hilfe.«

»Herr, es wurde mir aufgetragen, Euch …«

»Lasst mich allein!«, schrie Gustav. Seine Stimme hörte sich schrill und fremd an.

Der Diener erbleichte, blieb jedoch stehen.

Gustav begann zu laufen. Er wollte nur raus. Weg von dem Gestank der Intrige und dem elenden Trauttmansdorff. Die Falle, die der Mann ihm gestellt hatte, war perfekt, und er war geradewegs hineingetappt. Selbst Mela konnte ihm dort nicht mehr heraushelfen. *Ich habe keine andere Wahl.* Er musste die Nachricht überbringen und anschließend den Friedenskongress verlassen. Für ihn war das diplomatische Spiel mit der heutigen Nacht beendet. *Wie hat der Reichsgraf von Mela erfahren?* Gustav hatte geglaubt, vorsichtig im Umgang mit der Dämonin gewesen zu sein, und jetzt das. Nicht mal Benno wusste von ihr. *Wie soll ich ihm erklären, dass er heute seinen letzten Hammeleintopf gegessen hat?* Der absurde Gedanke amüsierte Gustav und ließ ihn die Welt klarer sehen. Ein Funke Hoffnung kam in ihm auf. Vielleicht würde der gewiefte Salvius einen Kniff finden, um Trauttmansdorff für diese schändliche Tat eins auszuwischen? Das Leben pendelte sich irgendwann immer ein und es würde die Zeit kommen, in der auch der Reichsgraf einmal verlor. Gustav straffte sich. Von Trauttmansdorff wollte er sich nicht kleinkriegen lassen. *Ich fahre nach Wien und helfe Anike, so wie ich es ihr versprochen habe.*

Schwere Schritte holten ihn aus seinen Gedanken. Er sah über die Schulter und erblickte eine Gruppe Soldaten, die mit gezogenen Waffen auf ihn zuliefen. Gedachte Trauttmansdorff das Problem auf diesem Wege zu lösen? »Ich bin ein Gesandter der Schweden und Franzosen«, keifte er sie an. »Mich anzurühren, ist gleichbedeutend mit einem Angriff auf beide Länder.«

Die Männer blickten ihn einen Moment verwirrt an. Einer zeigte ihm sogar einen Vogel, bevor sie sich an ihm vorbeischoben.

Überschätze deine eigene Wichtigkeit nicht, kleiner Feldscher, hörte er Melas spöttische Stimme in seinem Kopf. Scham überkam ihn.

Das Palais erwachte schlagartig zum Leben. Die vielen Türen wurden hektisch geöffnet und zahlreiche Menschen quollen aus ihnen hervor. Fast alle waren bewaffnet. In den bisher so ruhigen Fluren wimmelte es wie in einem Bienenstock.

»Was ist hier los?«, fragte Gustav sich selbst. Im Grunde genommen war es ihm egal. Er würde nicht einen Moment länger hierbleiben, um es herauszufinden. Hastig rannte er in Richtung des weit offen stehenden Ausgangs. Kaum hatte er das hohe Tor des Anwesens hinter sich gelassen und war in die schneebedeckte Königsstraße eingetreten, keuchte er erleichtert auf. Sein Atem bildete Wölkchen. Es war kälter geworden, dafür hatte es aufgehört zu schneien. Ein sternenübersäter Winterhimmel beschien das schlafende Münster. Erleichterung durchströmte ihn. Er war froh, Trauttmansdorffs Klauen entkommen zu sein – zumindest vorläufig. So schnell es die Straßenverhältnisse erlaubten, lief er zurück in Richtung des Gasthauses. Er hatte Benno eine Menge zu erzählen.

Gustav war nicht weit gekommen, da traf ihn etwas an der Schulter. »Was zum …« Als er versuchte herauszufinden, worum es sich handelte, bekam er den nächsten Schneeball ab. Dem folgenden Geschoss konnte er knapp ausweichen. »He, hört auf damit!«, rief er ärgerlich in die mondbeschienene Gasse.

Die Antwort war eine Kugel, die ihn mitten ins Gesicht traf.

Wütend wischte er sich Schnee aus Mund und Augen. »Jetzt reicht es mir aber! Ich habe einen anstrengenden Abend hinter mir und bin nicht zu Scherzen aufgelegt.«

Ruf den Lausebengeln doch zu, dass du ein wichtiger Gesandter bist und sie gerade Krieg mit Schweden und Frankreich beginnen, verhöhnte ihn Melas imaginäre Stimme.

Das kühlte Gustavs Mütchen. Er drehte sich um und war im Begriff, den unbekannten Spaßvogel hinter sich zu lassen, als ihn eine raue Stimme aufhielt. »Hier bin ich, Lehrling!«

Gustav sah sich um und erblickte eine schemenhafte Gestalt, die ihn heranwinkte.

»Komm schon her, Gustav! Tu es für Martin oder meinetwegen aus Rache, aber mach schnell. Sie werden mich bald finden.«

»Wer seid Ihr?«

Der Unbekannte kicherte. Das Lachen verwandelte sich in ein Husten. »Hast du das noch immer nicht verstanden?«

»Hayo«, hauchte Gustav schockiert, als er das verhärmte Gesicht des Feldschers hinter der Laterne erkannte. »Ich dachte, Ihr wärt tot.«

»Noch nicht ganz.«

»Was wollt Ihr von mir?«

»Nur mit dir reden. Versprochen!«

»Ich habe nichts mit Euch zu besprechen!«

»Kann ich gut verstehen. Ich war nicht gerade nett zu dir und deinem Meister.«

Das ist die Untertreibung des Jahrhunderts.

»Aber tu es für Martin. Er soll nicht umsonst gestorben sein. Bitte!«

Der Schmerz, der in der Stimme des Feldschers mitschwang, ließ Gustav auf ihn zugehen. »Warum lauert Ihr mir hier im Dunkeln auf, anstatt an die Tür meines Gasthauses zu klopfen, so wie es jeder anständige Mensch machen würde?«

»Weil mich Trauttmansdorffs Männer suchen.«

Deswegen die Hektik im Anwesen des Reichsgrafen. Oder eine weitere Falle? Gustav zögerte.

»Hier herein, schnell!« Hayo zog ihn durch die Tür eines leer stehenden Hauses.

Im Innern empfing Gustav eine Wolke aus Katzenurin und Staub. *Was habe ich zu verlieren?* Sollte die Situation bedrohlich werden, konnte er Mela rufen. Gustav folgte dem Feldscher eine vermoderte Treppe hinauf ins Obergeschoss, deren Stufen unter jedem Schritt gefährlich knarrten.

»Tritt besser nicht auf die«, warnte ihn Hayo und übersprang die vorletzte Stufe. »Glaub mir!«

Gustav sah, dass er humpelte, und hörte auf den Rat. Er betrachtete den Mann genauer, der ihn gefoltert und zum Sterben in einem Dämonenkäfig zurückgelassen hatte. Er war abgemagert. Die einst so feine Feldscherkluft stand vor Dreck und er verströmte einen unangenehmen Geruch, als hätte Hayo sich länger nicht gewaschen. *Das Glück war ihm seit unserem Aufeinandertreffen nicht hold.* Gustav freute sich darüber. *Allerdings lebt er, während Martin unter der Erde liegt.* Wut brodelte in Gustav auf. »Das mit den Schneebällen war gemein. Und das war noch das kleinste Eurer Vergehen«, beschwerte er sich und versuchte, die letzten Schneereste herauszuschütteln, die ihm mittlerweile den Rücken hinunterliefen.

»Tut mir leid, aber ich konnte ja kaum auf der Straße herumlungern und dich abpassen. Lautes Rufen verbot sich ebenso.« Hayo zuckte mit den Schultern und stellte die Laterne auf einem dreibeinigen Tisch ab.

»Was wollen Trauttmansdorffs Männer von Euch? Ich dachte, Ihr würdet auf seiner Seite stehen.«

»Ach!« Hayo machte eine wegwerfende Geste. »Das ist lange her. Inzwischen bin ich dem Reichsgrafen ein Ärgernis, das er hat einsperren lassen. Es musste ja irgendwann so weit kommen. Die Mächtigen sind einem nur so lange gewogen, wie man ihnen nützlich ist. Ich hatte mich schon in das Schicksal gefügt, in meinem eigenen Dämonenkäfig zu sterben, als ich die Wachen davon reden hörte, dass der schwedische Feldscher eine Audienz beim Reichsgrafen hat.« Er schenkte Gustav ein mattes Grinsen. »Da dachte ich mir, dass es eine gute Idee wäre, den eisernen Käfig zu verlassen. Glücklicherweise hatte heute ein Neuling Dienst, der meinen Eisensarkophag öffnete, als ich ihm versprach, ihm einen Dämon zu zeigen. Er kann jetzt zumindest nachfühlen, wie sich die Kreaturen eingesperrt fühlen.« Er kicherte. »Der schwierigste Teil war, dich zu treffen.«

»Warum erzählt Ihr mir das alles?« Gustav blickte aus dem kaputten Fenster. Unten lag ein einsamer Hof mit verschneitem Misthaufen. Die Rufe der suchenden Wachen flogen verhalten zu ihm herauf. »Ihr solltet von hier verschwinden, wenn Ihr Trauttmansdorff entrinnen wollt.«

»Nein, nein, dafür bin ich ohnehin zu schwach. Ich habe eine wichtigere Aufgabe zu erledigen, als mein Leben zu retten.« Seine knochige Hand krallte sich in Gustavs Umhang. »Du musst mir genau zuhören, Gustav.«

»Sprecht, ich habe nicht die ganze Nacht Zeit!«, antwortete der hart. Hayos Schandtaten erlaubten ihm kein Mitleid mehr für den gebrochenen Mann.

»Du musst wissen, dass ich mich seit Jankau mit nur einer Sache befasst habe: dem Warum.«

»Wie meint Ihr das?«

Ein Hustenkrampf schüttelte Hayo, bevor er fortfahren konnte. »Die Dämonen. Warum sind sie hier? Ich habe mit Martin bereits über diese Frage diskutiert, als wir noch grüner hinter den Ohren waren als du heute. Er hat natürlich an eine Bestrafung für all das Böse, das die Menschheit begeht, geglaubt. Ich war schon immer anderer Meinung.«

Weil Ihr Teil des Bösen seid, lag es Gustav auf der Zunge, aber er beherrschte sich.

»In den letzten Monaten habe ich jedes Buch und jede Schriftrolle gelesen, die mir zu diesem Thema unter die Finger gekommen sind. Ich bin in zahlreichen Archiven gewesen und habe mit allen gesprochen, von denen ich glaubte, dass sie etwas darüber wissen könnten. Schließlich habe ich den entscheidenden Hinweis im Gedächtnis deines Meisters Zangerberg gefunden.«

Mit belegter Stimme fragte Gustav: »Was habt Ihr entdeckt?«

Hayo kicherte und ignorierte die Frage. »Zangerberg war übrigens sehr erbost über deinen Abgang. Er hat behauptet, dass du dir deinen Erfolg bei der Meisterprüfung erschlichen hättest.« Er sah Gustav intensiv aus seinen dunkel umrandeten Augen an. »Durch die Hilfe eines Dämons.«

»Ich weiß nicht, wie er darauf kommt. Ich habe …«

Mit einer schnellen Bewegung schloss Hayo die Blende seiner Laterne. Mit einem Mal war es stockdunkel.

»Streite es nicht ab. Dafür haben wir keine Zeit. Ich habe selbst genug eigene Dämonen beschworen, um die Anzeichen zu erkennen. Sieh mich an!«

»Was soll das? Ich kann nur erahnen, wo Ihr Euch befindet, weil Ihr das Licht gelöscht habt.«

»Er ist schlau, vielleicht hat ihn mein Auftritt bei Trauttmansdorff gewarnt«, murmelte der Feldscher wie von Sinnen.

»Von wem redet Ihr?« Gustav wäre gegangen, wenn er nicht Angst gehabt hätte, in der Dunkelheit die Treppe hinunterzustürzen.

Plötzlich packte Hayo Gustavs linke Hand. Der Griff war derartig fest, dass der sich nicht dagegen wehren konnte. Hayo drehte sie, um die Handinnenfläche zu betrachten. Routiniert fuhr der Feldscher mit dem Finger über die kleine

Narbe. Für einen winzigen Augenblick leuchtete sie golden. »Wusste ich es doch!« Mit einem zufriedenen Grunzen ließ er los, rückte aber gleichzeitig näher an Gustav heran. »Ein Versehen oder hast du versucht, einen Dämon an dich zu binden?«

»Ich … ähm … nun«, stammelte Gustav.

»Ist mir eigentlich auch egal. Ich will nur eine Sache wissen.« Die Stimme des Feldschers wurde so drängend, dass sie Gustav eine Gänsehaut bereitete. Er war ihm jetzt so nah, dass er seinen warmen Atem an der Wange spüren konnte. »Ist es ein Intellectus, den du rufst?«

»Nein.«

»Ich glaube dir. Ein Intellectus hätte längst mit Gewalt reagiert und deine Augen sehen unverändert aus. Das ist gut. Für uns beide.« Hayo löste sich katzenhaft und öffnete die Laternenblende. Das helle Licht ließ Gustav für einen Moment die Augen zukneifen. Etwas fiel klappernd auf den dreckigen Boden.

Ein Messer. Hayo muss es verborgen unter der Kleidung getragen haben. »Was soll das?« Wütend trat Gustav die Klinge zur Seite. »Ihr sagtet, dass Ihr nur reden wollt. Jemandem wie Euch kann man nicht vertrauen.« Er wandte sich ab und lief in Richtung Treppe.

»Warte. Bitte! Es tut mir leid, aber ich kann es erklären.« Unterwürfig erhob der Feldscher die Hände.

Gustav funkelte ihn an. *Ich brauche Schutz.* »Mela«, hauchte er unhörbar in seine Hand.

»Bäh, zwei stinkende Feldschere auf einem Haufen. Ich bin nur froh, dass die schlauen Kätzchen hier überall ihr Geschäft verrichtet haben, das überdeckt euren Geruch ein wenig«, ertönte kurz darauf eine hohe Stimme. »Apropos, warum ist hier ein anderer schwarzer Feldscher?« Bedrohlich

317

bleckte Mela die Zähne. »Bitte sag, dass ich ihn fressen darf. Ich habe noch nie einen von eurer Saubande gekostet. Damit könnte ich ordentlich angeben. Ist wie mit Austern, die schmecken auch keinem, aber es ist unheimlich fein, sie zu schlürfen.«

»Te saluto, o creatura plena potestate et pulchritudine«, begrüßte Hayo die Dämonin und verbeugte sich ehrfürchtig vor ihr.

Ich grüße dich, Wesen von Macht und Schönheit, übersetzte Gustav. Der trägt aber dick auf.

Es wirkte. »Mann, der ist ja nett. Hast du nicht immer gesagt, Hayo sei ein rechtes Arschloch, das man auch besser in selbiges stecken sollte.«

Gegen seinen Willen errötete Gustav. »So etwas habe ich nie gesagt.«

»Natürlich nicht in so feinen Worten.« Mela zwinkerte ihm übertrieben zu. »Bei dir waren schon einige deftigere Ausdrücke dabei, die ich hier nicht wiederholen möchte.«

Von Hayo kam ein heiseres Lachen. »Ein Weibchen, oder? Dein Schuppenkleid ist sehr schön.«

»Du elender Schmeichler«, schnurrte Mela und strich über ihren Bauch. »Falls dir jetzt noch auffällt, dass ich abgenommen habe, tausche ich dich gegen Gustav ein.«

»Vielleicht komme ich darauf zurück«, stieg Hayo in die Frotzelei mit ein. »Wie lange geht das mit euch beiden denn schon?«, fragte er an Gustav gewandt.

Es war Mela, die antwortete. Mit übertrieben weinerlicher Stimme sagte sie: »Ach, es ist schon so ewig, dass er mich kaum noch ansieht. Ich bin für ihn eine Selbstverständlichkeit geworden. Nie gibt es mal die kleinste Aufmerksamkeit, nachdem ich wochenlang in der Erde geschmort habe. Ein paar Ärmchen oder ein, zwei Köpfe, mehr verlange ich ja nicht.« Sie schnaubte so heftig, dass sich Gustavs Umhang aufblähte. »Na ja, so sind die Menschen eben. Wo wir gerade davon reden. Was sind das denn für vierschrötige Kerle, die in den Nebenstraßen mit Fackeln und Schwertern herumschleichen?«

»Trauttmansdorffs Wachen, die nach ihm suchen.« Gustav zeigte auf Hayo. »Wir sollten uns beeilen, Meister.«

»Du hast recht, ich …«

»Hat einer was dagegen, wenn ich mir ein paar Katzen zum Naschen besorge? Auf dem Dach schleichen zwei fette Kater herum. Menschliches Gerede ist immer so langweilig, deshalb …«

»Sei bitte einfach leise und pass auf, dass mir kein Leid geschieht. Das sollte in unser beider Interesse sein«, zischte Gustav die Dämonin an.

»Siehst du, was ich meine?«, hauchte sie Hayo zu. »Da ist die Luft raus. Überleg es dir.« Sie zwinkerte dem Feldscher mit ihren drei Augen zu.

»Vielleicht in einem anderen Leben, meine Schöne.« Hayo wandte sich an Gustav. »Kommen wir zurück zu der Frage nach dem Warum: Hast du schon einmal etwas vom Winterkometen gehört?«

Von Anike. Gustav wurde schlecht. Er hatte der Geschichte, anders als er es versprochen hatte, fast keine Aufmerksamkeit geschenkt und nicht weiter nachgeforscht. »Ja.«

»Sehr gut, das erleichtert mir einiges. Zangerberg hat mir nach viel Drängen und Drohen berichtet, was er von einem Astronomen erfahren hat: dass mit diesem kosmischen Körper die Dämonen über die Welt kamen.«

Eine Welle der Scham überkam Gustav. *Ich habe nur einmal das Bücherregal durchsucht, und Zangerberg direkt zu fragen, ist mir nie in den Sinn gekommen.* Was er Anike versprochen hatte, war schließlich von Hayo erledigt worden.

»So ein Quatsch. Babys kommen ja auch nicht mit dem Klapperstorch«, mischte sich Mela ein.

»Bitte fang dir Katzen. Sei aber vorsichtig, damit niemand dich bemerkt!«

Einem drallen Schatten gleich, sprang die Dämonin mit einem Juchzen aus dem Fenster.

»Es sind faszinierende Wesen, doch manchmal erinnern sie mich an zu groß geratene Kinder. Allerdings mit Reißzähnen und Klauen. – Also, der Winterkomet. Es gibt noch andere Hinweise darauf, dass mit ihm alles begann, aber nur sehr wenig Schriftliches. Als hätte jemand sich die Mühe gemacht, einen Großteil der Aufzeichnungen zu diesem Thema zu vernichten oder gleich ganz zu verhindern.«

»Was für Hinweise?«, fragte Gustav mit trockenem Mund.

»Kurz nachdem der Winterkomet aufgetaucht war, begann der Krieg. Die ersten Dämonensichtungen wurden beschrieben. Ferdinand II., ein ausgewiesener Hitzkopf und Betbruder, wurde Kaiser … Muss ich weitermachen?«

Gustav schüttelte den Kopf.

»Alles spricht dafür, dass der Himmelskörper die Dämonen zu uns brachte und die den Krieg anzettelten.«

»Warum?« Gustav hauchte in die Hände. Seitdem Mela verschwunden war, wurde es wieder empfindlich frisch.

»Ganz einfach: damit sie stets einen reich gedeckten Tisch haben. Deswegen endet der Kampf auch nach fast dreißig Jahren nicht. Verstehst du? Sie verhindern das.«

»Wie sollten sie dazu in der Lage sein? Dämonen können nicht allein aus der Erde kommen.«

Ein triumphierendes Grinsen schlich sich auf Hayos zerfurchtes Gesicht. »Das ist so nicht richtig. Für die Masse der normalen Dämonen mag das stimmen, aber die Intellectus«, er raunte die Bezeichnung für die schlauen Wesen, »schaffen das doch.«

»So ein Quatsch«, widersprach Gustav. »Wie kommt Ihr denn darauf?«

Kraftlos lehnte sich Hayo gegen die schimmelige Wand. »Weil einer von ihnen es mir erzählt hat.«

»Was sagt Ihr da?«, entfuhr es Gustav.

Der Feldscher krempelte den Ärmel auf und zeigte seinen verstümmelten Arm. »Das hier habe ich ihm zu verdanken …« Er schluckte schwer. Sein Kehlkopf rutschte dabei so langsam hoch und runter, dass allein das Zusehen wehtat. »… und den Tod all meiner Lehrlinge.«

Gustav wusste nicht, was er darauf erwidern sollte.

»Als sich zeigte, dass die Kaiserlichen die Schlacht bei Jankau verlieren, wollte ich mit meinen Leuten fliehen«, erklärte Hayo und ließ seinen Arm wieder unter der Kleidung verschwinden. »Ich befahl zusammenzupacken. Die Lehrlinge waren dabei, den letzten Dämonenkäfig auf einen Karren zu heben, da riss wie von Zauberhand das Seil und der Käfig begrub den armen Helmhart unter sich. Du kannst dir sicher ihre Überraschung vorstellen, als sie erkannten, dass ein feuerspeiender Intellectus den Hanfstrick verbrannt hatte. Ein Dämon, der tagsüber und ohne gerufen worden zu sein, auf der Erde wandelte.«

»Das kann nicht sein.«

»Oh doch! Glaub mir. Als meine Lehrlinge versuchten, ihn zurückzutreiben, tötete er einen nach dem anderen. Ihn interessierten weder die Sonne noch Aschelinien oder Eisen. All das Gedöns, das die normalen Dämonen in Schach hält, wirkte bei ihm nicht. Nur gegen eine Sache konnte er nicht bestehen: Silber. Ich hatte das Glück, zwei mit Silberkugeln geladene Faustbüchsen zur Hand zu haben. Nach einem kurzen Geplänkel, bei dem er meinen Arm verbrannte, verletzte ich den Dämon damit so schwer, dass er zusammensackte. Vorsichtig näherte ich mich ihm. Er war blutüberströmt und offensichtlich nicht mehr in der Lage, in die Erde zurückzukehren. Dennoch funkelte er mich triumphierend aus seinem grünen Auge an und sagte: ›Das wird euch nicht retten. Das Consilium Magnum ist fast aufgegangen.‹«

»Der große Plan«, wisperte Gustav. »Was bedeutet das?«

»Das habe ich ihn auch gefragt.«

Erst als ihm schummerig wurde, bemerkte Gustav, dass er die ganze Zeit die Luft anhielt. Hastig zwang er sich zum Weiteratmen.

»›Wir sind hergekommen, um zu bleiben‹, hat er mir geantwortet. ›Diese Welt gehört nicht länger euch, dafür sorgen wir seit beinahe dreißig Jahren. Jeder Mensch von Bedeutung hört auf uns. Der Zyklus ist fast vollendet.‹ Bevor ich mehr aus ihm herausbekommen konnte, ist er gestorben und hat sich in Rauch aufgelöst.«

Ein herabfallender Ziegel, gefolgt von einem Fauchen, unterbrach kurz ihr Gespräch.

Sie sollte doch leise sein. »Er könnte gelogen haben«, warf Gustav ein.

Hayo spuckte aus. »Ich denke nicht. Mit diesem Wissen habe ich mich auf die Suche nach Menschen gemacht, von denen ich vermutete, dass sie von einem der Wesen kontrolliert werden. Ich versuche sie von dieser Besessenheit zu erlösen und den Einfluss der Kreaturen zu brechen.« Wie zufällig fiel sein Blick auf das am Boden liegende Messer.

Gustav wurde noch kälter als ohnehin schon.

»Meine Liste war nicht besonders lang, aber du und Trauttmansdorff, ihr standet ganz oben drauf. Es war reiner

Zufall, dass ich den Reichsgrafen vor dir aufgesucht habe. Umgekehrt wäre es vielleicht schlauer gewesen.« Er zuckte mit den Achseln.

»Da Trauttmansdorff noch lebt, darf ich vermutlich davon ausgehen, dass er nicht besessen ist?«, schlussfolgerte Gustav.

»Nicht mehr! Ich habe Trauttmansdorff geradeheraus gefragt, ob er mit einem Intellectus im Bunde ist. Er hat es ohne Umschweife zugegeben, aber überzeugend dargestellt, dass das Wesen ihn verlassen hat. Aus welchen Gründen, darüber kann ich nur spekulieren. Es ist im Grunde auch egal, wichtig ist nur, dass der mächtige Gesandte frei von dämonischem Einfluss ist. Genauso wie ich.«

Gustav riss die Augen weit auf.

»Ja, auch ich habe lange die unglaubliche Kraft dieser Wesen genutzt. Ich schätzte sie als gute Ratgeber und dachte, es wären Kreaturen, die mir dienen. In Wahrheit war es umgekehrt.«

»Wieso habt Ihr geglaubt, dass ich von einem der Wesen besessen wäre?«

»Wegen dem, was Martin erreicht hat. Seit Jahren war er der Erfolgreichste von uns.« Sichtbar verlegen murmelte er: »Es ist wohl an der Zeit zuzugeben, dass er einfach der beste schwarze Feldscher war. Sein Tod ist ein unersetzlicher Verlust.« Er straffte sich und schaute Gustav in die Augen. »Glaubst du mir?«

Zu gern hätte Gustav Argumente gefunden, die gegen seine Behauptungen sprachen. Doch es gab keine. Der mysteriöse Winterkomet, Anikes Geschichte, die Falle, die eines der Wesen Martin gestellt hatte, der Angriff auf ihn sowie der nie endende Krieg. Alles ergab endlich einen Sinn. »Und welche Rolle spielen wir schwarzen Feldschere?«

»Wir sind auch nur willige Diener in ihren Händen, die die übrigen Dämonen versorgen und ihnen den Zugang zur Nahrung garantieren. Mit mehr Zeit hätte ich vermutlich herausgefunden, dass die Gründung der Zunft ebenfalls auf ihre Initiative zurückgeht. Wie sollte es anders sein?«

»Sollte wahr sein, was Ihr sagt, was können wir tun?« Gustav graute bei der Vorstellung, dass ihm ein Intellectus jederzeit auflauern könnte. Selbst Martin war diesen Dämonen nicht gewachsen gewesen.

»Nach anderen einflussreichen Persönlichkeiten suchen, die von ihnen gelenkt werden. Osnabrück und Münster überborden doch geradezu vor Macht. Wir müssen uns beeilen. Etwas ist im Gang. Mein Intellectus wendet sich gegen mich. Trauttmansdorffs Exemplar ist abschiedslos verschwunden. Ich gehe jede Wette ein, dass es noch mehr hochwohlgeborene Herren gibt, bei denen es ähnlich aussieht. Die Intellectus brauchen uns Menschen nicht länger.«

»Mich hat auch einer angegriffen«, wisperte Gustav und war in Gedanken noch einmal kurz auf dem Schlachtfeld bei Jankau.

»Siehst du! Sie wollen die schwarzen Feldschere aus dem Weg räumen, weil wir ihnen als Einzige gefährlich werden können. Vielleicht ahnen sie, dass wir ihr Geheimnis entschlüsselt haben.«

»Oder es ist viel schlimmer.« Gustav schluckte schwer. »Der Zyklus, von dem das Wesen gesprochen hat. Er könnte bereits vollendet sein.«

»Das befürchte ich auch.« Hayo nickte heftig.

»Aber was ist der Zyklus?«

»Es ist deine Aufgabe, das herauszukriegen, Meister Hansson.« Hayo schaute Gustav herausfordernd an. »Meine Kräfte schwinden. Vielleicht findest du einen Weg, sie aufzuhalten, Gustav.« Er schwieg und schnaufte schwer. »Ich wünschte, Martin würde noch unter uns weilen.«

»Ich auch. Er könnte uns …« Gustav beendete den Satz nicht, weil ihn ein rötliches Licht, das durchs Fenster fiel, ablenkte. »Was ist das?« Er beugte sich behutsam hinaus und suchte nach der Quelle, konnte aber kein Feuer entdecken.

Es war Hayo, der seinen Kopf gen Himmel drehte.

»Ein roter Komet«, keuchte Gustav.

»Das Ende des Zyklus«, ergänzte Hayo. »Es ist so weit.«

»Er muss hier irgendwo sein«, rief eine tiefe Stimme in ihrer Nähe. Trauttmansdorffs Wachen hatten sie gefunden.

Mit einem Mal stand Mela wieder im Zimmer. Sie hatte Kratzer auf ihren Pranken und im Gesicht. »Wohl besser, wenn wir gehen. Die Katzen in diesem Haus sind recht garstig und wenig kooperativ.« Sie leckte über ihre Wunden. »Ach ja, außerdem kommen da Soldaten. 'ne ganze Menge Eisen. Selbst für mich.«

»Ihr müsst mit uns kommen. Nur gemeinsam können wir den großen Plan vereiteln«, drängte Gustav.

»Ich halte euch nur auf. Nach allem, was ich gehört habe, bist du ein recht geschicktes Kerlchen. Du kriegst das hin.« Hayo legte Gustav eine Hand auf die Schulter. »Selbst Zangerberg musste das zähneknirschend eingestehen. Mir bleibt nur, dich um Verzeihung zu bitten für das, was ich dir angetan habe, Gustav. Ich hoffe, dass ich mit meinen Nachforschungen wenigstens einen kleinen Teil der Vergehen sühnen kann, die ich auf mich geladen habe. Verzeih einem törichten Mann, der sein Leben in den Dienst der falschen Sache gestellt hat. Bei meinem alten Freund Martin habe ich es leider verpasst, Abbitte zu leisten.« Er schüttelte bedrückt den Kopf.

»Sie sind gleich da«, grummelte Mela. »Ich würde auch allein verschwinden, wenn das in Ordnung ist.«

Gustav ignorierte die Dämonin. »Kommt schon!« Er hakte sich bei dem Feldscher unter und half ihm auf die Beine. »Martin hätte gewollt, dass ich Euch rette. Außerdem werde ich Eure Hilfe brauchen. Ihr habt immerhin die meiste Erfahrung im Umgang mit den Intellectus.«

»Wenn ich jetzt gehe, finde ich bestimmt einen Hund, der mehr Lust hat, mit mir zu spielen, als die frechen Katzen. Redet ihr hier nur in Ruhe und …«

»Hiergeblieben«, zischte Gustav über die Schulter.

Hayo schenkte ihm ein nachsichtiges Lächeln. »Du bist ein zu guter Mensch, hat dir das schon mal jemand gesagt? Also gut, lass uns …« Der Feldscher keuchte auf. Eine Kugel hatte seinen Brustkorb durchschlagen. »Ahh!« Jäh sackte er zusammen.

»Nein«, schrie Gustav.

Mit einem Krachen flog die Haustür auf. »Er muss hier sein! Schnell!«

Mela schnappte sich Gustav und klemmte ihn sich unter den Arm. »Ab jetzt gebe ich hier die Befehle.«

»Geht!«, hauchte Hayo.

Schwere Schritte erklangen von der Treppe.

»Ich …« Gustav rang mit sich. Sollte man ihn neben einem sterbenden Gefangenen des Reichsgrafen auffinden, hätte der mehr als einen Grund, dies gegen ihn und die Schweden zu verwenden. »Ich verzeihe Euch«, flüsterte er Hayo zu. Im nächsten Augenblick sprang Mela mit ihm aus dem Fenster.

DAS ENDE
DES ZYKLUS

Mela sprang von einem schneebedeckten Hausdach zum nächsten. Geschwind hatten sie Trauttmansdorffs Schergen hinter sich gelassen – und eine Spur aus zersplitterten Ziegeln gelegt. Gustav wurde von dem permanenten Auf und Ab übel. »Mela«, stöhnte er. »Ich glaube, den Rest des Wegs kann ich laufen. Es wäre besser, wenn du nicht noch mehr Aufmerksamkeit auf dich ziehst.«

»Ich?«, fragte die Dämonin unschuldig. »Bist du nicht der Hauptverdächtige im Mordfall Hayo?« Johlend landete sie in einem mannshohen Schneehaufen.

Gustav versank bis zur Nasenspitze. *Das hätte es nicht gebraucht.* Eine Pranke zog ihn heraus und schüttelte ihn wie einen Hundewelpen.

»Ich würde ja behaupten, dass das ein Versehen war, aber das wäre eine Lüge«, offenbarte Mela ihm grinsend. Ihre Schuppen begannen zu glühen und strahlten eine so starke Hitze ab, dass Gustav rasch wieder warm wurde. »Schnee hatte für mich schon immer etwas Magisches. Ich glaube, das liegt daran, dass wir gegensätzliche Elemente darstellen. Ich das rassige Feuer und auf der anderen Seite …«

»Mela«, unterbrach Gustav sie. »Ich muss aus der Stadt fliehen. Egal, ob ich der Täter bin oder nicht, Trauttmansdorff wird gewiss den Verdacht auf mich lenken. Das könnte den ganzen Friedenskongress gefährden.« Er schluckte schwer. »Mich bringt es aber in jedem Fall an den Strang.«

»Das wäre mir nicht so recht.« Sie rieb sich über ihren Hals. »Dann lass uns verschwinden. Jetzt! Ich sehe es direkt vor mir. Wir beide allein draußen auf den Straßen. Im steten Kampf mit Räubern und Bären.« Sie boxte in die Luft. »Ich könnte mir nichts Schöneres vorstellen.« Die Dämonin hatte ihn bereits am Kragen gepackt, um wieder in die Höhe zu schnellen, da schaffte es Gustav, sie mit einem gehetzten »Halt!« zu bremsen.

Entgeistert legte sie ihren gehörnten Schädel schief. »Du hast doch nicht etwa Angst vor Bären? Wenn man ihnen erst mal ein paar Ohrfeigen verpasst hat, sind sie recht zugänglich. Einer hat mal für mich getanzt. Ich zeige dir, wie das geht.«

»Wir können nicht allein fliehen. Ich muss Benno holen.«

Sie kniff ihre goldenen Augen zusammen. »Zangerbergs kindlichen Lehrling?«

»Er ist jetzt mein Lehrling.«

»Oha«, entfuhr es ihr spitz. »Der feine Herr Meister hat seinen eigenen Laufburschen. Wie schön, dass ich auch schon davon erfahre. Seit wann hängt dir denn dieses Jüngelchen am Rockzipfel?«

»Nach meiner erfolgreichen Meisterprüfung hat er sich mir angeschlossen.« Er rieb entschuldigend über ihren kugeligen Bauch.

Die Dämonin gab ein wohliges Brummen von sich, das Gustav körperlich spürte. Das Geräusch ließ Schnee von einigen Dächern herabfallen. »Du weißt, wie man es macht. Kein Wunder, dass Anike auf dich reingefallen ist. Also gut, hol den Bengel und dann verschwinden wir von hier. Vielleicht solltest du mal darüber nachdenken, den ganzen Feldschermist sein zu lassen. Das bringt doch nur Scherereien.«

»Da sagst du was«, stöhnte Gustav und wandte sich in Richtung des Gasthauses. »Halte dich im Verborgenen. Wir können es nicht gebrauchen, dass irgendwer herumerzählt, er hätte den Teufel gesehen«, schärfte er der Dämonin ein.

»Pah, der alte Zausel, da gibt's doch nichts zu sehen«, murrte sie und war im nächsten Augenblick verschwunden.

Außer Atem erreichte Gustav das *In die drei Könige.* Das Wirtshaus und die gesamte Stadt waren in ein rotes Licht getaucht, das der Schweif des Kometen abstrahlte. Die Eingangstür war bereits verschlossen und erst nachdem er lauter und lauter angeklopft hatte, öffnete ihm ein missmutiger Otto die Tür. Ohne ein Wort des Dankes schoss Gustav die Treppe hoch. Er ging nicht direkt in sein Zimmer, sondern lief einige Schritte an der Tür vorbei und kniete sich auf den Boden. Vorsichtig tasteten seine Hände nach der losen Diele, die er an seinem ersten Tag in Münster zufällig entdeckt hatte. Knarzend gab sie nach und offenbarte einen Hohlraum, den er dank seiner dämonischen Sehkraft problemlos erkennen konnte. Gustavs Hand kämpfte sich durch zahlreiche Spinnweben bis zu einem eingeschlagenen Päckchen. Ehrfürchtig schlug er den Stoff auseinander und strich liebevoll über den weinroten Einband seines Codex Daemonum. »Bist du jetzt bereit, deine Geheimnisse mit mir zu teilen? Es wäre höchste

Zeit.« Lebhaft erinnerte er sich daran, wie ihm das Buch schon einmal geholfen hatte, als er es mit Anike aus Martins Zimmer entwenden wollte. Damals hatte sich wie zufällig die gesuchte Seite aufgeblättert. Vielleicht war ihm der Dämonencodex heute wieder gewogen. Sacht schlug er ihn auf. »Bitte!«, hauchte er. Doch erneut sah er nur die schwer verständlichen lateinischen Texte seines alten Meisters. Resigniert blätterte er weiter. Die Seiten wollten wieder keinen Sinn oder irgendeine logische Art der Anordnung für ihn ergeben. Ein Gedanke durchzuckte ihn, der so intensiv war, dass es fast schmerzte: *Ich habe niemals selbst eine Eintragung gemacht.* Hastig schloss er die Tür auf. »Benno?«, fragte er in die stillen Zimmer hinein. »Wo bist du? Wir müssen hier weg! Sofort!« In Münster waren sie Trauttmansdorffs Machenschaften ausgeliefert, daher hatte Gustav beschlossen, nach Osnabrück zu fliehen. Dort konnte ihn Salvius beschützen, bis er überlegt hatte, wie es weitergehen sollte. »Mach los, Benno!« In seiner Aufregung stolperte Gustav über etwas, das auf dem Boden lag. »Verfluchter Mist.« Er erkannte, worüber er gefallen war: Bennos Stiefel, die im Weg lagen. Merkwürdigerweise waren sie nass. *Gegen die Unordnung, die mein Lehrling hinterlässt, helfen nicht mal dämonisch verstärkte Sinne.*

Gustav hastete zu dem kleinen Sekretär, auf dem er sonst immer die Briefe an Torstensson schrieb, ließ sich auf den Schemel davor fallen und griff nach der Schreibfeder. Er schlug eine unbeschriebene Stelle im Codex auf und wollte schon zu schreiben beginnen, da fiel ihm ein besserer Platz ein. Er blätterte zur ersten Seite. Dort stand Martins Name in großen, geschwungenen Lettern. »Einen Versuch ist es wert«, sagte er zu sich selbst und schrieb darunter:

Nachfolger: Gustav Hansson.

Das Buch erwärmte sich und begann zu glühen.

Gustav zwang sich, es in den Händen zu halten. »Erzähl mir etwas über den Winterkometen.«

Die Seiten blätterten sich um wie von Geisterhand. Die Stelle, an der sie innehielten, war mit der Zeichnung eines Kometenschweifs und einem kurzen Eintrag versehen. Die Schrift war hier nicht so akkurat wie auf den anderen Seiten. *Er hat den Text in großer Hast verfasst.* Und zu Gustavs großer Begeisterung auch noch auf Deutsch.

> *Der Angriff des Intellectus war eine Falle. Ich glaube, dass wir diese Wesen viel zu lange unterschätzt haben. Der Angreifer könnte sogar ohne einen Feldscher aus dem Boden gekommen sein. Viele Anzeichen sprechen dafür. Falls das zutrifft, würde dies bedeuten, dass die Wesen ihren eigenen Plan verfolgen und die Menschheit – zusammen mit uns Feldscheren – seit Jahren hintergehen und manipulieren.*

»Auch er hat es vermutet«, murmelte Gustav.

> *Das bringt mich zurück zu der alten Frage: Woher kommen die Dämonen und was wollen sie? Der Verdacht drängt sich mir auf, dass die alte Theorie mit dem Winterkometen tatsächlich stimmt. Zu vieles spricht dafür. Wenn sie mit dem Kometen hierhergekommen sind, könnte ein ähnliches Phänomen die Wesen wieder von der Erde wegbringen.*

Es folgte die Zeichnung des Kometen.

> *Nachtrag: Ich habe auf Anfrage Nachricht von einem Astronomen namens Ruben de Broink aus Amsterdam erhalten. Er hat den Winterkometen ausgiebig erforscht und bestätigt meine Theorie. Inzwischen bin ich mir vollkommen sicher: Die*

Dämonen sind durch diesen Himmelskörper auf die Erde ge-
kommen und richten sich für einen dauerhaften Aufenthalt nach
ihren Regeln ein. Der Krieg nützt ihnen und wird von den We-
sen befeuert. Wir müssen einen Plan schmieden, um die Wesen
aufzuhalten.

Nachtrag II: Ich habe endlich eine Rose gefunden.

Gustav überlief ein kalter Schauer. *Er meint mich.* Kurz sah er
den kleinen gelben Karren vor sich und das beständig wech-
selnde Bild eines Dämonenschädels und einer Rose auf seiner Seite. Nur diejenigen, die Dämonen wieder in die Erde
zurückschicken konnten, sahen beides. Als würde er neben
ihm stehen, hörte Gustav Martins Stimme in seinem Kopf:
Dämonen aber wieder in die Erde zurückzuschicken – so wie die auf-
gehende Sonne –, das ist so selten, dass du der Erste bist, dem ich in
meiner langen Laufbahn begegnet bin, der das kann. Eine Träne
rollte ihm die Wange hinunter. Er wischte sie mit dem Hand-
rücken weg, bevor er weiterlas.

> *Es besteht Hoffnung, sämtliche Dämonen zurückzuschicken.*
> *Eines habe ich verstanden: Eine friedliche Koexistenz mit den*
> *Dämonen ist niemals möglich. Entweder sie verlassen die Erde*
> *oder wir Menschen werden es tun. Jetzt gilt es, auf den richtigen*
> *Moment zu warten: die Rückkehr des roten Kometen.*

»Er hat es gewusst.« Eilig las Gustav die Aufzeichnungen erneut. In all der Hast nach dem Angriff des Dämons und in
der beginnenden Schlacht hatte Martin vermutlich nicht die
Zeit gefunden, mit Gustav darüber zu sprechen. *Und dann hat*
er diese Erkenntnis mit ins Grab genommen. Bedeutet das etwa, dass
Mela … Sein Lehrling entriss ihm den Gedanken.

»Meister?« Benno trottete mit einer Kerze in der Hand aus dem Schlafgemach und gähnte ausgiebig.

Vor Schreck zuckte Gustav zusammen. »Natürlich«, brummte er ungehalten. »Hast du etwa Ferdinand III. erwartet?«

»Den nicht, aber vielleicht ein schönes Mädchen.«

Ungläubig blieb Gustav der Mund offen stehen.

»Nur ein Scherz. Was machst du da am Schreibtisch? Hat Trauttmansdorff dir so wichtige Dinge erzählt, dass du sie gleich weiterschicken musst?«

»Das erkläre ich dir später! Wir müssen hier weg, bevor Trauttmansdorff die Tore schließen lässt. Zieh dich an! Hast du getan, was ich dir aufgetragen habe? Sind die Sachen gepackt?«

»Selbstverständlich, Meister.« Benno nahm albern Haltung an. »Was ist passiert?«

»Später!«, drängte Gustav. »Komm jetzt!«

Benno sah zufällig zum Fenster, durch das ein rötlicher Lichtstrahl hereinfiel. »Brennt es etwa?«

»Nein! Los, wir gehen!«

»Einen Moment, ich ziehe mir schnell etwas Wärmeres an.« Bevor Gustav dagegen Widerspruch einlegen konnte, war er in seinem Zimmer verschwunden.

»Falls du deine Stiefel suchst«, rief ihm Gustav hinterher, »die liegen hier mitten im Raum herum.« Er hob das Schuhwerk auf, um es dem Lehrling hinterherzutragen. Ein schmutziger kleiner See hatte sich darunter gebildet. *Merkwürdig.* »Warst du draußen?«

»Wie kommst du denn darauf?« Bennos Stimme klang dumpf, da er mit dem Kopf tief in einer Wäschetruhe steckte.

»Weil deine Stiefel nass sind.« Ein dezenter Schießpulvergeruch kroch Gustav in die Nase. Vermutlich hätte er ihn unter normalen Umständen nicht wahrgenommen, doch Melas Anwesenheit verstärkte seinen Geruchssinn auf unnatürliche Weise. Er konnte sogar bestimmen, woher der Duft kam: aus der Truhe, in der Benno so eifrig herumwühlte. Mit wenigen Schritten war Gustav neben ihm und riss ein Laken zur Seite. Eine Faustbüchse kam zum Vorschein. »Was ist das?«

»Ach die«, wiegelte der Lehrling ab. »Die habe ich bei Zangerberg geklaut und dann glatt vergessen, dass ich sie noch habe.«

Gustav nahm die Waffe und roch am Lauf. *Sie ist heute Nacht benutzt worden. Deshalb die nassen Stiefel.* »Was hast du getan?«

»Einen Schießprügel geklaut. Zangerberg war ein Arsch. Tut mir leid, ich hätte es dir sagen müssen, aber ich …«

»Das meine ich nicht! Wo warst du heute Nacht?«

»Hier, so wie du es mir …«

»Lüg mich nicht an!«, schrie Gustav zornig. »Diese Waffe ist vor Kurzem abgefeuert worden und deine Stiefel sind nass vom Schnee.«

»Der alte Hobel schießt doch gar nicht mehr. Gib ihn mir mal, damit …«

Gustav entzog die Schusswaffe Bennos Griff und richtete sie auf ihn. »Sag mir die Wahrheit!« Er schluckte schwer. »Hast du Feldscher Hayo erschossen?«

»Warum sollte ich das getan haben?« Der Lehrling ging langsam rückwärts, um aus der Schusslinie der Feuerbüchse zu kommen.

»Das wüsste ich auch gern.«

Ein klackerndes Geräusch am Fenster lenkte Gustav ab. Es hörte sich an, als würde ein Vogel mit den Krallen über das Bleiglas kratzen.

Benno nutzte den Moment der Unaufmerksamkeit und schlug ihm die Waffe aus der Hand.

Gustav bemerkte es kaum, denn er starrte ungläubig auf das, was durch das inzwischen zersplitterte Fenster eindrang. *Hayo hatte recht.*

Drei Intellectus tropften ins Innere. Das grünliche Licht ihrer Zyklopenaugen erfüllte den schummerigen Raum.

Einer von ihnen stakste auf Benno zu, der die Faustbüchse auf Gustav richtete, und legte ihm eine Hand auf die Schulter. »Lass gut sein, Secundus. Du hast deine Aufgabe erledigt. Es ist Zeit zurückzukehren.«

»Endlich«, rief der Lehrling mit einer Stimme, die Gustav unbekannt war. Im nächsten Moment verrutschte sein Gesicht und anschließend der gesamte Körper. Ähnlich einer sich häutenden Schlange zog das Wesen, das sich als Benno ausgegeben hatte, die menschliche Hülle ab und offenbarte sein wahres Äußeres: das eines Intellectus.

Schreckensstarr sah Gustav zu. »Benno?«, fragte er mit Tränen in den Augen.

»Hat uns sehr geholfen.« Der Dämon lachte hämisch. »Er hat dich zum richtigen Zeitpunkt genau dorthin gebracht, wo wir dich haben wollten.«

»Wie meinst du das?«

»Das musst du dich selbst fragen, Meister«, ätzte Secundus. »Verstehst du es immer noch nicht? Typische menschliche Selbstverliebtheit, würde ich sagen. Hast du wirklich noch nicht verstanden, dass dein geliebter Benno dich auf deiner Reise nach Osnabrück aufgehalten hat? All die armen Kranken, die er so dringend behandeln musste.« Das Wesen zischte böse. »Ich habe dafür gesorgt, dass du nicht zu früh hierherkommst. Es bestand schließlich die Gefahr, dass Frieden ausgehandelt wird, bevor der Komet hier ist und du zu deiner geliebten Anike rennst. Eigentlich fast unnötig. Die Menschen wollen doch gar keinen Frieden. Wir brauchten fast gar nicht zu intervenieren, damit die Verhandlungen immer wieder aufs Neue scheitern.«

Gustav öffnete ungläubig den Mund. »Das kann nicht sein.«

»Zeig mal ein wenig mehr Dankbarkeit. Ohne mein Dazutun hätte dich Zangerberg längst umgebracht. Mehr als einmal habe ich ihm seine Pläne ausgeredet. Als du mehr tot als lebendig aus Krems zurückgekommen bist, hast du da tatsächlich geglaubt, dass ein Bengel, der erst kurze Zeit Lehrling ist, eine derart komplizierte Heilbehandlung hätte durchführen können? Ohne meine überragenden dämonischen Fähigkeiten wärst du längst nicht mehr am Leben, verehrtester Meister.« Er schüttelte überheblich seinen konischen Schädel.

»Nein, das kann nicht …«

Der Dämon hörte nicht auf. »Der Wolfsangriff im Nebel? Wäre ich nicht gewesen, dann hätten sie dich zerfleischt, du dummer Mensch. Nicht einmal, als ich mich versehentlich gehen ließ und einem der Viecher den Kopf abriss, hast du einen Verdacht geschöpft. Ich habe dir so oft geholfen und du hast nie etwas gemerkt. Angebliche Freundschaft und Güte reichten dir als Erklärung dafür aus. Bäh!« Der Intellectus spie aus. »Derartige menschliche Schwächen leisten wir uns niemals. Ich habe mich Ewigkeiten in dieser schwächlichen Hülle versteckt, um dich zu beschützen, damit du heute Nacht endlich deine dir zugedachte Aufgabe erfüllst.«

»Ihr Monster«, zischte Gustav. »Ich weiß, was ihr vorhabt!«

Die übrigen Intellectus blickten auf Secundus. Der zuckte mit den schmalen Schultern. »Vermutlich hat Hayo geplaudert, bevor ich ihn zum Schweigen bringen konnte.«

»Ein kleiner Fehler, der uns nicht aufhalten wird. Der Zyklus ist beendet. Heute Nacht beginnt die Herrschaft der Dämonen.«

»Nicht, wenn ich es verhindern kann«, zischte Gustav und ballte die Fäuste. »Ich befehle euch zurück in die Erde!«

Die Wesen kicherten.

»Du hast keine Macht über uns«, erklärte der Rädelsführer. »Nur unsere armen Schwestern und Brüder in der Erde müssen sich deinem Wort beugen. Genau deswegen sind wir hier.«

Ehe Gustav reagieren konnte, packten ihn zwei der Kreaturen an den Unterarmen. Der Griff fühlte sich an, als würden sich glühende Eisenfesseln in seinen Arm fressen. »Aua«, zischte er.

»Schweig!«, befahl der Anführer.

Eine Schwere befiel Gustavs Geist. Sein Mund öffnete sich nicht mehr, als hätte er vergessen, wie es war zu reden. Ohnmächtig folgte er den Ereignissen mit den Augen.

Die Intellectus griffen einander an den Krallenhändchen und vereinigten sich gemeinsam mit Gustav zu einem Kreis.

»Spürt ihr die Kraft des Kometen?«, hauchte einer von ihnen freudig berauscht. »Wir haben seine Flugroute richtig berechnet. Heute Nacht ist er über Münster und Osnabrück am stärksten.«

Gustav konnte zwar nicht antworten, doch auch er spürte die Macht des Himmelskörpers. Die Welt verschwamm vor seinen Augen in einem Meer aus flüssigem Rot. Das pulsierende Licht durchdrang die Wände des Gasthauses, sodass Gustav für einen Moment glaubte zu schweben. Er sah die Straße und schließlich bis hinunter auf den blanken Erdboden. *Was soll das?* Und dann erkannte er sie. Der rote Schimmer floss zu ihnen und ließ sie glühwürmchengleich

erstrahlen. Unzählige Dämonen, die in der Erde schlummer-
ten. Die Kraft des Kometen weckte sie.

»Ruf sie hervor!«, erklang der gemeinsam gesprochene
Befehl aller Intellectus in seinem Kopf.

Ohne dass er sich dagegen wehren konnte, sprach Gustav
jene Worte, die das Ende der Menschheit bedeuten sollten:
»Kommt hervor!«

DIE RÜCKKEHR DER DÄMONEN

Ohnmächtig beobachtete Gustav, wie die zahllosen schlafenden Dämonen erwachten und an die Oberfläche stiegen. *Was habe ich getan?*

»Es ist vollbracht«, triumphierten die Intellectus.

Für einen Moment lockerte sich ihr Griff um Gustavs Handgelenke. Er versuchte, sich zu befreien, doch augenblicklich schnappten sie wieder zu.

Die Dämonen lachten. »Dich werden wir als letzten Menschen auf der Erde töten. Das ist die Strafe dafür, dass du unsere Brüder ermordet hast. Du wirst dabei zusehen, wie jeder, den du liebst, in Stücke gerissen wird.«

Resigniert ließ Gustav den Kopf hängen. Sein Schicksal war besiegelt. Er würde Mela nicht rufen, um sie den mächtigen Wesen ebenfalls auszuliefern.

Schmerzensschreie klangen von der Straße herauf in das dunkle Zimmer, zusammen mit dem Klirren von Metall und dem Splittern von Glas. Die Kirchenglocken begannen zu schlagen. Einer der Intellectus, die Gustav nicht festhielten, ging zum Fenster. »Was für ein grandioses Schauspiel, meine Brüder. Es ist wie ein Gemälde aus Blut.«

»Wann stürzen wir uns ins Getümmel?«, krächzte derjenige, der links neben Gustav stand. »Ich habe Hunger. Können wir den Bengel nicht einfach erledigen, Primus?«

»Nein!«, zischte der Anführer böse. »Er hat zwei von uns getötet und soll leiden. Bringt ihn her! Der Feldscher soll Zeuge sein, wie diese Stadt und bald seine ganze Welt stirbt.«

Seine beiden Bewacher schleiften Gustav zum Fenster. Er drehte den Kopf zur Seite.

»Sieh hin!«, befahl Primus und bohrte seine Krallen in Gustavs Nacken.

Gustav spürte warmes Blut seinen Hals hinunterlaufen. Die Schmerzen waren furchtbar. Er hatte keine Kraft mehr, sich dagegen zu wehren, und öffnete die Augen. Das Grauen war unbeschreiblich. Der Tod kam für die meisten Menschen unsichtbar und vollkommen überraschend. Die Dämonen wüteten unter den ahnungslosen Stadtbewohnern wie tollwütige Hunde. Viele von ihnen fraßen gar nicht, sondern töteten wahllos jeden, dessen sie habhaft werden konnten.

»Das ist die Zukunft deiner Spezies«, zischte der Dämon. »Bald werden wir euch in Käfige einsperren und mästen und züchten, so wie ihr es mit Schweinen tut.« Er lachte hämisch.

Plötzlich änderte sich die Szenerie. Die Dämonen begannen wie rasend zu kreischen. Sie zeigten auf etwas, das außerhalb von Gustavs Sichtfeld lag. Mit einem Mal explodierte einem besonders großen Exemplar, das an einen Elefanten mit Schlangenkopf erinnerte, der Schädel.

Seine Kameraden brüllten wütend und gestikulierten aufgeregt.

Ein weiterer wurde von etwas getroffen, das ihm ein Bein abtrennte.

»Was ist da los?«, fragten die Intellectus ihren Anführer.

»Ich werde es herausfinden. Quartus, folge mir!« An diejenigen gewandt, die Gustav gefangen hielten, sagte er mit erhobenem Finger: »Passt mir gut auf den Jungen auf. Vergesst nicht, was er uns angetan hat.« Mit einem schnellen Satz sprangen die beiden Dämonen aus dem Fenster.

Eine unwirkliche Ruhe legte sich über den Raum.

Unauffällig überprüfte Gustav, ob er sich aus dem Griff der Wesen befreien konnte.

Sofort verpasste Secundus ihm eine Kopfnuss. »Hör auf damit. Ich kenne all deine Tricks, schon vergessen, Gustav?«

»Warum bringen wir ihn nicht um die Ecke und stürzen uns auch auf das Fressen? Wir könnten behaupten, dass er fliehen wollte. Was hältst du davon, Secundus?«

»Ich weiß nicht, Tertius«, brummte derjenige, der sich als Benno ausgegeben hatte. »Er hat immerhin zwei von uns getötet.«

»Einen von euch habe *ich* erledigt, das wollen wir hier doch bitte nicht unter den Tisch fallen lassen.« Nachdem diese Worte gesprochen waren, rollte ein abgerissener Intellectusschädel über den Boden. Er hinterließ eine goldene Spur aus ätzendem Blut.

Der kleine Dämon neben Gustav – Tertius – sackte zusammen. Seine feine Krallenhand klebte dennoch weiterhin schlaff an seinem Unterarm. Angewidert schüttelte er sie ab. Gustav brauchte einen Moment, bis er begriff, was vor sich ging. Ungläubig blickte er auf eine grimmige Mela, die Secundus, Bennos Mörder, am Hals hochhielt. Hilflos zappelte das Wesen in ihrem festen Griff.

Die Dämonin rief ihm zu: »Ich hatte ihren fauligen Geruch sofort in der Nase. Leider können sie sich gut verbergen.«

»Lass mich sofort los!«, befahl der Intellectus fauchend.

Mela schüttelte ihn kräftig. »Du hast mir gar nichts zu sagen. Der hat mich gerufen.« Sie zeigte mit dem Finger auf Gustav. »Deswegen höre ich nur auf ihn.«

Der Intellectus lachte. »Du warst nicht die Einzige, die er gerufen hat, Verräterin.« Er versuchte sie in die Hand zu beißen, was Mela mit einer harten Kopfnuss abwehrte.

»Na na, du frecher Lümmel. Behandelt man so eine Dame? Was machen wir mit ihm?« Sie schüttelte den Dämon wie ein nasses Handtuch. »Solange ich ihn berühre, kann er nicht in der Erde verschwinden.«

»Nie wieder werde ich mich in der stinkenden Erde verstecken«, zischte der Intellectus. »Keiner von uns, diese Zeiten sind vorbei. Die Sonne hat nicht länger Macht über uns.«

»Schon gut, hör auf zu quatschen, du alter Angeber. Lasse ich dich los, bist du doch der Erste, der sich verkriecht.«

Von draußen drangen Schreie ins Zimmer, sie mischten sich mit einem beißenden Brandgeruch.

»Mela!« Gustav hatte seine Stimme wiedergefunden. »Er hat recht. Sie haben die Dämonen aus der Erde gerufen.«

Lachend verbesserte der Intellectus: »Nein, das hast du getan.«

»Ja«, stöhnte Gustav.

»Etwa alle?«

Er brachte nur ein Nicken zustande.

»Und wir können nicht wieder zurück?« Mela machte ein gequältes Gesicht und blähte die Wangen auf. »Tatsächlich«, flötete sie grinsend. »Wie hast du das denn hingekriegt?«

Kraftlos deutete Gustav nach oben.

»Mithilfe der Deckenverkleidung? Die ist ja hübsch, aber wieso kommen deswegen sämtliche Dämonen an die Oberfläche?«

»Sieh nach draußen!«

Mit dem Intellectus in der Faust, den sie wie eine Stoffpuppe über den Boden schleifte, stapfte die Dämonin zum Fenster. »Hä? Oh, ein roter Komet. Na, das erklärt einiges. Ach du je, da unten ist eine wilde Sause im Gange. Ich denke mal, dass nur eine Seite ihren Spaß hat, während die andere als Amuse-Gueule herhalten muss.«

Gustav trat neben sie. Der Schnee hatte sich vom Blut der Menschen dunkel verfärbt. Tote Dämonen waren auch zu sehen. »Das ist ein Massaker.« Gustav schluchzte. »Ich habe das Ende der Menschheit besiegelt.«

»Das war wirklich keine gute Idee. Vielleicht gehen wir jetzt besser. Ich will nicht, dass dich mir einer wegschnappt.« Mela zwinkerte Gustav frech grinsend zu.

»Nein«, wisperte der. »Du bist frei, Mela. Du und alle anderen. Ich spüre es ganz deutlich. Unser Bund wurde durch das Ritual gelöst.« Er zeigte ihr die Narbe an seiner Hand. Das Glühen war erloschen.

Blitzschnell riss sie ihm ein einzelnes Haar heraus. »Tatsächlich. Das hat gar nicht wehgetan.«

»Jetzt beherrscht deine Spezies die Erde. Wir Menschen sind ab heute diejenigen, die sich verstecken müssen. Allerdings können wir uns nicht in Nebel auflösen.«

»Auweia, das wird ein schönes Durcheinander. Was machen wir jetzt?«

»Mela! Hast du es nicht verstanden? Es gibt kein Wir mehr. Du und ich sind nicht länger verbunden.«

Die Dämonin ging in die Knie, um ihm direkt in die Augen zu schauen. »Und hast du noch immer nicht verstanden, dass das gar nicht nötig ist, mein Freund? Ich werde dir helfen, weil ich das will.«

Gegen seinen Willen musste Gustav schluchzen. »Danke!« Lautstark schnaubte er sich in seinen Ärmel.

»Kein Grund, in der Gegend rumzuschnoddern«, sagte Mela mit einem Zwinkern.

»Die natürliche Ordnung ist hergestellt«, jubelte der Intellectus. »Die Starken haben die Schwachen besiegt.«

»Klappe!«, beschied Mela und schüttelte ihn ordentlich durch. »Also, wie geht es …«

Mit einem Mal explodierte die Tür, als hätte eine Kanonenkugel sie getroffen – was auch der Fall war. Das Geschoss schlug durch die gegenüberliegende Wand und verschwand in der Nacht.

»V-v-vorrücken!«, rief eine zittrige Stimme, die Gustav bekannt vorkam.

Ein großer Mann, der in eine veraltete Ritterrüstung gekleidet war, trat ein. In der Hand hielt er allerdings eine nur allzu moderne Faustbüchse, mit der er auf Gustav zielte. »Hände hoch!«

»Soll ich …«, begann Mela.

Der Soldat fiel ihr ins Wort. »Das würde ich dir nicht raten, Dämon. Die Waffe ist mit Silber geladen.«

Weitere Männer stürmten in den von der Kanonenkugel getroffenen Raum. Sie alle waren schwer in Metall gerüstet und bewaffnet. »Gesichert«, rief einer von ihnen die Treppe herunter. »Der Junge und zwei Dämonen.«

Ihre Rüstungen und Waffen sind aus Silber und sie können Dämonen sehen, wurde Gustav klar.

Jemand kam langsam und mit schweren Schritten die Treppe herauf. Er trug nur einen leichten Brustpanzer aus Silber und hatte sich zwei Faustbüchsen unter den Gürtel geschoben.

»Matthias?«, hauchte Gustav ungläubig.

»Ähm … ja«, begann der Neuankömmling.

Von der Straße kam ein böses Fauchen.

Matthias wurde blass und blickte sich hektisch um.

»Was sind das für Männer?«, fragte Gustav erstaunt und zeigte auf die im Zimmer befindlichen Soldaten.

Matthias lachte nervös. »Trauttmansdorff nennt sie seinen Plan B. Alle Männer sind von ihm persönlich ausgewählt worden und verfügen über sehr besondere Fähigkeiten, wie Ihr Euch vielleicht vorstellen könnt. Sie begleiten ihn überallhin. ›Ein kleiner Schutz gegen die schwarzen Feldschere und ihre undurchsichtigen Machenschaften‹, wenn ich den Reichsgrafen hier einmal zitieren darf.«

»Ich fühle mich mal nicht angesprochen«, brummte Gustav beleidigt.

Matthias schien ihn gar nicht zu hören. »Als mein Herr bemerkt hat, dass ich über die außergewöhnliche Begabung verfüge, Dämonen zu sehen, hat er mich zu ihrem Befehlshaber befördert.« Er warf sich stolz in die Brust. »Nachdem Hayo bei Trauttmansdorff gewesen war, hat der Reichsgraf mich und meine Männer zusammengetrommelt. Der alte Feldscher hat uns verraten, dass Ihr mit Dämonen im Bunde seid. Haben wir Euch und Euren unnatürlichen Freunden dieses Chaos da unten zu verdanken?«

Etwas ließ das Haus erzittern. Aus dem Untergeschoss kam ein animalisches Brüllen.

Matthias zuckte zusammen. »Ähm, vielleicht ist es gut, wenn jemand von euch mal nachsieht, was da los ist.«

Die Soldaten schauten einander in die Augen, schafften es zu Gustavs großer Verwunderung aber, ein Augenrollen zu vermeiden. Matthias war sicher nicht der Anführer, den sie sich in einer solchen Situation wünschten. Nach einem kurzen Moment der Absprache liefen vier von ihnen nach unten.

»Erklärt mir, wie ich das rückgängig machen kann, und ich verspreche Euch, dass ich Euch gehen lasse«, forderte Matthias. »Für Eure Dämonenfreunde gilt das natürlich nicht!«

»Also«, begann Mela, »um eins hier klarzustellen. Er und ich«, sie schüttelte den Intellectus, dessen Kehle sie so fest drückte, dass er kein Wort sagen konnte, »sind keine Freunde.«

»Schweig still, Bestie«, fauchte Matthias und richtete eine seiner Büchsen auf sie. Die Waffe zitterte in seinen Händen.

»Es ist nicht so, wie Ihr denkt«, versuchte Gustav die Situation zu entschärfen.

»Natürlich nicht, wie hätte es auch anders sein können.« Matthias lachte höhnisch. »Aus Euch sprechen die Worte eines Intellectus. Trauttmansdorff hat mir alles erklärt, was es über diese besonders tückischen Dämonen zu wissen gibt.«

»Schau hin, Mensch!«, zischte Mela böse und hielt den gefangenen Zyklopendämon hoch. »Sieht der so aus, als würde er hier das Sagen haben?«

Matthias' Blick wurde unsicher.

»Bitte hört mir nur einen Augenblick zu«, flehte Gustav. Schnell versuchte er zu beschreiben, was aus seiner Sicht passiert war.

Leider hatte das Gesagte nicht das gewünschte Ergebnis. Stattdessen keifte Matthias: »Mein Herr hatte also recht. Ihr habt sie alle herbeigerufen!«

»Jetzt ist aber Schluss.« Einem roten Blitz gleich schoss Mela durch den Raum. Die verbliebenen vier Eisenmänner fielen scheppernd um und Matthias' Büchse lag zerbrochen auf dem Boden. Sie baute sich vor dem Diener des

Reichsgrafen auf und tippte ihm mit dem Finger an die Brust. »Hör auf das, was Gustav sagt. Er ist vielleicht der Einzige, der deinen und den schlaffen Hintern deines Herrn aus diesem Schlamassel herausbekommt, in den Trauttmansdorff die Menschen in den letzten Jahren hineingeritten hat.«

»Wie kannst du es wagen, den ehrenwerten Reichsgrafen so zu beleidigen? Er hat nichts mit diesen ganzen Dämonen zu tun!«

Die Dämonin knurrte. »Wenn du wüsstest, Junge.«

»Schon gut«, versuchte Gustav einzuschreiten. »Matthias, ich sage die Wahrheit. Wir müssen einen Weg finden, die Dämonen zurück in die Erde zu schicken.«

Mela schaute gelangweilt auf ihre Krallen. »Beeilt euch mal lieber. Die Zeit läuft euch davon. Ein untrügliches Gefühl, das ich ganz tief in meinem Innern verspüre, sagt mir: Geht die Sonne auf und ich und die anderen verschwinden dann nicht wie üblich, ist der Zyklus für alle Zeiten durchbrochen und wir werden dauerhaft an der Oberfläche bleiben. Mit allen Konsequenzen.« Sie schleckte sich über die Lippen und sah Matthias grinsend an.

»Hört nicht auf sie, guter Herr«, krächzte der Intellectus. »Sextus, ich meine Jarlon, hat dem Reichsgrafen all die Jahre gut gedient. Ihm hat er all seine Erfolge zu verdanken. Wir können auch für Euch eine besondere Rolle finden. Wollt Ihr vielleicht sein Nachfolger werden? Reich und mächtig?« Das Wesen ließ ein schmieriges Grinsen erscheinen. »Oder noch besser: Ihr könntet die letzten Menschen anführen und für uns verwalten. Kaiser der Welt werden. Wie klingt das?«

Mela schloss ihre Pranke und schnürte dem Wesen wieder die Luft ab.

»Seinen Erfolg hat der Reichsgraf ganz allein sich selbst zu verdanken«, zischte Matthias. »Wage es nie wieder, ihn so zu beleidigen. Er bleibt mein Reichsgraf und Ferdinand III. mein Kaiser. Niemand anderes. Merk dir das, du stinkendes Scheusal!«

»Alles klar. Gut zu wissen.« Mela ließ den einäugigen Dämon fallen und zerquetschte ihm mit einem Tritt den Schädel. »Ich konnte sein blasiertes Gerede sowieso nicht länger ertragen.« Sie zuckte mit den massigen Schultern, als wäre nichts passiert. »So, und wie lösen wir nun das Problemchen da unten?«

»Erst einmal müssen wir die verbliebenen Intellectus finden. Wenn jemand weiß, wie man die Beschwörung umkehren kann, dann sie. Das hoffe ich zumindest«, setzte Gustav unsicher hinterher.

»Na prima, dann heißt es wohl: hinaus ins Chaos.« Die Dämonin lugte aus dem Fenster. »Ich bin mir nicht sicher, ob das eine gute Idee ist.«

»Wir müssen es versuchen. Weißt du, wo sie sind?«

Die Dämonin schnüffelte lautstark. Überraschenderweise blickte sie plötzlich Matthias an und nicht Gustav. »In Trauttmansdorffs Arbeitszimmer.«

Vorsichtig spähte Gustav aus der Tür des zerstörten Wirtshauses hinaus auf die Straße. »Es sieht ruhig aus. Die Horde ist weitergezogen.«

»Was ist mit meinen Männern?«, flüsterte Matthias. Angstschweiß ließ seine Stirn glänzen. »Sie könnten uns beschützen.«

»Die da oben schlafen noch eine ganze Weile und diejenigen, die du nach unten geschickt hast, sind sicher fast verdaut.«

Gustav gab ihr recht, sprach es aber nicht aus. Stattdessen griff er sich einen Silberdegen, den jemand am Fuß der Treppe verloren hatte.

Matthias schüttelte den Kopf. »Da rauszugehen ist der pure Wahnsinn.«

»Ach was, Jüngelchen. Ihr habt doch mich dabei. Ich lege bei meinen Kollegen ein gutes Wort für dich ein, wenn wir welche treffen. Und jetzt los.« Mela schob den Diener des Reichsgrafen als Ersten nach draußen.

Der wurde kreidebleich und ließ vor Schreck seine verbliebene Faustbüchse fallen. »Was fällt dir ein, Bestie?«

Mela ignorierte sein Gezeter und trat ebenfalls auf die Straße.

Gustav tat es ihr nach. Überall brannte es. Der Schnee war bedeckt von ausgerissenen Körperteilen und dunklem Blut. »Besser, wir beeilen uns!«

Eng an die Hauswände gedrückt, schlichen sie durch das Gassengewirr der bis vor Kurzem noch so friedlichen Stadt. Mela bildete die Vorhut, um sie vor etwaigen Gefahren zu beschützen.

»Im Vergleich zu unserem Hinweg sind erstaunlich wenige von den Viechern unterwegs«, raunte Matthias Gustav zu.

»Ja, das macht mir Sorgen«, bestätigte der angespannt. Überall fanden sie nur Leichen und Zerstörung, aber kaum Dämonen. »Hast du eine Idee, wo die alle sind?«, fragte er Mela.

Die gab nur ein unleidliches Brummen von sich.

Gustav beschloss, nicht auf einer Antwort zu bestehen, sondern diese gute Fügung einfach zu akzeptieren.

»Gleich haben wir es geschafft«, jubilierte Matthias keuchend, als sie nur noch eine Quergasse vom Palais entfernt waren. Mit einem Mal fing er an zu laufen. »Kommt, bald geht die Sonne auf. Wir müssen das Dämonenproblem aus der Welt schaffen.« Er war gerade im Begriff, auf den Platz vor der riesenhaften Residenz hinauszutreten, als Mela ihm ihre Pranke auf den Brustkorb legte und wisperte.

»Nicht so schnell! Wir sind nicht die Einzigen, die den beiden Intellectus ihre Aufwartung machen. Sie haben offensichtlich gemerkt, dass wir ihre Brüder getötet haben, und wollen sich nun ein ähnliches Schicksal unter allen Umständen ersparen.«

»Was meinst du?« Neugierig lugte Gustav über einen Mauervorsprung auf das Anwesen der Erbmänner Kerckering. Der Anblick verschlug ihm die Sprache. Dutzende Dämonen hatten sich um das große Gebäude versammelt. Wie ein lebender Ring aus Klauen und Zähnen umstanden sie den Prachtbau.

»Sie wissen, dass wir kommen«, erklärte Mela. »Die anderen sollen sie beschützen.«

»Warum haben sie solche Angst?«, murmelte Gustav.

»Vielleicht kann man mit ihrem Tod den Bann brechen«, gab ihm Matthias eine Antwort, die er gar nicht erwartet hatte.

»Der Naseweis könnte recht haben. Wir müssen nur da reinkommen, die Grünaugen einen Kopf kürzer machen und schon kannst du die Saubande wieder in die Erde schicken. So muss es sein!«

Resigniert pustete Gustav aus. »Na, wenn das alles ist.«

»Die Kreaturen müssen nur lange genug abgelenkt sein, damit ihr einen Weg hineinfindet«, sagte Matthias mit rauer Stimme und entschlossenem Blick. »Du kannst ihn doch reinbringen?«, fragte er Mela.

»Sicher!«

»Seid ihr bereit?« Bevor Gustav etwas darauf antworten konnte, trat Matthias auf die Straße hinaus und schoss mit seiner Büchse. Zielsicher traf er einen der Dämonen am Hals. Goldenes Blut ergoss sich aus der Wunde. Das Wesen kreischte vor Schmerzen. »Das ist erst der Anfang. Die Menschheit leistet Widerstand gegen euch stinkende Dämonen. Auf geht es, Soldaten«, rief Matthias hinter sich, als ob dort ein ganzer Trupp warten würde. »Versohlen wir diesen Missgestalten den Hintern mit Silber.« Er lud nach und schoss erneut.

Die Dämonen brüllten zornentbrannt und rannten auf den Diener zu.

»Dann mal los«, zischte Mela und packte Gustav am Kragen. Mit einem langen Satz sprang sie auf ein Hausdach.

Ungläubig betrachtete Gustav Matthias und die Masse an Dämonen, die auf ihn zurannten. *Er opfert sich für uns. Nein*, verbesserte er sich. *Für die Menschheit.* Dann war Matthias aus seinem Blickfeld verschwunden, weil Mela eiligst weitersprang und schließlich in einem einsamen Garten auf der Hinterseite des Anwesens zu Boden kam.

»Komm!« Sie verschwendete keine Zeit, sondern drückte kurzerhand eine verschlossene Tür aus dem Rahmen. »Der Bengel wird sie nicht lange vergackeiern können.«

Im Innern des Palais erwartete sie eine gespenstische Ruhe. Große Blutlachen bewiesen, dass die Intellectus hier ebenfalls ihr übles Handwerk verrichtet hatten.

Gustav führte Mela in Richtung Trauttmansdorffs Arbeitszimmer, als aus einer zersplitterten Tür ein dicklicher Dämon heraustrat, dessen petrolfarbene Haut in krassem Widerspruch zu den blutigen Flecken um seinen haifischartigen Mund stand.

»Oh, gibt es schon Nachschub?«, freute er sich, als er Gustav entdeckte.

Mela schlug ihm auf die ausgefahrenen Tentakel, mit denen er nach Gustav greifen wollte. »Na na, nimm mal deine Griffel da weg. Der ist nicht für dich, sondern für die feinen Herrschaften.«

Der Dämon kratzte sich die Nase. »Meinst du die Einaugen?«

»Ja, der hier ist ein ganz besonderer Leckerbissen, den sie bestellt haben. Ich habe ihn auf dem Weg hierher schön durchgewalkt, damit er saftig ist.« Sie gab Gustav eine Kopfnuss.

Aua.

»Klar, die feinen Leute, für die gibt es immer nur das Beste. Ich habe mir hier gerade einen runtergewürgt, der war so trocken, dass ich einen ganzen Fluss aussaufen könnte. Ich gehe mal nach draußen und fresse ein bisschen Schnee. Tschüs, ihr beiden, und nett von dir, Menschlein, dass du nicht so viel Theater wie deine Artgenossen machst. All das Gejammere verdirbt mir den Appetit.« Mit langen Schritten verschwand das Wesen.

»Die Kopfnuss tat ganz schön weh«, beschwerte sich Gustav und rieb über die betroffene Stelle.

»Was denkst du, wie schmerzhaft erst seine Reißzähne gewesen wären«, entgegnete Mela augenzwinkernd.

Gustav kam nicht umhin, ihr recht zu geben.

Schließlich hatten sie Trauttmansdorffs Zimmer erreicht.

Sacht legte Gustav seine Hand auf das Holz der Tür. »Bist du dir sicher, dass du mitkommen willst? Du musst das nicht machen.«

Sie trat als Antwort die Tür ein.

Die beiden Intellectus blickten mit blutverschmierten Gesichtern von dem ausgeweideten Körper eines Dienstmädchens auf, an dem sie sich gerade gütlich taten.

Mela ließ sie nicht zu Wort kommen. Blitzschnell griff sie sich einen der beiden und klatschte ihn brachial an die Wand. Putz fiel zu Boden.

Gustav blieb keine Zeit, ihr Agieren zu beobachten, weil der andere Dämon ihn kreischend angriff. Nur den vielen Fechtstunden mit Anike hatte er es zu verdanken, dass er seinen Degen rechtzeitig erhob. Die Klinge bohrte sich tief in die Schulter des Angreifers.

Zischend rollte der sich zusammen und sprang zurück.

Dabei riss er Gustav den Degen aus der Hand.

»Gib endlich auf, Feldscher!«, schrie er und gab ein tiefes Grollen von sich.

»Er ruft die anderen! Wir sollten nicht länger trödeln«, kam es dumpf von Mela. Der zweite Intellectus saß auf ihrem Rücken und versuchte ihr die Augen auszukratzen. Sie lief rückwärts und rammte ihn an die Wand.

Aus den Augenwinkeln sah Gustav etwas Grelles und ließ sich zur Seite fallen. Sein Angreifer hatte einen kleinen Flammenball ausgespuckt, der ihn knapp verfehlte.

Der kleine Dämon kam fauchend auf ihn zu. Aus seiner Wunde quoll goldenes Blut, dessen Tropfen den Boden verätzten. »Es ist vorbei. Sieh das endlich ein. Gleich werden zahllose meiner Brüder und Schwestern hier sein und dich und die Verräterin zermalmen.«

Gustav wich zurück. Er hatte keine Waffe mehr. Er stieß gegen den schweren Schreibtisch.

Der Intellectus bleckte die Zähne. »Ich will dich selbst erledigen und mir dein Fleisch schmecken lassen.« Er drückte sich zum Sprung ab.

Panisch griff Gustav hinter sich und seine Hände umklammerten etwas, das auf dem Schreibtisch lag.

Mit ausgestreckten Armen flog der Intellectus auf ihn zu.

Mit aller Wucht stach Gustav ihm Trauttmansdorffs silbernen Brieföffner in das grüne Zyklopenauge.

Abrupt erschlaffte der Körper des Wesens und es schlug klatschend auf dem Boden auf.

Eine aus vielen kleinen Wunden blutende Mela humpelte heran. »Na bitte, diesmal warst du tatsächlich schneller als ich.« Sie schenkte ihm ihr süffisantes Lächeln.

Das Gebäude bebte unter den schweren Schritten der Dämonenmasse, die zu ihnen drängte.

»Also, zurück zum Thema, den einfachen Teil haben wir ja erledigt. Jetzt bist du dran. Du hast die Radaubrüder gerufen, nun schick sie wieder weg.« Sie blickte aus dem Fenster. »Da unten sind so viele, dass sie sich gegenseitig dabei behindern, ins Innere zu kommen. Dennoch wird die Zeit knapp. Schick sie zurück! Das hast du doch schon mehr als einmal getan.«

»Nie so viele auf einmal.«

»Versuch macht klug.«

Da hat sie recht. Gustav stellte sich ans Fenster und blickte auf die außer Rand und Band geratenen Dämonen. »Ich befehle euch, in die Erde zurückzukehren!«

»Hmm.« Mela lehnte sich weit nach draußen. »Da passiert nix. Vielleicht musst du schreien oder mit den Armen fuchteln. Probier doch mal.«

»Es funktioniert nicht. Die Erde bleibt euch dauerhaft verschlossen.« Resigniert setzte sich Gustav auf Trauttmansdorffs Schreibtisch. Immer lauter wurde das Getrampel der Dämonen. Es würde nur noch wenige Atemzüge dauern, bis sie in den Raum fluteten.

Mela schaute weiter nach draußen. »Ha, das hättest du wohl nicht gedacht, du elender Kater. Ich habe dir gesagt, dass dir eines schönen Tages jemand die Krallen endgültig stutzt«, kommentierte sie eine Szene, die sich im Innenhof abspielte.

Gustav betrachtete sie. Es erschien ihm wie ein Wunder, dass dieses Wesen eine derart enge Beziehung zu ihm aufgebaut hatte. Heute konnte er nicht mehr nachvollziehen, wie er sie einmal hässlich hatte finden können. Sie war nicht nur schlau, witzig und treu, sondern auch wunderschön. Ihre roten Schuppen funkelten im Licht des Kometen durchdringend. *Das ist es.* Er dachte an das, was Martin im Codex geschrieben hatte. ›*Ich habe endlich eine Rose gefunden.*‹ Gustav lächelte. Es würde gelingen, da war er sich sicher. Doch der Preis war hoch.

»Was ist nun, Kleiner? Fällt dir wirklich nichts mehr ein?«

»Mela, willst du nach Hause?«

Sie drehte sich zu ihm um und legte den Kopf schief. »Wie meinst du das?«

»So, wie ich es sage.«

»Verstehe ich nicht.«

»Der Komet«, erklärte Gustav. »Mit ihm seid ihr hierhergekommen und ich glaube, dass er euch auch wieder da hinbringen kann, woher ihr stammt.«

Ihre Augen weiteten sich – alle drei gleichzeitig.

»Wir müssen uns trennen. Für immer.«

Ein Ausdruck, den Gustav bei Mela bisher niemals gesehen hatte, schlich sich auf ihr Gesicht: Trauer. Drei goldene Tränen liefen ihr die Wangen hinunter. Mela umarmte ihn. Sanft und aufrichtig. »Ich werde dich vermissen, Gustav. Ganz ehrlich. Du bist der beste Freund, den ich jemals hatte. Vielleicht auch der einzige, aber wer wird da spitzfindig sein.«

Gustav weinte und lachte gleichzeitig über ihre Worte.

Schwere Schritte polterten die Treppe herauf.

»Rette dich und deine Welt. Ich hoffe, dass ihr in Zukunft pfleglicher miteinander umgeht.«

»Leb wohl, Mela. Ich werde dich nie vergessen«, schluchzte Gustav und streichelte ihre warmen Schuppen. Er schloss die Augen – und da war sie, die Verbindung. *Ein Dämon und eine Rose*, schlichen sich Martins Worte in seinen Geist. Er sah und hörte die Eindrücke von unzähligen Dämonen. Sie waren überall. Im heißesten Süden und kältesten Norden. Er holte tief Luft, bevor er rief: »Kehrt zurück nach Hause!«

Zaghaft öffnete er seine Lider einen Spalt. Mela war verschwunden. Nur ein feiner Duft von Zimt lag in der Luft – und völlige Stille.

ZUKUNFTSPLÄNE

Gustav gönnte sich einen Moment der Rast, um die majestätische Kulisse Wiens und seiner vierzackigen Krone, der Hofburg, zu bewundern. Es war eine lange Reise aus Münster gewesen – und eine einsame. Er vermisste Mela und hatte sich oft die Frage gestellt, wo sie sein mochte und ob es ihr gut ging. Lediglich Jolande war ihm geblieben. Oft war das Zugtier sein einziger Gesprächspartner. »So, meine Liebe, dann wollen wir mal. Es wird Zeit.« Er schnalzte mit der Zunge und ließ sie in Richtung Stubentor traben. »Wie sagt man so schön? Das letzte Stück des Weges ist oft das beschwerlichste.«

Ob sie mir verzeiht? Unablässig drehten sich seine Gedanken um Anike und ihre Reaktion auf sein Eintreffen. Aus gut informierter Quelle – *aus der bestinformierten Quelle* – wusste er, dass sie immer noch in der Stadt war. Reichsgraf von und zu Trauttmansdorff hatte ihm das mehrfach bestätigt. *Wie auch nicht, immerhin hat er sie internieren lassen – und mir den Schlüssel gegeben, sie zu befreien.* Es glich für Gustav immer noch einem Wunder, dass der umtriebige Diplomat den Angriff der Dämonen überlebt hatte. Nach kurzem Herumdrucksen hatte

357

der allmächtige Politiker zugegeben, dass er diese Tatsache einem schnöden Zufall zu verdanken hatte: Als die Intellectus in das Palais gekommen waren, hatte er im Weinkeller gerade seinen Privatvorrat begutachtet. Nachdem abrupt Ruhe eingekehrt war, hatte er sich in sein Arbeitszimmer geschlichen, einen kurzen Blick auf die Verwüstungen geworfen und etwas gesagt, das Gustav nie vergessen würde: »Danke!« Zu einer Umarmung hatte sich der mächtige Mann nicht herabgelassen, ihm aber die Hand geschüttelt. Dabei hatte er die ausschlaggebende Frage gestellt: »Sind sie für immer weg?« Gustav hatte genickt und der kaiserliche Unterhändler war wieder gegangen, um die Aufräumarbeiten zu koordinieren. Kurze Zeit darauf hatte ein Bote eine mehrfach gesiegelte Bulle in die Ruine des *In die drei Könige* gebracht. Sie sicherte Gustav das Recht zu, als Emissär des Kaisers frei durch das Reich zu reisen. Jedem, der es wagen sollte, ihm ein Leid anzutun oder Kost und Logis zu verweigern, wurde darin der persönliche Zorn Ferdinands III. angedroht. Der entscheidende Satz lautete allerdings: ›Gustav Hansson wird die gesamte Rechtsbefugnis für die Person Anike Kuipers übertragen.‹ Das war Anikes Freispruch. Der gewiefte Reichsgraf behielt sie weiterhin in Gefangenschaft, bis Gustav Wien erreicht hatte. Er konnte schließlich nicht wissen, wozu man dieses Pfand in den komplizierten Verhandlungen eventuell noch brauchen konnte. *Er bleibt bis zum Schluss, was er ist*, dachte Gustav ohne Gram. Trauttmansdorff spielte die ihm zugedachte Rolle und er seine. So war die Welt nun einmal.

Gustav passierte problemlos das Tor und rollte zum ersten Mal in seinem Leben in die Hauptstadt des Reichs. Dennoch hatte er keinen Blick für die prachtvollen Bauten und die quirlige Menschenmenge. Er wollte nur eins: Anike schnellstmöglich aus dem Kerker befreien. Er fragte den erstbesten Passanten: »Wo ist das hiesige Gefängnis?«

Der Mann bekreuzigte sich und verschwand eilig in der Menge.

Wahrscheinlich hält er mich wegen der schwarzen Kleidung für einen Scharfrichter.

Beim Nächsten hatte Gustav mehr Glück. Ein untersetzter Schuhmacher wies ihm den Weg zu einem Ort namens Schranne, warnte ihn aber gleichzeitig, dass er lieber einen großen Bogen um das Gebäude machen solle.

Es muss ein schrecklicher Ort sein. Und dort harrt Anike seit Monaten eines ungewissen Schicksals. Gustav wurde schlecht, als er sich ausmalte, was sie in der Zeit erlebt haben mochte. *Weil ich sie im Stich gelassen habe.* Hastig lenkte er den Karren ins Zentrum der Stadt.

»Heute ist kein Markttag. Verschwinde, du dreckiger Landstreicher!«, begrüßte ihn ein fetter Wachmann, kaum dass er den Wagen vor der Schranne abgestellt hatte.

»Ich bin kein Landstreicher, sondern ein schwarzer Feldscher!«, verbesserte Gustav den Mann selbstbewusst. Er hatte die Welt von Dämonen befreit, wieso sollte er da vor einem stinkenden Stadtwächter Angst haben.

»Und wenn du der Kaiser von China wärst, du und deine Schindmähre, ihr verschwindet jetzt, oder ich ziehe andere Saiten auf«, brummte der Wächter und legte die Hand an seine Hellebarde.

»Ich bin gekommen, um Anike Kuipers abzuholen«, fuhr Gustav ohne Umstände fort und holte die gesiegelte Bulle aus einem Holzkästchen hervor.

»Aha!« Der Mann zeigte sich wenig interessiert. »Diese Anike, steckt die da in deinem Papierröllchen?« Er lachte über seinen Scherz und stieß dabei eine schwer erträgliche Knoblauchwolke aus.

Ungeduld brodelte in Gustav auf. Er war nicht durch das halbe Reich gereist, um kurz vor dem Ziel von einem faulen Wachmann aufgehalten zu werden. »Das ist ein Schreiben von Reichsgraf Trauttmansdorff persönlich. Es gestattet mir die rechtliche Verfügung über Anike Kuipers«, forderte er mit fester Stimme. »Hol jemanden, der es lesen kann, wenn dir dein Amt lieb ist!«

Man konnte dem Gesicht des Mannes ablesen, dass er mit sich rang. Schließlich stand er übertrieben langsam von seinem Schemel auf und brummte: »Solltest du lügen, Bürschlein, dann ist da drinnen bereits eine Zelle für dich reserviert.« Er zeigte mit dem Daumen auf eine massive Eisentür.

Es dauerte ewig, bis er mit einem grauhaarigen Mann zurückkehrte. »Dort, ehrenwerter Richter. Er behauptet, einen Schriebs von Trauttmansdorff zu besitzen.«

Der Richter ging mit strammen Schritten auf Gustav zu und forderte selbstbewusst: »Zeigt mir das Schreiben, junger Mann!«

Mit einem triumphierenden Grinsen gab Gustav es ihm.

Die Augen des Rechtsgelehrten überflogen die Bulle. Als er sie gelesen hatte, hielt er das Papier gegen die Sonne und klopfte auf die Siegel. Mit einem respektvollen Nicken gab er es Gustav zurück. »Meister Feldscher, es tut mir leid, Euch mitteilen zu müssen, dass sich Anike Kuipers nicht mehr in unserem Gewahrsam befindet.«

Nein! Hat mich dieser elende Reichsgraf am Ende doch reingelegt. Mit belegter Stimme entfuhr es ihm: »Das kann nicht sein. Mir wurde versichert, dass sie hier sei.«

»Das war sie, bis vor einigen Wochen, aber …«

Gustavs Herz schlug so heftig, dass es wehtat. Er schwor sich, den Reichsgrafen bis ins Grab zu verfolgen, sollte der Anike ein Leid angetan haben.

»… sie wurde aus ihrer Zelle verlegt.«

»Wohin?« Gustavs Stimme wurde zu einem Flüstern.

»In die Weiße Rose.«

Verwirrt blickte Gustav den Richter an.

Der zeigte über den Marktplatz. »Das Gasthaus liegt in der Taborstraße, direkt an der Brücke, die zur Unteren Werd führt.«

»Das ist aber nichts für dich, Bursche. Dort steigen nur feine Pinkel ab«, knurrte der Wächter, offensichtlich beleidigt darüber, dass Gustav nicht eingesperrt wurde.

Der konnte sich vor Lachen kaum halten. »Sie ist in einem edlen Gasthaus und nicht im Gefängnis. Natürlich!« Er wischte sich die Tränen von den Wangen. »Wie könnte es anders sein.«

Jetzt war es an dem Richter, ihn irritiert anzublicken.

»Vielen Dank für die Auskunft, Herr Richter, und entschuldigt, dass ich Euch belästigt habe.« Weiter lachend fuhr Gustav in die beschriebene Richtung.

Das Gasthaus war wirklich sehr edel. Gustav klopfte sich den Staub aus den Kleidern und fiel dennoch aus dem Rahmen zwischen all den Leuten in Brokat- und Seidenstoffen, deren Rascheln den Empfangsraum erfüllte. Kaum hatte er die Schwelle übertreten, kam ihm ein junger Hausdiener entgegen.

»Herr, was kann ich für Euch tun? Wir haben leider keine freien Zimmer mehr, aber ich empfehle Euch gern ein anderes Gasthaus, das besser zu Euch passt.«

Ja, das ist ein Ort nach Anikes Geschmack. Den hat sie sich redlich verdient. »Ich möchte gern zu Anike.«

Der Diener zog übertrieben nachdenklich die linke Augenbraue hoch und klopfte mit dem Zeigefinger an seine Nasenspitze.

»Anike Kuipers«, versuchte es Gustav mit dem vollen Namen. »Man hat mir gesagt, dass sie hier logiert.«

»Freiin von Kuipers.« Das Gesicht des Dieners nahm einen glücklichen, verträumten Ausdruck an.

Freiin. Gustav musste lächeln. Anike stand die Rolle einer Adligen sicher hervorragend.

»Ich nehme an, sie hat keine Zeit, Euch zu empfangen. Die Freiin ist eine überaus geschätzte Gesprächspartnerin. Darf ich etwas ausrichten? Ich werde …«

Ein fröhliches Lachen bereitete Gustav eine Gänsehaut. Er drehte sich danach um. Und da war sie. Gewandet in ein lindgrünes Kleid, mit einem edelsteinbesetzten Kelch in der Hand und umringt von einer Traube Menschen, die an ihren Lippen hingen. Gustav schob den Diener zur Seite und rannte in ihre Richtung.

»Halt! Ihr könnt doch nicht einfach …«

Endlich hob sie den Kopf. Ihre Blicke trafen sich. Der Kelch glitt ihr aus den Fingern. Ein Fleck bildete sich auf dem wertvollen Teppich. Ihr Mund formte seinen Namen: »Gustav.«

»Und das alles bezahlt der Reichsgraf?«, fragte Gustav staunend, als Anike ihn in ihr Zimmer geführt hatte.

Sie kicherte kokett und warf sich in das breite Bett, auf dem sich Berge an Spitzenkissen und Daunendecken türmten. »Das ist wohl das Mindeste, was er mir schuldig ist.«

Gustav setzte sich neben sie. Die Aufregung war zurück. Er nahm ihre Hand und spürte dabei, dass seine schweißfeucht war. »Was ist mit deinem Vater, Anike?«

Anikes bisher ausgelassene Miene verschwand. »Er ist tot.«

»Das tut mir leid«, murmelte Gustav. Verlegen senkte er den Kopf. »Ich hätte mit dir kommen müssen, anstatt zum Friedenskongress zu fahren.«

»Nein, Gustav. Das hätte nichts geändert.«

»Doch!«, beharrte er. »Ich hätte …«

Sie nahm seinen Kopf in die Hände und drehte ihn, damit sie ihm in die Augen sehen konnte. »Es gibt nichts zu entschuldigen. Du hast ihn von dem Dämon befreit, genauso wie du es versprochen hast. Nur leider war er bereits zu schwach, um die Trennung zu überleben. Du warst es doch, der sie weggeschickt hat, oder?«

»Woher weißt du das?«

»Ich war bei ihm, als es passiert ist«, antwortete Anike. »Er und der Dämon führten einen furchtbaren Kampf. Ich glaube, mein Vater wollte verhindern, dass sich das Wesen in der Zelle materialisierte, um mich zu beschützen.« Traurig schüttelte sie den Kopf. »Als der Dämon schließlich in einer roten Nebelwolke aus seinem Mund strömte, hat Vater noch einmal mit mir gesprochen. Seine Augen waren wieder so wie früher.« Tränen liefen ihre Wangen herunter. »Er hat sich bedankt, dass ich immer an ihn geglaubt habe, und gesagt, dass er mich lieb hat.« Sie schniefte. »Am Ende hat er etwas

Merkwürdiges geflüstert: ›Mela lässt ausrichten, dass Gustav seine Aufgabe erfüllt hat und auf dem Weg zu dir ist. Er habe die richtige Rote gewählt.‹«

»Ähm …«, war das Einzige, was Gustav herausbrachte.

»Kurz darauf ist er gestorben.« Anike schluchzte. »Mela, das war deine Dämonin. Habe ich recht?«

»Ja«, hauchte Gustav.

»Ich mochte sie, aber es ist gut, dass diese Wesen weg sind. Wir brauchen Frieden. Ich brauche Frieden.« Sie sah Gustav an. »Was machen wir jetzt?«

Wir! Gustav gestattete sich ein Grinsen. »Nun, da wir schon im Bett sind …«

Sie knuffte ihm spielerisch an die Schulter. »Du wieder. Ich meine das ernst.«

»Ich würde mich freuen, wenn du meine Mutter und meine Schwester kennenlernst«, gestand Gustav, der seine Familie schmerzlich vermisste. »Lass uns gemeinsam nach Breitenfeld reiten.«

»Es wäre mir eine Ehre. Wieder zurück nach Sachsen. Das wird sicher wunderbar.«

Jetzt war es an Gustav, sie zu knuffen. »Es ist nicht so fein wie hier, aber dafür ehrlicher, Hochwohlgeboren.«

Anike verdrehte übertrieben die Augen. »Vielleicht stelle ich dich als meinen Diener ein. Ich bin immerhin eine wohlhabende Frau, wie du weißt.«

»Reich und ungeschützt. Eine gefährliche Kombination«, bemerkte Gustav, ohne auf den Spott einzugehen. »Wir könnten anschließend nach Schweden gehen. Dort herrscht Frieden.« Nervös leckte sich Gustav über die Lippen. »Torstensson und die Gräfin heißen uns immer willkommen, das hat sie mir in einem Schreiben versichert. Sie werden uns vor jeder Gefahr beschützen. Ich bin dank Gustav Adolf ein Schwede.

Vielleicht treten wir ja gemeinsam in den diplomatischen Dienst des Königreichs ein. Es gibt noch immer so viel zwischen unseren Ländern zu besprechen. Ich glaube, wir würden uns nicht schlecht in dieser Rolle machen …« Um seinen ganzen Mut zu sammeln, machte er eine Pause. »Und wenn du mich …« Er traute sich nicht, den Satz zu beenden.

Das tat Anike für ihn: »Ja zu allem, Gustav Hansson.«

ENDE

NACHWORT

Am 24. Oktober 1648 ist es endlich so weit: Der Westfälische Friede wird unterschrieben. Damit endet ein fast dreißig Jahre langer Krieg, der Deutschland[1] und große Teile Mitteleuropas verheert und entvölkert hat. Das Vertragswerk ist extrem vielschichtig und hat den Anspruch, Europa neu zu ordnen, um dauerhaften Frieden – auch zwischen den Religionen – herzustellen. Eine *pax universalis et perpetua*[2] – eine allgemeine und ewige Friedensordnung, wie die Zeitgenossen sie bezeichnen.

Die Dauer der Verhandlungen über diesen komplexen Vertrag festzulegen, ist beinahe genauso schwierig, wie die Verhandlungen selbst es waren.[3] Es gab schlicht keinen offiziellen Verhandlungsbeginn. Vielmehr trafen die Delegierten mit ihren Abordnungen zwischen den Jahren 1643 und 1646 nach und nach in Osnabrück und Münster ein.[4] Allein die Frage, in welchem der beiden Verhandlungsorte man den

---

[1] In Bezug auf das 17. Jahrhundert von Deutschland zu reden, ist wissenschaftlich ungenau, da das Deutsche Reich erst 1871 gegründet wurde. Exakter wäre es, von den »deutschsprachigen Landen« zu sprechen. Allerdings erleichtert der Begriff in diesem Fall die Lesbarkeit des Textes.
[2] Zitiert nach: Otto, Frank: Die Stunde der Diplomaten; in: Der Dreißigjährige Krieg. 1618–1648 (Geo Epoche Kollektion, Nr. 13), Hamburg 2018, S. 172.
[3] Münkler, Herfried: Der Dreißigjährige Krieg. Europäische Katastrophe. Deutsches Trauma, 1618–1648, Hamburg 2017, S. 789 ff.
[4] In Osnabrück sollten die Verhandlungen mit den protestantischen Parteien und in Münster diejenigen mit den katholischen erfolgen. Beide Religionsgemeinschaften bestanden auf dieser räumlichen Trennung.

Anfang des Friedenskongresses hätte feiern sollen, machte einen offiziellen Start nahezu unmöglich. In der Geschichtswissenschaft werden die unterschiedlichsten Meilensteine der Vorverhandlungen als offizieller Beginn gedeutet, aber sie sind alle umstritten. Am gängigsten ist die Auffassung, dass am 29. November 1645 mit der Ankunft des kaiserlichen Unterhändlers Maximilian von und zu Trauttmansdorff die Verhandlungen offiziell begonnen.[5]

Mehr als fünf Jahre stritten Diplomaten aus mehr als 1000 Delegationen über einen Friedensschluss. Niemals zuvor hatte es in der Geschichte einen ähnlich aufwendigen Friedenskongress gegeben. Am Ende standen mehrere Einzelverträge, die Hunderte Paragrafen umfassten. So gab es etwa einen Vertrag zwischen Kaiser Ferdinand III. und König Ludwig XIV. von Frankreich (*Instrumentum Pacis Monastericusis,* kurz IPM), einen weiteren zwischen dem Kaiser und Königin Christine von Schweden (*Instrumentum Pacis Osnabrugensis,* kurz IPO) sowie zwischen Spanien und den Vereinigten Niederlanden. Die Streitfragen unter den deutschen Protestanten und Katholiken benötigten ein eigenes Vertragswerk, um das bis zum Ende erbittert gefeilscht wurde.[6]

Die Verhandlungen gestalteten sich so schwierig, weil dieser Krieg sich als Bürgerkrieg, Religionskrieg, Eroberungskrieg und gleichzeitig Kampf der Großmächte um die Vorherrschaft in Europa darstellte.[7] All diese Konfliktlinien waren auf unterschiedliche Weise mit Deutschland verbunden und sorgten dafür, dass in einigen Teilen des Reichs bis zu zwei Drittel der Bevölkerung den Kriegshandlungen direkt

---

[5] Münkler, Herfried: Der Dreißigjährige Krieg, S. 790.
[6] Ebd., S. 790f.
[7] Ebd., S. 793.

und indirekt zum Opfer fielen.[8] Die Gegner des Kaisers wollten diesen kaum überschaubaren Komplex in einem einzigen gigantischen Friedenskongress verhandeln, um zu verhindern, dass der Habsburger sich einzelne Bereiche herausgriff, um sie nacheinander in seinem Sinne auszuhandeln. Ein gegenseitiges Ausspielen der Verbündeten wurde so verhindert. Daher war der Anspruch des Kongresses von Anfang an kolossal: ein allumfassender Friedensschluss oder gar keiner. Dass dies nicht gescheitert ist, gleicht einem Wunder. Deshalb sollte man den Zeitgenossen die langen Jahre der Unterredungen nicht ankreiden. Wären die Verhandlungen nur in einem einzigen Punkt gescheitert, wäre der gesamte Kongress vergeblich gewesen. Daher verdient die Leistung der Unterhändler Anerkennung. Viele von ihnen mussten sich sogar selbst finanzieren, da ihre Regierungen aufgrund des Kriegs oft zahlungsunfähig waren, und einige der Vertreter verschuldeten sich sogar, um Frieden für ihre Heimat auszuhandeln.

Die prägende Figur des Kongresses wurde Reichsgraf Maximilian von und zu Trauttmansdorff. Der kaiserliche Geheimrat war eine faszinierende und weithin bewunderte Persönlichkeit. Als einziger Diplomat des gesamten Friedenskongresses war er weisungsbefugt. Damit konnte er eigenmächtig Verhandlungsergebnisse annehmen oder vorschlagen. Alle anderen Verhandlungsparteien mussten sich bei jeder Entscheidung die Bestätigung ihrer jeweiligen

---

[8] Der Großteil der Bevölkerung starb nicht durch die Kämpfe selbst, sondern durch Krankheiten, die vor allem auf Hunger zurückzuführen waren und aufgrund der militärischen Verheerungen auftraten. Eine durchreisende Armee hinterließ niedergebrannte Siedlungen, geplünderte Felder und leere Vorratskammern. Darüber hinaus fielen ihr viele Männer zum Opfer, die die Äcker im Folgejahr wieder hätten bestellen können.

Herrscher bzw. Regierungen einholen. Da dies mit Boten geschah, vergingen oft Wochen zwischen einem ausgehandelten Kompromiss und seiner Annahme oder Ablehnung.

Trauttmansdorff, ein erfahrener Politiker, der den Habsburger Kaisern seit Jahrzehnten in exponierten Positionen diente, war sich seiner besonderen Rolle bewusst. Ausdrücklich verzichtete er daher auf übertriebenen Pomp oder anderweitige Machtdemonstrationen. Anders handhabe es etwa der französische Unterhändler Longueville, der mit 500 Mann in einer prächtigen Parade nach Münster einzog und mehrere Tage vor der Stadt auf Sonnenschein gewartet haben soll, damit sein Auftritt ins rechte Licht gerückt wurde. Trauttmansdorff reiste mit vergleichsweise bescheidenen 100 Personen an und passierte die Münsteraner Tore unauffällig mitten in der Nacht.[9] In unzähligen und beschwerlichen Verhandlungen versuchte er, die Position des Kaisers durchzusetzen und gleichzeitig einen dauerhaften Frieden zu erreichen. Ein Abgesandter der Franzosen nannte ihn den *»geduldigsten aller Menschen«*[10]. Vielfach pendelte Trauttmansdorff zwischen Münster und Osnabrück, und das trotz starker Darmprobleme (vermutlich Diarrhö) und eines Gichtleidens. In seiner Zeit als Diplomat in den Jahren 1645 bis 1647 legte er zahlreiche Vertragsentwürfe zu den unterschiedlichsten Fragestellungen vor, die als *Trauttmansdorffianum*[11] in die Geschichte eingingen. Seine Verhandlungserfolge bildeten die Grundlage des eigentlichen Friedensschlusses. Dennoch trägt der Westfälische Friede nicht die Unterschrift des hoch angesehenen Diplomaten. Als einer seiner vielen

[9] Otto, Frank: Die Stunde der Diplomaten, S. 177 ff.
[10] Zitiert nach: ebd., S. 186.
[11] https://de.wikipedia.org/wiki/Maximilian_von_und_zu_Trauttmansdorff, abgerufen am 12. Juli 2021.

Schlichtungs- und Kompromissversuche im Sommer 1647 scheiterte, verließ das Verhandlungsgenie entmutigt und körperlich geschwächt den Kongress. Er übertrug das Amt Isaak Volmar, der die Verhandlungen in seinem Sinne abschloss.[12]

Zur historischen Wahrheit gehört, dass der Frieden nicht allein durch die Kongressdiplomatie erreicht wurde. Die Niederlage bayerisch-kaiserlicher Verbände in der Schlacht von Zusmarshausen am 17. Mai 1648 und der schwedische Vormarsch auf das bisher verschont gebliebene Prag erhöhten den Druck dergestalt, dass tatsächlich von allen Seiten ein Friedensschluss angestrebt wurde. Zumal nicht nur das Heilige Römische Reich, sondern auch Frankreich und Schweden unter den dauerhaften Kriegsbelastungen litten. Für alle Parteien war es schlicht an der Zeit, einem der auf dem Tisch liegenden Kompromisse zuzustimmen.

Die Ergebnisse der Beschlüsse sind ähnlich komplex wie die Verhandlungen und der Krieg selbst. Sie lassen sich grob in drei Bereiche[13] zusammenfassen:

Das Römische Reich bekam erstmalig eine Verfassung. Diese politische Grundordnung schwächte den Kaiser und stärkte die Reichsstände, die erst nach zähem Ringen überhaupt zum Kongress zugelassen wurden. Eine grundsätzliche Neuordnung wurde allerdings nicht festgeschrieben, sondern in vielen Teilen die alten Herrschaftsgebiete wiederhergestellt und die angestammten Häuser zurück in Amt und Würden gebracht. Die Kleinstaaterei der deutschsprachigen Gebiete, die nur in dem lockeren Verbund des Heiligen Römischen Reichs zusammengefasst waren, wurde damit für die nächsten Jahrhunderte festgeschrieben und der Gedanke

---

12 Otto, Frank: Die Stunde der Diplomaten, S. 186.
13 Ebd., S. 187.

eines geeinten Nationalstaats erst im 19. Jahrhundert umgesetzt.

Der zweite Bereich bezieht sich auf das Verhältnis der Konfessionen in Deutschland. Auch dort fielen die Ergebnisse ähnlich aus wie vor dem Krieg: Das Reich blieb geteilt in protestantische und katholische Gebiete. Allerdings wurde festgelegt, dass im Reichstag und weiteren bedeutsamen politischen Gremien keine Glaubensgruppe die andere überstimmen darf.

Um den dritten Bereich wurde am heftigsten gerungen. Er betraf die Gebietsabtretungen. Frankreich erhielt unter anderem das Elsass zugesprochen, was über die Jahrhunderte zwischen Deutschland und Frankreich immer wieder zu Konflikten führte. Schweden erreichte bedeutsame Landgewinne in Norddeutschland und damit die größte Ausdehnung seiner Geschichte. Außerdem erhielten die Nordeuropäer vom Kaiser fünf Millionen Taler, damit sie ihre Armee entwaffneten.

Nachdem die Verträge gegen 21:00 Uhr unterzeichnet worden waren, läuteten die Kirchenglocken und die Kanonen auf der Stadtmauer feuerten dreifachen Salut. Der Krieg war beendet und der Frieden nach Deutschland zurückgekehrt.

DANKSAGUNG

Mit diesem Band beende ich eine für mich besondere Buchreihe. Der *Lehrling des Feldschers* ist nicht nur ein Bestseller geworden, sondern darüber hinaus preisgekrönt und mehrfach für Literaturpreise nominiert. Dafür bin ich unglaublich dankbar, da das Experiment *History meets Fantasy* ein gewisses Wagnis war. Umso erfreuter bin ich, dass Sie, liebe Leserinnen und Leser, sich von Anfang begeistert auf Gustavs Abenteuer gestürzt haben. Dafür an dieser Stelle ein großes Dankeschön und das Versprechen, dass die Feldscher Chroniken nicht mein letzter historisch-fantastischer Roman sein werden.

Falls Sie diesbezüglich Fragen oder Themenvorschläge haben oder sonstiges Feedback äußern möchten, freue ich mich, wenn Sie mich unter info@gregwalters.de anschreiben.

Für die Entstehung dieses Buchs bedanke ich mich bei meiner wunderbaren Familie. Sie hat trotz der schwierigen Umstände, unter denen der Roman entstanden ist, immer Verständnis für mich gehabt und nimmt es mir nicht übel, wenn ich sie stundenweise verlasse, um in meine eigenen Welten abzutauchen. Ihr seid das Wichtigste für mich!

Ein großer Dank geht auch wieder an mein angestammtes Lektoratsteam Ursula Tanneberger und Christian Jerger. Sie haben aus meiner Geschichte einen Roman gemacht.

Meinen Testlesern Martin und Moritz gebührt ein besonderes Dankeschön dafür, dass sie sich im stressigen Arbeitsalltag die Zeit genommen und mir dabei geholfen haben, mein Buch besser zu machen!

Greg Walters, Herbst 2021

MEHR VON GREG WALTERS

DIE BESTIEN CHRONIKEN
Antike Fantasy in drei Teilen. Abgeschlossene Reihe.

Was haben eine stotternde Zauberin, ein intellektueller Barbar, ein Junge, der Zuneigung für tödliche Bestien empfindet, und ein unglücklicher Narr gemeinsam?

Gar nichts, außer einem miesen Schicksal und der Bürde, dass sie nur gemeinsam ihre untergegangene Welt vor der vollkommenen Vernichtung retten können …

Tödliche Bestien haben die Macht in der Welt übernommen. Nur in der ewigen Stadt Kol leistet die menschliche Zivilisation noch Widerstand. Geschützt von einer magischen Kuppel, trotzt sie den unnatürlichen Kreaturen. Doch auch innerhalb der Stadtmauern ist es alles andere als sicher, denn dort lauert das gefährlichste aller Wesen – der Mensch.

Ebook, Taschenbuch, Hörbuch
ISBN: 978-3947515509

MEHR VON GREG WALTERS

DIE FARBSEHER SAGA
Bisher über 100.000 Leser + Hörer und
über 4000 begeisterte Bewertungen

Ein Mensch, der von der Magie beherrscht wird,
ein Zwerg, der nicht zaubern kann,
ein übergewichtiger Zwergelbe,
ein hinkender Ork.
Sie können die Welt retten – oder vernichten.

Leik erlebt einen Winter, der sein ganz-
zes Leben auf den Kopf stellt. Er trifft
seine erste Liebe, besucht eine Universität, in der Magie gelehrt wird, und findet zum ersten Mal im Leben Freunde.
Aber seine Welt ist dem Untergang geweiht. Nur wenn Leik
es schafft, die Farben der Zauberei richtig einzusetzen, kann
er sie retten. Denn außer ihm kann niemand auf der Welt alle
drei magischen Farben sehen. Das macht ihn außergewöhnlich – und gefährlich …

Ebook, Taschenbuch, Hörbuch
ISBN: 978-3758372711

NICHTS MEHR VON MIR VERPASSEN?

Abonnieren Sie meinen Newsletter:
www.gregwalters.de/newsletter.html